ŒUVRES

DE

F.-B. HOFFMAN.

CRITIQUE.

TOME III.

Seconde Édition.

A PARIS,

CHEZ LEFEBVRE, IMPRIMEUR-LIBRAIRE,

RUE DE LILLE, N° 11.

M. DCCC. XXXI.

ŒUVRES

DE

F.-B. HOFFMAN.

TOME VI.

IMPRIMERIE DE LEFEBVRE,
rue de Lille, n. 11.

VOYAGES.

VOYAGES AUX RÉGIONS ÉQUINOXIALES

DU NOUVEAU CONTINENT,

FAITS EN 1799, 1800, 1801, 1802, 1803 ET 1804;

PAR ALEX. DE HUMBOLDT ET A. BONPLAND.

AVANT de s'embarquer pour son grand voyage, M. de Humboldt avait traversé l'Espagne dans le sens des parallèles. En remontant du royaume de Valence vers le plateau des Castilles, il a cru reconnaître fort avant dans les terres l'ancienne côte de la Péninsule. Cette observation, qui s'accorde avec toutes les conjectures que l'on a faites sur l'ancien état de la Méditerranée, sur la rupture du Bosphore par les eaux du Pont-Euxin, et sur les deux déluges de la Grèce, fournissait au voyageur une belle occasion de disserter sur une catastrophe qui a très-probablement influé sur la première civilisation de l'espèce humaine. S'il est vrai d'ailleurs que l'on ait trouvé sur l'Etna des bancs de coquilles et

1

des fossiles marins, à plus de trois cents toises
d'élévation au-dessus de la mer actuelle, ce fait
confirme la remarque de M. de Humboldt sur
l'ancienne côte de l'Espagne orientale ; mais un
véritable savant n'admet pas dans un corps de doctrine les conjectures même les plus probables :
aussi notre voyageur abandonne bientôt celle-ci,
qui n'est peut-être qu'un rêve géologique, et il
ne s'occupe plus que des phénomènes soumis à
des observations précises.

A peine sorti du port de la Corogne, le thermomètre de M. de Humboldt joue déjà un rôle
important : pour le vulgaire des lecteurs, ses expériences barométriques, thermométriques et hy-
grométriques, ne sont que de simples récréations
physiques, dont il peut tout au plus résulter quelques vérités spéculatives sans utilité. A leurs yeux,
le baromètre n'est bon qu'à prédire la pluie ou le
beau temps, quoique souvent il les prédise fort
mal, et quoiqu'il n'ait pas été construit pour cet
usage. Ils voient bien dans le thermomètre un instrument qui indique la température du milieu où
il est plongé ; mais ils sont loin de prévoir les conséquences que l'on peut tirer de cette indication.
Ici, le thermomètre de M. de Humboldt établit
une vérité qui n'intéresse pas seulement la physique, mais qui devient d'une haute importance
pour la sûreté des navigateurs. Ayant remarqué
que la température des eaux de la mer baisse constamment partout où il y a peu de profondeur, cette

observation doit engager les pilotes à jeter la sonde toutes les fois que la surface de la mer éprouve un refroidissement subit, et ils ne doivent pas négliger cette précaution lors même qu'ils se trouvent dans des parages où ils ne soupçonnent aucun danger.

Les pages 126 à 153 sont consacrées au fameux courant connu sous le nom de Gulf-Stream. Qu'on se figure une masse d'eau qui, des côtes occidentales de l'Afrique, se porte vers celles de l'Amérique méridionale, suit toutes les sinuosités de la mer des Antilles et du golfe du Mexique, double le cap des Florides, se dirige vers le nord jusqu'à Terre-Neuve, revient vers l'Europe et l'Afrique, en passant près des Açores; qui d'abord, large d'une quinzaine de lieues, s'étend continuellement en diminuant de vîtesse, offre partout une grande profondeur et une température supérieure à celle de la mer environnante, et qui, en se rapprochant de nous, finit par acquérir l'énorme largeur de cent soixante lieues. En supposant qu'un corps entraîné par ce courant ne fût détourné par aucun obstacle, il décrirait une courbe rentrante et irrégulière de trois mille huit cents lieues, et en compensant l'accélération et la diminution de la vîtesse avec laquelle il serait poussé dans les différens parages, on trouve qu'il lui faudrait trente-quatre mois pour accomplir cette révolution. Mais il s'en faut bien que tous les corps flottans sur ce fleuve marin en suivent le cours sans obstacles.

Voici une observation qui doit rendre les voyageurs plus circonspects dans la description qu'ils font des montagnes dont ils n'ont pas mesuré la hauteur. Les côtes de plusieurs îles telles que Clara, l'Alegranza, etc., avaient offert à M. de Humboldt le spectacle le plus imposant quand on les voyait de la mer : quelle a été sa surprise quand il a reconnu que ces sommets, si élevés en apparence, n'avaient que cent ou cent vingt toises d'élévation ! « Rien n'est plus incertain, dit-il, que notre jugement sur la grandeur des angles que sous-tendent les objets tout près de l'horizon. » Il attribue à de semblables illusions l'opinion que l'on a eue longtemps sur la grande hauteur des montagnes qui bordent le détroit de Magellan. L'auteur veut sans doute désigner ici Samuel Wallis qui a vu des *montagnes prodigieuses* sur la *Terre de Feu,* car je ne sache pas que Byron, Carteret ou Cook aient rien exagéré à cet égard.

Notre voyageur ne s'occupe pas toujours d'expériences physiques ; les mœurs et les usages fixent aussi son attention. Il nous apprend qu'avant l'arrivée des Espagnols aux Canaries, l'île de Lancerote se distinguait des autres par une civilisation plus avancée. C'était sans doute par un effet de la perfectibilité indéfinie qu'on y avait institué une véritable polyandrie. Les femmes y avaient plusieurs maris dont chacun ne remplissait les fonctions conjugales que pendant une révolution lunaire ; à la nioménie, l'époux en titre cédait ses droits à un autre, et restait confondu parmi les domestiques de la maison jusqu'à l'expiration de ses vacances. Les dames de Lancerote jouissaient donc du double bonheur d'être bien aimées et bien obéies ; elles possédaient tout *ce qui plaît aux dames* :

Plaire, charmer, séduire,
Est un bonheur dans leur printemps;
Mais gouverner, avoir l'empire,
Est leur plaisir dans tous les temps.

Oh! certes, c'est à Lancerote que la fée Ur-gelle a tenu sa cour.

Il m'en coûte de quitter des femmes aussi heureuses pour entrer dans un laboratoire de chimie ; mais je suis entraîné par un Mentor qui me précipiterait dans la mer plutôt que de me laisser attendre la nouvelle lune dans cette île fortunée.

Depuis long-temps nos chimistes ont attribué la couleur verte des végétaux à la seule influence de la lumière. Ils regardaient comme un fait certain que toute plante privée de lumière s'étiolait et devenait blanche ou jaune, lors même qu'elle était exposée à un courant d'air pur et vif. Cette théorie subit une grande modification, et peut-être s'écroule tout-à-fait d'après la remarque suivante : « Le varec de l'Alegranza présente un nouvel exemple de plantes qui végètent dans une grande obscurité, sans être étiolées. Plusieurs germes encore enveloppés dans les bulbes des liliacées, l'embryon des malvacées, des rhamnoïdes, du pistaria, du viscum et du citrus ; les branches de quelques plantes souterraines ; enfin, des végétaux transportés dans des mines où l'air ambiant contient de l'hydrogène ou une grande quantité d'azote, *verdissent sans lumière.* » Voilà donc encore une *vérité* qui va grossir la foule des erreurs. Au reste, cette observation de M. de Humboldt ne m'a point étonné ; je me souvenais fort bien d'avoir cueilli une touffe de capillaires du plus beau vert, sur les parois de la prétendue grotte de la Sibylle, et dans un endroit si obscur, qu'on n'y marchait qu'à la lueur des flambeaux ; je soupçonnai dès lors qu'il y avait au moins une exception à la règle.

Des voyageurs ont été surpris d'apercevoir quelquefois le pic de Teyde (Ténériffe) de très-loin, tandis que d'autres fois il devenait invisible à de bien moindres distances, le temps paraissant également serein dans les deux cas. Il en est de même du pic des Açores ; et ce phénomène météorologique devient important pour les vaisseaux qui, revenant en Europe, attendent la vue de ces montagnes pour s'assurer de la longitude. M. de Humboldt a reconnu que les temps chauds et secs des mois de juillet et août sont ceux où les objets élevés se découvrent de moins loin ; tandis que dans les mois d'hiver, avant ou après la pluie, on les aperçoit à une très-grande distance. Il y a de l'analogie entre cette remarque et celle qu'ont faite les habitans de Lyon : ils prétendent qu'ils sont menacés de la pluie quand le Mont-Blanc paraît se rapprocher et devient trop distinctement visible.

Tous les voyageurs ont vanté les charmes de la vallée de Tacoronte, à Ténériffe. M. de Humboldt l'a trouvée aussi belle que si personne n'en avait parlé avec enthousiasme. Dans quelques sites de la zone torride, la nature, plus majestueuse, lui a quelquefois offert un spectacle plus imposant ; mais ni les rives de l'Orénoque, ni les Cordilières du Pérou, ni les belles vallées du Mexique, ne lui ont présenté un tableau plus varié, plus attrayant, plus harmonieux que la vallée de Tacoronte.

« Le bord de la mer y est orné de dattiers et de
» cocotiers ; plus haut, des groupes de musa con-
» trastent avec les dragoniers, dont on a juste-
» ment comparé le tronc au corps d'un serpent.
» Les coteaux sont cultivés en vignes qui étendent
» leurs sarmens sur des treillages très-élevés. Des
» orangers chargés de fleurs, des myrtes et des cy-
» près entourent les chapelles que la dévotion a
» élevées sur des collines isolées. Partout les pro-
» priétés sont séparées par des clôtures formées
» d'agaves et de cactus. Une innombrable quan-
» tité de plantes cryptogames, surtout de fougères,
» tapissent les murs humectés par de petites sources
» d'une eau limpide. En hiver, tandis que le vol-
» can est couvert de neige et de glace, on jouit

» dans ce canton d'un printemps continuel.........
» Depuis Tégueste et Tacoronte jusqu'au village
» de San-Juan de la Rambla, qui est célèbre par
» son excellent vin de Malvoisie, la côte est cul-
» tivée comme un jardin; je la comparerais aux
» environs de Capoue ou de Valence, si la partie
» occidentale de Ténériffe n'était infiniment plus
» belle à cause de la proximité du pic, qui offre à
» chaque pas des points de vue nouveaux. »

Le Voyage de M. de Humboldt au sommet du
pic de Ténériffe est l'un des épisodes les plus intéressans de ce grand Itinéraire; mais il offre une
telle variété d'observations, qu'une analyse en détruirait tout le charme. La géologie, la botanique
et la météorologie s'y trouvent mêlées aux descriptions des différens sites, aux aspects qu'offre
cette énorme montagne à différentes hauteurs, et
à toutes les sensations que fait éprouver un spectacle si imposant. Il n'est pas donné à tous les voyageurs de parvenir jusqu'au cratère : la fatigue est
extrême, et les dangers imminens. Les Anglais qui
accompagnaient lord Macartney dans son voyage
en Chine, ont voulu escalader cette cheminée des
enfers; les uns ne purent même arriver jusqu'au
lieu nommé *la Halte des Anglais;* les autres, plus
constans, gravirent jusqu'au pied du piton; mais
enfin, découragés par le froid, le vent, la pluie,
effrayés par des accidens survenus à trois d'entre
eux, ils renoncèrent à l'entreprise. M. de Humboldt a surmonté tous les obstacles, et en se pla-

çant sur le point le plus élevé du pic, il a préludé à des travaux plus pénibles encore qui l'attendaient dans le Nouveau-Monde.

Ne pouvant présenter l'ensemble de ses observations, je me borne à quelques-unes. Les voyageurs, trompés par la couleur blanche que leur offre le cône de ce volcan, ont supposé que la neige y est perpétuelle ; et c'est à cette illusion sans doute que l'île de Ténériffe a dû le nom de *Nivaria*, qui lui a été donné par les anciens. Il est cependant certain que la neige ne s'y conserve pas au-delà des mois d'hiver ; et la couleur blanche est produite par la pierre ponce qui recouvre le cône, et qui, réflétant d'abord une couleur rougeâtre aux premiers rayons du soleil, passe ensuite, par une gradation rapide, au blanc le plus éclatant.

Chemin faisant, M. de Humboldt visite la jolie ville de l'*Orotava*, remarquable par sa fraîcheur et l'abondance de ses eaux : c'est là, c'est dans le jardin de M. Franqui que l'on admire cet énorme dragonier célébré par tous les voyageurs. Sa hauteur n'excède pas soixante pieds ; mais il a, près des racines, quarante-cinq pieds de circonférence. Le règne végétal compte des arbres encore plus gigantesques : on connaît des baobabs dont le tronc a trente-quatre pieds de diamètre ; mais un dragonier de quarante-cinq pieds de circonférence figure assez bien dans un jardin.

M. de Humboldt ne croit pas à la communication constante et nécessaire entre les eaux de la mer et les foyers volcaniques. Cependant, comme il ne la nie pas formellement, il me semble que cette opinion ne doit pas encore être abandonnée. La question serait décidée si un volcan, éteint depuis un grand nombre de siècles, et placé aujourd'hui très-loin de la mer, venait à se rallumer ; mais on n'a rien observé de pareil, tandis qu'au contraire, des volcans éteints depuis long-temps, et rallumés depuis les temps historiques, ont le pied baigné par la mer, et même étendent leur foyer jusque sous les eaux. Je suis loin de croire que l'Etna et le Vésuve aient un foyer commun, quoique ce soit une opinion accréditée dans le royaume de Naples. Les éruptions de ces deux volcans n'ont pas eu lieu aux mêmes époques ; d'ailleurs comment l'Italie méridionale subsisterait-elle suspendue sur un gouffre de feu de plus de cent lieues de diamètre ? Mais il me semble qu'aujourd'hui les savans ont trop restreint la puissance et l'activité des foyers volcaniques, trop exagérées autrefois. Faut-il refuser toute croyance aux voyageurs et aux habitans des lieux, lorsqu'ils nous parlent des *laves d'eau* chaude ou froide, lorsqu'ils assurent que souvent le Vésuve a vomi une énorme quantité d'*eau salée* qui entraînait avec elle des débris marins, et un sable absolument semblable à celui du rivage ? L'Etna, dit-on, vomit une pareille lave au mois de mars 1755. Il n'y a pas un voyageur qui, sortant de Pouzzol pour aller au *Monte-Nuovo*, n'ait vérifié que le lit de la mer, dans le fond de ce golfe, est échauffé par un feu souterrain. Je m'y suis avancé aussi loin qu'il m'a été possible, et plus j'enfonçais le pied dans le sable, plus je sentais la chaleur augmenter. Serait-ce trop accorder au foyer volcanique de Naples, que de supposer une communication entre le Vésuve, la Solfatare, Monte-Nuovo et Ischia? Si cette communication existe, elle est nécessairement sous-marine, et rien ne prouve que, dans une forte commotion, la croûte ne puisse se fendre, et ouvrir aux eaux de la mer une route vers le foyer du volcan. J'aurais beaucoup d'autres raisons à rapporter en faveur de cette communication; mais M. de Humboldt m'arrête, en m'avertissant que tous les volcans ne sont pas formés sur le modèle de Stromboli ou du Vésuve. Je me permettrai d'étendre cette proposition, et je dirai qu'il ne faut pas comparer le Vésuve au Vésuve même, quand on parle d'époques différentes. Si je n'avais fait qu'un seul voyage au cratère, je ne comprendrais pas les descriptions qu'on en a publiées depuis trente ans; mais je l'ai vu dans des états si différens, que toutes les contradictions des observateurs se concilient dans mon esprit. Avant le mois d'août 1787, j'ai vu la bouche de ce volcan très-rétrécie, et environnée d'une petite montagne conique et creuse, qui avait sa base au milieu du cratère, et qui s'élevait de plus de 150 pieds au-dessus des bords du cône; cette petite montagne, qui se formait et se détruisait alternativement.

faisait dire aux Napolitains que le volcan s'élevait et s'abaissait tour-à-tour ; alors, quand on était parvenu aux rochers brûlés qui couronnent le grand cône du Vésuve, il fallait descendre dans le cratère, puis remonter au haut de la petite montagne pour voir la bouche. Mais, après le 10 novembre de la même année, la petite montagne avait disparu, et la bouche, devenue énorme, occupait toute la surface du sommet jusqu'aux bords du *cratère antique*. Le sommet avait même perdu sa forme : au lieu d'être à peu près horizontal, il s'inclinait fortement vers *Pompeïa*, et il avait une grande brèche vers *Ottaïano*. Ces détails, qui n'apprendront rien aux savans, seront utiles aux gens de monde, qui, entendant parler si diversement du Vésuve, ne savent à quoi se fixer. Je n'ajouterai plus qu'une remarque : c'est que, même dans les volcans éteints, le cratère se déforme à la longue par l'effet des pluies, des neiges, des gelées et des ouragans ; ainsi, quand on veut comparer un volcan à un autre, il faudrait toujours indiquer l'époque des observations.

Quoi qu'il en soit, nous ne pouvons nous assurer qu'un volcan éteint depuis un grand nombre de siècles ne renouvellera pas ses ravages ; le Vésuve même en est une preuve. Les auteurs qui en ont parlé sous les règnes d'Auguste et de Tibère, avaient reconnu sa nature volcanique. Le Vésuve, disaient-ils, est un mont environné de champs fertiles, presque entièrement plane, sans sommet ;

et offrant les preuves d'une ancienne déflagration, *magnâ sui parte planus, dempto vertice, multa pristinœ deflagrationis vestigia reservans*. Il y avait donc bien long-temps alors que le Vésuve n'avait brûlé ; et quand même Diodore et Strabon n'auraient pas parlé de cette montagne, nous saurions aujourd'hui que l'éruption de 79, sous le règne de Titus, est loin d'avoir été la première, puisque Pompeïa, qui a péri par cette catastrophe, avait déjà des pavés de lave et des murs construits avec des substances volcaniques. Mais, je le répète, pour prouver que la communication avec la mer n'est point nécessaire à une éruption, il faudrait que l'un des volcans méditerranés se rallumât, et c'est ce qu'on n'a point observé.

M. de Humboldt fait une remarque dont la justesse ne peut être contestée, et qu'on est étonné de n'avoir point faite avant lui. Tous les volcans de l'ancien monde présentent des cônes isolés, et n'ont aucune liaison avec le système des montagnes voisines. César Braccini, dans sa description du Vésuve après le désastre de 1631, a grand soin de faire observer que ce volcan ne touche point aux Apennins, *comme s'il dédaignait de s'unir à des montagnes vulgaires*. Mais en Amérique, les volcans, loin d'être isolés, font partie de l'énorme chaîne qui s'étend depuis le Chili méridional jusqu'au détroit de Berring, dans une étendue de deux mille cinq cents lieues : ainsi les théories établies sur l'isolement des montagnes ignivomes de l'ancien

continent, viennent se briser contre les masses du
Pichincha, du Cotopaxi, et de toutes les fournaises
du Nouveau-Monde.

Ici se présentent des questions du plus grand
intérêt : « La montagne conique d'un volcan est-
elle entièrement formée de matières liquéfiées et
amoncelées par des éruptions successives ; ou ren-
ferme-t-elle dans son centre un noyau de roches
primitives recouvert de laves, qui sont ces mêmes
roches altérées par le feu? Le noyau central des
volcans a-t-il été chauffé en place et soulevé dans
un état de ramollissement, par la force des vapeurs
élastiques ; avant que ces fluides eussent commu-
niqué, par un cratère, avec l'air extérieur? Quelle
est la substance qui, depuis des milliers d'années,
entretient cette combustion, tantôt si lente, tantôt
si active? Cette cause inconnue agit-elle à une
profondeur immense, ou l'action chimique a-t-elle
lieu dans les roches secondaires superposées au
granit? » M. de Humboldt avoue que, dans l'état
actuel de la science, ces problèmes ne peuvent pas
se résoudre ; et, malgré le soin avec lequel on interroge la nature, on revient de la cime d'un volcan, moins satisfait qu'on ne l'était quand on se
préparait à y aller.

Je ne m'arrêterai qu'à la première de ces questions, et j'ose croire qu'elle est résolue. Je ne pense
pas, avec M. Hamilton, que les volcans soient
la seule et grande charrue avec laquelle la nature
a sillonné le globe ; mais je vois que presque tous

les volcans produisent des cônes. Or, n'est-il pas infiniment plus probable de supposer que le feu souterrain a formé ces cônes en projetant des scories, comme les taupes en formant leurs monticules, que de supposer au feu des volcans une prédilection pour les montagnes coniques? Et d'où viendrait cette forme ordinaire aux volcans, si le feu lui-même n'y avait pas contribué? Des cônes s'élèvent au-dessus de la mer, et forment des îles comme aux Açores, comme dans l'Archipel grec, comme au pied du Vésuve même, où plusieurs petits cônes représentent des volcans en miniature. Le lieu où est maintenant le Monte-Nuovo, de forme conique, était, il y a trois cents ans, le bourg de Tripergola, situé au bord du lac Lucrin. Dans les lieux que je viens de citer, et dans bien d'autres, les cônes ont été visiblement formés par l'éruption. Pourquoi donc, au lieu de suivre l'analogie, irait-on supposer que le feu des volcans agit de préférence dans des montagnes de forme conique? Je crois que l'on finira par revenir à l'opinion de Pline, qui cependant n'était pas aussi savant que les modernes. Il pensait que le feu volcanique s'allume à une grande profondeur, *in infernâ valle conceptus*, et que la montagne conique était sa cheminée et non son berceau, *et in ipso monte non alimentum habet*, SED VIAM. Mais je sens un peu tard que je suis fort ridicule de parler des volcans devant un savant qui les a observés dans l'Ancien et le Nouveau-Monde ; hâtons-nous donc de faire une dernière remarque.

M. de Humboldt pense que *les verres volcaniques, partout où on les rencontre, doivent être considérés comme de formation très-ancienne.* Cette assertion est d'autant plus nouvelle pour moi, que je possède un morceau de *verre volcanique* que j'ai recueilli dans une crevasse du Vésuve, à peu de distance du bourrelet qui environnait la bouche. Or, le cratère de ce volcan n'a rien de bien ancien ; il faut donc supposer qu'un curieux possesseur de ce fragment, l'aura porté sur le Vésuve, et l'y aura laissé.

Pour en finir sur le volcan de Ténériffe, quelle est sa hauteur ? Ici, l'on ne peut méconnaître les progrès que les sciences ont faits depuis un siècle. Croirait-on que Nichols ait donné quinze lieues de hauteur au pic de Ténériffe ; que Riccioli, dont la *Géographie et Hydrographie* a été nommée un *ouvrage immortel*, ait encore trouvé à ce cône *dix milles* italiens d'élévation ? M. de Humboldt ajoute que le P. Feuillée trouva le premier, par une opération trigonométrique, la hauteur de ce pic, de 2213 toises : voilà l'exagération considérablement diminuée ; et Bouguer, par la seule théorie de la limite des neiges perpétuelles, devina que cette montagne ne devait pas s'élever au-dessus de 2062 toises. M. de Humboldt rapporte d'autres mesures qui rapprochent encore plus de la vérité, et il conclut que la véritable hauteur du pic de

Ténériffe diffère peu de la moyenne proportion-
nelle entre les trois mesures géométriques et barométriques de Borda, Lamanon et M. Cordier. Or,
ces mesures donnent 1905, 1902, 1920 toises ; la
moyenne entre ces nombres étant 1909, nous devons croire que cette hauteur est très-probablement
celle du pic. Quand on songe aux difficultés qu'ont
éprouvé les savans dans ces opérations, on aime
à voir qu'il existe si peu de différence dans les résultats, et que le baromètre rivalise d'exactitude
avec les mathématiques.

Si l'on me blâmait de m'être arrêté sur ce point,
qui paraîtra fort peu importante aux yeux du vulgaire, je renverrai les critiques à M. de Humboldt :
il leur prouvera que cette détermination de la hauteur du pic intéresse également la physique, la
navigation et la géographie.

J'abandonne les volcans pour ne m'occuper
uniquement que du voyage.

Si Horace avait navigué sur l'océan équinoxial,
s'il avait fait la traversée de l'île de Ténériffe à la
Nouvelle-Andalousie, il n'aurait pas dit qu'il faut
avoir le cœur armé d'un triple airain pour se confier à la mer. Sur cette zone où règnent les vents
alisés, le matelot n'a presque pas besoin de toucher aux voiles ; le vaisseau s'avance comme s'il
descendait une rivière ; et entreprendre ce long
voyage avec une chaloupe sans pont, ne serait pas
une témérité. Rien n'égale la douceur et la beauté
du climat dans ces parages respectés par les tem-

pêtes : quoique le vent y souffle avec force, mais
toujours du même point, le thermomètre de notre
voyageur se soutenait pendant le jour entre vingt-
trois et vingt-quatre degrés, et ne s'abaissait pas
dans la nuit au-dessous de vingt-deux. Pour bien
sentir le charme d'une pareille navigation, il faut
s'être exposé aux mers orageuses des latitudes bo-
réales. Si le retour d'Amérique en Europe était
aussi prompt et aussi agréable, ce long voyage ne
serait qu'une partie de plaisir, et un grand nombre
d'Européens qui craignent ce retour ne se seraient
point fixés en Amérique; car, comme l'observe
M. de Humboldt, les colons redoutent plus la mer
des Açores et des Bermudes, par où il faut revenir, que celle du cap Horn et de la Terre-de-
Feu.

Il n'est personne qui n'ait entendu parler des
poissons volans (*exocets*); on croirait d'abord que,
parmi les animaux nageurs, ils sont les plus favo-
risés de la nature, puisqu'ils ont la faculté de se
servir de leurs nageoires pour s'élever dans les
airs ; mais, d'après l'opinion commune, ils seraient
au contraire les plus malheureux des poissons, s'il
est vrai que sans cesse occupés à sortir de l'eau
pour éviter la gueule des dauphins et des dorades,
ils rencontrent dans l'air les frégates et les alba-
tros qui ne les traitent pas mieux. Il se présente
cependant ici une réflexion naturelle : comment
les différentes espèces de poissons volans subsiste-
raient-elles si elles étaient exposées à des dangers

continuels et sans cesse renaissans ? M. de Humboldt présente une autre considération contre la croyance vulgaire, et il ne pense pas que les exocets s'élancent si souvent hors de l'eau, *uniquement pour se soustraire à la poursuite de leurs ennemis.* Il retrouve cet instinct dans un grand nombre de poissons de nos rivières, qui prennent plaisir à bondir au-dessus de la surface de l'eau, quand elle est frappée par les rayons du soleil. Je suis étonné que M. de Humboldt, en faisant cette observation, ne se soit pas rappelé une particularité qui la confirme. Les Chinois connaissent si bien cette manœuvre des poissons, qu'ils en profitent pour se procurer une pêche abondante. Ils ont une planche couverte d'un enduit blanc et poli, qu'ils placent sur la surface d'un lac, en l'inclinant de manière à refléter sur les eaux les rayons de la lune ; les poissons, attirés par cette clarté, s'élancent sur la planche et tombent dans le filet qui y est adapté : cet artifice réussirait vraisemblablement chez nous comme en Chine.

On est surpris d'apprendre que la vessie aérienne de quelques poissons, des exocets par exemple, ne contient que 0,04 d'oxygène, et 0,94 d'azote, tandis que cette même vessie a offert jusqu'à 0,92 d'oxygène dans l'espadon.

Tout est si bien mêlé dans ce Voyage que, sans chercher à former des contrastes, l'auteur passe agréablement des méditations de la science aux sentimens communs à tous les hommes. Parvenu

2.

à la zone torride, M. de Humboldt dépose quelque
temps ses instrumens de physique, et ne peut se
lasser d'admirer la beauté du ciel austral qui dé-
ployait successivement de nouvelles constellations
à mesure que le vaisseau, par sa marche oblique,
se rapprochait de l'équateur. Rien ne nous fait
sentir l'éloignement de notre patrie comme l'aspect
d'un ciel nouveau. « L'agroupement des grandes
» étoiles, quelques nébuleuses éparses, rivalisent
» d'éclat avec la voie lactée, des espaces remar-
» quables par une noirceur extrême, donnent au
» ciel austral une physionomie particulière... Sans
» être familiarisé avec les cartes célestes de Flams-
» teed et de la Caille, on sent qu'on n'est plus
» en Europe lorsqu'on voit s'élever sur l'horizon
» l'immense constellation du Navire ou les nuées
» phosphorescentes de Magellan. » La Croix du
sud, autre constellation brillante de cet autre ciel,
paraît avoir été désignée par le Dante dans les vers
suivans :

Io mi volsi a man destra e posi mente
All' altro polo, e vidi quattro stelle
Non viste mai fuor ch'alla prima gente.
Goder parca lo ciel di lor fiamelle;
O settentrional vedovo sito
Poi chè privato se' di mirar quelle.

M. de Humboldt nous apprend que ces quatre
étoiles firent une égale impression sur toutes les
personnes de l'équipage; un sentiment religieux

donne à la Croix du sud un grand intérêt aux yeux des Portugais et des Espagnols ; mais, indépendamment de cette forme, les deux étoiles qui représentent le sommet et le pied de la Croix, ayant presque la même ascension droite, la constellation paraît perpendiculaire quand elle passe au méridien, et devient une horloge nocturne pour les peuples de cet hémisphère.

Sur nos meilleures cartes, on a porté trop loin la longitude et la latitude de l'île de Tabago ; au lieu de 63° 9' de longitude, et de 11° 6' de latitude que l'on donne à la *Pointe des Sables*, M. de Humboldt n'a trouvé que la latitude de 10° 20' 13", et la longitude occidentale de 62° 47' 30".

Je passe rapidement et à regret sur cent soixante-dix pages remplies des détails les plus curieux aux yeux des amis de la science, mais où le thermomètre, le cyanomètre et l'électromètre jouent un trop grand rôle pour intéresser tous les lecteurs. M. de Humboldt y examine, en passant, la question du refroidissement du globe, qui paraît décidée par le vulgaire depuis qu'elle a été résolue affirmativement par Buffon ; mais notre voyageur n'adopte pas légèrement les systèmes, et quoiqu'il connaisse parfaitement tout ce qui milite en faveur de cette opinion, et tout ce qui la combat, il dit qu'il faudra comparer encore un grand nombre d'observations avant de résoudre *le problème de l'accroissement ou de la diminution de la chaleur de la terre.*

Je ne parlerai de l'hygromètre que pour indiquer, comme le meilleur, celui de ces instrumens
qui est muni d'un seul cheveu : M. de Humboldt
lui a toujours accordé la préférence sur ceux où
plusieurs cheveux agissent simultanément avec une
tension inégale.

On dispute encore tous les jours pour savoir si
la lune influe sur l'état de l'atmosphère. Des savans
ont absolument nié cette influence ; M. de Laplace,
si je m'en souviens bien, ne la conteste pas, mais
il la croit faible ; le vulgaire, et même des gens
d'esprit, lui attribuent les changemens de temps,
et attendent une syzygie ou une quadrature pour
nous promettre le beau temps ou la pluie. A les en
croire, ces pronostics sont fondés sur l'expérience ;
mais ils ne s'aperçoivent pas de l'erreur dans laquelle ils tombent : attribuant cette influence à la
veille, au jour et au lendemain de chaque phase,
ils trouvent à ce calcul au moins douze et souvent
quinze jours influans pour chaque mois, puisqu'il
y a quatre ou cinq phases en trente jours ; il n'est
donc pas étonnant que les changemens de temps
coïncident souvent avec les phases de la lune ;
d'ailleurs ils ne tiennent pas compte des jours où
cet astre les a trompés, et ils sont fort embarrassés
de leur théorie quand des pluies ou des sécheresses
prolongées laissent le ciel dans le même état, en
dépit des lunaisons. Je veux cependant faire plaisir
à ces amis de la lune, et leur apprendre qu'ils
n'ont pas tout-à-fait tort. L'opinion d'un homme

tel que M. de Humboldt est d'un grand poids dans
toute discussion scientifique, et surtout en météorologie. Il pense donc que « l'influence des lunai-
» sons sur la durée des tempêtes, l'action que la
» lune exerce, à son lever, pendant plusieurs
» jours de suite, sur la dissolution des nuages, se
» manifestent à peine dans l'intérieur des terres
» comprises dans la zone variable, tandis que leur
» réalité ne paraît pas susceptible d'être niée par
» ceux qui ont navigué long-temps entre les tro-
» piques. » La lune agit donc sur l'état de l'atmosphère; mais ce n'est pas pour nous qu'elle fait la
pluie et le beau temps. Je suis cependant certain
que l'autorité de M. de Humboldt ne détruira pas
le préjugé, et Mathieu Laensberg n'y perdra rien
de son crédit.

Par quelle loi de la nature les couches inférieures de l'atmosphère, qui reposent sur la surface
de l'Océan, se dépouillent-elles de leur électricité?
M. Bonpland a répété souvent les expériences nécessaires pour s'assurer de ce phénomène, et ni
les pailles les plus sèches, ni les feuillets d'or battu,
ni les boulettes de moelle de sureau, n'ont indiqué aucune divergence. M. de Humboldt propose et ne résout pas cette question qui intéresse
la physique.

On a cru long-temps que la salure et la pesanteur des eaux de la mer augmentent régulièrement
des pôles à l'équateur. Voilà encore une règle générale qui souffre des modifications et même des

contradictions. A la vérité, M. de Humboldt a
trouvé cette augmentation de salure depuis les
côtes de la Galice jusqu'aux îles Canaries, mais il
l'a vue diminuer, au contraire, depuis le 22e degré de latitude jusqu'au 18e.

Enfin, notre voyageur arrive à Cumana, dont
le gouverneur, M. d'Emparan, le reçoit avec tous
les égards que mérite un savant aussi distingué.
Le nom de ce gouverneur rappelle un de ces événemens déplorables qu'offre trop souvent l'histoire
des guerres maritimes. Les deux frères de M. d'Emparan combattirent l'un contre l'autre, dans la
dernière guerre, se prenant mutuellement pour ennemis. Les deux vaisseaux coulèrent bas presque en
même temps, et les deux frères eurent le malheur
de se reconnaître un moment avant leur mort.

Sur cette terre ferme d'Amérique, M. de Humboldt reprend ses observations, et son amour pour
les sciences physiques ne l'empêche pas de faire
souvent d'excellentes réflexions morales. Il nous dit
avec quelle générosité l'hospitalité est exercée dans
les colonies espagnoles. Un Européen malade,
qui y débarque sans argent et sans recommandation, est assuré d'y trouver des secours; les soins
les plus touchans lui sont rendus, quelquefois pendant des années entières, et toujours sans mur-
mures.

Le projet de M. Humboldt était de visiter tout
le cours de l'Orénoque; ce voyage à travers de
vastes solitudes où l'on rencontre tant d'obstacles

et de dangers, devait être de sept à huit cents lieues. C'est sans doute pour préluder à ces travaux, c'est pour s'acclimater dans un nouveau monde qu'il pénètre d'abord dans les missions des Chagmas, jusqu'aux montagnes de Caripe; qu'il visite la fameuse caverne du Guacharo, qu'il revient à Cumana par la forêt de Santa-Maria et le port de Cariaco, qu'il visite ensuite la Guayra et Caracas, promenade qu'il termine par une excursion sur la cime de la Silla, montagne dont l'élévation n'est que de 1350 toises, mais dont la situation, la forme et la végétation offrent un caractère particulier aux yeux de l'observateur.

En Europe, lorsque dans nos voyages nous trouvons des villages éloignés les uns des autres, de petites portions de terrain cultivées au milieu d'une vaste surface sans culture, nous en concluons avec raison que la population y est peu considérable; mais, transportés dans l'Amérique méridionale, nous aurions tort de tirer du même fait la même conséquence. « En Europe, dit M. de » Humboldt, nos graminées nourrissantes, le fro- » ment, l'orge et le seigle, couvrent de vastes » étendues de pays: *les terres labourées se touchent* » *nécessairement partout où les peuples tirent* » *leur nourriture des céréales.* Il n'en est pas de » même sous la zone torride, où l'homme a pu » s'approprier des végétaux qui donnent des ré- » coltes plus abondantes et moins tardives. Dans » ces climats heureux, l'immense fertilité du sol

» répond à l'ardeur et à l'humidité de l'atmos-
» phère. Une population nombreuse trouve abon-
» damment sa nourriture sur un espace étroit,
» couvert de bananiers, de maniocs, d'ignames
» et de maïs......... » Quoique nous ne puissions
pas profiter complètement de cette remarque,
puisque la culture du bananier, de l'igname et du
manioc nous est interdite, ne pouvons-nous pas
cependant tirer une leçon utile de cette observation? Si les terres labourées se touchent partout
où les peuples se nourrissent de céréales, et si ces
terres ne produisent pas beaucoup au-delà du strict
nécessaire, un accroissement de population devient
une calamité, puisqu'il n'y a plus de nouvelles
terres à exploiter, et que la perfection de la culture a ses bornes; ne devrions-nous donc pas
nous occuper des moyens de diminuer l'énorme
consommation des céréales qui dévorent tant de
terrain pour donner un faible produit, et multiplier au contraire le bétail qui offre infiniment plus
de substance nutritive sous un volume beaucoup
moindre? Si l'on n'a pas exagéré l'accroissement
de la population européenne pendant le siècle
dernier, les gouvernemens seront bientôt obligés
de faire de sérieuses réflexions sur les substances
alimentaires; et il vaut mieux prévenir la disette
que de l'attendre pour en recevoir des leçons.

Dans les pages 366 — 369 du Ier volume in-4°,
les médecins liront avec intérêt une digression sur
l'écorce du *cuspa*, arbre qui n'est point encore

connu des botanistes de l'Europe, et qui, avant
l'année 1797, n'était employé que comme bois de
construction. Son écorce a la propriété fébrifuge
des véritables quinquinas, une amertume plus
forte mais moins désagréable, et, sur cette dernière écorce, l'avantage de moins irriter l'estomac
des malades dont le système gastrique est affaibli.

La description des diverses missions où M. de
Humboldt a reçu l'hospitalité, répand autant de
variété que de charme sur son Voyage. A San-Fernando, il trouve un capucin dont l'embonpoint,
la vivacité et l'humeur joyeuse contrastaient singulièrement avec les idées que nous nous faisons de
la rêverie mélancolique et de la vie contemplative
des missionnaires. Ce bon père n'avait de passion
qu'une grande curiosité de ce qui se passait au-delà
de la mer Atlantique; il ne trouvait rien de comparable au plaisir de manger de la *carne de vacca,*
et, passant la plus grande partie du jour dans un
grand fauteuil de bois rouge, il se plaignait de la
paresse de ses compatriotes. L'attirail des instrumens de physique, les livres, les plantes sèches que
notre voyageur traînait avec lui, firent sourire mali-
gnement le pieux anachorète ; il pensait vraisemblablement qu'on est bien fou de se livrer volontairement à des travaux si rudes, quand on peut manger
de bonne viande de vache, et s'étendre dans un
bon fauteuil. Avait-il tort? Du savant et du capucin,
quel était le plus philosophe ?

Les capucins de Caripe n'ont pas moins étonné

M. de Humboldt que celui de San-Fernando ; dans
la cellule de l'un d'eux, il ne fut pas peu surpris de
trouver le *Théâtre critique* de Feijo, les *Lettres édi-*
fiantes, le *Traité de l'électricité*, de l'abbé Nollet ;
et un autre moine y avait apporté la *Chimie de*
Chaptal. Voici une observation plus honorable encore pour les Révérends Pères. Avant l'ouvrage de
M. de Laborde , nous nous représentions les Espagnols comme des hommes pleins d'ignorance, ennemis de toute idée libérale , et dévots jusqu'au fanatisme. Que pensions-nous donc des moines de ce
pays? et parmi ces moines, quelle opinion avions-
nous des capucins? Eh bien! ces capucins espagnols,
exilés en quelque sorte dans les déserts de l'Amérique , où l'éloignement de toute civilisation devait
en faire de pieux sauvages, ont été, pour notre voyageur, les plus hospitaliers et les plus tolérans des
hommes. Ils savaient qu'il était né dans la partie
protestante de l'Allemagne, « et cependant aucun
» signe de méfiance , aucune question indiscrète ,
» aucune tentative de controverse, n'ont diminué
» le prix d'une hospitalité exercée avec tant de
» loyauté et de franchise. » Je me trompe fort si ce
ce n'est pas là de la philosophie.

Je reviens sur un passage que j'ai laissé en ar-
rière, pour réunir les capucins de Caripe au missionnaire de San-Fernando. Selon Buffon , le
véritable tigre ne se trouve qu'en Asie ou dans le
midi de l'Afrique ; il lui accorde une force et une
audace extraordinaires, tandis qu'il nous représente

les tigres du Nouveau-Monde comme des animaux
faibles et lâches. Depuis long-temps on a rectifié cette
erreur d'histoire naturelle dans laquelle Buffon est
tombé, parce qu'il voulait absolument que tous les
quadrupèdes d'Amérique fussent plus petits et plus
faibles que leurs analogues dans l'ancien continent.
M. de la Condamine avait déjà dit que les tigres de
l'Amérique méridionale ne différaient pas de ceux
de l'Ancien-Monde. Il y a peut-être ici un peu
d'exagération, car M. Cuvier dit seulement que le
jaguar est *presque* aussi grand que le tigre d'Orient,
et *presque* aussi dangereux. Cette dernière assertion est confirmée par M. de Humboldt. Un an
avant qu'il ne visitât le *Conuco de Bermudes*, un
tigre y avait dévoré un cheval appartenant à la
ferme; et lorsque les gémissemens du cheval avaient
fait accourir les esclaves armés de lances et de
grands couteaux nommés *machettes*, le tigre, cou-
ché sur sa proie, les avait attendus tranquillement,
et n'avait succombé qu'après une longue résistance. Ce fait, et nombre d'autres vérifiés sur les
lieux, prouvent, dit M. de Humboldt, que le grand
jaguar ne fuit pas devant l'homme, et qu'il n'est pas
effrayé du nombre des assaillans.

Je terminerai cette partie de mon examen par
la réflexion qu'inspire à M. de Humboldt le spectacle dont il jouit sur le plateau du Cocollar :
« Rien n'est comparable à l'impression du calme
» majestueux que laisse l'aspect du firmament
» dans ce lieu solitaire. En suivant de l'œil, à

» l'entrée de la nuit, ces prairies qui bordent
» l'horizon, ce plateau couvert d'herbes et douce-
» ment ondulé, nous crûmes voir de loin, comme
» dans les steppes de l'Orénoque, la surface de
» l'Océan supportant la voûte étoilée du ciel.
» L'arbre sous lequel nous étions assis, les in-
» sectes lumineux qui voltigeaient dans l'air, les
» constellations qui brillaient vers le sud; tout
» semblait nous dire que nous étions loin du sol
» natal. Si alors, au milieu de cette nature exo-
» tique, du fond d'un vallon, la cloche d'une
» vache, le mugissement d'un taureau se faisaient
» entendre, le souvenir de la patrie se réveillait
» soudain. C'était comme des voix lointaines qui
» retentissaient d'au-delà des mers, et dont le
» pouvoir magique nous transportait d'un hémis-
» phère à l'autre..... »

On voit que M. de Humboldt n'a pas écrit seulement pour les savans, et qu'il sait parler au cœur
de tous les hommes.

Ceux qui se représentent tous les pays situés
dans la zone torride comme des contrées brûlées
par le soleil, seront fort étonnés d'apprendre que
la vallée de Caripe jouit constamment d'une fraîcheur égale à celle de notre printemps; que le
thermomètre de Réaumur ne marque pas plus de
dix-huit degrés dans le *maximum* de chaleur, et
que la température de la nuit y est entre 12° et 14°.
L'élévation du couvent de Caripe n'est cependant
que de quatre cents toises au-dessus du niveau de

la mer, et les chaleurs extrêmes y sont de dix degrés au-dessous de celles qu'on éprouve quelquefois à Paris. Cette température peu élevée, mais toujours égale et suffisante pour entretenir une végétation vigoureuse, est l'un des deux phénomènes qui donnent une grande célébrité à cette portion de la Nouvelle-Andalousie. L'autre curiosité naturelle est la caverne du *Guacharo*; ce nom lui vient d'un oiseau qui habite dans l'intérieur de la grotte, qui y multiplie d'une manière prodigieuse, qui est encore inconnu aux naturalistes de l'Europe, et qui offre le premier exemple d'un oiseau nocturne parmi les *passereaux dentirostres*. Il a la grandeur de nos poules, et le port des vautours. Quoiqu'on en fasse tous les ans un horrible massacre pour en prendre la graisse, qui sert de beurre ou d'huile, le nombre n'en a pas diminué. Ils attachent leurs nids à la longue voûte de la caverne, et quand on y pénètre à la lueur des flambeaux, ces oiseaux effrayés poussent de tels cris, que les Indiens, effrayés à leur tour, n'osent jamais s'avancer jusqu'au fond de la grotte. Ils attachent des idées superstitieuses à cet antre habité par des oiseaux de nuit, et d'où sort le *Rio Caripe*. C'est leur Tartare, leur Styx; ce sont leurs oiseaux stygiens.

L'entrée de la caverne est une voûte qui a quatre-vingts pieds de largeur, et une hauteur de soixante-douze. M. de Humboldt, qui soupçonnait beaucoup d'exagération dans les merveilleux récits

des habitans de Cumana, s'attendait à voir, dans
la *cueva del Guacharo*, une grotte semblable à
celles qu'il avait observées dans ses autres voyages:
la réalité surpassa son attente. Qu'on imagine une
caverne d'une telle dimension, ornée à l'extérieur
et même jusqu'à une profondeur de quarante
pieds, de tout le luxe de la végétation équinoxiale,
dont l'entrée est surmontée et couronnée par des
arbres gigantesques, qui s'étend dans une direction constante jusqu'à quatorze cent cinquante-
huit pieds, en conservant sa largeur et sa hauteur
primitives, d'où il sort une rivière, formant un
canal droit de trente pieds de large, offrant une
multitude de stalactites attachées à la voûte, et
d'innombrables incrustations calcaires qui forment
les rives du canal, des milliers d'oiseaux nocturnes qui volent et s'agitent dans cet immense
corridor ; qu'on se représente notre voyageur parvenu à une profondeur de deux cent quarante
toises, plongé dans l'obscurité la plus ténébreuse,
voyant, de cette distance, l'entrée de la grotte
resplendissante de lumière, et toutes les sombres
stalactites se dessinant sur un fond lumineux, on
aura quelque idée de ce jeu de la nature ; car,
pour bien le concevoir, il faut l'avoir vu, ou tout
au moins en lire la description entière dans l'ouvrage dont je donne un si faible extrait. Les indigènes prétendent que cette grotte a plusieurs lieues
de longueur. M. de Humboldt n'a pu déterminer
les timides Indiens à le suivre à plus de deux cents

toises environ, mais il paraît qu'un évêque de Saint-Thomas de la Guyane a pénétré jusqu'à deux mille cinq cents pieds, limite à laquelle il s'arrêta, quoique la caverne se prolongeât plus loin. J'ai oublié de dire que la direction de cette immense galerie souterraine est constamment du sud au nord, avec autant de régularité que si elle était un ouvrage de l'art.

A cette description d'un phénomène naturel, je ferai succéder une considération morale, non que je cherche à étonner par des contrastes, mais parce que les constrastes se présentent sans cesse dans cet ouvrage, où ils naissent des connaissances variées de l'auteur. Nous nous faisons, en Europe, une idée fausse de l'influence des missions sur les indigènes de l'Amérique ; la différence que nous supposons exister entre l'Indien sauvage et l'Indien soumis au régime des missions, est démentie par l'observation impartiale dans l'état actuel des peuples de l'Amérique méridionale. Les Indiens *réduits* ne sont pas plus chrétiens que les *sauvages* et *indépendans* ne sont idolâtres : les uns et les autres montrent une égale indifférence pour les dogmes religieux. La première jeunesse des peuples, dit M. de Humboldt, exclut les idoles ; son culte est celui de la nature et de ses forces ; elle ne connaît de lieux sacrés que les grottes, les vallons et les bois. Vainement les missionnaires parlent sans cesse de *dogmes* à des hommes simples, dont l'intelligence ne s'élève jamais au-dessus des objets terrestres ; et la *doctrine* devient une véritable confusion quand des missionnaires ignorent, comme ceux d'aujourd'hui, l'idiome des naturels, et leur parlent la langue espagnole que ceux-ci ignorent également. Voici un exemple des étranges idées que fait naître dans l'esprit des Indiens un enseignement aussi bizarre. Les hommes sont naturellement portés à trouver de la ressemblance entre les objets qui sont exprimés par des sons à peu près semblables. Or, les missionnaires leur ont dit cent fois que le mot *infierno*, signifie l'enfer, et qu'il ne faut pas le confondre avec *invierno* qui signifie l'hiver ; mais il y a si peu de différence entre l'articulation du V et celle de l'F, que les Indiens prennent toujours un mot pour l'autre ; et comme, chez eux, l'hiver est la saison des pluies, si vous leur demandez ce que c'est que l'enfer, ils vous répondront que c'est un lieu où il pleut à verse. On sent qu'une foule d'autres mots peuvent produire les mêmes équivoques. Il existe chez nous un autre préjugé relativement aux peuples que nous nommons sauvages : nous considérons comme errans et chasseurs tous les Indiens *non réduits* ; c'est une erreur. L'agriculture existait sur la Terre-Ferme long-temps avant l'arrivée des Européens ; et ce n'était pas seulement dans l'Empire des Incas ou dans celui du Mexique, mais entre l'Orénoque et l'Amazone, lieux où les missionnaires n'ont jamais pénétré, que des tribus d'indigènes, réunies en villages, ont cultivé et cultivent encore aujourd'hui les bananes, le manioc, et le coton qu'ils emploient à tisser leurs hamacs. Les observations que je viens d'extraire sont séparées, dans le livre, par un grand nombre de pages; leur analogie me les a fait réunir dans un même paragraphe. En voici une d'un genre tout différent.

On voit quelquefois des plantes abandonner un sol qu'elles couvraient pour aller fleurir dans une nouvelle contrée, et céder la place à d'autres végétaux qu'on n'y voyait pas auparavant. M. de Humboldt explique cette migration d'une manière extrêmement naturelle. Les végétaux qui, comme le cacao par exemple, ont besoin d'une grande humidité, cessent de prospérer sur les terrains défrichés depuis long-temps, et leurs graines, transportées par les vents, les oiseaux, ou par la culture, vont germer dans des lieux où elles trouvent un abri. C'est ainsi que la culture du coton et du café, en découvrant le sol, et en l'exposant à l'ardeur du soleil, a fait diminuer les produits du cacao de Caracas, et ce dernier, s'avançant toujours vers l'est, où la terre conserve sa fraîcheur primitive, est venu enrichir la Nouvelle-Andalousie qui, dans la seule année 1799, en a produit vingt mille *fanègues* (poids de cent dix livres), au prix de 40 piastres chacune. Après cette observation de physique végétale, voici une remarque géographique.

Les cartes les plus récentes de l'Amérique, dit

3.

M. de Humboldt, sont surchargées de noms de
lieux, de rivières et de montagnes qui n'existent
point, et sans qu'on puisse deviner la source de
ces erreurs qui se propagent de siècle en siècle.
L'atlas de Raynal, par exemple, indique entre
Cumana et Cariaco, un bourg appelé *Verine*,
qu'on n'y a jamais vu.

Puisqu'il est question de géographie, je vais
m'appuyer de l'autorité de M. de Humboldt pour
détruire une erreur qui me choque depuis long-
temps. Des voyageurs et même des géographes
nous ont dit très-sérieusement que certains peuples
ne pouvaient compter que jusqu'à *cinq*, d'autres
jusqu'à *dix*, et quelques-uns jusqu'à *vingt*. Voltaire s'est égayé sur une de ces peuplades, qui ne
pouvait compter que jusqu'à *trois*, et qui em-
ployait un épouvantable mot de neuf syllabes
pour exprimer ce nombre. Cette opinion bizarre,
dit M. de Humboldt, a été répandue par des voyageurs qui ignoraient le génie des différens idiomes.
Les hommes, ajoute-t-il, s'arrêtent, sous tous les
climats, à des groupes de cinq, dix ou vingt unités,
c'est-à-dire aux doigts d'une main, de deux mains,
des mains et des pieds; et un Indien qui voyage-
rait chez nous, pourrait croire que nous ne
comptons que jusqu'à dix, parce que nous nous
arrêtons après avoir formé un groupe de dix
unités.

J'aborde une discussion sur laquelle l'opinion
de M. Humboldt étonnera beaucoup de lecteurs,

comme.elle m'a étonné moi-même. On croit assez
généralement, et Buffon croyait comme nous, que
la couleur de la peau chez les différens peuples se
rembrunit ou s'éclaircit en raison des climats plus
ou moins chauds qu'ils habitent pendant une
longue suite de siècles; car on convenait que l'influence du climat devait être lente, et n'agir d'une
manière sensible qu'après un grand nombre de
générations. Notre voyageur rejette cette explication si naturelle cependant, et si vraisemblable.
« Dans l'homme, dit-il, les déviations du type
commun à la race entière portent plutôt sur la
taille, sur la physionomie, sur la forme du corps,
que sur la couleur. » Il ajoute plus loin, que « les
peuples qui ont la peau blanche commencent leur
cosmogonie par des hommes blancs.... »; et que
« si l'histoire avait été écrite par des peuples noirs,
ils auraient soutenu que l'homme est originairement noir, et qu'il a blanchi dans quelques races
par l'effet de la civilisation et d'un affaiblissement
progressif; de même que les animaux, dans l'état
de domesticité, passent d'une teinte obscure à des
teintes plus claires. » Tous les hommes, je le conçois, sont portés à croire que leur couleur est celle
qui convient à l'espèce humaine; mais cette prévention de l'amour-propre ne résout pas la question. Le dirai-je? le préjugé est tellement enraciné
dans mon esprit, que la grande autorité de M. de
Humboldt ne suffit pas pour m'en affranchir.
Quand je considère que le climat influe sur la cou-

leur de tous les animaux, je demande pourquoi
l'homme aurait seul le privilége de conserver sa
teinte originelle, et pourquoi cette influence, assez
forte pour modifier la taille, les traits de la physionomie et la forme du corps, serait impuissante sur
la couleur de l'enveloppe ? Je demanderai ensuite par quel étonnant hasard les différentes races
d'hommes nous offrent des teintes toujours plus
foncées depuis le cercle polaire jusqu'à l'équateur,
et s'éclaircissent ensuite de l'équateur aux hautes
latitudes australes ? Si le climat n'a pas produit ces
teintes croissantes et décroissantes dans un ordre
successif, quelle est la cause qui a opéré la symé-
trie de ces nuances ? A la vérité, le témoignage
d'Ulloa, et surtout celui de M. de Humboldt, me
présentent une forte objection ; ils ont vu dans le
climat froid des Cordilières, l'indigène aussi brun
que dans les plaines situées sous le même parallèle ; mais sait-on si ces peuples vivent depuis un
très-grand nombre de siècles dans les lieux qu'ils
habitent aujourd'hui, et la science a-t-elle déterminé le laps de temps nécessaire pour changer entièrement la teinte primitive ? Je le répète : est-ce
par hasard seulement que les Scandinaves sont
plus blancs que nous, que les Flamands sont plus
blancs que les Gascons, ceux-ci plus que les Espagnols, ces derniers plus que les Maures, et les
Maures moins noirs que les Nègres ? Si le climat
n'y a rien fait, comment les peuples, dans leurs
migrations, n'ont-ils pas interverti l'ordre de ces

nuances? Cet ordre, qui souffre si peu d'exceptions, doit être produit par une cause générale ;
et si je suis forcé de renoncer à l'explication du
phénomène par la différence de température, j'aimerais mieux chercher cette cause dans la différence du mouvement de rotation de la terre,
mouvement toujours croissant des pôles à l'équateur, que de l'attribuer au seul caprice du hasard ;
mais je sens, un peu tard, combien je suis ridicule d'argumenter contre un homme tel que M. de
Humboldt : il me pardonnera ; il a parcouru le
Monde, et il sait que les hommes, les ignorans
surtout, tiennent opiniâtrément à leurs vieux préjugés.

On a publié une *Histoire des Naturels des îles*
Tonga ou des Amis, rédigée sur les détails fournis
par M. William Mariner, qui y a passé plusieurs
années. J'y trouve que dans la mer qui baigne l'île
de Tofooa, *les requins ne font aucun mal à ceux*
qui nagent près des côtes, les touchent même sans
jamais les attaquer. Les insulaires attribuent cette
philantropie des requins à ce que l'île de Tofooa
est consacrée aux dieux. Je n'aurais fait aucune
attention à cette singularité, que je regardais comme
un conte de voyageur, si je ne l'avais déjà remar-
quée dans l'ouvrage de M. de Humboldt, qui dit
et affirme la même chose de la rade de la Guayra.
L'autorité de ce savant est d'un tout autre poids
que celle du jeune Mariner. Le fait est donc vrai,
quelque invraisemblable qu'il paraisse. Le peuple

de la Guayra et de Sainte-Marthe l'explique comme les naturels de Tonga, en disant que l'évêque a donné la bénédiction aux requins de cette côte; mais pourquoi n'a-t-il pas aussi béni les requins des Roques, de Bonayre et de Curaçao, qui sont extrêmement voraces et dangereux? et pourquoi n'ose-t-on pas se baigner à la mer quand on n'est plus dans la banlieue de la bénédiction? M. de Humboldt rattache cette singularité fort remarquable à d'autres observations qu'il a faites dans les missions de l'Orénoque. Les singes pris dans telle île du fleuve s'apprivoisaient très-facilement, tandis que les singes de la même espèce, pris sur le continent voisin, meurent de rage et de frayeur dès qu'ils sont au pouvoir de l'homme. Dans une mare des llanos, les crocodiles sont lâches et fuient les assaillans, tandis que ces crocodiles, dans une autre mare, attaquent eux-mêmes avec la plus grande intrépidité. S'il est vrai qu'aucun serpent ne puisse vivre dans telle île d'Amérique dont j'ai oublié le nom; s'il est vrai que l'anguille ne puisse exister dans les eaux du Danube, ne serait-il pas possible que quelques émanations de la côte de la Guayra, de telle mare des llanos, de telle île de l'Orénoque, influent sur le goût, le caractère, ou, si l'on veut, sur l'*idiosyncrasie* des requins, des crocodiles et des singes? Mais me convient-il de raisonner sur un phénomène que M. de Humboldt ne tente pas d'expliquer?

Le grand mot de science médicale, que je viens

de souligner, me sert de transition pour arriver à la fièvre jaune. Dans les pages 549-555 de l'édition in-4°, l'auteur donne des détails curieux sur cette affection quelquefois aussi meurtrière que la peste d'Orient. Je me bornerai à une seule observation sur ce sujet peu agréable. Les médecins qui ont recherché les causes de ce fléau, croient les avoir trouvées dans les miasmes délétères qui s'exhalent des côtes insalubres, des eaux stagnantes, des végétaux corrompus. M. de Humboldt détruit cette théorie. L'aspect de plusieurs côtes où ce typhus a exercé ses ravages exclut le soupçon d'une origine locale : des lieux secs et connus par la salubrité de leur climat n'ont pas été plus épargnés que les plages humides et malsaines ; le *Rio de la Guayra*, dont les inondations ont été considérées comme une source d'infection, ne paraît pas, aux yeux de notre observateur, en avoir été la cause première, puisque ses bords ne lui ont présenté qu'un terrain aride, et son lit des corps insolubles, des minéraux incapables d'altérer la pureté de l'air. Voilà donc encore une lacune dans l'étiologie, cette partie si conjecturale de la médecine.

A ce triste paragraphe, faisons succéder une petite anecdote : Dans une excursion que notre voyageur fit, avec son baromètre, au Guayavo et au fortin de Cuchilla, il fut arrêté par un poste d'artilleurs qui lui demandèrent son passe-port. Il ne l'avait pas, et il courait le risque d'être retenu prisonnier. Il crut calmer le courroux de ces vieux militaires, en leur apprenant combien le lieu où ils étaient avait de *vares* castillanes d'élévation au-dessus du niveau de la mer. Cette idée est bien digne d'un savant qui suppose à tous les hommes la passion et les affections qu'il éprouve lui-même ; aussi nos Espagnols furent-ils peu touchés des résultats du baromètre ; mais M. de Humboldt s'étant avisé de leur dire que la Sierra-Nevada de Grenade était plus élevée que toutes les montagnes de Caracas, un Andalou, charmé de l'hommage rendu à son pays, n'inquiéta plus le voyageur. Il en serait de même partout. Quand vous arriverez dans une ville, dites aux habitans qu'ils ont la plus belle église, le plus beau clocher, le plus beau pont et les plus jolies femmes qu'il y ait dans le monde ; et ne faites pas comme certains Français qui, voyageant en Italie ou en Allemagne, se plaignent de ce que tout y a mauvaise grâce et un air *étranger*.

Quand M. de Humboldt débarqua sur la côte de l'Amérique méridionale, il y existait déjà des symptômes avant-coureurs des troubles qui désolent aujourd'hui cette belle partie du Monde. Sur la montagne même dont je viens de parler, des hommes s'agitaient et disputaient avec chaleur sur la haine des mulâtres contre les blancs, sur la richesse des moines, sur la difficulté de tenir les esclaves dans l'obéissance. Un vieillard qui avait discuté avec plus de calme, fit cesser le colloque en rappelant aux discoureurs combien, dans ces temps de délation, il était dangereux de se livrer à des discussions politiques. Ces mots prononcés dans un lieu si élevé et d'un aspect si sauvage, firent une vive impression sur l'esprit de M. de Humboldt. Quoi! dans un désert du Nouveau-Monde, sur le sommet des montagnes, au milieu des nuages et des vents, il faut savoir se taire! Quel vilain pays, diront nos jolies femmes!

Jusqu'ici j'ai soigneusement évité tout ce qui a rapport aux troubles civils de l'Amérique, nous n'avons pas besoin d'aller à Caracas pour y chercher de fâcheux souvenirs, nous sommes trop riches de notre propre fonds; mais je ne puis négliger une citation qui a tout le caractère d'une prophétie. Girolamo Benzoni, qui écrivait son *Histoire du Nouveau-Monde en* 1572, prévoyait dès lors une partie des malheurs qui nous ont arraché la plus belle de nos colonies. « Les Nègres, dit-il, se sont tellement multipliés à Saint-Domingue, qu'en 1545, quand j'étais à la Terre-Ferme, j'ai vu beaucoup d'Espagnols qui ne doutaient pas que cette île ne devînt la propriété des noirs. » Il était réservé à notre siècle, ajoute M. de Humboldt, d'accomplir cette prédiction. Les pages qui suivent cette citation sont remarquables par des réflexions aussi sages que profondes sur l'insurrection des colonies espagnoles.

On trouve plus loin un paragraphe fort court, mais extrêmement curieux, et très-propre à exercer l'imagination des naturalistes et des géologues. Le voyageur ayant observé que les plantes qui

croissent sur la côte de la mer du Sud offrent
une identité spécifique avec celles qui couvrent les
plaines à l'orient des montagnes ; considérant ensuite que la chaîne des Cordilières partage inéga-
lement l'Amérique, en s'étendant du nord au sud,
sans laisser le moindre passage aux germes des
plantes qui ont besoin d'une haute température,
il en conclut qu'elles n'ont pu se propager de l'un
à l'autre côté par la voie de migration. Comment
donc se trouvent-elles de chaque côté de cette barrière insurmontable ? Faut-il recourir aux générations spontanées ? Mais que de difficultés s'opposent à cette explication ! Si cependant M. de
Humboldt n'avait fait que cette seule observation,
il serait facile de lui répondre que les plantes sont
plus anciennes que les volcans du Pérou, et qu'elles
ont passé sur la côte occidentale avant que les feux
souterrains ne leur opposassent un obstacle en
soulevant le sol jusqu'à deux et trois mille toises.
Mais l'auteur ne me laisse pas cette ressource ; il
ajoute bientôt que, dans le milieu d'une plaine,
ou même au centre d'un archipel, des pics d'une
grande hauteur se couronnent d'herbes alpines
dont on ne retrouve les analogues qu'à d'immenses
distances et sur le sommet d'autres montagnes.
Certes, ici le système de migration est en défaut ;
et non-seulement M. de Humboldt ne cherche pas à
expliquer le phénomène, mais il le regarde comme
un problème insoluble. Il y a long-temps qu'un
passage du troisième Voyage de Cook m'avait fait

faire les mêmes réflexions. Ce navigateur visita, le 25 décembre 1776, une île de l'Océan méridional, où il trouva une médaille et une inscription latine, laissées par un équipage français, qu'il crut être celui du vaisseau de M. de Kerguelen. *Cette île*, dit Cook, *offrait la plus belle verdure; mais on vérifia qu'il n'y existait qu'une seule espèce de plante.* Comment cette plante s'y trouvait-elle? Pourquoi s'y trouvait-elle seule? N'est-ce pas là le problème insoluble de M. de Humboldt?

Je voudrais pouvoir suivre MM. de Humboldt et Bonpland dans leur promenade au sommet de la Silla de Caracas; mais bien que cette excursion soit l'un des plus agréables épisodes de l'ouvrage, je suis forcé d'arriver dans la belle province de Venezuela. Pour combler la mesure des maux qui devaient fondre presqu'à la fois sur cette partie de la Terre-Ferme, la nature conspirait avec la politique. Les habitans jouissaient de la sécurité la plus complète : quoique les tremblemens de terre eussent exercé leurs ravages dans le royaume de Quito; quoique des fêtes religieuses se renouvelassent annuellement, en commémoration d'anciens désastres, ils croyaient n'avoir plus rien à craindre ; et tandis que les habitans de Cumana plaignaient ceux de Caracas de vivre dans une atmosphère humide et brumeuse, ceux de Caracas se félicitaient de ne point respirer l'air embrasé de Cumana, et de ne point éprouver les secousses souterraines qui agitaient cette province orientale. Ce calme, dont ils s'étaient fait une douce habitude, leur paraissait fondé sur la structure de leurs roches et sur l'élévation de leurs vallées ; mais la nature, qui raisonne par des faits, renversa cette vaine théorie des physiciens de Caracas. Une première secousse, qui se fit sentir au mois de décembre 1811, leur apprit qu'ils étaient soumis à la loi générale, et fit évanouir le charme d'une longue sécurité. Trois mois d'une tranquillité parfaite avaient cependant fait renaître la confiance, et le 26 mars 1812, fête du Jeudi-Saint, toute la population était réunie dans les églises, lorsqu'une terrible commotion, bientôt suivie d'une seconde, fit sonner les cloches et imprima au sol une telle agitation qu'il semblait bouillonner commé un liquide. On commençait à se rassurer, lorsqu'un bruit souterrain se fit entendre, plus effrayant, plus fort, plus prolongé que celui du tonnerre dans les orages les plus affreux : il annonçait une nouvelle secousse à laquelle rien ne put résister. La ville de Caracas fut renversée de fond en comble ; dix mille habitans disparurent sous les ruines ; des églises, élevées de cent cinquante pieds, s'écroulèrent sur le peuple qui les remplissait ; et le sol qu'elles couvrirent de leurs débris avait subi une telle dépression, que l'amas de tant de décombres n'avait pas plus de six pieds de hauteur. La caserne de Saint-Charles écrasa dans sa chute un régiment de ligne qui s'était mis sous les armes pour assister à la procession ; les neuf dixièmes de la ville furent entièrement ruinés ; les maisons qui restèrent debout dans l'autre dixième étaient tellement crevassées, qu'elles devinrent inhabitables : outre les dix mille habitans qui, moins malheureux, périrent d'une mort prompte, une foule d'infortunés succombèrent lentement, soit par l'effet de leurs souffrances, soit par le manque absolu d'alimens et de soins. Ces trois secousses, ce désastre, cette ruine, n'ont duré qu'une minute !

Cette catastrophe, décrite par M. de Humboldt avec des développemens dont je n'ai pu saisir qu'une faible partie, lui fournit l'occasion de présenter de savantes considérations sur la puissance volcanique. Il n'admet point la faible théorie des pyrites enflammées ou des houillères en combustion pour expliquer les tremblemens. Ses longues observations lui ont fait reconnaître que la sphère d'activité des volcans est immense, et que leurs foyers sont placés à une grande profondeur ; chacun de ces foyers communique avec l'extérieur du globe par plusieurs cheminées formant des groupes, ou plutôt des files de cônes appartenantes au même système. Ainsi, l'extinction très-ancienne d'un ou de plusieurs volcans, ne doit pas nous rassurer contre une nouvelle éruption, tant qu'une seule bouche du groupe est encore en activité. Quoiqu'il n'y ait aucun volcan dans un pays agité par les tremblemens de terre, il ne faut pas en conclure que les commotions y ont une autre cause ; l'action volcanique se propage à d'immenses distances, et le cratère enflammé est peut-être aussi loin du foyer que telle contrée où l'on n'a jamais vu d'éruption. On entendit sur les bords de l'Apure les détonations du volcan de l'île Saint-Vincent; ainsi le bruit souterrain parcourut un espace qui égale la distance de Paris au Vésuve. Depuis le commencement de 1811 jusqu'en 1813, le feu volcanique agita simultanément la vaste étendue de terre et de mer comprise entre le 5e et le 36e degré de latitude boréale, et limitée par le 31e et le 91e degré de longitude à l'ouest de Paris. Une surface de plus de cinq cent mille lieues carrées éprouva pendant deux ans des commotions dues à la même cause, et la même action se fit sentir à trois points éloignés l'un de l'autre de sept à neuf cents lieues, tels que Saint-Michel des Açores, les rives du Meta et la vallée de l'Ohio. Et, pour écarter tout soupçon d'exagération dans l'appréciation de ce phénomène, rappelons-nous que le tremblement de terre de Lisbonne, en 1755, a été ressenti au même instant sur les côtes de Suède et sur les bords du lac Ontario.

Si Buffon avait pu connaître les travaux et les belles observations de M. de Humboldt, combien il se serait félicité d'avoir abandonné le petit système par lequel les volcans n'auraient leur foyer que près du sommet, ou tout au plus au milieu de la montagne! Et que devons-nous penser du père della Torre, qui, demeurant au pied du Vésuve et l'ayant observé pendant soixante ans, nous

dit que c'est une montagne comme une autre, et
attribue ses éruptions à la déflagration de la *naphte*,
qu'il contient? Je crois avoir déjà fait remarquer
au lecteur que Pline avait, dès le premier siècle
de l'ère chrétienne, soupçonné toute la puissance
de l'action volcanique, et, comme M. de Humboldt place le foyer fort loin des lieux où la commotion se fait sentir, la vallée infernale où il place
le foyer et la montagne dont il ne fait qu'une cheminée, me paraissent représenter parfaitement la
théorie de M. de Humboldt. Le Vésuve démontre
aussi que l'on ne peut pas compter sur l'extinction
parfaite d'un volcan, tant qu'une montagne igni-
vome du même système conserve son activité.
Diodore et Strabon, qui décrivaient le Vésuve sous
le règne d'Auguste, n'y ont vu qu'une surface
plane, entourée de rochers en forme d'amphithéâtre, *et pristinæ deflagrationis vestigia reservans.* Il y avait donc bien long-temps que ce volcan
semblait éteint, puisque l'époque de sa *déflagration* était effacée de la mémoire des hommes ; et
cependant il s'est réveillé pour produire la catastrophe exprimée par Tacite dans cette phrase d'un
effrayant laconisme : *Herculaneum, Pompeii,
Stabia et Retina, populo sedente in theatro, de-
fecere.* Depuis le milieu du quatorzième siècle jusqu'en 1631, le même volcan s'était assoupi, la
végétation avait reparu sur ses bords, on descendait dans son cratère même pour y couper du bois ;
mais en un seul jour la force volcanique souleva

le sommet de la montagne avec la forêt qui le couvrait, lança toute la masse dans les airs, et donna le spectacle de la terrible éruption décrite par Braccini. Plus on lira les anciens et les modernes, plus on reconnaîtra la justesse des observations de M. de Humboldt et la sagacité de ses conjectures.

En quittant les habitans de Caracas pour traverser d'immenses savannes, M. de Humboldt voulut examiner les montagnes de los Teques, les eaux chaudes de Mariara, le beau lac de Valence, les steppes de Calabozo ; il préféra donc l'angle droit à la diagonale. Quel voyage! quel puissant mobile que l'amour de la science et de la renommée! C'est dans la zone torride, c'est sous l'influence d'un soleil arrivé au zénith, que M. de Humboldt va s'enfoncer dans ces vastes solitudes où des arbres rares ne donnent plus d'ombrage, où la terre, couverte d'une herbe desséchée, doit attendre des mois entiers le bienfait des pluies périodiques. Notre savant universel prévoit tous les dangers, et il les brave ; toutes les privations, et il s'y soumet ; toutes les souffrances, et il s'y résigne. Que dis-je ? il est plus dispos et plus gai que nos promeneurs de Tivoli, que nos gastronomes assis à la table de nos Lucullus. Le voyez-vous franchir ces montagnes du haut desquelles il fait ses adieux à l'Océan ? Il s'arrête à chaque pas, à chaque objet il attache une observation savante ou curieuse ; il interroge tous les êtres organiques ou inertes que la nature lui présente ; les rochers, les arbres, les fleuves lui répondent, et il compare ces réponses à celles qui lui ont été faites dans les contrées de l'Ancien-Monde. Plongé dans une atmosphère étouffante, il y remarque sans effroi que dans le moment le plus frais de la journée, au lever du soleil, le thermomètre de Réaumur indique déjà 22 degrés de chaleur, que bientôt la température va s'élever au-delà de 30; et, quand vous craignez que son cerveau bouillant ne fasse éclater son crâne, vous voyez l'homme du Nord s'arrêter complaisamment au milieu de cette fournaise, enterrer son thermomètre dans le sable, l'en retirer avec précaution, et reconnaître sans étonnement que le mercure vient d'atteindre l'épouvantable *maximum* de 40 degrés.

Comme notre voyageur n'oublie jamais l'Europe dans les observations qu'il fait en Amérique, il résulte de singuliers rapprochemens des tableaux qu'il nous présente. Veut-on connaître, par exemple, l'énorme tribut que la petite Europe paie à l'Amérique et à l'Asie, non pour des objets de première nécessité, mais uniquement pour des friandises? On n'apprendra pas sans étonnement, peut-être même sans effroi, que nous consommons annuellement cent quarante millions de livres de café, poids de France; trente-deux millions de livres de thé, dont les deux tiers s'engloutissent dans des estomacs anglais; vingt-trois millions de livres de cacao, et quatre cent cinquante millions de livres de sucre; superfluités fort nécessaires,

4.

je l'avoue, mais qui coûtent chaque année aux gourmands européens la somme fort honnête de 558,200,000 francs. Notre industrie, sans doute, ne solde pas, à beaucoup près, un pareil impôt; et nous demandons ce que devient le numéraire métallique! Heureux les peuples qui peuvent opposer à cette importation ruineuse une exportation supérieure! Un État que nous avons vu naître, et à l'affranchissement duquel nous avons bénévolement contribué, s'avance à grands pas à la prospérité commerciale. Les États-Unis qui, en 1797, n'exportaient que douze cent mille livres de coton, en versaient déjà dans le commerce l'énorme poids de quatre-vingt-trois millions de livres en 1815. Les seules manufactures de coton de la Grande-Bretagne fournissent en cotonnades, toiles peintes, bas, etc.... pour la valeur de 696,000,000 de fr. dont le matériel ne coûte que la cinquième partie de cette somme. Il y a là de quoi payer bien des tasses de café, bien des tablettes de chocolat, et notez que la puissance britannique n'est pas entièrement fondée sur du coton. Mais si, aux 558,000,000 de francs que nous coûtent le thé, le café, le sucre et le cacao, nous ajoutons le prix des épices en tout genre, des bois de teinture, des drogues, des diamans, des perles, des cachemires, etc., etc.... qui allégent annuellement les coffres-forts européens, nous reconnaîtrons que les mines du Mexique et du Pérou versent leurs métaux dans le tonneau des Danaïdes. Et comment paie-

rons-nous notre déjeuné, comment ornerons-
nous la tête de nos dames, si le Pactole américain
vient à tarir, si les cent millions d'indépendans
rêvés par M. de Pradt avalent tout le cacao de So-
conusco, de Caracas et de Guayaquil, confisquent
toutes les perles de Panama?

Pour se faire une idée juste de l'immense Amérique, pour apprécier les descriptions et les observations de M. de Humboldt, il faut se dépouiller
de tous les préjugés européens, et secouer le joug
de l'habitude. Il faut surtout, si l'on veut faire des
conjectures tant soit peu raisonnables sur les mouvemens des peuples de l'Amérique et sur leur destinée future, il faut, dis-je, se pénétrer de cette
vérité, que partout où la nature est gigantesque,
l'homme est moralement plus petit; que les moyens
humains décroissent à mesure que les montagnes
s'élèvent, que les espaces s'agrandissent, que les
fleuves s'élargissent et se creusent, que les fléaux
destructeurs s'étendent sur une plus vaste surface.
Toute la population de la France répandue également sur les possessions espagnoles et portugaises
de l'Amérique, rappellerait le vers de l'Énéide :

Apparent rari nantes in gurgite vasto.

Mais, sans sortir de l'Amérique méridionale, qu'on
se représente cette chaîne de montagnes qui s'é-
tend depuis l'isthme de Panama jusqu'au détroit
de Magellan, et qui des rivages de la mer du Sud

envoie vers l'océan Atlantique trois autres chaînes qui partagent cette vaste péninsule en trois plaines immenses. Celle du nord nous offre ces llanos ou steppes, parcourues et décrites par M. de Humboldt; celle du sud, d'autres steppes nommées *pampas*, qui séparent la Plata des terres magellaniques ; celle du centre est couverte de forêts, ou plutôt, dit M. de Humboldt, d'une seule forêt, dont la surface est *six fois plus grande que celle de la France*. Dans les llanos de Caracas on voit errer douze cent mille bœufs, cent quatre-vingt mille chevaux et quatre-vingt-dix mille mulets ; dans les pampas, douze millions de vaches et trois millions de chevaux, sans compter les nombreux bestiaux qui n'ont pas de propriétaires. Tous ces espaces sont sillonnés par des rivières sans nombre, dont plusieurs reçoivent, pour affluens, d'autres rivières plus considérables que le Danube. Tout, dans ce Nouveau-Monde, est taillé sur un grand modèle ; et il ne faut pas croire avec Buffon que le règne animal y fasse une exception à la règle ; M. de Humboldt y a vu un tigre plus grand que tous ceux qui nous sont apportés de l'Inde pour être exposés en spectacle ; les mares et les fleuves n'y nourrissent pas seulement des caymans ou alligators, mais de vrais crocodiles de 23 à 24 pieds de longueur, et des lamentins y acquièrent l'énorme poids de huit milliers.

Si nous considérons les phénomènes du règne végétal, nous ne serons pas moins étonnés. Dans

la vallée nommée la Quebrada - Seca, un arbre
monstrueux fixa l'attention de nos voyageurs; on
l'avait abattu, parce qu'au moindre éboulement
des terres il menaçait d'écraser par sa chute l'édifice qu'il ombrageait; nos deux savans purent donc
facilement le mesurer, et, quoique toute la cime
en eût été retranchée, le tronc seul avait encore
cent cinquante-quatre pieds de longueur, plus de
vingt-cinq pieds de circonférence à la base, et
treize pieds à l'extrémité supérieure. Des figuiers à
feuilles de nymphéa leur présentèrent une autre
singularité : des excroissances ligneuses, sous la
forme de côtes, y augmentaient à tel point le volume du tronc, qu'il avait soixante-dix pieds de
circonférence près des racines. Ces arêtes se déta-
chent quelquefois du tronc, se transforment en
racines cylindriques, et l'arbre alors paraît soutenu par des arcs-boutans. Les racines latérales
serpentent à la surface du sol, et lorsqu'à vingt
pieds de distance on les coupe avec une hache, il
en jaillit un suc laiteux qui, soustrait à l'action vi-
tale des organes, s'altère et se coagule. Ici le voyageur philosophe s'écrie : « Quelle merveilleuse
combinaison de cellules et de vaisseaux dans ces
masses végétales, dans ces arbres gigantesques de
la zone torride, qui, sans interruption, peut-être
pendant un millier d'années, préparent des fluides
nourriciers, les élèvent jusqu'à cent quatre-vingts
pieds de hauteur, les reconduisent vers le sol, et
cachent sous une écorce rude et dure, sous des

couches de fibres ligneuses et inanimées, tous les mouvemens de la vie organique! »

Les céréales ne prospèrent pas moins dans cette zone brûlante ; et c'est un phénomène bien étonnant que la culture de ces végétaux si utiles depuis les terres arctiques jusque sous l'équateur. M. de Buch les a vus au 69ᵉ degré de latitude septentrionale, c'est-à-dire près du cap Nord, et M. de Humboldt les voit prospérer entre l'équateur et le tropique. Dans la province de Venezuela, un arpent de terrain donne généralement trois mille deux cents livres d'un froment d'une grande blancheur, et couvert d'une pellicule fort mince. Le produit y est donc trois fois plus considérable que dans le nord de l'Europe. Ajoutez à cet avantage celui de faire la moisson soixante-dix jours après les semailles, et vous reconnaîtrez combien est faux le préjugé qui refuse au froment la faculté de prospérer dans les régions où la température est très-élevée. La fertilité de la Sicile, de la Mauritanie, de l'Égypte, suffisait pour démentir cette opinion, absolument détruite par les dernières observations de M. de Humboldt. Cependant, comme l'homme n'est jamais content, les habitans de la Vittoria et de San-Matheo, qui recueillent vingt grains pour un, demandaient au voyageur si la terre prussienne n'était pas plus libérale que celle de Venezuela.

C'est dans l'ouvrage même qu'il faut lire la description d'un autre végétal nommé le *palo de vacca* (arbre de la vache), qui donne en abondance un lait très-nourrissant et très-salutaire, phénomène d'autant plus surprenant, que presque toutes les plantes lactescentes sont amères, âcres et plus ou moins vénéneuses. Je passe à des remarques d'un autre genre.

Comme il faut tâcher de plaire à tout le monde, même sans espoir d'y réussir, j'adresse à MM. les libéraux les anecdotes suivantes : En 1553, les nègres qui travaillaient aux mines de Nirgua et de Buria, se révoltèrent et prirent pour chef un nommé Miguel, qui fonda une bourgade et fut proclamé roi. Sa femme Guiomar fut reine, cela va sans dire ; il eut des ministres, des conseillers d'État, des officiers de la *casa real*, et un évêque nègre pour aumônier. Le fameux Christophe n'est donc qu'un plagiaire, *nil sub sole novum*, même en libéralisme, et le siècle des révoltes a toujours été le siècle des lumières. Malheureusement pour le roi Miguel, il voulut être conquérant ; il se fit bravement tuer au siége de la Nueva-Segovia : la royauté de fait périt avec lui, et sur les débris de son trône s'éleva une république de mulâtres que la cour d'Espagne reconnut, protégea et nomma sa *loyale et fidèle sujette*. Sujette ! c'est un mot bien dur ; mais loyale et fidèle, c'est bien pis. Voici quelque chose de plus agréable : Quelques années plus tard, 1561, un gentilhomme espagnol nommé Lopez de Aguirre, ayant passé du Pérou dans l'océan Atlantique par la rivière des Ama-

zones, de là à l'île de la Marguerite, et de celle-
ci à Valencia, déclara l'indépendance du pays et
la déchéance du roi Philippe II. Comme Miguel,
il fut tué, et presque dans le même lieu ; mais
avant d'expirer, il plongea son poignard dans le
sein de sa fille unique. Les habitans de Valencia
le nommaient encore *le tyran* quand M. de Humboldt visita ce beau pays ; mais aujourd'hui que
les héros de Caracas ont reçu la lumière, Aguirre
est vraisemblablement un saint ou un demi-dieu ;
et la belle lettre qu'il écrivit au roi Philippe, suffirait pour justifier son apothéose : M. de Humboldt
la rapporte en entier, mais je n'en extrairai que
deux phrases ; elles chatouilleront, j'espère, les
magnifiques oreilles des régénérateurs. « .... Je
crois bien, roi chrétien et seigneur très-ingrat,
que tous ceux qui t'écrivent de cette terre te trompent beaucoup..... Nous sommes résolus à ne plus
t'obéir ; nous ne nous regardons plus comme Espagnols ; nous te faisons une guerre cruelle, parce
que nous ne voulons plus endurer l'oppression de
tes ministres... » Il déclare ensuite que ses compagnons se sont nommés un roi ; que lui Aguirre a
tué ce nouveau roi, son lieutenant-général, son
chapelain, son capitaine des gardes, deux ensei-
gnes et six domestiques, et qu'il fit pendre tous
ceux qui lui opposèrent de la résistance ; puis il termine son épître par cette phrase édifiante : « Que
Dieu te tienne en sa sainte garde ! » Comment Dieu
a-t-il laissé périr un si brave homme ! Voilà, je

l'avoue, un grand argument contre la justice divine !

Sans aucune transition, je quitte les politiques pour parler aux philosophes, et leur faire part d'une observation et d'une conjecture qui exerceront toute la sagacité des physiologistes. J'ai dit quelques mots des gymnotes électriques, poisson différent de la torpille, et muni d'un appareil élec-tromoteur si énergique, que M. de Humboldt en a reçu des commotions supérieures à celles que lui faisait éprouver une grande bouteille de Leyde. Si l'on fait entrer des chevaux dans la mare où vivent des gymnotes, ceux-ci lancent leurs foudres élec-triques sur ces grands quadrupèdes qui sont bien-tôt hors de combat, tombent au fond de la mare, et souvent y sont étouffés. La commotion est sou-mise à la volonté du gymnote, et le contact immé-diat n'est pas toujours nécessaire pour qu'elle se fasse ressentir. Après cet exposé qu'il faudrait lire avec tout son développement dans l'ouvrage même, je vais transcrire la réflexion éminemment pro-fonde que le phénomène du gymnote fournit au voyageur philosophe : « Les résultats brillans que » la chimie a obtenus par le moyen de la pile (gal-» vanique) ont occupé tous les observateurs, et » les ont détournés pour quelque temps de l'exa-» men des phénomènes de la vitalité. Espérons » que ces phénomènes, les plus imposans et les » plus mystérieux de tous, occuperont à leur tour » la sagacité des physiciens : cet espoir sera réalisé

» facilement si, dans une des grandes capitales de
» l'Europe, on parvient à se procurer des gym-
» notes vivans. Les découvertes que l'on fera sur
» les appareils électromoteurs de ces poissons,
» beaucoup plus énergiques et plus faciles à con-
» server que les torpilles, *s'étendront* (c'est moi
» qui souligne) *sur tous les phénomènes du mou-*
» *vement musculaire soumis à la volonté. On*
» *trouvera peut-être que, dans la plupart des*
» *animaux, chaque contraction de la fibre mus-*
» *culaire est précédée par une décharge du nerf*
» *dans le muscle, et que le* SIMPLE CONTACT DE
» SUBSTANCES HÉTÉROGÈNES EST UNE SOURCE DE
» MOUVEMENT ET DE VIE DANS TOUS LES ÊTRES
» ORGANISÉS. » Voilà une grande idée qui va très-
loin, et qui n'est pas jetée au hasard ; car, après
vingt pages, on retrouve la note suivante où la
même théorie est exposée en ces mots : « La con-
» traction musculaire (la décharge du nerf dans le
» muscle) est accompagnée d'un changement chi-
» mique des élémens. Il y a absorption de l'oxygène
» du sang artériel, et, pendant cette absorption,
» la fibre musculaire se noircit et se carbonise. »
Ces deux phrases suffiraient pour servir de matière à de gros livres, et ne désespérons pas de
les voir paraître. Pour moi, tout en admirant
cette idée si féconde, cet aperçu vraiment lumineux, j'ai le malheur de reconnaître que mon ignorance n'en est pas plus éclairée. Si je n'ai jamais
pu comprendre comment un acte de ma volonté

faisait contracter mes muscles, je ne comprendrai pas davantage comment les décharges électriques de mes nerfs seront soumises à ma volonté, ni comment mes sensations, mes affections, mes idées, mettront en contact des substances hétérogènes qui deviendront la cause de mes mouvemens. Mais je ne suis pas de ceux qui nient ce qu'ils ne comprennent point, et je laisse à M. de Humboldt la solution d'une difficulté si ardue. J'oserai seulement lui demander pourquoi, dans le premier membre de sa phrase, il dit : *la plupart des animaux*, tandis que, dans le second, il applique le principe à *tous les êtres organisés*, expression qui s'étendrait aux végétaux même.

On a souvent disserté sur l'origine des Américains et sur les premières migrations des peuples de l'Ancien-Monde vers le nouveau continent. M. de Humboldt a vu au Mexique des monumens qui offraient une analogie surprenante avec ceux de l'ancienne Égypte. Des idiomes américains paraissent avoir leurs racines dans les vocabulaires des langues asiatiques; de nombreux indices semblent prouver que le détroit de Berring a été le point de communication entre l'Asie et l'Amérique. Mais comment expliquer les rapports frappans que M. de Humboldt a trouvés entre les langues du Caucase et celles que l'on parle sur les bords de l'Orénoque, si rapproché de l'océan Atlantique, et si éloigné des côtes mexicaines? Comment la fable de Deucalion et de Pyrrha se

retrouve-t-elle comme article de foi chez presque
tous les peuples du Haut-Orénoque et des montagnes de Parime? Quelles mains ont gravé ces
figures hiéroglyphiques et même ces caractères
alignés, preuves indubitables d'une ancienne civilisation, que l'on remarque dans les cavernes du
Saraguaca, entouré de peuplades barbares? Ré-
pondez à ces questions, *et eris mihi magnus
Apollo.* Autre observation qui n'est pas moins
étonnante : L'Orénoque, dont la crue actuelle
dans la saison des pluies n'est que de quarante-
deux pieds, c'est-à-dire du double de celle du
Nil, était autrefois de cent trente pieds au-dessus
du niveau moyen, comme l'indiquent des marques
certaines empreintes sur les rochers qui bordent
le fleuve. Les innombrables courans d'eau qui
abreuvent cette grande presqu'île, avaient sans
doute un volume proportionné : où donc habi-
taient les peuples civilisés qui ont tracé les antiques
hiéroglyphes, ou dans quel temps se sont-ils établis
sur cette terre qui n'offrait que des sommets de
montagnes au milieu d'une mer d'eau douce?

J'ai extrait quelques lignes pour les libéraux,
pour les philosophes, pour les physiologistes,
pour les faiseurs de cosmogonies ; voici un passage
qui concerne les musiciens ; oui, les musiciens,
car il n'est savant, artiste ou homme du monde à
qui M. de Humboldt ne puisse apprendre quelque
chose. Ce voyageur à observé, chez les *Salivas,* un
instrument de musique fort singulier : c'est une

espèce de trompette, en terre cuite, de cinq pieds de long, ayant plusieurs renflemens en forme de boule, qui communiquent l'un à l'autre par des tuyaux étroits. Cet instrument rend des sons extrêmement lugubres ; or, comme le lugubre et le savant ont beaucoup d'analogie dans la musique moderne, je propose l'admission de ces trompettes aux orchestres de nos théâtres. Il y a plus d'un opéra comique où elles produiraient un effet merveilleux.

La communication entre l'Amazone et le Rio-Negro, celle entre le Rio-Negro et le Cassiquiare, celle enfin entre ce dernier fleuve et l'Orénoque, étaient connues et assez correctement indiquées sur nos cartes les plus récentes ; mais MM. de Humboldt et Bonpland voulaient s'en assurer par une observation directe, et déterminer de la manière la plus rigoureuse toutes les circonstances de cet embranchement. C'est pour conquérir cette vérité qu'ils ont fait en soixante-quinze jours une navigation de plus de six cents lieues de vingt-cinq au degré, qu'ils se sont laissé dévorer par les moustiques, les maringuoins, et toute la race tipulaire ; qu'ils se sont exposés à la férocité des jaguars et à la voracité des crocodiles, qu'ils ont bravé les chaleurs étouffantes, l'humidité corruptrice de tant de rivières dont les eaux sont, pendant la nuit même, à la température de nos bains chauds ; qu'ils ont franchi sans pâlir les *rapides* et les cataractes de l'Orénoque, et qu'ils ont vécu assez

misérablement pour savourer avec délices.... des
mets délicats sans doute, des fruits exquis? non;
le premier morceau de pain qui leur fut présenté
à l'Angostura. Oh! certes, ce n'est pas l'*auri
sacra fames* qui leur a donné ce courage : la
science a son ambition comme la politique, mais
quelle différence dans le résultat!

Il faut bien tracer rapidement cette navigation
sur tant de fleuves qui, affectant des directions différentes ou contraires, ont cependant ramené la
barque de nos voyageurs au point d'où elle était
partie.

Une navigation sur le *Rio-Apure* avait accoutumé les deux savans à la sévère harmonie du
désert; une nuit calme et sereine ne leur avait
pas procuré de sommeil, mais en revanche ils
assistaient à l'étrange concert formé par les sons
flûtés des sapajous, les gémissemens des alouettes,
les cris perçans des tigres, des couguars, des
lions sans crinière, des pécaris, des paresseux,
des hoccos, des parrakouas, et par les sifflemens des
singes que les tigres poursuivaient jusqu'au sommet
des arbres. Arrivés à l'embouchure de l'*Apure*
dans l'Orénoque, une plaine immense d'eau se
déploie devant eux; ils remontent cet énorme
courant, passent en revue les montagnes de l'*En-
caramada*, parviennent à l'embouchure du *Meta*,
noble affluent d'un fleuve colossal : ils refoulent
cette masse grossie par de nouvelles rivières et em-
barrasée par les célèbres cataractes de *Maypurès*;

et, après avoir parcouru l'espace de soixante-dix lieues sur le fougueux Orénoque, ils s'arrêtent un moment à *San Fernando de Atabapo*, où le mystère de l'embranchement commence à se dévoiler. Je laisse à la droite des voyageurs la vaste embouchure du *Guaviare*, qui, par la largeur de son lit, le volume de ses eaux, et la longueur de son cours, peut disputer à l'Orénoque même l'honneur de donner son nom au fleuve principal, et je me repose un moment sur les bords de l'Atabapo, qui est le chemin des découvertes.

Avant de remonter ce dernier courant, contemplons le phénomène que présente la jonction des trois rivières dont je viens de tracer les noms. Si l'on porte ses regards sur la belle carte, cotée n° 16, et qui orne l'atlas, on y remarque avec étonnement la figure d'une croix formée par le concours de trois fleuves. L'Orénoque, ou du moins le courant d'eau auquel nous accordons arbitrairement l'honneur de porter le nom principal, vient de l'est, et court droit à l'ouest, depuis qu'il a reçu les eaux du Vantuari ; sous le même parallèle, mais dans un sens contraire, le Rio-Guaviare se dirige droit à l'est, et il refoulerait les eaux de l'Orénoque, si les deux rivières réunies ne s'infléchissaient pas vers le nord, en décrivant chacune un angle droit avec la direction antérieure de son cours. L'Orénoque forme donc deux branches de la croix dont j'ai parlé plus haut, le Guaviare dessine la troisième ; et l'Atabapo, qui

coule du sud au nord, arrive justement au point
de jonction pour former la branche inférieure. Si
cette disposition n'est pas unique dans les fastes de
la potamographie, elle est au moins fort rare.

Dans la croix figurée par les trois fleuves,
l'Atabapo, qui court du sud au nord, forme la
branche inférieure : c'est cette rivière que MM. de
Humboldt et Bonpland ont remontée en quittant
San Fernando ; de l'Atabapo, ils sont entrés dans
le *Temi*, qui partout ailleurs serait un fleuve considérable, et n'est ici qu'une petite rivière ; du
Temi, ils passent dans le *Tuamini*, et ils arrivent
à San Antonio de Javita, où ils attendent pendant
quatre jours qu'on ait fait passer leur grande pirogue à travers une prairie marécageuse et une
partie de forêt souvent inondée. On verra bientôt
que ce *portage*, ou plutôt ce *traînage* à travers
une langue de terre de deux lieues, ne détruit pas
la communication *par eau* entre l'Amazone et
l'Orénoque. La pirogue, traînée sur cette espèce
de savanne, entre bientôt dans le *Câno-Pimichin*,
petit ruisseau qui, comme je l'ai déjà dit, n'est
pas plus grand que la Seine, et, après une navigation assez courte, elle vogue sur le *Rio-Negro*,
ce puissant affluent de l'Amazone. C'est ici que
nos voyageurs s'assureront de la réalité ou de la
fausseté du fameux embranchement qui a été le
sujet de tant de disputes ; car, si d'un affluent de
l'Amazone leur barque arrive à l'Orénoque, sans
traînage ni portage, la communication est incon-

testable ; c'est ce qui-fut exécuté. Du Rio-Negro,
la pirogue entra dans le Cassiquiare, qu'elle re-
monta péniblement, et, du Cassiquiare, elle passa
dans l'Orénoque au-dessous de l'Esméralda ; nos
savans descendirent ce fleuve, et, après y avoir
parcouru une distance de plus de soixante lieues,
ils se retrouvèrent à San Fernando de Atabapo,
où ils avaient commencé leur circumnavigation.
L'embranchement est donc prouvé par une observation directe ; et, ce qu'il y a de plus remarquable, c'est qu'il est double ; car, entre le Rio-
Negro et le Cassiquiare, il existe une autre rivière
nommée *Rio-Conorichite*, qui, à l'ouest, s'abouche
avec le Rio-Negro, *affluent* de l'Amazone, et, à
l'est, avec le Cassiquiare, *défluent* de l'Orénoque.

Dans les cinq cents lieues de navigation que
M. de Humboldt a parcourues sur différens fleuves
pour constater la communication entre l'Amazone
et l'Orénoque, une foule d'objets dignes de la
méditation d'un philosophe se sont offerts à ses
regards : il ne pouvait les négliger. Arrivé aux *rapides* de l'Orénoque, il apprend que des fièvres
funestes, surtout aux Européens, désolent, pendant une grande partie de l'année, les riverains
du fleuve. Les missionnaires et les indigènes attribuent ces fièvres endémiques aux rochers nus qui
forment les cataractes.

Des rochers de granit qui donnent la fièvre sont
une idée toute nouvelle et même un peu bizarre.
Cependant, M. de Humboldt la croit digne d'être

5.

examinée. Il remarque, en effet, que ces rochers
sont uniformément couverts d'un enduit noir,
lisse, à reflet métallique, que la matière colorante
est toute à la surface de la pierre et ne la pénètre
pas; elle n'est pas due, sans doute, à la nature de
la roche, car le granit étant composé de parties
hétérogènes, l'enduit noirâtre serait plus épais
sur certains points de la pierre que sur d'autres,
et il est au contraire uniformément répandu. C'est
donc une décomposition de l'eau, qui dépose sur
la roche un oxide de fer et de manganèse. Notre
voyageur se rappelle qu'aux cataractes du Nil, en
Nubie, et à celles du Zaïre, au Congo, on a fait
la même observation. La circonstance d'une haute
température et du mouvement tumultueux des
eaux contre une cataracte paraît donc nécessaire
à la formation de cet enduit qui donne à toutes les
roches l'aspect des pierres météoriques. A quel
point ce vernis noir peut-il altérer la pureté de
l'air? à quel point peut-il influer sur la santé des
habitans? On voit que ce ne sont pas là des questions oiseuses; et peut-être deviendront-elles
importantes en endiométrie, science encore bien
obscure et bien incertaine.

J'ai parlé des cousins, des moustiques, des maringuoins, et l'on a pu y trouver un côté plaisant;
mais si ces petits animaux font de la vie humaine
un long supplice, s'ils sont un obstacle à la population, s'ils empêchent les Indiens de se réunir
dans les missions, et s'ils font déserter les villages,

ils ont bien aussi leur côté sérieux ; d'ailleurs,
pourquoi ces petites et redoutables mouches se
trouvent-elles par myriades sur les eaux de tel
fleuve, tandis qu'on en voit peu sur d'autres rivières? pourquoi telle famille de ces vampires pré-
fère-t-elle les *eaux noires*, une autre les *eaux
blanches*, car ces deux couleurs distinguent les
fleuves d'Amérique, et la teinte noire, brune ou
blanche n'est pas uniquement due au plus ou
moins de profondeur, au plus ou moins de lim-
pidité, à la nature des plantes qui croissent sur
les bords, autre question qu'un savant doit tâcher de résoudre? Nous sommes trop habitués à
n'attribuer d'importance qu'aux grandes choses,
mais les corps les plus petits peuvent exercer une
énorme et fâcheuse influence. Que pensera-t-on
quand on apprendra que des insectes bien plus
petits que des cousins, et presque microscopiques,
détruisent, avec une effrayante rapidité, les peaux,
les papiers, les livres ; et que, dans la vaste contrée où ces petites bêtes règnent en despotes, aucun monument des sciences ou de la littérature
ne pourrait subsister au-delà de quelques années?

Une autre observation occupe un assez grand
nombre de pages dans cet ouvrage. Notre voyageur a reconnu avec étonnement que le bruit des
cataractes avait trois fois plus d'intensité pendant
la nuit que dans tout le temps où le soleil est sur
l'horizon. A Paris, cet effet n'aurait rien que de
très-naturel ; mais dans un désert où le silence et les

petits bruits causés par le mouvement des feuilles et par les animaux nocturnes et diurnes, sont toujours les mêmes, pourquoi le bruit des cataractes est-il si différent? Faut-il chercher la cause de ce phénomène dans la différence de densité de l'air, dans le mouvement imprimé à l'atmosphère par la chaleur du soleil, dans les fluides aériformes qui pendant le jour se mêlent à la masse atmosphérique et amortissent ou détournent les effluves sonores? Cette discussion, conduite avec une rare sagacité, pourra cependant paraître longue, et je vais encore y ajouter, parce qu'il me semble que M. de Humboldt a eu tort de n'admettre que des causes physiques dans son calcul. Une cause morale et bien évidente me paraît devoir influer sur cet *accroissement* de l'intensité du son. Quand l'obscurité nous prive de la vue, nos autres sens viennent au secours de celui qui est affaibli : l'ouïe est aux aguets, notre attention redouble, et nous percevons les moindres modifications des bruits les plus faibles; le son paraît grandir parce que nous nous servons en quelque sorte d'un microscope auriculaire; enfin, nous *entendons* pendant le jour, mais nous *écoutons* pendant la nuit, et la différence exprimée par ces deux verbes doit causer une différence apparente dans la perception des sons aux deux époques.

M. de Humboldt n'est pas toujours plongé dans la physique. Les descriptions qu'il fait nous offrent souvent des panoramas sauvages, mais pittoresques et tout nouveaux pour nous. Ici, du sommet d'une hauteur, il me fait contempler ce large fleuve qui franchit tous les obstacles, ces torrens de vapeurs argentées qui se balancent au-dessus de ces innombrables rochers noirs vaincus par l'Orénoque, et ces palmiers gigantesques dont les cimes s'élèvent au-dessus des rochers et des vapeurs. Plus loin, il me montre un jaguar, ce rival du tigre en férocité, qui vient bondir dans une prairie où deux enfans reposent sur l'herbe; il s'approche d'eux en faisant des sauts qui n'ont rien d'effrayant; il donne quelques légers coups de patte à l'un d'eux, et il s'enfuit en continuant ses gambades quand la petite fille, armée d'une branche d'arbre, l'a puni de sa familiarité. Il faut conclure de ce fait que le jaguar est un animal très-aimable quand il n'a pas faim.

Je ne m'engagerai pas dans la question si l'Amérique est sortie du sein des eaux plus tard que l'ancien continent; je ne demanderai pas ce que signifient ces figures symboliques gravées sur les rochers, qui appartiennent à une autre race d'hommes et attestent une civilisation plus avancée. Pourquoi les anciens vases, que l'on trouve dans des contrées très-éloignées l'une de l'autre, offrent-ils des ornemens du même genre, et toujours les mêmes dessins? C'est à M. de Humboldt qu'il faut adresser tous ces *pourquoi*. Il ne répondra pas à tous; il vous satisfera sur plusieurs, et vous donnera sur d'autres des probabilités fort ingénieuses.

Veut-on connaître les indigènes dont les hordes peu nombreuses parcourent ces vastes solitudes, ces bons sauvages dont les romanciers nous vantent les vertus et le bonheur? voici un trait qui les peindra mieux que cent tableaux fantastiques. Un chef d'Indiens avait un *harem* où il enfermait un grand nombre de femmes, et il s'amusait à manger successivement les plus belles et les plus grasses. Un missionnaire, grand apologiste des sauvages, auquel on objectait ce fait trop avéré, répondit avec une ingénuité charmante : « C'est une mauvaise habitude de ces peuples, d'ailleurs si bons et si doux. » Ce n'est pas le défaut de nourriture, ce n'est pas seulement la haine contre une peuplade ennemie qui perpétue l'antropophagie parmi ces Indiens si doux et si bons. M. de Humboldt a découvert une autre cause qui a pu donner lieu à cet usage barbare, ou du moins à en diminuer l'horreur. Ces Indiens font la chasse aux singes, dont la chair leur paraît une excellente nourriture, et ils les font rôtir tout entiers. Or, un singe rôti a une parfaite et hideuse ressemblance avec un enfant : l'habitude de dévorer des membres qui ont la forme humaine a bien pu, par une triste analogie, faire naître le goût de dévorer des hommes, et cette conjecture paraît très-vraisemblable, quand on observe que les peuples en général, et les sauvages plus spécialement, sont naturellement portés à regarder les autres nations comme des espèces inférieures et approchant des animaux.

Il ne me reste plus assez d'espace pour accorder quelques lignes à chacun des objets aussi nouveaux qu'intéressans qui sont contenus dans ce Voyage : je ne ferai qu'indiquer les principaux, tels que le *curare*, ce poison mortel dont il y a de nombreuses fabriques dans ces contrées, et qui est un objet de première nécessité pour les peuples qui les habitent, et les notions généralement répandues parmi les peuplades américaines, sur un grand cataclysme qui aurait noyé la race humaine, à l'exception d'un seul homme et d'une seule femme qui repeuplent le monde *en jetant derrière eux les fruits d'un palmier*. Comment la fable de Deucalion se retrouve-t-elle sur l'Orénoque? Je serai aussi laconique sur la description de l'Angostura qui, depuis la visite de M. de Humboldt, est devenu la métropole ou au moins l'*emporium* de l'empire bolivarien. Je ne décrirai pas, dans toutes ses tristes circonstances, le spectacle d'un crocodile qui vient saisir un malheureux Indien sur le rivage, le plonge dans l'eau pour l'étouffer, et va le dévorer tranquillement sur l'un des rochers du fleuve, à la vue de nombreux spectateurs qui sont réduits à l'impuissance. Les scènes de ce genre ne sont pas rares dans ce pays de la liberté. On a beau faire, on n'est jamais indépendant. On s'exile dans un désert pour échapper à l'autorité des hommes, et l'on est forcé d'y reconnaître la suprématie du jaguar et du crocodile. N'oublions pas en Europe que, s'il s'établit à l'embouchure

de ce grand fleuve quelque république turbulente ,
elle pourra nous donner des inquiétudes. Il ne
faut que dix-huit jours à un vaisseau espagnol pour
atteindre ce rivage , et que trente jours pour arriver en Europe.

Je n'attristerai pas mes lecteurs en les entrete-
nant de la *conquête des âmes* et de la *chasse aux
hommes*; c'est dans l'ouvrage même qu'il faut
chercher l'explication de ces mots sinistres. Mais
j'indiquerai avec plus de plaisir des détails curieux
sur le fameux *el Dorado*, que l'on a cherché si
long-temps , et qui a servi de texte à tant de relations romanesques.

La cinquième livraison de l'ouvrage de MM. de
Humboldt et Bonpland peut être regardée comme
une histoire physique , politique et morale de cette
vaste contrée qui s'étend depuis l'Orénoque jusqu'aux montagnes de la Nouvelle - Grenade , et
depuis la mer des Antilles jusqu'au Rio-Negro. Et
il s'en faut bien que l'auteur se renferme exclusivement dans cette partie de l'Amérique méridionale ; comme il éclaire toujours ses observations
par des comparaisons ingénieuses , chaque description lui fait faire des excursions dans les diverses
contrées du Nouveau-Monde , et même de l'Europe , pour y trouver des analogies ou des oppositions ; de sorte que l'Amérique tout entière , et
souvent l'Europe sont mises à contribution pour
compléter le tableau de la Colombie. C'est ainsi
que M. de Humboldt se transporte au Pérou , au

royaume de Quito, au Popayan, etc., quand il
veut décrire la chaîne des Cordilières et indiquer
les différens *nœuds* ou centres d'où partent les
différentes branches de ces montagnes ; c'est ainsi
qu'en parlant d'une peuplade qui a été autrefois
une grande nation, il cite et décrit les grands ouvrages dont on voit encore les imposans vestiges
sur le territoire des États - Unis, et qui attestent
l'antique existence d'un peuple civilisé, puissant
et industrieux. Mais c'est surtout dans l'évaluation
des surfaces que ces nombreuses comparaisons se
font le plus remarquer. M. de Humboldt a bien
senti que des chiffres se gravent difficilement dans
la mémoire, parce qu'ils n'y laissent point d'i-
mages ; c'est pourquoi, lorsqu'il veut indiquer
l'étendue d'un terrain, d'une province ou d'un
État, après en avoir évalué la superficie en lieues
marines carrées, il ne manque presque jamais de
la comparer à celle d'une partie de l'Europe, afin
que l'image d'une chose connue nous présente
plus distinctement l'image de celle que nous voulons connaître. Il m'est, par exemple, bien plus
facile de me rappeler que le territoire des États-
Unis, entre les deux Océans, est dix fois aussi
grand que la France, que de retenir le nombre
de cent soixante-quatorze mille trois cent six lieues
marines carrées. J'ai déjà oublié combien de lieues
marines carrées présente la surface de toutes les
ci-devant possessions espagnoles en Amérique,

mais je me souviens très-bien qu'elles excèdent d'un quart toute la surface de l'Europe.

Aujourd'hui que la Colombie, avec les six républiques ses sœurs, va influer d'une manière si sensible sur les destinées futures de l'Europe, il n'est personne qui n'ait le désir de connaître ce pays, le caractère de ses peuples, ses moyens, sa configuration, ses productions et ses richesses naturelles ou commerciales. Sur tous ces points et sur ceux qui concernent la géologie, la météorologie, la potamographie et toute la physique en général, M. de Humboldt va répondre à toutes les questions. On ne trouvera point chez lui l'enthousiasme des publicistes libéraux, ni le dénigrement peu éclairé des ultra-monarchistes. Il ne voit pas encore des Tyrs, des Carthages, des Alexandries sur les rives de l'Orénoque ou de la Madeleine; mais il reconnaît, dans les diverses contrées de la Colombie, les nombreux élémens d'une grande prospérité. Il n'exagère pas follement les progrès de la population comme les écrivains qui la doublent dans chaque période de vingt-cinq années; mais il conjecture qu'elle sera bientôt très-considérable, quoique son accroissement ne puisse pas être aussi rapide qu'il l'est aux États-Unis. Il n'excite pas l'ambition des héros colombiens; il leur fait sentir au contraire combien il leur faut de prudence et de sagesse pour ne pas perdre le fruit de leurs efforts, et pour tenir réunies les populations des plaines et des montagnes qui sont divisées mo-

ralement par une antipathie naturelle et très-pro-
noncée. Il leur fait remarquer enfin que les steppes
immenses qui forment plus des deux tiers de l'ancienne capitainerie de Caracas, peuvent, dans les
temps des troubles civils, servir d'asile et d'appui
au parti qui veut lever l'étendard de la révolte,
parce qu'il trouverait une retraite assurée dans ces
vastes solitudes, et des vivres en abondance dans
les innombrables troupeaux qu'elles nourrissent.

Si, des considérations générales, nous passons
aux détails curieux ou instructifs, nous sommes
effrayés de leur nombre ; et, malgré leur importance, il nous serait impossible d'en offrir la simple
nomenclature. Et, en effet, quelques lignes d'a-
nalyse pourraient-elles, par exemple, donner une
idée satisfaisante de cette belle nation des Caribes
qui a autrefois occupé un vaste territoire insulaire
et continental, mais que les cruautés des Européens ont réduite à une faible peuplade, confinée
sur un petit espace? Aucune contrée du Monde
ne nourrit des hommes plus beaux et plus robustes;
leur intelligence est remarquable, et l'on voit parmi
eux des jeunes gens qui parlent des heures entières
avec une éloquence naturelle et pleine de sens.
Mais ce qui étonne le plus, et ce qui exigerait de
longs développemens, c'est le phénomène de leur
langage, qui est double, puisque les femmes n'y
parlent pas la même langue que les hommes. Cette
singularité se retrouve, il est vrai, chez plusieurs
autres peuples de l'Amérique, mais elle n'est nulle

part aussi marquée que chez les Caribes. Combien je regrette de ne pouvoir suivre l'auteur dans ses réflexions philosophiques sur ces idiomes si nombreux, si différens par le vocabulaire, et réunis cependant par un lien commun qui décèle une antique affinité! Puissent les lignes que je vais transcrire suppléer à ce que je suis forcé de négliger! « C'est une disparité totale de mots à côté d'une grande analogie de structure qui caractérise les langues américaines, depuis la baie d'Hudson jusqu'au détroit de Magellan. Ce sont comme des matières différentes, revêtues de formes analogues. Si l'on se rappelle que ce phénomène embrasse presque de pôle à pôle, tout un côté de notre planète; si l'on considère les nuances qui existent dans les combinaisons grammaticales (dans les genres appliqués aux trois personnes du verbe, les réduplications, les fréquentatifs, les duels), on ne saurait être assez surpris de trouver chez une portion si considérable de l'espèce humaine, une tendance uniforme dans le développement de l'intelligence et du langage. » Cette réflexion de M. de Humboldt en fait naître une autre : ce ne sont certainement pas les peuplades actuelles, et que nous nommons sauvages, qui ont construit les langues américaines avec un pareil artifice ; ce ne sont pas elles qui ont élevé ces longues murailles, ces boulevards et tous ces ouvrages stratégiques dont les restes étonnent les Anglo-Américains : le Nouveau-Monde peut donc être aussi ancien que le nôtre ;

et , comme le dit Horace , il y a eu de grands guerriers avant Agamemnon.

Je ne regrette pas moins de ne pouvoir faire
passer dans l'esprit du lecteur les considérations
de M. de Humboldt sur la forme des continens qui
sont d'autant plus favorables à la civilisation, qu'ils
offrent plus d'anfractuosités dans leur littoral , plus
de presqu'îles, plus de golfes ou de mers intérieures, tandis que les grandes masses triangu-
laires dont les rivages présentent des lignes droites,
comme l'Afrique et presque toute l'Amérique méridionale, retiennent les peuples dans une longue
enfance , et s'opposent au développement de leurs
facultés. La preuve de cette observation est ap-
puyée sur des exemples qui ne laissent aucun
doute.

C'est aussi dans l'ouvrage même qu'il faut chercher une réponse à cette question géologique et
fort curieuse. Pourquoi le littoral américain sur la
mer Atlantique ne présente-t-il point de volcans,
tandis que la côte occidentale sur le grand Océan,
en offre en si grand nombre sur une ligne de plus
de deux mille lieues? La solution qu'en donne
M. de Humboldt fait supposer, si je ne me trompe,
que le foyer des volcans est placé à une immense
profondeur, et peut-être qu'il n'y a qu'une seule
source pour tous les volcans du globe. Cela se rapporte à ce que l'auteur a déjà dit dans son premier
volume , quand il a fait observer à quelles énormes
distances les commotions volcaniques se propagent.

Cette grande idée me rappelle la singulière expression de M. Hamilton, lorsqu'il dit : « *Le feu volcanique est la grande charrue qui laboure la surface de notre planète.* » Mais un passage de Pline
est encore plus remarquable ; il dit en parlant de
l'Etna : « *Ignis in aliquâ infernâ valle conceptus
exestuat, et alibi pascitur; in ipso monte non
alimentum habet, sed viam.* » Cette phrase m'a
toujours frappé , et je crains beaucoup que ces anciens à qui nous accordons tant d'ignorance ,
n'aient mieux connu la nature des volcans qu'un
grand nombre de nos géologues.

Je ne toucherai à la partie botanique que pour
appeler l'attention des curieux sur l'*arbre de la
vache*, dont j'ai déjà parlé , singulier végétal dont
le suc laiteux a toutes les propriétés physiques du
lait de vache , qui contient de la fibrine , et une
cire qui, en fondant, exhale une odeur de viande.

Je ne me perdrai pas dans le dédale de l'oro-
graphie , et je ne parlerai des montagnes que pour
enlever aux Cordilières des Andes l'honneur d'être
les points les plus élevés du globe. Tout le monde
sait que la hauteur du Mont-Blanc, en Savoie ,
est de 2450 toises ; le Chimboraço , la plus haute
cime de Cordilières, en a 3350, mais l'Himalaya,
dans le Thibet, s'élève jusqu'à 4026 toises au-dessus du niveau de la mer. Ainsi, la plus haute montagne d'Auvergne, placée sur le sommet du Mont-
Blanc, serait encore de plus 100 toises inférieures
au Chimboraço , et le Vésuve, placé sur le Chim-

boraço, n'atteindrait pas à 72 toises près la hauteur de l'Hymalaya.

Pour sortir des montagnes, passons brusquement à une observation d'un genre tout opposé, et qui fera faire plus d'une réflexion au lecteur. Le grand tremblement de terre qui, en 1812, détruisit la ville de Caracas, favorisa singulièrement la contre-révolution que les royalistes y firent éclater temporairement. « Rien n'est plus curieux, dit M. de Humboldt, que la négociation qui fut entamée alors entre le gouvernement républicain, siégeant à Valencia, et l'archevêque Prat, pour l'engager à publier une lettre pastorale capable de tranquilliser le peuple sur la colère de la divinité. On voulait bien permettre au prélat de dire que cette colère céleste était méritée à cause du déréglement des mœurs, mais il devait déclarer positivement que la politique n'y entrait pour rien. » Voilà sans doute l'une des plus étranges négociations dont la diplomatie nous ait donné le scandale. Oh! combien les nouveaux républicains ont dû envier les oracles du paganisme! On aurait fait parler quelque statue creuse qui aurait dit au peuple : « Misérables pécheurs, la justice divine vous a châtiés, parce que vous êtes menteurs, cupides et libertins, mais Dieu ne se mêle pas de politique; ainsi, révoltez-vous tant qu'il vous plaira, et battez bien ces coquins d'Espagnols, qui ne valent pas mieux que vous. » Tel est sans doute le sens véritable de la correspondance répu-

blicaine ; mais il paraît qus l'archevêque ne voulut
pas se prêter à cette jonglerie, car il fut emprisonné.
Vive la liberté dont on jouit dans les républiques !
Nous avons eu le bonheur de la connaître.

Si l'abondance des matières ne me permet pas
même d'effleurer toutes les questions , toutes les
remarques importantes ou curieuses, les circonstances actuelles me fournissent au moins l'occasion
de m'arrêter sur un point qui intéresse toutes les
nations industrieuses et commerçantes : je veux
parler du projet d'ouvrir un large canal à travers
l'isthme de Panama.

Ce n'est pas d'aujourd'hui seulement que l'on
a tenté de couper des isthmes : pour éviter la circumnavigation du Péloponèse, les Romains se
sont efforcés d'ouvrir celui de Corinthe ; et l'on
sait que Néron y a manié la pioche et porté quelques pellerées de terres dans une hotte dorée, pour
donner l'exemple aux travailleurs.

Une tentative bien plus importante et plus ancienne eut lieu sur l'isthme de Suez, et le canal
des Ptolémée fut une faible compensation à l'impossibilité de réunir immédiatement la Méditerranée
au golfe Arabique. Cette entreprise fut projetée
de nouveau pendant notre expédition d'Égypte,
et, si elle avait pu s'achever, elle eût été la plus
utile peut-être de toutes celles du même genre,
car elle eût abrégé d'un tiers ou de la moitié la navigation de l'Europe dans l'Inde, selon les différentes distances du point de départ.

La coupure de l'isthme de Panama et la séparation des deux Amériques intéressent tous les peuples du Monde ; mais cet intérêt est gradué d'après la position géographique des ports d'où l'on part et de ceux où l'on veut arriver. On sent, par exemple, que cette ouverture serait d'un très-grand avantage pour les habitans des États-Unis qui voudraient aller en Chine ou à la côte du nord-ouest de l'Amérique, tandis qu'elle serait peu importante et presque inutile pour les navigateurs qui, des ports du Brésil, voudraient se porter au Pérou ou au Chili.

Mais il faut observer d'abord que l'isthme de Panama, auquel le public attache l'exécution de ce grand projet, n'est peut-être pas le point qu'il serait le plus avantageux de percer pour opérer la jonction des deux Océans. M. de Humboldt en indique cinq, dont le dernier cependant ne pourrait servir qu'à la *petite navigation*, c'est-à-dire aux communications intérieures par des bateaux de peu de capacité. Les quatre autres points où l'on peut ouvrir une communication entre les deux mers sont : 1° l'isthme de Tehuantepec, qui a cinquante lieues de largeur, et qui s'étend du 16e au 18e degré de latitude, à travers les deux intendances d'Oaxaca et de la Vera-Cruz ; 2° l'isthme de Nicaragua, du 10e au 12e degré de latitude, plus large encore que le premier, parce que la ligne à décrire traverserait obliquement l'espace qui sépare les deux Océans, mais où il y aurait

6.

bien moins de terres à couper, parce qu'on pro
fiterait de la rivière San-Juan et du lac de Nicaragua, dont la longueur, du sud-est au nord-ouest,
est au moins de quarante-cinq lieues ; 3° l'isthme
de Panama, latitude de 8° 25' à 9° 36' ; sa largeur,
entre Panama et Chagrès, n'est que de vingt lieues,
et l'on pourrait s'y aider d'une autre rivière San-
Juan qui, devenue navigable, ne laisserait plus à
couper qu'une langue de terre de huit à neuf
lieues ; 4° l'isthme du Darien ou de Cupica, latitude de 6° 40' à 7° 12'. Ici, j'éprouve de la difficulté à indiquer la largeur de l'isthme, parce que
M. de Humboldt se sert de deux rivières, et peut-
être de trois, pour établir la communication ; il
avoue d'ailleurs que la position géographique des
points que doit traverser le canal, n'est pas exactement connue. Mais cette complication de deux
ou trois rivières me fait demander pourquoi dans
ces divers projets on oublie la communication directe entre le golfe du Darien, à l'embouchure de
l'Atrato, et le fond du golfe San-Miguel? La distance entre ces deux points n'est que de vingt-cinq
lieues, et elle est diminuée de près des deux tiers
par la rivière Tuyra. Il est vrai que je ne vois cette
convenance que sur la carte, et puisque M. de
Humboldt néglige une position si favorable en apparence, il faut bien que mon ignorance des localités me cache des difficultés insurmontables. Je
ne parle pas du cinquième point de communication, parce qu'une navigation intérieure en ba-

teaux médiocres détruirait aux yeux du lecteur tout
le grandiose de l'entreprise.

Les personnes peu familiarisées avec les notions
géographiques auront été sans doute étonnées de
m'entendre parler du 6ᵉ et du 18ᵉ degrés de latitude, lorsqu'il n'est question que de percer un
isthme. Il faut donc leur dire que la terre longue
et étroite qui sépare les deux Océans, s'étend
depuis le 8ᵉ degré de latitude nord jusqu'au-
delà du tropique, et qu'elle a conséquemment
quatre cents lieues de longueur ; que cette terre
se renfle et se rétrécit sur différens points, de sorte
qu'elle présente plusieurs isthmes, et que celui de
Panama et celui du Darien prennent plus particulièrement le nom d'*isthmes*, parce que ces deux
points sont ceux où la langue de terre a le moins
de largeur. Revenons maintenant à M. de Humboldt.

Le savant voyageur constate d'abord la possibilité de la communication ; et si l'on a cru jusqu'à
présent la jonction des deux mers plus difficile à
opérer qu'elle ne l'est réellement, il attribue cette
opinion à l'erreur des géographes qui se sont obs-
tinés, depuis des siècles, à tracer sur les cartes
une chaîne de montagnes continue, et dépourvue
de vallées transversales, dans des lieux où il n'en
existe point, tels que les steppes du Venezuela et
plusieurs points du grand isthme qui réunit les
deux Amériques. Des renseignemens exacts l'ont
assuré qu'il n'y a pas de chaîne de montagnes, ni

même une arête de partage dans l'un des points
où l'on peut exécuter le projet de la jonction, et
que sur les autres points il n'existe que des éléva-
tions médiocres, séparées par des vallées transversales.

La possibilité étant reconnue, il balance les
avantages et les désavantages de chacun de ces
isthmes ; il pense que le choix tombera, non pas
sur celui de Panama, mais sur celui de Nicaragua,
où *il ne sera pas difficile de former une ligne
constamment navigable.* Il indique les directions
qu'il faut suivre, les moyens qu'il faut employer,
la largeur et la profondeur qu'il faut donner au
canal, et par la comparaison avec tous les grands
ouvrages de ce genre qui ont été exécutés en Europe, tels que le canal du Languedoc, le canal
Calédonien, etc....., il prévoit approximativement
ce que pourra coûter cette magnifique entreprise,
en faisant observer que le plus ou moins de dépense sera relatif à la nature du lieu que l'on
choisira pour opérer la jonction. Il considère
ensuite les divers avantages qu'en retireront les
différentes nations, à raison de leurs différentes
positions géographiques ; puis il conjecture, ou
plutôt il prédit les grands effets que cette jonction
va produire ; car, ajoute-t-il, « tel est l'état de la
civilisation moderne, que le commerce du monde
ne peut subir de grands changemens sans que
l'organisation des sociétés ne s'en ressente. » Enfin,
cette question si importante et si féconde en con-

séquences, de la jonction des deux mers, est traitée avec toute l'étendue, toute l'exactitude et tout le talent que l'on devait attendre d'un homme tel que M. de Humboldt.

Quoique ce compte rendu soit déjà trop long pour la plupart de mes lecteurs, je ne puis résister au désir de transcrire une note qui peut être fort utile aux personnes qui s'occupent de l'histoire. Un si grand intérêt s'attache à la république de Colombie, que l'on sera certainement curieux de connaître les principales époques de la révolution qui l'affranchit du joug européen :

« La junte suprême du Venezuela qui déclara maintenir les droits de Ferdinand VII, et qui déporta le capitaine général et les membres de l'*audiencia*, s'assembla le 19 avril 1810. — Le congrès qui succéda à la junte suprême, le 2 mars 1811, déclara l'indépendance du Venezuela, le 5 juillet 1811. — Le congrès tint ses séances à Valencia, dans les vallées d'Aragua, en mars 1812. — Le tremblement de terre qui détruisit la majeure partie de la ville de Caracas, le 26 mars 1812, rendit les Espagnols de nouveau maîtres du pays, en août 1812. — Le général Simon Bolivar reprit Caracas, et y rentra victorieux le 16 août 1813. — Les royalistes devinrent maîtres de Venezuela en juillet 1814, et de Bogota en juin 1816. — Dans la même année, le général Bolivar débarqua à l'île de la Marguerite, à Carupano, à Ocumare. — Le second congrès de Venezuela fut installé à l'Angostura le 15 février 1819. — La *loi fonda-mentale* qui réunit le Venezuela à la Nouvelle-Grenade, sous le nom de république de Colombie, fut proclamée le 17 décembre 1819.—L'armistice conclu entre les généraux Bolivar et Morillo, est du 25 novembre 1820. — La constitution de la république de Colombie date du 30 août 1821. — Le gouvernement des États-Unis a reconnu cette république le 8 mars 1822. »

VOYAGE

DANS LA RÉPUBLIQUE DE COLOMBIE,

EN 1822 ET 1823;

PAR G. MOLLIEN.

Ouvrage accompagné de la carte de Colombie, et orné de vues et de divers costumes.

EN quittant la France, M. Mollien ne se dirigea pas d'abord vers l'Amérique méridionale, le navire qui le portait devant toucher à Norfolk, en Virginie. Le voyageur profita de cette circonstance pour entrer dans la baie de Chesapeak, remonter

le Potomak et visiter Washington, capitale superbe
qui n'attend plus que des maisons pour devenir
une ville. Dans la traversée de Norfolk à Carthagène, ses propres observations et celles de ses
compagnons de voyage s'accordèrent à blâmer,
dans le gouvernement des États-Unis, des vices
qui offrent une contradiction choquante avec les
principes proclamés au moment de la séparation.
Plus de quinze cent mille esclaves, fort maltraités
par les républicains, déposent contre cette philantropie et cet amour de la liberté universelle
qui avaient fait prononcer de si beaux discours
sans influer sur les actions. La police était vivement censurée de ce qu'elle n'offre point aux
étrangers une garantie suffisante contre la mauvaise foi des marchands et l'infidélité des serviteurs.
On s'élevait aussi contre la négligence d'un gouvernement qui souffre annuellement les ravages de
la fièvre jaune sans prendre aucune précaution
sanitaire. Mais la remarque la plus piquante est
celle d'un penchant vers l'aristocratie, qui avait
été reconnu par les voyageurs dans plusieurs
classes de citoyens et surtout chez les militaires,
tendance qui est favorisée par le gouvernement
lui-même, comme l'indiquent plusieurs institutions nouvelles. Les mêmes symptômes ne tarderont pas à se manifester dans la Colombie, tant il
est vrai que l'amour de la liberté n'est souvent que
le masque de l'ambition, et que toute république
finit par accoucher d'un roi.

La manière dont la révolution s'est faite dans
cette contrée ne justifie que trop la réflexion précédente. Quand les agens de Buonaparte se sont
présentés aux futurs Colombiens, on les a ré-
poussés par les cris de *vive Ferdinand VII!* et
quand Ferdinand lui-même a fait réclamer son
héritage, on lui a répondu : *vive la république!*
On prétexta la fidélité pour échapper à Buonaparte, et la liberté pour se soustraire à Ferdinand.
Ainsi, les habitans éloignés du foyer de la conspiration, apprirent, comme une nouvelle étrangère,
qu'ils avaient été fidèles; qu'ils avaient été révoltés
et qu'ils étaient républicains ; sur tous les points
ils répondirent: ainsi soit-il. Ne nous moquons
pas d'eux, et pour cause.

Pour lire avec quelque fruit ce Voyage intéressant, il faut se dépouiller de toute prévention
européenne ; il faut se garder surtout de comparer
les villes de ce pays à nos villes, et ses campagnes
à nos champs. Bogota, capitale de la Colombie,
diffère plus de Cumana et de Carthagène que Paris
ne diffère de Moscou. Ici, une atmosphère brûlante, un fleuve aussi large que le Sénégal, des
rivages incultes, un silence qui n'est troublé que
par le bruit des eaux ou par les cris des animaux
sauvages, quelques hommes noirs que l'on voit
errer à de longues distances les unes des autres,
des cabanes de jonc ou de feuillage, ont fait croire
à M. Mollien qu'il était retourné en Afrique ; et
là, une température automnale, des champs de

blé, d'orge ou de fèves, des vergers couverts de pommiers, et l'apparence de la civilisation, lui faisaient oublier qu'il avait quitté l'Europe. Tandis que dans les basses vallées, dans les llanos, plaines ou steppes, la chaleur s'élève jusqu'à 36 ou 40 degrés de Réaumur, comme M. de Humboldt l'a éprouvée dans la Nouvelle-Andalousie, le vaste plateau de la Cordilière est constamment soumis à une température qui surpasse rarement 12 degrés, et descend souvent jusqu'à 6. Ainsi, jusque sous l'équateur même, la chaleur constante de l'atmosphère n'y est pas supérieure à celle dont nous jouissons quelquefois dans les beaux jours de février. Si, des plateaux, on s'élève jusqu'aux paramos, c'est la Sibérie avec toutes ses rigueurs; si l'on descend dans la basse vallée ou dans la plaine, c'est le Sahara et ses feux dévorans : un seul jour suffit pour passer d'un extrême à l'autre.

On sent que le caractère physique et moral des habitans doit varier comme le climat et les productions de la terre, et que, par conséquent, les idées, les opinions et les affections politiques ne peuvent tendre vers un même but dans une réunion de peuples si différens par la couleur, la force corporelle et le croisement des races blanche, noire et cuivrée. Il s'en faut bien, en effet, que la révolution soit considérée du même œil dans toutes les parties de la Colombie; tandis que dans tel port, on pousse le désir de l'indépendance jusqu'à l'exaltation, on regrette ailleurs le calme de l'ancien régime, et dans la capitale même, on remarque une parfaite indifférence pour l'un ou l'autre joug, et une disposition à ouvrir la porte au vainqueur, quel qu'il puisse être. Sans le lien de la religion, qui est la même partout, on chercherait vainement de l'analogie entre les diverses provinces. Eh! quelle union solide, quel amour d'une patrie commune peut-on supposer à ces nouveaux républicains, lorsqu'on sait qu'une faible population de 2 millions 700,000 âmes est disséminée par groupes différens de race, de couleur et de caractère, sur une épouvantable surface de quatre-vingt-onze mille lieues carrées? On ne pourrait objecter l'exemple de la Russie; car, quoique cet Empire renferme d'immenses déserts, la masse de sa population est réunie dans un cercle assez restreint, en comparaison duquel tout le reste n'est qu'un accessoire.

Les ecclésiastiques de la Colombie sont, ou ont été grands partisans de la révolution; on peut même dire qu'elle est en partie leur ouvrage. Quels que soient les motifs qui ont pu les séduire, je ne reconnais pas, à cet amour des innovations, la prudence ordinaire du clergé; et je suis bien certain que ces prêtres républicains ne tarderont pas à porter la peine d'une conduite aussi étrange. Les détails qui suivent prouvent quel a été leur aveuglement.

Les propriétés du clergé colombien forment les deux tiers de celles de la république. Les moindres cures sont de 5,000 fr. de revenu, et le plus grand nombre s'élèvent au double de cette somme. Plusieurs évêchés rendent de 150,000 à 200,000 fr. par année ; une messe simple coûte une piastre, un baptême, deux, trois ou quatre fois davantage ; le plus pauvre enterrement, quatre piastres et demie, celui des personnes aisées, deux cents piastres. Dans l'église de Chiquinquira, qui est la Lorette de la république, il ne se dit pas une messe à moins de 30 fr. ; et un *ex-voto*, suivi du succès, est reconnu par une offrande de plus de cent piastres. Vingt-six églises de Bogota sont tellement resplendissantes d'or et de pierreries, qu'en y abordant on croit entrer dans les palais d'Atahulpa ou d'Huascar ; une seule des statues de la Vierge est ornée de treize cent cinquante-huit diamans, douze cent quatre-vingt quinze émeraudes, et neuf cent quatre-vingt douze autres pierres précieuses ; le seul travail de l'artiste, pour cette seule statue, a coûté plus de 20,000 fr.

A cette richesse du clergé, à ce luxe du culte, opposons l'affreuse misère d'une grande partie de la population, la pénurie dans laquelle la guerre de la révolution a jeté le trésor public, la dette de 40 millions de piastres, contractée avec les Anglais, qui réduit le gouvernement aux emprunts forcés et à toutes les mesures révolutionnaires, et voyons maintenant quel est le traitement des troupes, quelle est la fortune des héros colombiens. Un général en chef n'a que 500 piastres

d'appointemens; un général de division, 400; un
général de brigade, 300; un capitaine, 60, et
tous les autres grades subissent une diminution
progressive, jusqu'au soldat, qui ne reçoit que
10 piastres par année.

Quel a donc été le but, quel a été l'espoir du
clergé en favorisant cette révolution? Dans quel
gouvernement trouvera-t-il plus de déférence que
n'en avait pour lui le gouvernement espagnol?
Quand il possède déjà les deux tiers de la fortune
publique, pense-t-il qu'on augmentera cette fas-
tueuse dotation? Les militaires colombiens seront-ils toujours d'humeur à supporter l'énorme
disproportion qui existe entre le sort d'un *héros*
et celui du moindre prêtre? et quand un commerce plus actif aura propagé les nouvelles idées
jusque dans les hautes vallées de la Cordilière,
jusque sur les rives de la Magdalena, du Caeca,
du Méta, du Guaviare et de l'Orénoque, les ecclésiastiques, presque divisés aujourd'hui, espèrent-ils
obtenir d'un peuple *régénéré* plus de respect et
plus d'obéissance? Oh! comme les jacobins de la
Colombie, car il y en a partout, ont dû sourire
quand ils ont vu le clergé travailler avec tant
d'ardeur à sa propre ruine, et donner l'impulsion à un mouvement qu'il croyait diriger!

Les observations de M. Mollien embrassent
trop d'objets pour que je puisse en présenter ici
l'analyse; et quoiqu'il n'ait visité que les provinces
occidentales de la Colombie, son voyage s'étend

sur une trop vaste surface pour que j'en donne un
aperçu dans cet article. Je me borne donc à énu-
mérer les lieux remarquables qu'il a parcourus :
de Carthagène il a remonté la vallée de la Magdalena ; il a séjourné à Santa-Fé de Bogota, capitale
de la république ; après avoir admiré le saut du
Téquendama, l'une des plus étonnantes cataractes
du monde, il a fait une excursion dans le Socorro
et dans l'ancien royaume de Condinamarca, si
célèbre dans l'histoire des Incas et dans celle de la
Conquête ; il revient à Bogota, voyage dans le
Popayan, gravit sur le volcan de Puracé, navigue
sur le rapide Cauca et sur le Dagua plus dangereux
encore, visite San-Buenaventura, port de la mer
Pacifique, aussi négligé qu'il est important pour le
commerce ; il décrit la province de Choco, si riche
en mines d'or, et dont les habitans sont si misérables ; il arrive à Panama, dont le nom seul
éveille la curiosité ; il traverse l'isthme, s'embarque à Chagrès pour la Jamaïque, et revient en
France après avoir touché à Falmouth.

Quelque intéressant que soit ce Voyage, si ré-
cent qu'il n'a été terminé qu'en 1824, il le cède
en importance aux considérations morales et politiques, et aux notions toutes nouvelles que l'auteur
nous y présente. M. Mollien a vu dans l'agitation
du républicanisme les peuples que M. de Humboldt avait observés dans le calme de l'obéissance
à la métropole. Je recommande surtout aux lecteurs les chapitres où M. Mollien décrit la guerre

de la révolution, et la lutte où la fortune, après
s'être jouée tour-à-tour de Bolivar et de Morillo,
a fini par sacrifier la cause légitime, et a fait triompher le républicain dans le moment où elle l'avait
réduit au désespoir. Les détails que le voyageur
donne sur le caractère des différens chefs de la
Colombie, ouvrent une vaste carrière aux conjectures ; il paraît que tout tient à Bolivar, que tout
dépend de lui, et que, sans son influence, les différens partis, parmi lesquels on remarque surtout
celui des mulâtres, seraient bientôt aux prises, et
la république, composée d'élémens hétérogènes,
éprouverait des scissions violentes, ou serait livrée
à l'anarchie.

Je profite de l'espace qui me reste pour consigner ici quelques observations qui m'ont paru
curieuses. Dans le siècle dernier, des déclamateurs
politiques ont accusé les Espagnols d'avoir mas-
sacré vingt-quatre ou trente millions d'hommes
dans les deux Amériques et d'avoir même anéanti
des races entières. A Dieu ne plaise que j'entre-
prenne l'apologie des Pizarre et des Almagre ! je
reconnais que leur cupidité et leur férocité ont
encore surpassé leur valeur ; mais une remarque
de M. Mollien m'explique la cause de ces exagérations. Il m'apprend que dans la Terre-Ferme, la
couleur blanche ayant toujours été en honneur,
les femmes ambitionnaient de laisser à leurs enfans
ce précieux héritage, de sorte que le nombre des
métis blancs devint prodigieux ; une grande partie

de la race indienne s'y fondit, et diminua au point
d'y faire croire qu'elle avait été exterminée. Il y a
eu sans doute dans d'autres parties de l'Amérique
espagnole de pareilles causes à une pareille erreur.

Dans la chaleur de l'insurrection, le vice-roi
Amar avait été conduit en prison, et, quelques
jours après, un caprice du peuple souverain l'a-
vait replacé à la tête du gouvernement. Mais
on apprit bientôt qu'il avait été enlevé du palais
et conduit à Carthagène, parce que, disait-on,
il avait résolu de vendre l'Amérique à Buonaparte, à raison de deux réaux par homme et d'un
réal par femme. A ce bruit si vraisemblable, les
femmes de Bogota poussèrent la fureur jusqu'à
battre la vice-reine. Je suis cependant bien certain
qu'elles auraient excusé le prétendu crime d'A-
mar, s'il avait été question d'exiger deux réaux
pour une femme et de donner un homme pour un
réal.

Le lieu qu'on nomme le palais des députés,
à Bogota, n'est qu'une maison dont le rez-de-
chaussée est occupé par des boutiques où l'on
vend de l'eau-de-vie. La salle des séances est une
chambre longue où les représentans seuls sont
assis sur des fauteuils de bois vernissé, doublés
en cuir; huit flambeaux et un paillasson com-
plètent la décoration de cette salle auguste. Le palais du sénat, qui est en face du premier, est d'une
égale simplicité. Il n'y a ni salon de réception, ni
vestibule, ni même antichambre dans l'un ni dans

l'autre, de sorte que les ministres, quand ils viennent faire quelque communication, attendent sur
l'escalier, que l'huissier, qui est en même temps
directeur du théâtre, vienne prendre leur para-
pluie et les invite à entrer.

Dans la salle du sénat, une figure embléma-
tique représente la Justice ; M. Mollien ajoute que
le peintre *ignorant* a écrit au-dessous : LA POLI-
TIQUE. Mais je ne vois point là d'ignorance : la
Justice n'a pas grand chose à faire dans les révolutions, et la Politique est aussi armée d'un glaive,
elle a la prétention de tenir la balance égale, et
quelquefois elle est si aveugle qu'elle paraît avoir
dérobé le bandeau de la Justice.

Je terminerai par une réflexion juste et profonde
que j'emprunte au spirituel voyageur. On croit en
général que l'on ferait le bonheur d'un peuple en
lui apportant un végétal qui contiendrait beaucoup
de substance alibile, agréable et salubre, tel que le
bananier. Oui, sans doute, cette plante serait fort
utile dans les contrées tempérées, si elle pouvait y
croître, parce qu'elle fournirait une nourriture
abondante et facile aux hommes occupés des arts
industriels, et qu'elle permettrait de diminuer le
nombre des bras qu'on est obligé d'employer à la culture des céréales ; mais, dans les contrées où la chaleur excessive invite au repos, une pareille plante,
toute précieuse qu'elle est, deviendrait nuisible,
en favorisant l'apathie naturelle aux habitans des
tropiques. « Dans les plaines d'Amérique, ajoute

M. Mollien, le bananier doit produire les mêmes
effets qu'a causés la datte en Afrique ; il fera des
Bédouins d'Occident, comme celle-ci a perpétué
ceux de l'Orient. Peut-on ne pas le croire, en
voyant l'abondance de fruits de ce végétal, la rapidité de sa croissance et la facilité de sa culture ?»
Ainsi, contre l'opinion commune, la plus grande
abondance n'est pas toujours un moyen de prospérité ; et ce qui nourrirait l'homme trop facilement nuirait à la civilisation, en éteignant les besoins, et conséquemment l'industrie. Cette proposition, qui a l'air d'un paradoxe, est cependant
une vérité, mais elle ne pouvait être aperçue que
par un très-bon esprit.

VOYAGE

AU CHILI, AU PÉROU ET AU MEXIQUE,

PENDANT LES ANNÉES 1820, 1821, 1822 ;

Par le capitaine B. HALL, officier de la marine royale ; entrepris par
le gouvernement anglais ; orné d'une carte de ces pays.

M. MOLLIEN nous a déjà fait connaître l'intérieur du gouvernement de Colombie, les mœurs
des principaux peuples qui habitent ce trop vaste

territoire , et plusieurs parties considérables de cette république ou de ce royaume (car Dieu sait ce qu'il en sera), dont la configuration , la température et les productions présentent des contrastes si étonnans.

Le voyage du capitaine sir B. Hall complète , ou du moins augmente considérablement les notions que nous avons eues non-seulement sur la révolution de la Colombie, mais sur celles du Chili , du Pérou et du Mexique. La ligne qu'a décrite M. Mollien peut paraître bien longue , si nous la comparons aux petites distances que nous parcourons en Europe ; le capitaine Hall , avec la supériorité de marche qu'ont les vaisseaux sur les voyageurs terrestres , a exploré cette côte immense qui s'étend depuis le détroit de Magellan jusqu'aux limites septentrionales du vieux Mexique , non loin du golfe de Californie. M. Mollien a vu le théâtre paisible et un peu froid des opérations du gouvernement Colombien , mais les grands acteurs ne s'y trouvaient pas alors. Sir B. Hall a vu les acteurs chiliens , péruviens et colombiens ; il a eu l'honneur de converser avec les San-Martin , les Bolivar , et avec son très-honorable compatriote lord Cochrane. Il a donc été parfaitement instruit des opérations militaires et des menées politiques ; et comme , relativement aux faits et aux conséquences que l'on en peut tirer, les deux voyageurs se trouvent parfaitement d'accord , quoiqu'il n'y ait d'ailleurs aucune analogie entre eux , on peut se confier à leurs rela-

tions, et les lire avec l'espoir de connaître un peu
ces vastes contrées, qui faisaient naguère du roi
d'Espagne le plus grand propriétaire de terres riches, fertiles et admirablement situées. Pour donner une idée de ce que perd le roi Ferdinand, il
suffira de dire qu'une seule des cinq grandes colonies qui ont secoué le joug européen, présente l'é-
norme surface de quatre-vingt-onze mille lieues
carrées (M. de Humboldt), et a des ports sur les
deux plus grandes mers du globe.

On ne s'attend pas sans doute à ce que j'entre
dans des détails descriptifs sur tant d'objets et de
pays différens : il suffit au lecteur de savoir que le
capitaine Hall a séjourné à Valparaiso et à San-
Iago, capitale du Chili, au Callao et à Lima, dans
le Pérou, à Guayaquil et à Panama, dans la Colombie, à San-Blas et à Tépic sur la côte occidentale du Mexique. Je dois faire observer que San-
Blas est une ville assez peu connue en Europe, et
que son port est fort peu fréquenté, puisque *le
Conway*, que commandait M. Hall, est le premier
vaisseau anglais qui y soit entré ; quant à la ville de
Tépic qui est à peu de distance de San-Blas, je
doute que son nom se trouve dans aucune de nos
géographies et sur aucune de nos cartes : elle est
cependant assez considérable.

Toutes les relâches du capitaine sont employées
à décrire les particularités qui concernent les
mœurs, les causes de la révolution dans chacune
des provinces, les faits d'armes et les vicissitudes

qui se sont succédés. Ainsi cet ouvrage est autant
une histoire qu'un voyage.

Après avoir succinctement indiqué l'itinéraire
du capitaine Hall, je vais tâcher de saisir quelques
traits de la partie morale de ce voyage, la seule que
la trop grande abondance des matières me permette
d'effleurer.

La première et peut-être la plus importante
observation qui résulte des faits rapportés par
M. Hall, et qu'avait déjà indiquée M. Mollien, c'est
que la *liberté*, selon l'acception de nos démago-
gues, n'a été nulle part la cause de la révolution
d'Amérique. Le véritable but a été d'avoir un souverain ou un chef de gouvernement qui résidât
dans le pays, afin d'échapper au despotisme, aux
caprices et à la cupidité des vice-rois. Le capitaine
Hall en fait la remarque judicieuse ; et en effet,
quoique ces anciens colons vantent et chantent les
douceurs de la liberté, leurs discours, comme leurs
actions, prouvent qu'ils ne voulaient que l'*indépendance*. Ce sentiment est uniforme d'un bout
à l'autre de l'Amérique ci-devant espagnole, et
dans la dernière classe des peuples comme dans la
moyenne. Un simple paysan mexicain l'a exprimé
avec une naïveté qui vaut mieux que tous les discours d'apparat. M. Hall faisait une incursion dans
les terres, accompagné d'un noble espagnol ; ils se
reposèrent chez un paysan qui avait l'air grossier
et même sauvage. Tandis que cet homme apprêtait
le dîner de leurs seigneuries, l'Espagnol lui de-

manda : « Quel mal avait donc fait le roi pour se voir repoussé par les Mexicains ? » « Le roi ! répondit le rustre, je n'ai aucun reproche à lui faire que d'être trop loin de nous. » On le questionne ensuite sur ce qu'il pense de la liberté du commerce : « Sur cela, dit-il, je ne sais qu'une chose ; c'est que cette pièce de toile qui sert à m'habiller me coûtait neuf dollars, et aujourd'hui elle ne m'en coûte plus que deux. » Les gros volumes de Grotius et de Puffendorff ne diront jamais rien de plus clair et de plus concluant. Ainsi, les vœux de tous ces peuples se bornaient à un gouvernement qui leur fût propre, qui résidât chez eux, et à la liberté du commerce. Cela est si vrai que San-Martin, après avoir délivré Lima des Espagnols, y était appelé, et aurait pu s'y emparer de l'autorité sans aucun obstacle ; Bolivar l'aurait pu mieux encore, car on la lui offrit ; Guayaquil montra une grande indifférence à se donner à Colombie ou au Pérou, et ne fut colombienne que parce que les soldats de Bolivar y arrivèrent les premiers. Partout où les prêtres ont été prudens, ils n'ont rien perdu de leurs richesses ni du respect que l'on avait pour eux. Si l'on a sévi, et bien rarement encore, ce n'a été que contre des insensés qui voulaient déployer le fanatisme dans un temps où c'était assez faire que de conserver la religion. Dans les plus petites choses, comme dans les plus grandes, le véritable sentiment de ces peuples se manifestait clairement. Notre voya-

geur a vu dans la main des enfans des pains d'é-
pices dorés sur lesquels était inscrit le mot *indé-*
pendance; excellent moyen! les impressions reçues
à cet âge sont durables, surtout lorsqu'elles intéressent la sensualité.

A Panama, un phénomène se fit remarquer :
tous les hommes se déclarèrent pour l'indépendance ; toutes les femmes pour l'aristocratie.
M. Hall fut curieux de connaître la cause d'une
différence aussi tranchée, et il apprit que peu de
temps auparavant, le régiment espagnol qui était
en garnison à Panama, était composé de *très-*
beaux hommes. Ainsi, tout est expliqué ; c'est
l'histoire du pain d'épices. Les friandises de l'indépendance, la gourmandise du royalisme ont
produit leur effet naturel.

La véritable intention de ces peuples étant connue, on sent combien nous avons eu tort d'assi-
miler la révolution de ces colonies à celle de la
Péninsule européenne. Les Espagnols se sont sou-
levés pour un principe abstrait qu'ils n'ont jamais
bien compris, et que nous n'avons pas compris
nous-mêmes après nous être querellés trente ans
pour le détruire ou le faire triompher : les Américains n'ont voulu que du positif, c'est-à-dire,
être une nation, avoir un gouvernement chez soi,
et participer au bien-être que le commerce pro-
cure aux peuples bien gouvernés. Ces avantages
sont réels, on les reconnaît sans contestation.
L'homme le plus habile tracerait difficilement les

limites de la liberté dans l'état social ; l'homme le plus ignorant comprend très-bien qu'il vaut mieux acheter les choses à bon marché que de les payer cher. Les Espagnols d'Europe ont voulu une *constitution*, et Dieu sait ce que ce mot renferme ! Les Américains n'ont pas cherché à le comprendre, mais ils ont fort bien entendu ceux d'indépendance et de liberté de commerce : la révolution des cortès n'a donc aucune similitude, ni dans sa nature, ni dans ses motifs, ni dans ses formes avec celle des colonies américaines, quoique la cause matérielle (l'invasion de l'Espagne par Buonaparte) ait été la même pour les deux contrées.

Les brouillons qui ont fondé des espérances de troubles sur la reconnaissance des républiques américaines, peuvent ajourner leurs projets. Les puissances de l'Europe sentent déjà, ou sentiront bientôt, qu'une croisade contre l'Amérique ne serait pas plus sensée qu'elle n'offrirait de chances de succès. La religion est tout-à-fait désintéressée ; les principes démagogiques n'y sont pas plus à redouter ; il ne s'agit ni de clubs de jacobins, ni de prêtres massacrés, ni de guillotine en permanence, ni de légions tyrannicides ; et si l'un de nos vieux patriotes parcourait les contrées récemment affranchies, il sourirait de pitié en voyant une révolution sans tribunal révolutionnaire, sans noyades, sans fusillades ; et il dirait : « Ces gens-là ne comprendront jamais les *droits de l'homme*. »

Il n'est pas impossible cependant que des trou-

bles sérieux et même des catastrophes surviennent
en Amérique ; mais cela dépendra de la conduite
des puissances de l'Europe, et de celle des prêtres
américains. Jamais une opinion, jamais un sentiment n'est unanime dans toute une nation ; il s'y
trouve toujours des hommes qui regrettent l'ancien
état, soit par affection, soit par intérêt, soit par
simple habitude ; il en est même qui se passionnent
pour une opinion, par la seule raison que le voisin en affiche une autre. Si les rois de l'Europe,
en persévérant dans leur contenance hostile contre
les nouveaux États, entretiennent l'espoir des mécontens en Amérique, ceux-ci pourront commettre
des imprudences qui seraient cruellement punies,
car ces hommes sont en grande minorité, et cette
opposition insensée pourrait produire sur les républicains de l'Amérique ce que le traité de Pil-
nitz et les menaces des rois ont produit sur les
républicains de la France.... *Di omen avertant!*
car il y aurait des flots de sang répandus, et la
cause de la monarchie n'y gagnerait rien.

La conduite des prêtres fournit aussi matière à
de graves réflexions : la liberté du commerce va
centupler les communications entre les ci-devant
colons et tous les peuples du monde ; car, sous
le régime espagnol, il n'était pas même permis de
passer d'une province à une autre. Que de choses
nouvelles vont apprendre ces hommes séquestrés
depuis si long-temps! En supposant que cette con-
nexité n'altère pas leur piété, il est au moins

certain qu'ils finiront par distinguer ce qui tient réellement à la religion, de ce qui n'en a que la fausse apparence, et qu'ils ne croiront plus aveuglément à une chose ridicule par la seule raison qu'un moine la leur aura donnée comme vraie. Il est donc bien important pour les prêtres de se conduire avec franchise et prudence, puisqu'ils vont agir sous l'inspection d'hommes qui voudront tout examiner.

Malheureusement, la force de l'habitude et l'amour des richesses font continuer des pratiques dont les nouveaux républicains ne tarderont pas à se lasser. Il y a toujours trafic des choses saintes : les péchés ne sont véniels ou mortels qu'à raison de la taxe que l'on a pu ou voulu payer pour les convertir en actions indifférentes. Les enfans de Manco-Capac, comme les hommes d'origine européenne, finiront par comprendre que les richesses ou le rang ne donnent pas le droit de se jouer de la religion, et que la peine due à une action condamnable ne doit pas se mesurer sur la fortune du coupable.

Cependant on voit encore tous les jours de grands scandales, très-capables d'affaiblir, ou d'éteindre même la religion dans le cœur de ces peuples qui, ayant ouvert les yeux, commencent à voir les choses sous leur véritable couleur. Je n'en citerai qu'un exemple : Un homme riche ayant perdu sa femme, voulut épouser la sœur de cette même femme, et consulta les prêtres sur ce nouveau lien.

On lui répondit que ce mariage était impossible par trois raisons : 1° Les cendres de sa première épouse n'étaient pas encore refroidies ; 2° sa prétendue était sa belle-sœur ; 3° et, de plus, elle avait été marraine de ses quatre enfans. En conséquence, il lui fut défendu de passer outre à la célébration. Mais notre homme, qui connaissait l'esprit *conciliant* des prêtres du pays, offre d'entrer en négociation. Accepté. On calcule, on suppute la gravité des cas, et les trois irrégularités sont taxées à 400 dollars.

Ce n'est pas tout : il fut stipulé que le futur époux viendrait tous les dimanches, pendant un an, s'agenouiller devant le maître-autel, et qu'il y resterait une heure chaque fois. Mais le richard était fort délicat ; il ouvre donc une nouvelle négociation pour ménager ses genoux. L'amour du prochain est une si belle chose, qu'on fut attendri par ses plaintes et par ses *argumens :* la peine fut commuée, et ce brave homme en fut quitte pour aller passer huit jours dans un couvent où il fit bombance. Il subissait cette dure pénitence quand M. Hall arrivait à Tépic.

On ne manquera pas d'attribuer à la révolution ce relâchement dans l'exercice du culte ; mais le lecteur va juger de l'exactitude du reproche.

Long-temps avant qu'il fût question d'indépendance, un gouverneur du Pérou avait une maîtresse qui scandalisait toute la ville de Lima par ses profusions et ses folies. Cette belle se nommait la Péricholé. Il lui prit un jour la fantaisie de se promener en carrosse ; or, le carrosse n'était permis alors qu'aux personnes du plus haut rang, quoique tout le monde pût se faire voir en calèche. Le gouverneur résista long-temps à cette prétention qui n'était pas sans danger. Mais peut-on affliger ce qu'on aime? Le carrosse fut fait, et je laisse à penser s'il était brillant : où sera le luxe, si ce n'est au Pérou? Mademoiselle Péricholé eut donc la satisfaction de monter dans un carrosse qui lui appartenait en propre ; mais son amant, qui craignait les suites de cette imprudence, la suivait dans une voiture modeste pour la secourir dans le cas où le peuple n'eût pas voulu se prêter à la plaisanterie. Péricholé en fut quitte pour quelques cris de joie qui tenaient de la dérision; mais, parvenue devant la cathédrale, elle s'y arrête, déclare qu'elle est satisfaite, et fait don de son carrosse à l'église, pour qu'à l'avenir il serve à porter le bon Dieu aux malades. Le vœu et le carrosse sont reçus. Ce trait n'a rien d'étonnant dans une jeune folle; mais que dire du prêtre? Cette profanation me rappelle qu'on a chanté un *Te Deum* pour l'arrivée de lord Cochrane.

Je vais maintenant laisser parler le capitaine Hall; et l'on verra que, malgré la satisfaction que tout Anglais doit éprouver à la vue d'une révolution si utile à son pays, il a su regarder au fond des choses, et qu'il n'a pas été dupe des apparences.

« La lutte de la liberté contre le despotisme,

dit-il, vue de loin, apparaît plus majestueuse que quand on l'observe de près... La première illusion d'un spectacle aussi imposant ne tarde pas à se dissiper : les caractères, les motifs réels des acteurs sont mis au jour, et l'on regarde avec plus d'indifférence ces tableaux fantastiques qui les représentent animés d'un esprit pur et désintéressé ; on ne voit plus alors, dans le drame politique qui agite la vie, que la cruauté et les regrets qui trop souvent en gâtent le dénouement. »

M. Hall n'est pas tellement partisan du nouvel ordre de choses, qu'il ne s'apitoie très-sincèrement sur le sort des Espagnols que les républicains ont chassés et dépouillés de leurs biens. « Ils n'ont point mérité tous les malheurs qu'ils ont subis, dit le capitaine ; ils sont plus instruits, plus industrieux, ils ont reçu plus d'éducation que les naturels. Dans le commerce, ils sont actifs et gens d'honneur ; dans leurs liaisons d'amitié et dans les affaires, ils se distinguent par leur franchise et leur droiture... Il n'y a que dans leurs différens politiques avec les indigènes qu'ils ont montré peu de générosité. » Plus loin, il dit encore :

« On oublie que, quelque grande qu'ait été l'injustice du gouvernement des colonies, les Espagnols qui existaient alors en Amérique avaient acquis par des voies que l'honneur avoue, leurs biens et leurs priviléges.... Dans un esprit qui n'a rien de la charité évangélique, on semble envisager avec satisfaction les chagrins et les désastres qu'éprouvent ces infortunés Espagnols, si inhumainement bannis de l'Amérique : comme si l'on devait accumuler les erreurs de trois siècles sur la tête des descendans qui ont commis moins de fautes que leurs ancêtres. »

Pour effacer l'impression de ces réflexions sérieuses, je vais présenter au lecteur un tableau tout différent. Quand un étranger arrive à Guayaquil, et qu'il veut faire une visite à quelque personne considérable, voici le spectacle qui s'offre à ses yeux. En entrant dans la grande salle de réception, il croit y voir l'image du chaos, et il lui faut faire un examen plus ou moins long pour qu'il puisse deviner quels sont les objets qui s'offrent à sa vue. Cinq, six ou huit hamacs, toujours en mouvement comme autant d'escarpolettes, contenant chacun une femme, et se balançant dans tous les sens, l'étonnent et le font reculer. Ces hamacs sont suspendus à un plafond élevé de vingt pieds ; les femmes qui y sont couchées ont les jambes, ou au moins une, pendantes en dehors, et si près du parquet qu'elles peuvent, en le poussant légèrement avec l'orteil, donner le branle à leurs berceaux. Les mouvemens, tantôt doux, tantôt rapides, se dirigent en tous sens, en suivant des lignes si bien calculées que les hamacs ne se heurtent point, quelque violentes que soient leurs oscillations. On invite l'étranger à se reposer sur le sopha ; mais comme le sopha se trouve à l'autre extrémité de la salle, si cet étranger n'est

pas un peu géomètre, il n'arrivera pas au port
sans avoir été culbuté par le devant ou le derrière
d'un hamac, puisque, tandis que les uns se dirigent à l'est ou à l'ouest, d'autres décrivent la
diagonale ou des angles plus ou moins aigus. Il
faut donc une certaine habileté et une longue habitude pour circuler entre ces écueils mobiles sans
éprouver quelques avaries.

Ajoutez à cela les cris que poussent les dames,
qui, accoutumées à causer avec des personnes dont
ce balancement les éloignent à tous momens, ont
contracté l'habitude de déployer toute la force de
leurs poumons pour entretenir la conversation la
plus paisible. Enfin, vous voilà sur le sopha; pour
prix de vos peines, vous éprouvez le plaisir d'être
rafraîchi par ces dames qui sont pour vous autant
d'éventails. Si le balancement est doux, c'est un
zéphir qui vous caresse; si la conversation s'anime,
le balancement devient plus vif, et vous sentez un
véritable vent; mais si la passion s'en mêle, les
hamacs s'élèvent jusqu'au plafond, et alors

Unà Eurusque Notusque ruunt, creberque procellis
Africus...

et les vents, les balancemens et les cris vous jettent
dans un état difficile à décrire. Si j'ai un peu am-
plifié le récit du capitaine Hall, je n'ai fait au moins
qu'y ajouter les conséquences nécessaires des faits
qu'il raconte.

DESCRIPTION HISTORIQUE

DE L'ÎLE DE SAINTE-HÉLÈNE,

Extraite de l'ouvrage anglais publié à Londres, en 1808, par H.-F. BROOKE, secrétaire du gouvernement de l'île; traduite et mise en ordre par J. COHEN, ancien censeur royal; avec des notes géographiques physiques, par M. MALTE-BRUN; une carte gravée d'après le dessin de M. LAPIE, et une vue de la rade et de la ville de James-Town.

SI, en jetant les yeux sur une carte de la mer Atlantique, vous suivez le 16e parallèle sud, et le 8e degré de longitude à l'ouest de Paris, près de l'angle formé par la réunion de ces deux lignes, vous apercevrez un petit point qui échapperait à vos regards si le nom de Sainte-Hélène, inscrit à côté, ne vous avertissait qu'il y a là une petite terre perdue en quelque sorte dans l'immense Océan. Trois cent quarante lieues la séparent de la côte d'Afrique la moins éloignée, et plus de six cents de l'Amérique méridionale. L'île la plus voisine vers le nord, celle de l'Ascension, est à une distance de plus de deux cents lieues; et sans les petites îles de Tristan d'Acunha, plus éloignées encore, on ne trouverait aucune terre entre Sainte-Hélène et le cercle polaire austral. Ainsi,

dans une ellipse dont le grand axe est de plus de
mille lieues, et le petit axe de plus de sept cents,
le dernier asile de Buonaparte est le seul point
solide sur lequel les oiseaux de mer puissent se
reposer. Ce rocher, qui est le sommet découvert
d'une montagne sous-marine, n'a guère que trois
lieues communes dans sa plus grande longueur ;
sa largeur n'est que de deux lieues, et sa circonférence à peu près de neuf. Trois cents îles pareilles, rangées l'une à côté de l'autre, de l'est
à l'ouest, ne suffiraient pas pour réunir l'Ancien-
Monde au nouveau ; et comme les mers d'Afrique
ont été redoutées par les anciens navigateurs, il
est étonnant qu'un aussi petit point ait été connu
il y a plus de trois siècles, et si peu de temps
après la découverte du cap de Bonne-Espérance.

  L'élévation de cette île la fait apercevoir de fort
loin en mer ; mais alors elle ressemble beaucoup
plus à un écueil redoutable qu'à un lieu de relâche. A mesure qu'on approche, les montagnes
de l'intérieur, qui dominent les rochers de la côte,
rassurent le navigateur en découvrant à ses yeux
leurs sommets tapissés de verdure ; mais ce spectacle dure si peu, qu'il paraît être une illusion :
les cimes verdoyantes sont de nouveau cachées par
la muraille naturelle qui environne l'île comme
une ceinture ; elle ne présente plus qu'une énorme
masse de rochers, tantôt dans une position verti-
cale, tantôt dans une inclinaison menaçante. On
voit distinctement leur configuration bizarre, leurs

anfractuosités, leurs fissures profondes, leurs
teintes tristes et rebutantes sans la moindre apparence de végétation. C'est sous ce rempart formidable de huit cents à quatorze cents pieds de hauteur, que le vaisseau s'avance pour trouver le seul
bon mouillage qu'offre Sainte-Hélène dans toute
sa circonférence ; mais dès qu'on est parvenu à la
côte nord-ouest, sous le vent de l'île, la scène
change et présente le contraste le plus agréable et
le plus inattendu. La vue, fatiguée par l'aspect
monotone de l'Océan et la nudité des roches, se
repose délicieusement sur une vallée couverte de
la plus brillante verdure. Sur des maisons d'une
blancheur éclatante se dessine le plus élégant
feuillage. Deux montagnes imposantes qui servent
de bornes à la rade, ne font que rendre le tableau
plus pittoresque. On jette l'ancre avec sécurité
par huit, douze ou vingt-cinq brasses de bon
fond, et l'on débarque avec joie au milieu d'une
population qui ne semble occupée que des besoins
ou des plaisirs des navigateurs.

Après avoir passé un pont-levis, vous suivez
un chemin bordé de canons de gros calibre, et
de deux rangs de bananiers toujours verts. Ce
chemin vous conduit à une place où s'élèvent une
église d'une architecture élégante, quoique simple,
la maison du gouverneur, et d'autres édifices
moins remarquables. Une grande rue, traversée
par deux autres plus petites, et quelques maisons
situées près du rivage au pied du mont Rupert,

8.

composent la ville de James-Town, ville capitale
sans contestation, car elle est la seule de l'île.
Cette petite cité d'un si petit Empire n'est qu'une
habitation temporaire. Quand les vaisseaux s'approchent, les Hélénois, répandus sur toute la surface de l'île, en sont avertis par les signaux qui
s'élèvent sur toutes les hauteurs de la côte; alors
ils accourent à la ville pour y préparer les rafraî-
chissemens destinés aux équipages, et ils y restent
tant que la présence des étrangers leur procure
de l'occupation ou de l'agrément; mais dès que les
vaisseaux ont pris le large, les habitans abandonnent la ville, et retournent dans leurs maisons de
campagne pour s'y livrer aux soins du bétail et de
l'agriculture. Suivons-les jusqu'au haut de la vallée
où nous conduira ce chemin rapide, mais com-
mode, qui se dessine en zig-zag sur les flancs de
la montagne, et voyons si l'intérieur de l'île est
aussi triste que son extérieur est repoussant.

Dès que vous êtes arrivé près de la forteresse
qui couronne le mont de l'Échelle, vous êtes effrayé de l'aspect de la mer qui mugit sous vos
pieds à une immense profondeur. En vous avançant vers le centre de l'île, vous reconnaissez
bientôt qu'elle est partagée en deux parties inégales
par une chaîne de montagnes, qui se dirige de l'est
à l'ouest, en se recourbant vers le midi. Le pic
de Diane, qui s'élève à l'extrémité orientale, et
où est située la demeure future de Napoléon, domine tous les points de l'île, et se fait remarquer

par deux arbres qui ombragent sa cime. La hauteur absolue de ce pic est de deux mille six cent
quatre-vingt-douze pieds, selon toutes les relations; mais il faut, ce me semble, réduire cette
mesure à deux mille quatre cent soixante-huit,
parce qu'elle est évaluée en pieds anglais qui ont
à peu près un douzième de moins que les nôtres.
Du haut de cette montagne, et surtout près de la
baie sablonneuse, qui n'en est pas éloignée, on
jouit d'un spectacle enchanteur : ici, une masse
imposante par sa hauteur et son volume; là, un
mont couvert d'une riche verdure, dont aucun
hiver ne ternit l'éclat; plus loin, des rochers aussi
nus, aussi arides qu'au moment où ils sortaient
de l'abîme; et au fond du tableau, la vaste mer
sur laquelle la vuè s'égare jusqu'à la ligne mobile et incertaine où l'azur des flots et l'azur du
ciel unissent leurs teintes et confondent leurs
limites.

Les montagnes et les vallées qui les séparent
offrent les aspects les plus variés. Des masses de
rochers volcaniques, des basaltes, des laves plus
ou moins compactes, feraient croire que Sainte-
Hélène doit son existence à une éruption sous-
marine, comme quelques îles des Açores et de
l'Archipel grec; mais d'autres coteaux n'offrent
aucun indice de volcans : ici l'on voit des cimes
verdoyantes, là des sommets nus et pelés; mais
leur stérilité n'a pour cause que la sécheresse, car
la terre végétale est partout assez profonde et d'une

grande fécondité. Des ruisseaux d'une eau fraîche et limpide rafraîchissent le sol des vallées ; mais il s'en faut bien qu'ils suffisent aux besoins de l'agriculture : ils diminuent sensiblement, et même quelquefois ils disparaissent dans les sécheresses ; et ce fléau, le seul qui afflige Sainte-Hélène, a été si terrible en 1791, qu'il a détruit tout le bétail et fait disparaître toute apparence de végétation.

En 1794, lorsque lord Macartney, revenant de la Chine, mouilla dans la rade de James-Town, les Hélénois avaient réparé les pertes causées par ce désastre, et l'île avait repris sa parure primitive. Lord Valentia qui la visita dans l'année 1801, dit qu'on recueillait sur chaque ferme, des oranges, des limons, des figues, des raisins, des gouyaves, des bananes, des pêches, des grenades, des melons, des citrouilles, et que sur la table du gouverneur, on servait des mangues, des noix de coco, des ananas et des fraises. Les belles ixies du Cap y croissent près des ronces d'Angleterre, et le bambou de l'Inde s'étonne d'être ombragé par un chêne d'Europe. Des troupeaux de chèvres y sont comme suspendus aux flancs escarpés des montagnes, et les bœufs de la plus grande beauté s'engraissent promptement dans le fond des vallées. Les rats, qui se sont prodigieusement multipliés à Sainte-Hélène, n'ayant pas permis d'y cultiver les plantes céréales, toute la surface de l'île a été convertie en vergers et en pâturages, et si les pluies y étaient moins rares, on y fertiliserait trente mille

acres de terre excellente, dont à peine huit mille
sont exploités.

Sous le rapport météorologique, Sainte-Hélène
n'est pas moins favorisée. L'air y est d'une pureté
admirable; la température, presque toujours égale,
y fait régner un printemps éternel, avantage bien
précieux dans la zone torride ; et les orages, si
fréquens dans l'Océan équatorial, y troublent très-
rarement le calme de l'atmosphère. L'air, l'eau
et la terre y sont enfin d'une telle salubrité, que
des malades, assez languissans pour être transportés dans des hamacs, y recouvrent la santé
dans quelques jours, et des scorbutiques dont on
désespérait, ont sauté et dansé joyeusement après
avoir passé une semaine sur ce sol privilégié. On
sera moins étonné de ce miracle hygiénique quand
on saura qu'outre les fruits variés qui naissent sur
cette terre productive, l'île produit encore des
plantes potagères de toute espèce, et les végétaux
les plus salutaires. Les volatiles y sont aussi fort
communs : on y trouve abondamment des poules-
d'Inde, des perdrix, des pigeons, des tourterelles,
des gélinottes des bois, des faisans, des pintades,
et plusieurs autres oiseaux qui sont inconnus en
Europe. La mer n'a pas été plus avare envers ces
insulaires : plus de soixante espèces de poissons
pullulent autour de cette île, et ne se lassent point
de satisfaire la gourmandise des habitans. D'après
ce tableau qui n'a rien d'exagéré, il semble qu'à
Sainte-Hélène les vivres doivent se donner à vil

prix ; ils sont, au contraire, d'une cherté exorbi-
tante : un coq-d'Inde y coûte 48 francs, une oie
24 francs, un petit canard 10 francs, un poulet
6 francs, et le boisseau de patates 10 francs. Le
poisson, quelqu'abondant qu'il soit dans ces mers,
est d'un prix qui a effrayé un Anglais fort riche ;
mais cette cherté tient à des causes qui sont fort
étrangères au sol et au climat.

Telle est la retraite que la fortune, lasse d'obéir,
destine à celui qui naguère maîtrisait presque toute
l'Europe, et méditait une domination *dont il n'a-
vait*, disait-il, *encore posé que les bases*. Un philosophe, comme l'observe M. Malte-Brun, mè-
nerait une vie heureuse dans les paisibles vallées et
les collines romantiques de Sainte-Hélène. Que
Buonaparte y jouisse donc de ce repos après lequel soupirent tant d'honnêtes gens qui n'ont pas
mérité de le perdre ! Qu'il y réalise la devise *ubi-
cumque felix*, dont il se glorifiait à l'île d'Elbe,
et dont je ne garantis point l'exactitude ! Qu'il y
oublie le monde, qui ne l'oubliera point !.... Mais
peut-on l'imaginer ? L'ambition n'est-elle pas un
caractère indélébile ? Tous les biens de la nature
peuvent-ils consoler celui qui n'aspirait qu'à des
biens imaginaires ? Le trône ne donne pas le bonheur, et il empêche de le trouver autre part. Que
l'on vante tant que l'on voudra la philosophie de
Dioclétien et la félicité dont il jouissait, dit-on,
dans son jardin de Salone ; ses regrets, ses désirs
tardifs, ses réflexions secrètes sont descendus

avec lui dans la tombe, et il n'a pas dit tout ce qu'il pensait en arrosant ses laitues. Un courtisan de Philippe II lui disait un jour, en parlant de Charles-Quint : « Il y a aujourd'hui un an que le roi votre auguste père a abdiqué la couronne. » « Il y a aujourd'hui un an qu'il s'en repent, répondit le prince. » Je crois que Philippe avait raison; et qu'aurait-il dit encore si l'abdication de Charles eût été forcée?

Qui de nous peut espérer de connaître jamais la géographie universelle, quand il apprend qu'un point presque imperceptible dans une mappemonde, a été le sujet de tant de descriptions diverses, et des relations les plus discordantes? Qu'on se trompe sur les mœurs, sur le caractère d'une nation; que vingt auteurs se contredisent à cet égard, rien de plus ordinaire et de plus naturel. Un voyageur, ne voyant jamais que des individus, se trompe toujours plus ou moins quand il applique ses observations à la population entière; mais quand il n'est question que d'objets purement matériels, quand il ne s'agit que de voir et dire ce qu'on a vu, que des hommes éclairés, que d'habiles observateurs présentent les résultats les plus incompatibles et les descriptions les plus contradictoires, voilà ce qui nous étonne toujours, quoique les voyageurs nous y aient dès long-temps habitués.

Ces réflexions s'appliquent à la petite île de Sainte-Hélène comme aux plus vastes contrées du globe.

Dans une relation qui vient d'être publiée à Paris, l'auteur anonyme assure que l'île Sainte-Hélène a une forme circulaire; et la carte qui est
jointe à la description la présente sous la figure
d'un carré parfait. Des voyageurs lui donnent jusqu'à cinq lieues de diamètre, d'autres lui accordent
à peine sept lieues de circonférence. Soit par erreur
typographique, soit par exagération, le nombre
des habitans a été porté jusqu'à vingt-quatre mille;
et, dans la réalité, il y en a tout au plus trois mille
cinq cents, y compris la garnison. Tous les navigateurs qui y ont relâché, vantent la douceur du
climat, le printemps éternel, la verdure permanente, le ciel exempt d'orages de l'heureuse Sainte-
Hélène; et un observateur estimé, lord Macartney,
assure que les hauteurs de cette île sont très-froides,
et que les fruits y mûrissent à peine, tandis qu'un
autre observateur non moins estimable, le vi-
comte Valentia, dit absolument le contraire. Les
anciens, en décrivant les *îles fortunées*, n'ont pas
employé des couleurs plus séduisantes que les modernes n'ont fait à l'égard de Sainte-Hélène : ils
ne parlent qu'avec enthousiasme de ses charmantes
vallées, de ses coteaux pittoresques, de sa verdure éclatante; c'est un autre *Otahiti*, c'est un
paradis en miniature. Mais écoutez M. Bory de
Saint-Vincent, l'île est couverte de cendres, de
scories volcaniques, et la végétation y est languis-
sante. Des naturalistes considèrent Sainte-Hélène
comme le produit d'une éruption qui l'a tout-à-

coup élevée au-dessus des mers ; et lord Macartney
dit qu'aucune partie de l'île n'a éprouvé de liqué-
faction. Qui le croirait? On diffère même sur la
route à tenir pour y arriver. Si l'on admet l'opinion commune, le vent alizé du sud-est, qui
souffle presque sans interruption dans ces parages,
a fait dire qu'on ne pouvait arriver à Sainte-Hélène qu'en revenant du Cap de Bonne-Espérance :
et en effet, les vaisseaux anglais n'y relâchaient
guère qu'à leur retour des Indes-Orientales ; cependant lord Valentia y est allé en partant direc-
tement de l'Angleterre ; lord Eldon y est arrivé
peu de jours après lui, en faisant la même route,
et d'autres vaisseaux y ont abordé sans se porter
à l'ouest vers le Brésil, et sans descendre au-dessous de la latitude de Sainte-Hélène. Selon les uns,
les rats sont tellement multipliés dans cette île,
qu'ils détruisent toute espèce de culture ; selon
d'autres, ces animaux ne nuisent qu'aux plantes
céréales. Ceux-ci affirment qu'un insecte d'une
nature particulière y a détruit tous les pêchers
et d'autres arbres d'Europe ; ceux-là vantent la
beauté des pêchers, des pommiers, et d'autres
arbres qui prospèrent sur cette terre fertile. Lord
Valentia surtout y a vu des pêchers, et sur les plate-
formes, des fleurs et des fruits des quatre parties
du monde. Si j'en crois l'ambassadeur anglais à la
Chine, le jardin botanique de la Compagnie est
fort bien tenu, et un habile jardinier envoyé d'Angleterre y a fait prospérer une grande quantité

d'arbres, de plantes et de fleurs de différens climats ; mais lord Valentia, qui a visité l'île peu de
temps après lord Macartney, dit que *ce jardin botanique n'a aucun droit au nom qu'il porte*, et
qu'on n'a pas même tenté d'y réunir les plantes
indigènes de l'île. D'après le même lord, le système de défense de Sainte-Hélène serait mal entendu, l'île ne pourrait résister à une attaque
sérieuse ; les canons, en général, y sont trop élevés au-dessus de la mer ; ils nuiraient peu aux
vaisseaux qui approcheraient de la côte ; le seul fort
où l'artillerie est convenablement placée est situé
dans un lieu qui manque d'eau : ce serait, ajoute-
t-il, un malheur incalculable si cette île tombait
entre les mains d'un ennemi, et il conclut qu'il
faut la fortifier de nouveau. Mais lisez toutes les
autres relations : Sainte-Hélène est un second Gibraltar ; aucun vaisseau ne peut en approcher sans
risquer d'être mis en pièces ; la nature a élevé autour de l'île un rempart inexpugnable ; les trois
seules ouvertures qui font solution de continuité
à une côte de douze cents pieds de hauteur, sont
défendues par de nombreuses batteries, et une
petite crique où une seule chaloupe peut à peine
s'introduire, est aussi bien fortifiée que si elle pouvait contenir une flotte. Les objets sur lesquels il
semble impossible de se tromper ne nous sont pas
présentés avec plus de certitude. M. Brooke, auteur de la description que j'annonce, assure que
les chênes naturalisés à Sainte-Hélène y croissent

avec une grande rapidité, et, contrairement à
l'observation des botanistes dans tout autre pays,
y acquièrent une dureté supérieure à celle des
chênes d'Europe. Lord Valentia dit, au contraire,
que le bois des arbres de Sainte-Hélène est *mou
et spongieux*. Lequel des deux croirons-nous?
M. Brooke était dans cette île secrétaire du gouvernement, et devait conséquemment la connaître;
lord Valentia, d'un autre côté, avait par son rang
des communications très-étroites avec le gouverneur, et tenait de lui toutes les particularités qu'il
rapporte : il a d'ailleurs parcouru cette île dans
tous les sens, et il y est resté trente-cinq jours, période de temps plus que suffisante pour observer un
si petit point; il faut donc demeurer en doute à cet
égard comme à tant d'autres. Mais voici une contradiction plus singulière : M. Brooke reconnaît la
loi générale de la nature par laquelle les pays boisés
sont ceux où il tombe les pluies les plus abondantes, tandis que les contrées dépourvues d'arbres sont exposées aux sécheresses qui détruisent
toute végétation. Il affirme cependant qu'à Sainte-
Hélène cette loi souffre une exception remarquable : des sommets couverts d'arbres y sont, dit-il,
long-temps privés de pluies, tandis qu'il tombe
des torrens sur des montagnes arides et stériles;
il cite pour exemple et pour preuve de cette assertion le canton nommé *Long-Wood* (ou long bois),
qu'une grande quantité d'arbres ne garantit pas de
la sécheresse. S'il n'y a pas faute de la part du

traducteur, *long bois* doit s'entendre d'un endroit planté d'arbres, en latin *nemus* ; et d'ailleurs, il dit plus loin que *l'on traverse le long bois*, ce qui confirme cette explication. Mais écoutons lord Valentia : « Les montagnes de l'île sont *toutes*, à l'exception du pic de Diane, *entièrement* dépourvues d'arbres ; il en résulte que, quoique les nuages poussés par le vent du sud-est passent au-dessus, elles conservent peu d'humidité. » Voulons-nous savoir maintenant ce que c'est que ce *Long-Wood*, ou long bois, que l'on a pris plus haut pour une forêt? Écoutons le même lord : « Le vice-gouverneur étant absent, il se trouvait remplacé par M. Deveton, qui, en conséquence, jouissait de la maison de plaisance de Long-Wood; je l'y accompagnai sur son invitation... Le chemin tourne la montagne l'espace de trois milles... Un *mât* de pavillon qui a donné son nom à Long-Wood (bois long), est planté sur la cime du mont. » *Long bois* n'est donc ici qu'un morceau de bois, *lignum*, et non pas un bois, *nemus* ; ce bois, ou mât, est planté sur la cime d'un mont, et le même observateur a dit que *toutes les montagnes sont entièrement dépourvues d'arbres, à l'exception du pic de Diane* ; et lord Valentia parle d'un lieu qu'il a vu, et il y est allé avec la personne qui y demeurait. Faut-il donc croire qu'il a pris une forêt pour un mât de pavillon, ou que le traducteur français a pris un morceau de bois mort pour une forêt verdoyante? En vérité, nous

devons être bien indulgens envers les voyageurs
qui nous parlent de vastes contrées comme la
Chine, la Nouvelle-Hollande et les deux Amériques, quand nous voyons qu'il est si difficile de
connaître parfaitement une île de trois lieues de
diamètre.

Sainte-Hélène joue un grand rôle dans le roman
de Cléveland : un ouvrage de ce genre n'est pas
une autorité fort respectable quand il s'agit de
topographie : et cependant, à des détails de pure
imagination, l'abbé Prévost a mêlé des particularités exactes qu'il a sans doute puisées dans son
Histoire générale des Voyages. On y trouve la
ceinture de rochers qui environne cette île, la
seule ouverture par laquelle on puisse pénétrer
dans l'intérieur, et les querelles qui divisaient les
premiers habitans. Cet esprit de discorde paraît s'y
être conservé jusqu'aujourd'hui. M. Brooke nous
dit que les ministres du culte envoyés à Sainte-
Hélène ont été long-temps des hommes de fort
mauvaises mœurs, qui portaient le trouble dans la
colonie ; et lord Macartney confirme encore mieux
l'observation de l'abbé Prévost. Lorsqu'il y a des
vaisseaux en rade, dit-il, les habitans sont occupés à bien traiter leurs hôtes et à fournir à leurs
besoins ; mais quand les vaisseaux sont partis, les
divisions intestines renaissent, et le gouverneur,
pour les apaiser, ne trouve pas de meilleur moyen
que de faire faire aux colons des exercices militaires. On voit par là que l'Angleterre n'a pas pu

choisir un meilleur asile pour Buonaparte, et que les habitans seront enchantés de leur nouvel hôte.

Je n'ai pas touché à la partie historique de la description : j'ai pensé que mes lecteurs étaient surtout curieux de connaître l'état présent de l'île à laquelle le nom de Buonaparte va donner une grande célébrité. C'est dans l'ouvrage de M. Brooke qu'il faut chercher l'histoire de sa découverte, celle des colons portugais, hollandais et anglais qui l'ont occupée successivement ; on y lira tous les efforts, tous les essais plus ou moins heureux qui ont été faits depuis trois siècles pour y acclimater les végétaux utiles et y naturaliser les troupeaux européens. Je me borne à répéter ici que cette brochure est la description la plus complète et la plus satisfaisante que je connaisse, malgré les petites erreurs et les contradictions que j'ai cru y apercevoir.

VOYAGE

A LA TERRE DE VAN-DIEMEN,

Ou Description historique, géographique et topographique de cette île ; par G.-W. EVANS, arpenteur général de la colonie. Traduit de l'anglais ; avec une carte et la vue de HOBART-TOWN.

TANDIS que nous disputons en France sur l'avantage ou le désavantage d'avoir des colonies, les Anglais colonisent toute la surface du globe : ils nous laissent tranquillement faire des phrases sur les miasmes délétères qui s'élèvent du sol de la Guyane, et ils mettent à profit la partie de cette contrée qu'ils se sont fait concéder par le traité de Paris de 1815. On imprime ici qu'à la Guyane la température est étouffante et le climat le plus malsain qu'il y ait sur la terre ; on écrit qu'un blanc ayant travaillé deux matins de suite dans son potager, et en s'abritant *d'un parasol,* était mort le troisième jour. Les Anglais cultivent cette même Guyane, ils ne labourent pas, ils ne bêchent pas avec des parasols ; ils ne meurent ni le troisième, ni le millième jour, et la prodigieuse fécondité de ce sol, maudit en France, est déjà pour eux une nouvelle source de prospérité. On dispute chez nous pour savoir si la Corse mérite d'être conservée ; on nous dit que ses belles forêts ne produisent que des bois médiocres ; ses beaux orangers, citronniers et poncires que des fruits détestables ; ses magnifiques oliviers que de l'huile à brûler ; que toute sa partie orientale est inhabitable, que ses ports sont insalubres, que ses plaines engendrent le typhus, et que l'on meurt infailliblement si l'on passe sous l'ombre des *nerium*, qui sont communs dans cette île. Les Anglais nous laissent déprécier ce que nous possédons, et sont trop polis pour nous contredire ; mais ils soudoient encore une partie de ces Corses qu'ils ont gouvernés temporairement, et ils semblent attendre que la France s'ennuie d'occuper une île qui a de si beaux ports, de si beaux bois de construction, de si beaux oliviers, de si belles vignes, et qui est située dans un demi-cercle formé par la Sardaigne, les États romains, la Toscane, le pays de Gênes, le Piémont et la France. A Paris, on se demande à quoi nous sert le Sénégal, et quel profit nous retirons de cette côte d'Afrique, si contraire à notre santé délicate ? Les Anglais, qui sont encore moins frileux que nous, et qui devraient bien plus redouter la zone torride, ne font aucun effort pour nous prouver que l'Afrique est bonne à quelque chose ; mais tandis que nous composions des discours et des livres sur les inconvéniens des colonies, ils agrandissaient vers le

nord leur vaste colonie du cap de Bonne-Espérance; Sainte-Marie s'élevait à l'embouchure de la
Gambie, et ils bâtissaient à Sierra-Leone les villes
de Free-Town, du Régent, de Glocester, de Léo-
pold, de Charlotte, de Vilberforce, de Bathurst
et de Kissey, villes où l'on admire de vastes magasins, des hospices, des marchés couverts, de
belles églises, des quais superbes, et qui sont
liées entre elles par des routes dignes d'être com-
parées aux plus belles de l'Europe.

Ce n'est point par rivalité, par esprit de contradiction que les Anglais occupent, cultivent,
peuplent et civilisent des contrées que nous regardons comme inutiles et ruineuses; ils ont la
manie de coloniser, et le plus beau discours d'un
lord ou d'un membre de la chambre des Communes ne les ferait pas changer de système. Faites
le tour du globe, vous rencontrerez partout des
Anglais. La première et vaste presqu'île de l'Inde
n'est plus qu'une province de la Grande-Bretagne,
et lui fournit trois fois plus de sujets que n'en
compte la métropole. A l'est de cette terre féconde,
les Anglais s'approchent de la Chine; au sud,
ils possèdent Ceylan, cette *Serendip* des Contes
Arabes; les Audamans, l'île du prince de Galles,
Sinca-Pura, situées sur les limites des connaissances géographiques des anciens, sont devenues
des colonies anglaises; on entend prononcer le
goddam dans tous les archipels du grand Océan;
en Amérique, dans les grandes et petites Antilles,

dans les îles sous le vent, et dans la presqu'île qui forme l'une des cornes du golfe du Mexique, on voit travailler *sans parasol*, non-seulement des nègres, mais même des blancs Anglais, qui n'y meurent pas dès le troisième jour, mais s'y enrichissent en enrichissant la métropole ; les baies d'Hudson et de Baffin, l'immense Labrador, les deux Canada, la côte du nord-ouest, et, à l'extrémité méridionale, la Terre de Feu, sont des colonies anglaises; les îles *Malouines* ont perdu le nom français, et celui qu'elles portent aujourd'hui nous prouve que, fort inutiles pour nous, elles n'ont pas été dédaignées par nos modestes rivaux. Dans le moment où j'écris, les navigateurs aperçoivent peut-être une guérite anglaise sur le rocher de Tristan d'Acunha, où un botaniste français a couru le risque de vivre solitaire comme un autre Robinson. Mais portons-nous dans la zone tempérée de l'hémisphère méridional, une nouvelle Europe y ouvre à l'industrie anglaise une carrière aussi vaste que toute la surface de notre Europe. Dans le court espace de temps qui s'est écoulé depuis 1787, des ports, des forts, des villes ont été construits, et leur prospérité s'accroît rapidement. Les montagnes bleues ont été franchies, des rivières sont découvertes ; la population peut s'étendre par la suite jusqu'à mille lieues du rivage où elle a commencé, et des noms anglais sont déjà substitués sur tous les points de ce continent austral, au nom des Français qui les ont visités les premiers. Au midi, de cette grande terre est située l'île de Van-Diemen, qui est le sujet de l'ouvrage qui m'occupe. J'ai fait un très-grand tour pour y arriver, mais cela n'est pas étonnant, puisque pour y aller et en revenir on fait une route équivalente à la circonférence du globe.

Cette énumération des possessions anglaises, dans laquelle j'en ai omis un grand nombre, n'empêchera sûrement pas nos raisonneurs de soutenir que les colonies sont une cause de ruine pour une métropole ; et, en effet, selon ces profonds publicistes, il y a déjà trente ans que l'Angleterre est ruinée, et nous attendons l'heure préfixe où le colosse de la puissance britannique va s'écrouler dans l'Océan. Je ne répondrai que cette phrase toute simple : Recherchez quel est le peuple qui, placé sur un sol très-circonscrit et peu favorisé de la nature, ait acquis la plus grande puissance, obtienne partout le plus grand crédit, puisse disposer de la plus grande masse des richesses, et ait pu solder, pendant quinze ans, le plus grand nombre d'auxiliaires ; alors vous aurez des données suffisantes pour décider si les colonies sont bonnes à quelque chose.

Jusqu'en 1797, la terre de Van-Diemen fut regardée comme la partie méridionale de la Nouvelle-Hollande, que le navigateur Tasman avait découverte en 1644 (1). Les célèbres voya-

_____

(1) Dans un récit du capitaine Furneaux, on lit 1642.

geurs Cook, Furneaux, Lapérouse, d'Entrecas-
teaux, etc., y ont abordé sur divers points. C'est
dans une baie de la Nouvelle-Hollande que le
capitaine Cook fit radouber son vaisseau, lorsqu'un morceau de rocher qui s'était engagé dans
le bordage, sauva l'équipage d'une mort certaine,
en bouchant la voie que le choc de ce rocher y
avait faite. Le capitaine Furneaux, parvenu à l'est
de Van-Diemen, voulut reconnaître si cette terre
tenait à la Nouvelle-Hollande : il vit, en effet,
que la côte courait droit à l'ouest ; mais, n'ayant
pu s'avancer dans cette direction, il conclut faussement que ce canal n'était qu'une baie profonde,
et qu'il n'y avait pas séparation entre les deux
terres. Toutes les cartes antérieures à 1797 présentent Van-Diemen comme la pointe méridionale de la Nouvelle-Hollande ; mais cette année
même, le capitaine Flinders, commandant le
vaisseau anglais *la Confiance*, découvrit le détroit,
et lui donna le nom de M. Bass, chirurgien du
vaisseau.

Cette île, située entre le 40ᵉ et 44ᵉ degrés de
latitude sud, et entre les 143ᵉ et 149ᵉ de longitude
à l'est de Paris, offre une surface de plus de
soixante lieues du nord au sud, et de plus de quarante de l'est à l'ouest, en compensant toutes les
inégalités. Des montagnes, dont les plus hautes ont
six cents toises d'élévation, sont séparées par de
vastes plaines qu'arrosent un grand nombre de
rivières, parmi lesquelles le Derwent qui coule au

sud, et le Tamar qui se dirige au nord, sont les plus considérables et les plus favorables au commerce. Le Tamar n'a pas un long cours, puisqu'il n'a guère que treize lieues entre sa source et son embouchure, où il acquiert une largeur de trois milles, et où le port Dalrymple s'ouvre sur le détroit de Bass. Le Derwent, dont la source n'est pas encore connue, parcourt une plus grande étendue de pays, et c'est sur sa rive droite que s'élève aujourd'hui la ville de Hobart-Town, qui est le siége du gouvernement. Cette rivière, dont la largeur est de six à sept cents pieds, doit être bien profonde, puisque les baleines y remontent jusqu'à Hobart-Town. Douze autres rivières fertilisent la partie cultivée de cette île, et l'on en découvrira sans doute un plus grand nombre dans les terres qui sont à l'ouest, et qui ne sont point encore explorées. La colonie anglaise s'étend sur une ligne non interrompue du nord au sud, depuis le port Dalrymple jusqu'à l'embouchure du Derwent. Sur cette ligne, dont la longueur est de soixante lieues et la largeur de huit ou dix, s'élèvent plusieurs villages et un grand nombre d'habitations éparses. Si j'en juge d'après l'estampe qui représente Hobart-Town, cette ville, qui a un mille de longueur et dont toutes les maisons sont isolées, est très-bien bâtie et dans une situation charmante.

La colonie compte déjà plus de six mille habitans, nombre très-remarquable quand on pense

qu'on n'y est arrivé qu'en 1803, et qu'en 1811
elle n'offrait encore que de misérables huttes, peu
différentes de celles des sauvages. Sur cent seize
mille acres de terre qui ont été concédés aux
colons, dix mille sept cents sont en pleine culture, et au mois de mai 1821, le nombre des
chevaux y était de quatre cent onze, celui des
bœufs de près de vingt-neuf mille, celui des porcs
de douze cents, et l'on y comptait déjà cent
quatre-vingt-deux mille moutons.

J'étais curieux de connaître la température de
cette terre australe qui, à ne consulter que la latitude, devait ressembler, sous le rapport de la
chaleur, à la Campanie, aux États romains et à
la Toscane. Je savais que, toutes choses égales
d'ailleurs, l'hémisphère méridional est plus froid
que le nôtre, mais j'ignorais quelle est la différence sous le même parallèle. Sur ce point,
l'auteur n'a pas satisfait ma curiosité. Par une
erreur de rédaction ou de traduction, la Relation
présente des évaluations contradictoires. Ici, je
trouve que les extrêmes du froid et du chaud sont
entre un et vingt-un degrés au-dessus du point de
congélation, selon Réaumur; et, plus loin, l'auteur parle de fortes gelées, ce qui est impossible
si le mercure est toujours au-dessus de zéro. Plus
loin encore, il dit que la neige ne reste dans les
plaines que pendant quelques heures; et pourquoi
n'y reste-t-elle pas, s'il y a de fortes gelées? Ce
passage, et d'autres également obscurs, m'ont

fait reconnaître que M. Évans n'a point écrit un Voyage, quoique son livre porte ce titre, mais une compilation de plusieurs relations différentes, qu'il n'a pas toujours pris le soin de faire concorder.

Quoi qu'il en soit, tous les Anglais qui ont séjourné à l'île de Van-Diemen s'accordent sur l'admirable salubrité du climat, sur la fertilité de la terre, sur l'agrément et la variété des sites. On prédit déjà que le port Dalrymple deviendra l'arsenal de la marine anglaise dans cette partie du monde, et l'une des places les plus importantes pour le commerce. Van-Diemen sera même plus utile que l'immense côte de la Nouvelle-Hollande où Sydney et le port Jackson peuvent passer pour des établissemens anciens comparativement. Van-Diemen n'a jamais à souffrir, comme la Nouvelle-Galles du Sud, de l'excès de sécheresse et des inondations subites qui font tant de ravages dans cette dernière colonie. Une particularité très-remarquable, et qui n'existe peut-être que sur ce point du globe, c'est que les variations du vent y influent sur l'état de l'atmosphère avec une imperturbable régularité; s'il souffle de l'ouest ou du sud-ouest, il amène infailliblement des pluies et des tourmentes le long des côtes; s'il passe au sud ou à l'est, le beau temps est assuré. Il serait fort difficile d'expliquer la raison de ce phénomène, car à l'est, au sud et à l'ouest, Van-Diemen est également enveloppée par une mer sans bornes, et

un vaisseau, qui, sortant du port d'Hobart-Town,
suivrait toujours le même parallèle., rencontrerait
toujours l'Amérique, soit qu'il fît voile à l'ouest,
soit qu'il se dirigeât vers l'orient.

On sera peut-être étonné d'entendre parler avec
tant d'éloges d'une colonie qui, après dix-neuf ans
d'existence, ne compte encore que six mille habitans, et l'on demandera comment l'Angleterre,
riche de tant de possessions, peut attacher tant
d'intérêt à une île d'une médiocre étendue, quand
elle occupe à quelques lieues de là une terre aussi
grande que l'Europe. Si l'on jette ses regards sur
une mappemonde, on sentira l'importance de
Van-Diemen. On verra que les Anglais se sont
emparés de toutes les pointes du globe qui sont
tournées vers le pôle austral. On les trouve au cap
Comorin et à Ceylan, au cap de Bonne-Espérance, au cap Horn, et à la Nouvelle-Zélande.
Van-Diemen complète cette chaîne de postes ;
ainsi, tout vaisseau européen qui voudra naviguer,
soit dans l'Atlantique, soit dans la mer du Sud,
soit dans l'Océan indien, passera toujours *dans les
eaux de la Grande-Bretagne.*

Si la population de Van-Diemen paraît encore
faible, on doit observer que les commencemens
d'une colonie sont toujours très-difficiles, et l'on
s'étonnera même d'un progrès si rapide, si l'on
réfléchit qu'il n'y a pas moins de quatre mille
lieues entre cette île et l'Angleterre. Mais une autre
cause plus sérieuse s'est opposée à un plus prompt

accroissement, et retient encore les colons dans des limites assez étroites. La conduite coupable d'un commandant anglais a tellement excité la haine des naturels, qu'elle ne s'est point encore amortie depuis dix-huit ans, et ne s'éteindra peut-être que par l'extermination de la race. Cette anecdote mérite d'être rapportée, parce qu'elle peut servir de leçon à tous les navigateurs.

Quelque temps après le premier établissement sur le Derwent, un officier anglais voyant venir à lui une troupe de naturels, qui jusqu'alors avaient montré les dispositions les plus amicales, eut l'imprudence ou la barbarie de faire faire sur eux une décharge à mitraille. On conçoit le ravage qu'a dû faire une pareille décharge sur une troupe nombreuse et serrée qui approchait avec confiance. Dès ce moment, toute communication a cessé avec les insulaires ; chaque fois qu'on s'est rencontré on s'est égorgé, et long-temps après cette catastrophe, un grand nombre de colons ont été victimes de la vengeance des naturels : des habitations ont été ravagées, et les habitans massacrés. La sécurité est loin d'être rétablie, puisqu'aujourd'hui même aucun insulaire ne s'approche des Anglais, et si quelqu'une de leurs femmes s'échappe de la hutte et vient habiter avec les matelots anglais, elle est sûre de périr du plus cruel supplice si elle est reprise par les naturels. Cette inimitié si bien méritée a jusqu'ici empêché les Anglais d'explorer la plus grande partie de l'île, et les a forcés à se tenir sur la ligne où ils peuvent se secourir mutuellement. Cependant la colonie prospère et s'accroît, et si l'on parvient à se réconcilier avec les indigènes, on n'aura plus besoin d'amener d'Angleterre des filles publiques et des malfaiteurs pour peupler l'île d'honnêtes gens.

HISTOIRE

DES DEUX VOYAGES

ENTREPRIS PAR ORDRE DU GOUVERNEMENT ANGLAIS,

L'un par terre, dirigé par le capitaine FRANKLIN ; l'autre par mer, sous les ordres du capitaine PARRY, pour la découverte d'un passage de l'Océan Atlantique dans la mer Pacifique. Traduit de l'anglais ; avec une *Carte des régions polaires* où se trouvent tracées les routes de ces deux voyageurs, et leurs découvertes.

TOUTES les personnes instruites savent de quelle utilité serait la découverte d'un passage qui établi-rait une communication entre la mer Atlantique et le grand Océan, par les hautes latitudes septentrio-nales. Mais les lecteurs qui dédaignent la géogra-phie, et la regardent comme une science de luxe, ne comprennent pas même l'importance d'une expédition dans laquelle on se propose cette re-cherche. Ces lecteurs étant très-nombreux, même parmi les gens de lettres et les hommes qui ont le plus d'esprit et le plus d'instruction sous tout autre rapport, c'est à eux spécialement que j'adresse quelques détails préliminaires sans lesquels les voyages pénibles et dangereux du capitaine Parry n'auraient aucun intérêt à leurs yeux.

Il suffit de porter ses regards sur une mappemonde, pour y remarquer deux grandes masses de terre qui s'avancent fort loin dans l'Océan austral. Ces deux masses sont l'Afrique, à l'est, et l'Amérique, à l'ouest. Comme l'Afrique est unie à l'Asie, et comme l'Amérique est une terre continue depuis le détroit de Magellan jusqu'à la mer Polaire-Arctique, on sent que, dans l'état actuel de la navigation, il faut nécessairement tourner l'une de ces grandes masses de terre pour se porter, soit dans les mers orientales, soit dans le grand Océan, que l'on nomme aussi mer Pacifique. Ainsi, un vaisseau français, anglais ou espagnol qui se dirige vers la Chine, est forcé de descendre jusqu'au 34e degré de latitude sud, pour doubler le cap de Bonne-Espérance et voguer dans les mers orientales, ou jusqu'au 56e, pour doubler le cap Horn, s'il veut aller en Chine par l'ouest. Il est facile d'apprécier l'immense détour que l'on est obligé de faire dans l'une et dans l'autre direction, et la longueur d'un voyage où il faut traverser deux fois l'équateur pour remonter à une latitude presque égale à celle d'où l'on est parti.

On a senti depuis long-temps que si l'un des deux continens, l'Asie et l'Amérique, pouvait être tourné par le nord, le voyage serait considérablement abrégé, d'abord parce que l'on couperait les degrés de longitude dans une zone où ils ont beaucoup moins de largeur, et, en second lieu, parce qu'il ne faudrait plus traverser la ligne équinoxiale, puisque les deux presqu'îles de l'Inde, la Chine et le Japon, sont situées au nord de l'équateur.

Des tentatives furent faites au nord de l'Europe et de l'Asie; mais quoiqu'on eût doublé facilement le cap Nord de l'Europe, et qu'on se fût porté jusqu'au détroit de Vaigatz et au golfe de l'Oby ; quoique deux cosaques, partis des côtes septentrionales de l'Asie, soient parvenus à doubler le cap *Oriental*, et aient pénétré, par le détroit de Berring, jusque dans les mers d'Okhotsk, des Kouriles, et conséquemment du Japon, les dangers trop imminens et les excessives difficultés d'une pareille navigation ont fait renoncer à un projet, qui est vraisemblablement inexécutable par rapport à la longue pointe qui termine l'Asie au nord, et qui s'étend jusqu'au 77me degré.

On a donc tourné la vue vers le nord-ouest, c'est-à-dire vers le nord de l'Amérique. Il est curieux de rechercher sur les anciennes cartes tous les essais, tous les tâtonnemens que l'on a faits sur ce point du globe. Jusque vers les deux tiers du siècle dernier, tout était encore incertain sur

ce qui est situé au-delà du Groënland et du Labrador. Les cartes donnaient à la baie de Baffin une
figure ronde et une énorme largeur dans le sens
de l'est à l'ouest; on plaçait, au milieu, une île
James de plus de cent lieues de diamètre, et qui
n'était autre chose qu'un immense amas de glaces,
puisque le capitaine Parry l'a traversé à la voile.
On coupait le Groënland de manière à placer le
cap Farewell dans une île; et cette disjonction se
faisait par le détroit de Forsbisher, qu'il faut chercher aujourd'hui à cent soixante lieues plus à l'ouest;
le détroit de Davis était repoussé vers le nord,
entre la côte occidentale du Groënland et la prétendue île James; les côtes orientales et septentrionales de la baie d'Hudson étaient arbitrairement figurées.

Le scepticisme succéda bientôt à l'incertitude;
on alla jusqu'à regarder la découverte de l'intrépide Baffin comme une imposture, et malgré les
torts que l'on peut justement reprocher au capitaine Ross, on lui doit néanmoins une excellente
exploration de cette baie de Baffin dont on con-
testait l'existence, et il a le mérite d'avoir restitué
la gloire d'un navigateur qui, en 1816, s'éleva de
deux degrés plus au nord que ne l'a fait le capitaine
Parry dans son hivernement à l'île Melville, en
1819.

Quoique toutes les tentatives pour trouver le
passage si désiré de l'Atlantique dans le grand
Océan aient été infructueuses, le gouvernement

anglais ne se rebuta point. Si rien ne faisait présager cette importante découverte, rien ne prouvait qu'elle fût impossible ; et tant qu'on n'aura pas exploré toutes les baies, tous les golfes, tant qu'on n'aura pas pénétré dans tous les détroits, tant qu'on ne se sera pas assuré si les glaces qui les obstruent sont temporaires ou permanentes, on ne pourra jamais prononcer avec certitude que le passage n'existe pas.

En 1818, le capitaine Ross, après s'être porté jusqu'au fond de la baie de Baffin, s'avança jusqu'à la distance de quarante milles, dans le détroit de sir John Lancastre, qui s'ouvre sur la côte occidentale de cette baie, au 74me degré de latitude ; mais, croyant apercevoir des montagnes qui obstruaient le fond de cette passe à l'occident, il prit le détroit pour le golfe, et il se hâta de retourner en Angleterre, quoique le lieutenant Parry, ni personne de l'équipage, n'eussent vu les montagnes qui avaient fait fuir M. Ross.

L'assertion de ce capitaine, contredite par tous ses compagnons de voyage, fit si peu d'impression sur l'esprit des ministres, que le gouvernement ordonna sur-le-champ une nouvelle expédition. M. Parry fut élevé au grade de capitaine, et le 8 mai 1819, les deux vaisseaux, *l'Hécla* et *le Gripper*, partirent de Deptfort. Le 15 juin, ils atteignirent la longitude du cap Farewell ; le 2 août, après avoir lutté long-temps contre les bancs et les masses de glaces, ils se trouvèrent à l'entrée du détroit de Lancastre, et le surlendemain, les montagnes du capitaine Ross s'évanouirent comme un brouillard, laissant devant le nouveau navigateur une mer dangereuse, mais assez libre pour qu'on pût y naviguer.

C'est dans ce voyage de 1819 qu'eut lieu le fameux hivernement pendant lequel le capitaine Parry fit jouer la comédie sur un théâtre où la plus grande chaleur que l'on pût obtenir, fut un froid de 14 degrés au-dessous du point de congélation (thermomètre de Réaumur). Malheureusement ce détroit de Lancastre, qui avait fait concevoir de si hautes espérances, et où l'expédition avait fait près de deux cents lieues au-delà de son entrée dans la baie de Baffin, se trouva complètement fermé à l'ouest par une glace immobile, borné au nord par l'île Melville, sur le bord de laquelle on hiverna, et au sud-ouest par une terre qui reçut le nom de Banks, et dont on n'a pu apprécier l'étendue. Ainsi ce voyage, si curieux sous une foule de rapports, ce voyage, dans lequel l'équipage gagna la récompense promise aux navigateurs qui atteindraient le 110me degré de longitude occidentale, ne fut d'aucune utilité pour le but réel de l'expédition. On prétend cependant que cette tentative a procuré l'avantage de rétrécir le champ des recherches futures, en démontrant qu'il ne faut point chercher le passage de ce côté; mais l'immobilité permanente des glaces au-delà du 113me degré de longitude ne me paraît pas assez bien constatée, et la terre de Banks a été vue de trop loin pour qu'on puisse en conclure l'impossibilité absolue de se porter à l'ouest du point où le capitaine Parry a fixé son *non plus ultrà.*

Cette seconde expédition, tout infructueuse qu'elle a été pour la découverte du fameux passage, a été cependant glorieuse pour l'Angleterre, et utile aux progrès de la géographie. Elle a d'abord démontré que des Européens peuvent passer un terrible et long hiver dans une contrée où le froid descend au-dessous de 36, de 40 et de 45 degrés ; elle a fait connaître des terres et des îles qui n'avaient jamais été indiquées sur aucune carte ; elle a prouvé que la côte septentrionale de l'Amérique est flanquée d'un grand nombre d'îles comme celle du nord-ouest, si bien explorée par Vancouver ; elle a enfin ouvert une nouvelle carrière au commerce, en ce que les pêcheurs de baleines ont suivi les traces du capitaine Parry à travers les îles et les montagnes de glace ; ils ont abandonné les parages où les cétacées devenaient rares, et se sont portés vers des côtes où cette pêche si lucrative est beaucoup plus abondante.

Le défaut de succès qui décourage la plupart des hommes, produisit un effet tout opposé sur le gouvernement britannique. Par une noble obstination, et par une persévérance bien rare quand les entreprises sont coûteuses, le ministère ordonna, non pas seulement une nouvelle expédition, mais deux qui devaient concourir au même but. L'une, par terre, fut confiée au capitaine Franklin ; l'autre, par mer, fut dirigée par le capitaine Parry, qui venait de donner de si bonnes preuves de son courage et de ses talens. Le capitaine Franklin, après avoir navigué jusqu'à la côte occidentale de la baie d'Hudson, se dirigea vers le point de la côte septentrionale où Hearne avait découvert l'embouchure de la rivière *des Mines de Cuivre*, en 1772; il constata que cette embouchure est bien dans la mer, et non pas dans un lac, et il visita une partie de la côte dans une frêle embarcation. Si l'extrême rigueur du froid, et la faim plus cruelle encore, ne l'avait pas forcé au retour, il devait, soit par terre, soit par mer, suivre cette côte, en revenant vers l'est, et chercher une issue qui le fît rentrer dans l'océan Atlantique, tandis que le capitaine Parry, naviguant en sens contraire, chercherait une passe vers les mers de l'ouest, et suivrait la même côte jusqu'au point découvert par Hearne, et même jusqu'aux mers d'Asie, si la chose était possible. Mais tandis que deux fléaux faisaient reculer le capitaine Franklin, le capitaine Parry, après une navigation de vingt-neuf mois dans des mers où la glace ne disparaît jamais, et n'est mobile que pendant sept ou huit semaines, revint en Angleterre sans avoir trouvé un passage qui le conduisît dans la mer où la rivière des Mines de Cuivre a son embouchure.

Le but et l'importance de ces voyages étant connus, il ne reste plus qu'à en tracer quelques

particularités , et je commence par celui du capitaine Franklin.

Dans une courte introduction , que l'on doit
sans doute au traducteur, on lit que les deux expéditions devaient se faire en même temps ; mais
cette phrase est relative au premier voyage du capitaine Parry, et non pas à celui qui m'occupe
en ce moment. C'est, en effet, au mois de mai 1819
que les deux voyageurs quittèrent l'Angleterre,
l'un pour explorer la côte septentrionale de l'Amérique, l'autre pour tenter de pénétrer dans la mer
polaire par le détroit de Lancastre ; mais le capitaine Parry était revenu en Angleterre, et il était
reparti pour son second voyage, avant que le capitaine Franklin eût atteint le but de son expédition.
Ainsi, le seul voyage du capitaine Franklin dura
trente-huit mois , depuis le 23 mai 1819 jusqu'au
14 juillet 1822 ; et les deux explorations du capitaine Parry consumèrent quatre ans et cinq mois ,
depuis le 8 mai 1819 jusqu'au 18 octobre 1823.

Si le lecteur veut consulter une bonne carte de
l'Amérique septentrionale, qui n'ait pas plus de
quinze ans d'ancienneté, il pourra suivre la route
du capitaine Franklin. La carte polaire, annexée
à la traduction du voyage, est insuffisante, se ter-
minant au 56e degré de latitude, tandis que le
voyageur a été obligé de descendre jusqu'au lac
Ouïnipeg, à trois degrés plus au sud, pour atteindre cette longue suite de lacs qui devaient le
conduire dans celui de l'Esclave, et de là , à l'em-

bouchure de la rivière des Mines de Cuivre. Au sud-ouest de la grande baie d'Hudson, on remarque un golfe dans lequel se jette la rivière Nelson, et où est situé le fort York, factorerie anglaise. C'est là que le capitaine Franklin débarqua, et c'est de là qu'il commença un voyage de quinze cents lieues, tantôt par terre, tantôt par le moyen des rivières et des lacs, navigation sans cesse interrompue par des portages. Pour donner une idée des souffrances que durent éprouver les voyageurs, il suffit de dire que la famine poussa l'un d'eux jusqu'à l'antropophagie, et que le froid fut assez rigoureux pour congeler le mercure dans la boule du thermomètre, de sorte que cet instrument ne pouvait plus indiquer la température. Quoi! diront les philosophes, tant d'années employées, tant de maux soufferts pour ouvrir un nouveau passage au commerce! *Auri sacra fames!* Cela est vrai; mais c'est par de tels efforts que la petite Angleterre a fini par dominer sur toutes les mers du globe, et a influé d'une manière si puissante sur les affaires du continent.

Il s'en faut bien que le voyage du capitaine Franklin ait été préparé avec la sagesse et la prévoyance qui président ordinairement à toutes les expéditions anglaises. Tandis que les vaisseaux du capitaine Parry étaient approvisionnés avec une abondance qui lui permit de nourrir des peuplades indiennes de l'excédant de ses munitions, la petite troupe des voyageurs pédestres fut exposée à périr de faim et de fatigue, et ne dut son salut qu'à des efforts prodigieux de constance et de courage. Les moyens de transport furent presque toujours insuffisans ; les *portages* nombreux et difficiles épuisaient les forces des voyageurs ; la chasse et la pêche ne leur fournirent qu'une subsistance précaire ; et au milieu de la saison la plus rigoureuse, ils furent réduits à se nourrir presque uniquement de ce qu'ils nomment *tripe de roche*, espèce de mousse ou plutôt de lichen, dont ils ne trouvaient pas toujours une quantité suffisante.

On ne donnera pas au nord de l'Amérique le nom d'*officina gentium*, comme on l'a fait du nord de l'Europe : car dans le département de *Cumberland-House*, qui s'étend sur une surface de plus de deux mille lieues carrées, on compte à peine cinq cents naturels, hommes, femmes et enfans. Ces indigènes, qui se nommaient les *Cris*, paraissent être une branche des Indiens *Lénapé*, que les Français du Canada nomment *Knistenaux*. Cette faible tribu, errante sur un immense espace, paraît exempte du penchant au vol, si commun parmi toutes les nations que nous nommons sauvages ; et cependant les Européens ne leur ont donné que de funestes exemples d'injustice et de rapacité. Malgré ces violations du droit de propriété, dont ils ont été souvent les victimes, ils ne se permettent jamais le moindre larcin ; et quand ils ont promis de livrer des vivres à telle ou telle époque, ils endurent la faim la plus cruelle plutôt que de toucher aux provisions qu'ils ont vendues d'avance, et qu'ils regardent comme un dépôt. Voilà donc une peuplade d'honnêtes gens! mais elle n'est que de cinq cents âmes, et elle habite des déserts. Où la probité va-t-elle se réfugier?

On sait que deux compagnies anglaises, celle de la baie d'Hudson, et celle du Nord-Ouest, se partagent la chasse et le commerce des pelleteries dans ces vastes contrées. Mais, quoique compatriotes, ces deux associations de marchands n'en sont pas plus amies. En 1819, leur mésintelligence allait jusqu'à des hostilités ouvertes. Le commerce ne connaît ni amis ni ennemis, on n'est homme à ses yeux que quand on vend ou quand on achète. Un Hollandais, mis en jugement pour avoir vendu des munitions de guerre aux ennemis de sa patrie, répondit à ses juges : « Je suis commerçant, et j'irais commercer en enfer, si je ne craignais d'y brûler mes voiles. » Il paraît que les compagnies anglaises du nord de l'Amérique ont des principes aussi orthodoxes que ceux de ce brave Hollandais.

Quoique ces deux compagnies eussent paru d'abord vouloir rivaliser de zèle en faveur de l'expédition, leur jalousie mutuelle nuisit beaucoup au capitaine Franklin, qui ne reçut ni en temps utile, ni en quantité nécessaire, les choses les plus indispensables pour le succès du voyage. A ce contretemps si fâcheux, à l'âpreté du climat, à la longueur et au mauvais état d'une route que la

nature n'avait sans doute pas destinée à des citadins, il faut ajouter la manière de voyager, pour
bien comprendre tout ce qu'il en coûte aux hommes
quand ils emploient tout leur génie et mettent
toute leur gloire à s'acquérir un surcroît de richesse. Quand on a le bonheur de rencontrer un
courant d'eau navigable, le voyage devient presque
un plaisir ; mais quand les herbes, la vase ou le peu
de fond de la rivière, interrompent la navigation,
il faut tirer les barques à la cordelle, en suivant un
rivage qui n'a pas été aplani ; et cette ressource, si
pénible, manque bientôt tout-à-fait, les rivières
ne se dirigeant pas toujours vers le but du voyage.
Alors, il faut porter le bagage et les barques même
à travers les rochers, les épines ou les flaques
d'eau, jusqu'à ce qu'on arrive à un lac ou à une
autre rivière. La gelée et la neige qui couvrent,
pendant neuf ou dix mois, ces contrées inhospita-
lières, condamnent le voyageur à d'autres travaux
et à d'autres souffrances. Le bagage et les vivres,
quand on en a, sont placés sur des traîneaux qui
portent aussi quelques frêles embarcations ; et
chaque traîneau, chargé d'un poids de trois cents
livres, n'est attelé que de trois malheureux chiens
qui, après une horrible fatigue, passent quelquefois des journées entières sans aucune espèce d'a-
limens. Voyons maintenant l'accoutrement des
hommes.

Figurez-vous un habitant de Londres ou de
Paris, coiffé d'un bonnet garni de fourrure, et

couvert d'un capuchon qui tient à une capote ;
chaussé de bas et de souliers indiens, enfermés
dans des pantalons de cuir ; et par dessus tout
cela, une couverture de laine ou un large manteau serré autour du corps par une ceinture à laquelle sont suspendus une boîte à briquet, un
couteau et une hache. L'équipement est complété
par les *souliers à neige*, qui sont la partie la plus
curieuse du costume, et méritent une description.
Ils se composent de deux barres de bois parallèles,
un peu recourbées en avant, comme la proue
d'une chaloupe, et réunies par des barres transversales qui leur donnent la forme d'une échelle.
Les intervalles sont remplis par des bandes de
cuir entrelacées et destinées à comprimer la neige.
Ces escarpins sauvages n'excèdent pas la longueur
de cinq à six pieds, ne pèsent que quatre livres les
deux, et seraient assez commodes si ce n'est qu'il
est très-difficile de s'en servir dans les broussailles,
et plus difficile encore de se relever quand on a
fait une chute, ce qui doit arriver fort souvent
avec des souliers de six pieds de long.

C'est avec cet attirail que nos voyageurs parcoururent fort lentement un immense espace, vivant avec sobriété, et couchant dans un lit où ils
ne couraient pas le danger de se livrer à la mol-
lesse. Le 12 juin 1821, la mer leur apparut pour
la première fois : ils virent le soleil se coucher quelques minutes avant minuit, et se lever presque
aussitôt. Par une exploration de plus de deux mois,

ils constatèrent que la rivière des Mines de Cuivre
a son embouchure dans la mer polaire, et la découverte de Hearne fut reconnue exacte, à la différence près de la position, car la latitude et la
longitude énoncées par le premier voyageur ne
s'accordent point avec celles qui ont été observées
par le capitaine Franklin.

Après avoir navigué péniblement dans un ça-
not le long de la côte orientale, et donné des
noms à des îles, des caps et des golfes, il fallut
songer au retour. C'est ici que s'ouvre une scène
de souffrances et de désolation : l'excessive fatigue,
l'horrible famine, un froid qui opère la congélation
jusque dans le cœur des plus gros arbres, l'absence de tout animal dont on puisse se nourrir,
tels sont les principaux traits d'un tableau que je
me garderai bien de développer sous les yeux du
lecteur. Je l'abandonne aux personnes qui aiment
les émotions fortes ; elles verront un furieux qui
assassine un de ses compagnons de voyage pour
le dévorer, et que l'on est obligé de tuer lui-même
au moment où il va immoler d'autres victimes ; et
elles s'appitoieront avec plus d'intérêt et moins
d'horreur sur le sort de quelques infortunés qui,
cédant au désespoir, ont perdu jusqu'au désir de
conserver la vie, et demandent qu'on les laisse
mourir sur la place où la fatigue et le besoin les
ont fait tomber. Après de longues angoisses, on
arrive cependant au terme du voyage ; l'image de
tant de maux s'efface ; on a la satisfaction d'avoir

vu la mer polaire ; on est fier d'avoir contribué à
la recherche du fameux passage, et l'on se dispose
gaiement à tenter une nouvelle épreuve.

Tandis que nos braves piétons parcouraient les
solitudes américaines, le capitaine Parry, commandant *la Furie*, luttait contre les bancs et les
montagnes de glace, ayant pour conserve *l'Hécla*, sous les ordres du capitaine Lyon, déjà célèbre par son Voyage au Fezzan, et destiné à souffrir le froid de la mer glaciale, après avoir supporté
l'excessive chaleur des déserts africains.

J'ai dit que, malgré son courage et son habileté,
le capitaine Parry avait échoué dans toutes ses tentatives pour pénétrer dans la mer polaire ; ainsi, je
suis dispensé de le suivre dans tous les golfes ou
détroits qu'il a péniblement et inutilement explo-
rés. Son dernier voyage n'en est pas moins curieux
sous une foule de rapports. Avant lui, les terres
et les mers qui bordent au nord la vaste baie
d'Hudson étaient à peu près inconnues ; et la géographie lui devra la figure complète du Welcom,
de l'île Southampton, de la baie Répulse ; la découverte de la presqu'île Melville, du détroit de
la Furie et de l'Hécla, et de plusieurs îles, dont
la plus septentrionale de toutes, celle de Cokburn,
est complètement tracée sur la carte du capitaine,
quoiqu'il paraisse n'en avoir visité que les côtes
du sud et du sud-est.

Plusieurs de ses observations occuperont les savans : les physiciens expliqueront, s'ils le peuvent,

comment le squelette entier d'une baleine a pu se trouver sur une montagne à cent pieds au-dessus du niveau de la mer, phénomène qui a grandement étonné le capitaine Lyon ; ils rechercheront pourquoi d'énormes glaçons, de plus d'un mille carré de surface, contiennent, jusque dans leur centre, une si grande quantité de pierres, de sable et de coquilles, et se trouvent à une très-grande distance de toute côte. Au reste, ces pierres et ces sables sont fort utiles, en ce qu'ils hâtent la fusion des glaces ; et, en effet, on remarque toujours beaucoup d'eau sur les points où ces pierres sont incrustées. C'est ainsi que *l'Hécla*, commandé par le capitaine Lyon, fut voituré sur un énorme glaçon dont le centre formait un vase, et contenait assez d'eau pour que le vaisseau y fût à flot. Cette manière de naviguer est peut-être unique dans les fastes de la marine.

Les naturalistes auront aussi quelques obligations aux deux navigateurs. M. Cuvier, en parlant des renards, avait dit (*Règne animal, tome I, page* 154) : « Ils répandent une odeur fétide » ; et plus bas : « On n'observe point de différence constante entre ceux de l'ancien continent et ceux du nord de l'Amérique. » Cette phrase du célèbre anatomiste ne doit s'entendre que de la forme et du pelage, car tous les renards tués et mangés par nos voyageurs étaient absolument exempts de cette odeur fétide qui paraissait générique, et leur chair a été comparée par eux à celle du chevreau.

Les ornithologistes pourront enrichir la nomenclature des *oiseaux de proie nocturnes*, d'une nouvelle espèce de hibou. On sait que tous les oiseaux
de ce genre, hibous, chouettes, effraies, chats-
huans, ducs ou chevêches, sont éblouis par le
plein jour, et que leur plumage, toujours fauve
ou roux, est toujours marqué, piqueté ou strié
de taches, d'écailles ou de lignes brunes. Cependant, le capitaine Lyon tua dans une petite île,
vers le 69ᵉ degré de latitude, un hibou entièrement blanc, oiseau magnifique et très-rare, même
dans ces climats, qui n'était pas ébloui par l'éclat
du jour, et qui ne cherche jamais sa proie pendant
la nuit. Comme le capitaine ne donne pas d'autre
description de ce bel animal, il reste à savoir si
c'est véritablement un hibou.

Les moralistes liront avec intérêt les nombreuses
observations que le capitaine Parry a faites sur les
mœurs, les usages et le génie des diverses peuplades d'Esquimaux, avec lesquels les équipages
des deux vaisseaux ont eu des relations d'amitié,
de trafic ou de services réciproques, et jamais
d'hostilités, ni même de mésintelligence. Le trait
caractéristique de tous ces demi-sauvages est une
imprévoyance poussée au-delà de toute expression.
Quoiqu'il leur arrive souvent d'être désolés, et
même décimés par la famine, quoiqu'ils sachent
fort bien que la pêche et la chasse leur sont quelquefois interdites pendant long-temps, il ne leur
arrive jamais de s'occuper de l'avenir; ils ne pen-

sent pas même au lendemain. Tant qu'il leur reste un morceau de veau marin, de renne ou de tout autre aliment, ils se livrent à l'oisiveté la plus complète, et ne se décident à chercher une proie que quand la faim leur a déjà fait sentir ses plus vifs aiguillons. Une de ces peuplades, campée près de la station d'hiver des Anglais, s'était laissée exténuer par le besoin, et y aurait succombé si les deux capitaines, touchés autant qu'étonnés d'une pareille insouciance, ne leur avaient donné quelques tonneaux de poussière de pain et de biscuit qui ranimèrent ces pauvres Esquimaux, et ne les rendirent pas plus sages. Il fallut employer de longs raisonnemens pour leur prouver que les Anglais, déjà très-nombreux, ne pouvaient pas les nourrir continuellement. N'est-ce pas à cette imprévoyance qu'il faut attribuer l'état stationnaire et quelquefois rétrograde de la population dans ces contrées?

Un autre trait, qui n'est pas moins remarquable chez ces peuples, est le peu d'attachement des femmes à leurs enfans. On voit fréquemment des mères les offrir en échange de quelques bagatelles, et quand elles proposent cet odieux trafic, elles ont toujours soin de présenter l'enfant tout nu, pour faire comprendre que les vêtemens n'entrent point dans le marché.

A cette indifférence des mères pour leurs enfans, il faut joindre celle des maris pour leurs femmes, dont ils voulaient faire un objet de trafic, et l'indifférence encore plus grande de toute la

population pour les vieillards et pour les malades.
Dès qu'un individu, jeune ou vieux, mâle ou fe-
melle, ne peut plus rendre aucun service, on ne
s'en occupe plus. Le mari quitte sa femme malade,
le frère quitte sa sœur, sans s'inquiéter de ce
qu'elles deviendront. Quelques philosophes se ré-
crieront contre cette anomalie dans les lois de la
nature : ils ne parlent jamais de cette bonne nature,
de cette tendre mère, sans verser au moins une
larme. Mais, sans l'éducation, sans les idées religieuses et morales, cette bonne nature n'a rien de
fixe ; elle admet tout, le bien comme le mal, selon
les besoins et selon les circonstances. Chez ces
peuplades hyperborées, le besoin de manger étant
le plus impérieux et le plus difficile à satisfaire, il
absorbe tous les autres sentimens, qui ne renaissent que quand l'abondance procure du loisir et
de l'excédant. Les Esquimaux dont parle le capitaine Parry sentent si bien cette vérité, que les
vieillards ne se plaignent jamais de l'abandon de
leurs parens, et trouvent tout simple qu'on laisse
périr sans secours celui qui ne peut plus être utile
à personne.

La bienveillance que ces naturels témoignent
aux navigateurs européens provient de la même
cause. Leur ingrate patrie leur fournit si peu de
choses utiles ou agréables, qu'ils accueillent avec
transport tous les hommes qui peuvent les leur
procurer. Ils ont pour le trafic un amour inexprimable ; ils saluent par des hurlemens de joie tout

vaisseau qui le leur fait espérer; et ils prouvent
leur vive satisfaction en léchant, l'un après l'autre,
tous les objets qu'ils ont acquis, sans excepter les
épingles et les aiguilles. La philosophie de la nature n'est que la philosophie des besoins. Abolissez
nos préceptes religieux, notre éducation, notre
civilisation, nous deviendrons des Esquimaux.

Parmi ces peuplades, M. Parry en a vu chez lesquelles il n'y avait aucune trace de culte, aucune
notion religieuse, aucune idole. Mais ne vous hâ-
tez pas d'ériger ces Esquimaux en philosophes :
ils ont des idées superstitieuses, ils ont des sorciers
qui abusent de leur confiance. Ainsi, c'était une
entreprise bien extravagante que de vouloir bannir
toute idée métaphysique de l'esprit humain. Si l'on
parvenait à persuader à un peuple qu'il n'existe
point de Dieu, il finirait par adorer le diable, car
il faut que l'homme croie à quelque chose.

JOURNAL

D'UN VOYAGE AUTOUR DU MONDE,

PENDANT LES ANNÉES 1816, 1817, 1818 ET 1819;

Par M. Camille de Roquefeuil, lieutenant de vaisseau, chevalier de Saint-Louis et de la Légion-d'Honneur, commandant le navire *le Bordelais*, armé par M. Balguerie *junior*, de Bordeaux.

Il y a soixante ans que cet ouvrage aurait fait une vive sensation : à cette époque, un voyage autour du monde était encore un phénomène qui excitait une rumeur générale, et couvrait de gloire l'audacieux mortel qui laissait bien loin derrière lui les Typhis, les Jason, et tous les héros de la Toison d'or. Alors, la circonférence totale du globe n'avait encore été parcourue que par quatre navigateurs, dont le premier, Magellan, avait été assassiné au milieu de son triomphe, et ne revit plus sa patrie. Ceux de mes lecteurs qui ont le triste avantage de se souvenir de loin, se rappellent avec quel enthousiasme on parlait des Byron, des Carteret, des Wallis, et de Cook, le plus célèbre de tous ; combien n'a-t-on pas discuté, disserté et disputé sur ces fameux Patagons, auxquels on accordait libéralement une stature de dix à douze pieds? Quels tableaux enchanteurs ne faisait-on pas de ces îles de la Société et des Amis, qui étaient autant de Cythère, de Paphos, d'Amathonte, et dont tous les bosquets semblaient être des temples de Pertunda, de Colytto et de Volupia! que de raisonnemens philosophiques n'a-t-on pas faits sur ces nombreux archipels dont les heureux habitans, ne suivant que la pure et simple nature, et doués de toutes les vertus, n'avaient d'autres défauts que d'être voleurs avec ingénuité, et dont la plupart poussaient la philantropie à un tel excès qu'ils en avaient contracté un goût très-décidé pour la chair humaine.

Mais, depuis que le grand Océan a été sillonné dans tous les sens, depuis que les bornes de la navigation sont connues, et que l'on peut aller en Chine, soit par l'est, soit par l'ouest, un voyage autour du monde n'étonne plus personne, et ne diffère de tout autre que par la longueur de la course.

Je ne suis donc point surpris de ne pas entendre sonner les trompettes de la renommée pour le voyage de M. Camille de Roquefeuil, quoiqu'il mérite à bien des titres l'attention des navigateurs, l'intérêt des gens du monde et la reconnaissance des négocians. Il ne me sera pas difficile de prouver que cette indifférence est fort injuste, mais, en même temps, je dois avouer qu'elle est motivée sur quelques apparences défavorables. Pourquoi, d'abord, par une modestie inconsidérée, M. de Roquefeuil s'avise-t-il d'intituler son livre : *Journal d'un Voyage autour du monde !* A-t-il bien réfléchi à la fâcheuse influence que devait avoir ce mot *journal* sur le peuple des lecteurs ? Que promettait un pareil titre ? des rumbs de vent, des sondes, des ancrages, des fixations de longitude et de latitude, une nomenclature de caps, de golfes ou de baies, des accalmies, des grains ou des rafales, des bancs, des hauts-fonds ou des brisans, des amures à tribord ou à babord, et le récit de quelques-uns de ces événemens qui sont communs à tous les navigateurs. Or, tous ces détails, tous ces termes techniques, et cette continuelle répétition de degrés et de minutes, d'est, d'ouest, de nord et de sud, sont précisément ce qui rebute les dix-neuf vingtièmes des lecteurs, et ce que le titre de *journal* semble annoncer plus spécialement.

Observons d'ailleurs que M. de Roquefeuil n'avait pas l'ambition de faire des découvertes ; qu'il n'allait pas affronter les glaces du pôle, s'aventurer sur des mers inconnues, qu'aucune grande catastrophe n'a donné à son voyage une forme dramatique, et que, loin de recourir à la fiction pour enluminer son récit, il a raconté sans orgueil et sans emphase des événemens dont un voyageur moins scrupuleux aurait su faire des merveilles. Telles sont les causes du peu d'éclat qu'a répandu l'apparition de cet ouvrage, qui avait cependant des droits incontestables à l'intérêt du public.

11.

La première singularité que présente ce Voyage
autour du monde, est d'avoir été entrepris sous
les auspices et aux frais d'un simple particulier,
M. Balguerie, négociant de Bordeaux, qui n'a pas
craint d'y exposer une partie de sa fortune. Le but
de cette expédition, qui a été confiée au talent et
au courage de M. de Roquefeuil, était d'établir
des relations commerciales avec la Chine, et son
succès a été de résoudre un problème qui intéresse
tous les négocians français, et qui consiste à commercer avec la Chine *sans exportation de numéraire.*

Les mots que je viens de souligner font deviner
au lecteur qu'il est ici question de ces fourrures
précieuses, de ces magnifiques peaux de loutre de
mer, que les Anglais et les Américains des États-
Unis vont chercher à la côte nord-ouest de l'Amérique, et qu'ils transportent en Chine, où elles se
vendent communément au prix de trente piastres
la pièce, et où le débit en est toujours certain.
Mais il ne suffisait pas de savoir que ces peaux de
loutre sont très-estimées des Chinois, il fallait encore déterminer les moyens les plus sûrs et les
moins dispendieux de se les procurer ; il fallait
savoir distinguer les points de l'immense archipel
exploré par Vancouver où les loutres abondent le
plus, et ceux où leur fourrure a plus de moelleux
et plus d'éclat ; il fallait connaître les mœurs, les
usages, les goûts des naturels, à demi-sauvages,
qui sont divisés en petites peuplades sur cette vaste

côte et sur ces îles innombrables ; il fallait savoir se défier de leur bienveillance apparente, et se prémunir contre leur perfidie réelle ; il fallait s'instruire des changemens que le commerce a éprouvés dans certains parages, et ne pas perdre son temps sur des côtes où cette espèce de pelleterie a dégénéré, et sur celles où elle est épuisée ; et comme, avant d'arriver à cette côte, on peut toucher au Chili, au Pérou et à la Californie, comme on est obligé d'aller chercher un hivernage aux îles Sandwich, aux Marquises, à celles de la Société ou des Amis, il faut encore savoir quels sont les objets d'échange ou de commerce qui sont aujourd'hui les plus avantageux, car on ne doit plus compter sur la verroterie, sur les petits miroirs, les couteaux et les colifichets dont parlent les anciens navigateurs, les goûts et les besoins de tous les peuples variant sans cesse à mesure qu'ils se perfectionnent ou se corrompent par leur communication avec nous. Tous ces détails si utiles sont exposés avec autant de clarté que de précision par M. de Roquefeuil, qui était si bien instruit de toutes ces particularités, qu'il a pu faire ce long voyage sur son propre fonds, par le seul revirement des objets qu'il avait à bord.

Quand on pense à l'énorme masse du numéraire qui sort annuellement de l'Europe pour aller s'engouffrer à la Chine, combien ne doit-on pas d'éloges et d'encouragemens aux navigateurs qui ont trouvé le seul moyen de repomper une partie de ce numéraire et de l'arracher aux mains des avides Chinois? Mais, quand on considère ce commerce d'un œil philosophique, n'est-il pas singulier de voir les métaux précieux sortir du Mexique pour se répandre en Europe, abandonner l'Europe pour se transporter en Chine, et revenir de la Chine par le moyen de ces peaux que la nature a placées sur les côtes du continent d'où les métaux sont sortis? Que de gens ont parlé de la *circulation* du numéraire sans avoir senti toute la justesse de cette expression !

Il ne faut pas croire cependant que ces précieuses fourrures soient le seul objet de commerce qui nous dispense de porter notre argent dans l'*empire du milieu*. A force de persévérance, et pour avoir eu la prudence de dissimuler quelques affronts, l'Angleterre s'est, non-seulement affranchie de l'obligation de porter son numéraire en Chine, mais elle a trouvé le moyen d'y augmenter ses richesses métalliques, en y versant les cotons de l'Inde, de l'opium, et les lainages de ses manufactures. Pour donner une idée de l'importance de ce commerce, il suffit de dire que dans la seule année de 1817 à 1818, le total de ses importations en Chine a été de plus de seize millions de piastres, tandis que ses exportations n'ont guère surpassé dix millions, de sorte que la balance en sa faveur a été de plus de cinq millions six cent mille piastres.

Les circonstances dans lesquelles nous nous

trouvons, dit M. de Roquefeuil, ne nous permettent pas d'espérer des avantages comparables à
ceux que le commerce de la Chine procure aux
dominateurs de l'Inde ; mais il a raison de regarder
comme un grand point la possibilité d'entretenir
des relations avec ce vaste Empire sans aucun sacrifice de numéraire, et, pour atteindre ce but,
les pelleteries du nord-ouest de l'Amérique et le
sandal des archipels du grand Océan sont les objets
principaux ; et peut-être un jour, ajoute-t-il, pour-
rons-nous y faire entrer nos tissus en concurrence
avec ceux de l'Angleterre. En attendant cet heureux résultat, la faveur dont jouissent les produits
de notre sol et de notre industrie dans l'Amérique
méridionale, nous promet de bien plus grands
avantages ; c'est pourquoi ce navigateur désire
ardemment que quelques vaisseaux du roi de
France, et d'une force respectable, apparaissent
dans ces mers pour y déposer de la protection
que Sa Majesté accorde au commerce de ses sujets.
M. de Roquefeuil a formé ce vœu après être arrivé
au Chili, au moment où l'armée de Buenos-Ayres
y opérait la révolution.

Mais je n'ai encore entretenu mes lecteurs que
d'affaires de commerce, matière sur laquelle mon
ignorance a dû me faire tomber dans plus d'une
erreur ; et, pour éviter de nouvelles bévues, je
vais tracer, le plus brièvement que je le pourrai,
l'itinéraire de M. Roquefeuil.

Vers le milieu d'octobre 1816, le navire *le*

Bordelais, commandé par M. de Roquefeuil, était sorti de la Gironde, et le 5 janvier suivant il avait atteint le cap Horn, dont le méridien trace la séparation entre la mer Atlantique et le grand Océan. Trois mois et demi après son départ, il mouille dans la rade de Valparaiso, dont la prospérité s'est considérablement accrue depuis l'époque où Vancouver y a relâché. Ici la relation devient intéressante. Au moment où le capitaine débarqua dans ce port du Chili, des bruits vagues y circulaient sur l'invasion des insurgés de Buenos-Ayres ; on parlait de quelques avantages obtenus par les troupes royales, et l'on s'endormait dans une sécurité profonde, lorsque tout-à-coup, des fuyards vinrent annoncer la déroute complète des royalistes, et l'approche des révolutionnaires. La confusion fut inexprimable : par une politique absurde, on divisa les forces que l'on devait réunir, et l'administration s'occupa plus de contenir les mécontens que d'opposer de la résistance à l'ennemi ; tactique bien inconcevable, car les mécontens ne pouvaient être contenus si l'ennemi triomphait, tandis qu'ils auraient été réduits à l'inaction si l'ennemi eût été repoussé. Bientôt une terreur panique s'empara de tous ceux qui avaient quelque autorité ; on évacua San-Iago, on se porta sur Valparaiso dans le plus grand désordre, et l'on s'entassa sur des vaisseaux que l'imprévoyance avait laissés dépourvus de tout ce qui était nécessaire. M. de Roquefeuil eut le bonheur de

donner asile à plusieurs de ces fugitifs, et les conduisit sains et saufs au Callao.

Ces troubles inattendus n'ont pas entièrement
détourné notre navigateur du but de son voyage ;
et, au milieu de ce désordre, il n'oublie point
les intérêts du commerce. Le résultat de ses observations est que le Chili offre dès à présent des
débouchés importans à la France, et que, parmi
les produits de notre industrie, les soieries et les
draps sont ceux dont la défaite offre le plus d'avantages ; que les vins et les eaux-de-vie peuvent aussi
entrer dans la composition de la cargaison ; mais
qu'il faut en exclure les objets de qualité supérieure, le luxe n'ayant pas fait au Chili autant de
progrès que dans les autres colonies espagnoles.

Le port nommé le Callao, qui a été détruit par
un tremblement de terre, qui a été reconstruit, et
par lequel s'écoulent toutes les richesses du Pérou,
doit causer un grand étonnement à l'étranger qui
y aborde. Son imagination éblouie par toutes les
merveilles du Pérou, dont le nom seul, devenu
proverbe, est le synonyme de l'empire de Plutus, lui
fait supposer sans doute que les maisons de Callao
sont bâties en moellons d'argent et couvertes en
tuiles d'or ; et quel est son désenchantement lorsque, sur un sol aride et dépouillé de verdure, il
voit quatre cents maisons formant des rues angu-
leuses, étroites, dirigées irrégulièrement ; lorsqu'il
reconnaît que ce port si célèbre n'a que de misérables auberges d'une saleté repoussante, et dont

les moins mauvaises sont très-inférieures à nos cabarets de village ? Que dit-il enfin quand il apprend que le Callao n'a pas même un boulanger, et que les habitans sont obligés de faire venir leur pain de Lima, ville éloignée de deux grandes lieues? Il me semble l'entendre reproduire un de nos dictons populaires, et s'écrier : *Le Pérou n'est pas le Pérou.*

Je ne suivrai pas le narrateur dans la description des fêtes et des spectacles qui amusèrent les habitans de Lima, malgré les nouvelles inquiétudes que les fugitifs du Chili leur apportèrent : cette noble insouciance ne m'étonne pas dans les Espagnols du Pérou, depuis que j'ai vu, dans Paris même, au 14 juillet 1789, tous les cafés ouverts sur les boulevards, des messieurs et des dames y prendre tranquillement des glaces, et Polichinelle monté sur ses tréteaux, au moment où cent mille forcenés venaient de se ruer sur la Bastille, au moment où la plus affreuse tragédie se jouait sur la place de Grève ; je ne suis point surpris d'apprendre que les élégans de Lima, fort éloignés encore du Chili et de Buenos-Ayres, se soient portés au théâtre le jour même de Pâques, qu'ils y aient vu avec plaisir la mauvaise tragédie du *Baron de Trenck,* qu'ils aient admiré un opéra buffa, et que, dans les entr'actes, ils aient fait entendre le cliquetis du briquet pour allumer le cigare, dont la bouche des plus jolies femmes était armée comme celle des cavaliers.

Obligé de négliger une foule de détails curieux, je me borne à une observation qui m'a frappé. Les créoles, les zambos et même les Indiens sont admis à tous les jeux où l'on peut déployer sa force et son courage, et très-souvent ils y obtiennent les honneurs du triomphe. « Je suis fondé à croire, dit M. de Roquefeuil, que les succès obtenus dans l'arène par les créoles, ont contribué à saper dans l'opinion l'ascendant héréditaire des Castillans par des comparaisons qui élèvent les Américains à leur hauteur. » C'est ainsi que chez nous, lorsque de grands personnages, renonçant à toute dignité, ont paru sur le siége des voitures, se sont vêtus en frac, et se sont mêlés à la foule, c'est comme s'ils avaient dit aux prolétaires : Vous voyez bien que nous sommes des hommes comme vous, et puisque nous sommes moins nombreux..... Mais je laisse au lecteur le soin de tirer la conséquence de ces prémisses.

Avant de quitter Lima, je ne dois pas oublier que je rends compte d'un voyage entrepris dans des vues commerciales, et je dirai, d'après M. de Roquefeuil, qu'au Pérou les articles dont la vente promet le plus de bénéfice, sont les soieries, les toiles, les draps, les vins et les objets de mode. Cela est fort bon à savoir, afin que nos commerçans n'imitent point ces bons négocians de la cité de Londres, qui, pendant le séjour de la cour de Lisbonne au Brésil, envoyèrent à Rio-Janeiro des fourrures pour s'y préserver du froid, et des patins pour s'y amuser sur la glace.

Pendant le cours de son long voyage, notre capitaine est revenu trois fois au presidio de San-Francisco dans la nouvelle Californie. Ce pays, favorisé du ciel, et dont on vantait déjà la prospérité future, est loin de justifier ces espérances. La population indigène y éprouve une diminution effrayante ; les sept missions de la vieille Californie sont réduites à deux qui vont bientôt disparaître ; et, dans la nouvelle, plus fertile et plus peuplée, les naissances sont loin de balancer les décès. Ce dépérissement progressif ne peut s'attribuer ni à la stérilité du sol, ni à l'insalubrité de l'air, puisque la race européenne y prospère et y multiplie rapidement ; mais l'extinction de la race indienne y a pour causes les avortemens volontaires, l'insouciance des mères pour leurs enfans, la paresse incurable des indigènes, et les ravages de la maladie vénérienne, car je crois que l'auteur veut désigner cette affection par les mots de *maladie honteuse*.

Ceux de mes lecteurs qui ont entendu parler des Kodiaques et de leurs kayouques, petites barques recouvertes de peaux de lion marin, qui peuvent à peine contenir deux hommes, et souvent n'en portent qu'un seul, seront fort étonnés d'apprendre que ces demi-sauvages, dont la patrie est à plus de cinq cents lieues de la Californie, y sont venus dans les années 1809, 1810 et 1811, par flotilles de cinquante bateaux, et y ont exterminé les loutres de mer, aux yeux des Espagnols qui

n'avaient pas une seule chaloupe à leur opposer.

J'aborde ici la partie la plus importante du
Voyage., mais je serai fort laconique, parce que
les détails qu'elle renferme perdraient tout leur
prix dans une analyse nécessairement fort courte.
Il s'agit de cette immense côte du nord-ouest, ou
plutôt de ces nombreux archipels dont la réunion
occupe un tel espace que quelques-unes de leurs
îles, telles que celle de Quadra et Vancouver, et
celle de la Reine-Charlotte, ont de soixante-quinze
à cent lieues de longueur, et dont l'étendue totale
forme une portion d'ellipse dont le développement, depuis le cap Meudocin jusqu'aux îles
Aléontiennes, est de plus de neuf cents lieues.
C'est sur cette côte, c'est dans les innombrables
détroits de toutes ces îles que vivent dans des inquiétudes continuelles ces loutres à riche fourrure,
dont l'espèce ne tardera pas à disparaître, tant est
grande la cupidité, et j'ose dire la fureur des
hommes, sauvages ou civilisés, qui conspirent
leur destruction.

Pour en finir sur cet objet, je dirai que les plus
belles peaux, nommées saricoviennes, se trouvent
aujourd'hui depuis le 45ᵉ jusqu'au 57ᵉ degrés de
latitude, tout ce qui est plus au nord étant exclusivement exploité par les Russes; et si les dispositions comminatoires de l'oukase du 16 sep-
tembre 1820 ont leur effet, l'espace accordé aux
autres Européens sera diminué de moitié. Au sud

de cet espace, les peaux sont moins belles ; et aux environs de Noutra, de Nitinat, et sur les côtes de l'île Quadra et Vancouver, elles ont presque disparu. Pour se procurer ces précieuses pelleteries, il ne suffit plus de donner quelques grains de verre, un petit miroir ou un bouton de cuivre, comme autrefois, mais on obtient une très-belle peau en échange d'un fusil ou d'une couverture de laine assez ample pour que dans sa largeur elle puisse servir de manteau ; dix ou douze livres de poudre équivalent à un fusil. Ces renseignemens sont d'autant plus précieux qu'ils sont encore récens ; dans quelques années sans doute il faudra se régler sur un nouveau tarif.

Je sens qu'une discussion sur des peaux de loutre figure assez mal dans un ouvrage littéraire et politique, et plus d'un lecteur rira de la gravité avec laquelle j'ai traité cette partie du Voyage ; mais combien ne va-t-on pas m'excuser, me louer, me remercier peut-être quand on saura que les seuls Anglo-Américains ont porté en Chine, dans le cours de deux années, près de quarante mille peaux de loutre ; que, dans la seule année 1805, ils en ont importé plus de dix-sept mille, et que chacune de ces peaux s'y est vendue 160 fr. de notre monnaie : quand on aura fait l'addition de ces sommes, on aura pour la loutre plus de respect, et pour moi plus de reconnaissance.

C'est à l'ouvrage même qu'il faut recourir pour connaître les événemens de cette longue navigation, les dangers que l'auteur a courus au milieu des naturels du nord-ouest, les malheurs qu'ont éprouvés les navigateurs qui, par trop de confiance, ont laissé monter sur leur navire des hommes qui leur paraissaient trop grossiers pour pouvoir être perfides. On verra que ces bons sauvages, ces enfans de la nature, ont pris de la civilisation tout juste ce qu'il fallait pour savoir dissimuler et trahir. Mais je ne puis m'empêcher de consigner ici un avis salutaire : Si quelque négociant philantrope veut aller visiter lui-même ces honnêtes insulaires, qui ont le cœur sur la main et la vérité sur les lèvres, qu'il ne manque pas de se munir d'un *filet d'abordage*, c'est-à-dire d'un filet dont on enveloppe le navire de manière à éviter toute surprise.

Pour ne pas renvoyer le lecteur à un second article, j'indiquerai rapidement le Voyage de M. de Roquefeuil à la Nouvelle-Archangel et à Kodiak, sa relâche aux îles Sandwich, où il a eu l'honneur de converser avec le roi Taméaméa, qui lui a demandé des nouvelles du roi de France ; mais je regrette surtout de ne pouvoir présenter avec plus d'étendue le tableau aussi curieux qu'intéressant des îles Marquises, Nouhiva, Rahopou et Ovehoa. C'est là que l'aimable nature se montre dans toute sa simplicité. A peine êtes-vous arrivé au mouillage, que des centaines de jeunes filles, jolies, fraîches et bien faites, dans le costume de nos premiers pères, se précipitent dans les flots, et viennent nager autour du navire comme des troupes de Néréides; bientôt elles vous font signe de les suivre dans leurs bosquets, et vous indiquent naïvement quel sera le prix de votre obéissance; elles ne vous trompent point, elles tiennent complètement leur promesse; mais les bons sauvages surviennent, ils vous assomment, vous font cuire, et les belles nymphes qui vous ont séduit prennent gaiement leur part de ce charmant repas. Amis de la nature, courez à Rahopou, vous serez sûrs au moins d'y passer un joli moment.

POLITIQUE ET HISTOIRE.

TABLEAU

DES RÉVOLUTIONS DE L'EUROPE,

DEPUIS LE BOULEVERSEMENT DE L'EMPIRE ROMAIN EN
OCCIDENT JUSQU'A NOS JOURS;

Précédé d'une Introduction sur l'Histoire, et orné de cartes géographiques, de tables généalogiques et chronologiques; par M. KOCH,
ancien tribun, chevalier de la Légion-d'Honneur, correspondant de
l'Institut, et recteur honoraire de l'Académie royale de Strasbourg.

LES poètes, les romanciers, les faiseurs d'opéras, vantent beaucoup le *bon vieux temps*, mais
ils seraient fort embarrassés d'en fixer l'époque.
Les hommes, quoi qu'on en dise, ne diffèrent pas
beaucoup, sous quelque gouvernement et dans
quelque temps qu'ils existent; et, lorsqu'ils ont
rompu le frein salutaire des lois et de la morale, ils
se portent aux mêmes excès, ils commettent les
mêmes crimes, et ils éprouvent les mêmes malheurs. Est-ce dans le moyen âge qu'il faut chercher
ce *bon vieux temps?* Écoutons M. Koch, et nous

perdrons bientôt l'espoir de l'y trouver. Il nous apprend que nos bons aïeux ne connaissaient que *les combats, les violences et les brigandages; que l'épée était la mesure de l'honneur; la règle du juste et de l'injuste; la férocité et la perfidie le caractère dominant des cours, des grands et des peuples.* « Le moyen âge, dit-il ailleurs, se compose de deux époques : il y eut une renaissance des lettres sous le règne de Charlemagne ; mais la barbarie se répandit une seconde fois sur l'Europe à la fin du neuvième siècle. » Quand nos petits - neveux liront l'histoire de notre révolution, n'auront-ils pas le droit de dire que nous avons recommencé un troisième *moyen âge?*

Les docteurs révolutionnaires qui ont voulu nous travestir en Romains, me répondront sans doute qu'ils n'ont jamais prétendu nous proposer pour modèles les siècles de féodalité, mais qu'il faut chercher le *bon vieux temps* dans cette Rome antique, où la *liberté* et l'*égalité* régnaient seules en souveraines. Pauvres docteurs, leur répliquerai-je, vous avez été bien fourbes ou bien ignorans. Vous nous prêchiez la liberté au nom d'un peuple qui a consacré, maintenu et perpétué l'esclavage ; et vous ne nous disiez pas que ces fiers partisans de l'égalité reconnaissaient deux noblesses distinctes, éternellement séparées de la classe du peuple. Le plus grand triomphe des plébéïens contre le sénat, fut d'obtenir que l'un des deux consuls pût être choisi parmi eux ; mais les deux consuls pouvaient toujours être patriciens, tandis que deux plébéïens ne pouvaient jamais jouir des honneurs consulaires. Mais nos Romains de 1793 ne savaient guère ce qui s'était passé à Rome ; et si nous avions été tant soit peu Romains, aurions-nous eu un sénat comme la *Convention nationale?*

J'en dirai autant de ces fameux *Droits de l'Homme* au nom desquels on a ruiné, incarcéré, proscrit ou tué tant d'hommes en France. On les a présentés à l'admiration d'un peuple ignorant, comme une grande et belle découverte d'un siècle de lumières : eh bien ! ces *Droits de l'Homme*, ce grand levier révolutionnaire, cette prétendue découverte, ne sont autre chose qu'un plagiat. Et à qui ont-ils dérobé cette conception? A un roi de France. Et dans quelles archives l'ont-ils trouvée? Dans celles du moyen âge, de la barbarie, de la féodalité contre lesquels ils déclamaient avec tant de véhémence. En 1315, Louis X rendit une loi pour l'affranchissement des serfs, et il y déclara solennellement « *que la servitude était contraire à la nature, dont le vœu est que* TOUS LES HOMMES NAISSENT LIBRES ET ÉGAUX ; *que son royaume étant nommé le royaume des Francs, la chose devait être d'accord avec le nom.* » Plus on étudiera l'histoire, plus on saura se défier des novateurs et de leurs doctrines, et plus on reconnaîtra que la France révolutionnaire n'a pas même eu le triste avantage de faire des folies nouvelles et de souffrir des malheurs nouveaux.

12.

L'*Introduction* de l'ouvrage que j'annonce n'a pas l'éclat de la célèbre Introduction à l'Histoire de Charles-Quint, par Robertson ; mais son importance ne paraîtra point douteuse, quand on saura que l'auteur y traite, avec un talent qui n'est point contesté, de l'*histoire* en général, de *son utilité*, de *ses sources*, en distinguant celles où l'écrivain doit puiser avec plus de confiance ; de sa *critique* ; des *sciences subsidiaires*, telles que la *géographie*, la *chronologie* et la *généalogie*. Dans cette dernière section, l'auteur écarte les fables dont l'origine des grandes maisons est enveloppée, et nous apprend à discerner le certain du probable, le probable du fabuleux : « Peu de familles, » dit-il, qui ont occupé des trônes, ou qui tiennent » un rang éminent en Europe, peuvent faire re- » monter leurs généalogies au-delà du douzième » siècle. Il n'y a que la maison Capétienne dont » l'origine certaine s'élève jusqu'au milieu du neu- » vième. Celle des Maisons de Savoie, de Lor- » raine, de Brunswick et de Bade, est du onzième » siècle ; toutes les autres leur sont postérieures, » et ne vont tout au plus qu'au douzième. » Cette observation ne nous apprend rien de nouveau ; mais j'en fais la remarque, parce qu'elle a été écrite sous le gouvernement de Buonaparte. La section qui concerne la *Chronologie* est curieuse et instructive, et l'on ne s'étonne plus des difficultés que présente cette partie essentielle de l'histoire, quand on sait que l'on compte cent quarante opinions différentes sur l'époque de la nativité de Jésus-Christ, et que les uns la fixent à l'an du monde 3616, tandis que d'autres la rapportent à l'année 6484.

Dans le cours de son histoire, M. Koch s'attache surtout à détruire les erreurs populaires qui, adoptées anciennement par des historiens peu instruits, se sont perpétuées jusqu'à nous, comme si l'antiquité d'une erreur devait la rendre respectable à nos yeux. Il démontre, par exemple, que Pharamond, ce premier roi de France, dans les histoires scolastiques, n'a probablement jamais existé, ou n'a certainement jamais régné sur la France. Le fameux Pélage, ce roi d'Oviédo, à qui l'on a fait une si belle réputation, ne lui paraît pas plus authentique. L'origine de la chevalerie, que bien des gens rapportent aux croisades, est, selon M. Koch, fort antérieure à cette époque; car, dès la fin du onzième siècle, temps auquel on fixe le commencement des croisades, on trouve la chevalerie établie, avec ses cérémonies et sa pompe, dans tous les principaux États de l'Europe. On a long-temps disputé sur l'invention de la poudre à canon et sur celle de l'imprimerie. L'opinion vulgaire attribue la première au cordelier Schwartz, et Mayence et Strasbourg ont revendiqué la seconde. On verra dans l'ouvrage de M. Koch, que la composition de la poudre était connue très-long-temps avant l'époque à laquelle on la rapporte, et il donne à l'imprimerie une origine aussi naturelle

que vraisemblable. Les planches dont on se servait pour imprimer les cartes à jouer, ont donné,
selon lui, l'idée d'en former de pareilles pour imprimer les caractères, et ce n'est que dans la suite
qu'on a songé à rendre ces caractères mobiles.
Quant aux cartes, elles sont aussi fort anciennes,
et n'ont pas été inventées, comme on le croit vul-
gairement, pour amuser Charles VI.

On attribue communément l'invention de la
boussole à un habitant d'Amalfi, que l'on nomme
Flavio Gioia, et qui vivait, dit-on, au commencement du quatorzième siècle. Notre auteur réfute
cette erreur de manière à ne pas laisser le moindre
doute; car il cite un passage d'un poëme proven-
çal, publié à la fin du douzième siècle, où la boussole et son usage sont décrits avec autant de clarté
que de précision. On voit, par ce fragment, que la
boussole n'était alors qu'une aiguille aimantée,
posée sur un fluide auquel elle surnageait à l'aide
d'une paille qui lui servait de support, et qu'elle
se dirigeait toujours vers l'*étoile immobile*.

Ces observations prouvent assez que l'auteur ne
s'est pas borné exclusivement à suivre le cours des
événemens politiques, et je le démontrerais mieux
encore si je pouvais rapporter ici tous les détails
curieux sur le sacre de nos rois, sur le célèbre
Grégoire VII, sur l'origine de la puissance temporelle des papes, sur l'origine de l'ordre de Malte,
sur l'admission du *Tiers-État* aux États-généraux
de France, sur le partage du parlement d'Angle-

terre en deux chambres, sur l'Autriche, qui n'é-
tait originairement qu'un fief de la Bavière, sur la
cérémonie de la *Haquenée*, sur Kublaï-Khan qui
a possédé le plus vaste Empire dont il soit fait
mention dans les fastes de l'histoire; sur le fameux
acte de navigation auquel l'Angleterre attribue son
étonnante prospérité, sur le partage de la Pologne,
et sur une foule d'objets intéressans dont la seule
énumération excéderait de beaucoup les bornes
d'un article. Ne pouvant tout indiquer, je saisirai
quelques traits épars parmi les moins connus.

L'auteur dit, avec beaucoup de vraisemblance,
qu'au lieu de remonter jusqu'au règne de Clodion,
nous devrions commencer la liste de nos rois par
Charles-le-Chauve, qui a été réellement le premier roi de France. Ses prédécesseurs, en effet,
n'étaient que *rois des Francs*, et la France n'était
alors qu'une partie du grand Empire : ce ne fut
qu'après le traité de Verdun qu'elle est devenue
un royaume distinct et indépendant, et c'est conséquemment de ce traité que nous devrions commencer nos annales.

Quand on nous parle des *Vêpres Siciliennes*,
on nous les représente comme le résultat d'une
conspiration tramée dès long-temps avec un secret
impénétrable, et qui a éclaté le même jour, à la
même heure, sur toute la surface de la Sicile.
Ainsi racontée, cette atrocité est, en effet, beaucoup plus dramatique, mais elle est aussi plus
romanesque. M. Koch nous apprend que cette

catastrophe a commencé par une rixe particulière, que le massacre a eu lieu successivement, et non pas simultanément, dans les différentes villes, et que plusieurs Français y ont été épargnés.

Je terminerai par une note qui répand un nouveau jour sur la querelle des *Iconoclastes*. On sait qu'il y eut dissidence entre l'Eglise d'Orient et celle d'Occident, relativement au culte des images. Léon l'Isaurien s'était élevé contre ce culte, et l'avait proscrit par un édit publié en 726. Ses successeurs l'imitèrent, et furent condamnés par les pontifes romains. On attribue communément à un zèle fanatique cette fureur avec laquelle les Grecs détruisaient les images et brisaient les statues, mais M. Koch paraît croire que la politique eut beaucoup de part à la conduite des empereurs d'Orient. D'abord, dit-il, ils voulaient affaiblir par là le pouvoir excessif des moines, qui dominaient à la cour de Constantinople ; mais leur principal motif était d'arrêter les persécutions que les Mahométans exerçaient contre les chrétiens, qu'ils traitaient d'idolâtres, à cause de leur vénération pour les images. Si cette supposition n'est pas exactement vraie, elle est au moins très-ingénieuse et très-vraisemblable, et l'ouvrage de M. Koch contient un grand nombre d'observations de ce genre, qu'il a eu l'art d'y faire entrer sans effort, malgré la multiplicité des faits qui semblait le condamner à rejeter toutes réflexions.

HISTOIRE

DU RÈGNE DE L'EMPEREUR CHARLES-QUINT,

Précédée d'un Tableau des progrès de la société en Europe, depuis la destruction de l'Empire romain jusqu'au commencement du seizième siècle; par W. ROBERTSON. Traduite de l'anglais par M. J.-B.-A. SUARD, officier de la Légion-d'Honneur, secrétaire perpétuel de l'Académie française.

APRÈS avoir copié ce titre, je pourrais considérer ma tâche comme terminée. Il y a peu d'histoires plus connues que celle de Charles-Quint, par Robertson; il n'y en a peut-être pas une qui ait été aussi généralement approuvée, et qui soit plus estimée sous un plus grand nombre de rapports. Je n'ai donc pas l'espoir d'apprendre quelque chose aux hommes même qui lisent peu; et, dans l'obligation d'écrire un ou deux articles sur une composition aussi célèbre, il ne me restait que la ressource de répéter servilement tous les éloges qu'elle a reçus depuis Voltaire jusqu'à nous. De tous les moyens d'ennuyer le lecteur, celui-ci serait le plus infaillible. J'atteindrai peut-être ce triste but sans le vouloir; ainsi je dois au moins éviter le reproche de l'avoir fait à dessein.

Cet ouvrage me fournit heureusement l'occasion ou le prétexte de présenter des idées un peu
moins rebattues sur la manière généralement adop-
tée aujourd'hui d'écrire l'histoire, et surtout l'histoire moderne. Sans être une critique de celle de
Charles - Quint, ces observations serviront peut-
être à la faire envisager sous plusieurs faces, à déterminer les causes de sa grande réputation, et à
faire distinguer, dans ce succès durable, les beautés
et les défauts qui y ont également contribué. Si ces
considérations paraissent trop contraires à l'opinion reçue, si l'on crie au paradoxe, si même on
m'accuse d'ignorance dans cette partie de la littérature que j'affectionne le plus, on saura du moins
que j'ai prévu cette résistance, et que, sans la bra-
ver, j'ai cru pouvoir la combattre. Je n'ai aucun
titre pour faire autorité ; je donne mon opinion
pour ce qu'elle vaut, et je borne mon ambition à
mériter l'honneur d'une réfutation raisonnable.

« L'Histoire du règne de Charles-Quint est un
excellent ouvrage. » Voilà ce que j'entends dire partout, et ce que je suis loin de contester ; car, malgré les restrictions que je vais apporter à cet éloge,
je crois estimer Robertson tout autant que le font
ses admirateurs. Mais quand je demande à ces panégyristes une explication plus détaillée, quand je
les prie de me faire sentir le mérite de Robertson
par une comparaison avec les historiens les plus
célèbres, je les vois très-embarrassés, et ils hési-
tent d'autant plus à me répondre, qu'ils ont plus

d'esprit et de connaissances. S'il n'y avait qu'une
manière d'écrire l'histoire, cet embarras n'existe-
rait point. Tous les autres genres de littérature ont
quelques principes fixes, n'en déplaise aux romantiques, et reposent sur une base assez solide. Si
vous dites : Voilà une belle tragédie, un beau
poëme, une belle oraison funèbre, on vous entend parfaitement. Il n'en est pas de même de l'histoire ; car, à l'exception de l'*exactitude*, il n'est
aucune des autres qualités de l'historien sur laquelle on soit complètement d'accord. La comparaison suivante confirmera cette proposition.

Les historiens anciens étaient des hommes de
lettres, les nôtres sont des érudits ; l'éloquence
était souvent l'auxiliaire de ceux-là, la dialectique
est la règle des modernes ; les anciens semblent
ne s'être attachés qu'à intéresser et à plaire, nous
voulons prouver et faire l'étalage d'une immense
lecture. Je trouve chez les premiers une succession
de tableaux dessinés correctement et brillans de
couleurs vives ; je rencontre le plus souvent chez
les modernes des discussions, des dissertations,
des systèmes ; les anciens paraissent avoir compté
sur la confiance de leurs lecteurs : ils racontent ce
qu'ils savent, citent fort rarement leurs autorités,
et lorsqu'une difficulté se présente, ils l'abandonnent assez souvent à la sagacité de ceux qui savent
lire ; les nôtres semblent se réjouir quand une
grande obscurité couvre un point historique ; ils
ne disent pas comme Tacite : *Cela fut ainsi ou au-*

trement ; ils développent sous vos yeux l'énorme
liste de tous les écrivains célèbres ou obscurs qui
ont agité la même question ; et après une note de
plusieurs pages , fortifiée par des surnotes, ils ne
récompensent votre fatigue qu'en vous laissant
plus indécis que jamais. Les historiens de l'antiquité jugent les actions des hommes par les règles
de la morale universelle ; les historiens les plus
modernes se sont composé une morale politique ;
dans l'exposé des faits, dans le blâme ou dans l'é-
loge , les anciens sont guidés par la raison naturelle : les modernes veulent trouver partout une
raison philosophique : si les premiers sont forcés
par le sujet à se jeter dans une discussion , ils la
placent dans les discours des personnages , et leur
donnent la forme dramatique ; les nôtres n'ont
garde d'abandonner à d'autres une tâche aussi honorable ; ils discutent eux-mêmes , ils dissertent,
ils commentent , ils exercent la critique comme
des journalistes. Les anciens , je l'avoue , nous ap-
prennent moins de choses , mais ils nous font
beaucoup réfléchir ; les modernes nous fatiguent
souvent au point de nous ôter le désir de la réflexion : on lit les anciens , on étudie les modernes.

Dans ce parallèle qui, comme tous les autres,
peut être plus ou moins inexact , je n'ai pas prétendu opposer tous les anciens à tous les modernes : ceux-là ont des défauts dont quelques-uns
de nos historiens sont exempts ; ceux-ci offrent des

beautés qui rivalisent avec celles de l'antiquité. Je
sais d'ailleurs que les historiens anciens diffèrent
entre eux presque autant qu'ils diffèrent des nôtres;
mais si l'on veut reprendre la comparaison que je
viens de faire, on reconnaîtra que j'y ai seulement
désigné les qualités qui sont communes à tous les
anciens, tandis que j'ai signalé les défauts qui sont
communs à presque toutes les compositions historiques qui ont paru depuis quarante ans.

Il reste maintenant à savoir si ce sont des défauts. Robertson semble me répondre que ce sont
au contraire les qualités les plus estimables de
l'historien : les institutions, dirait-il, les mœurs
publiques, les progrès des arts, de l'industrie et
du commerce, sont des sujets aussi importans que
les récits purement historiques ; les philosophes
ont fait observer que les grands écrivains se sont
assez long-temps et trop uniquement occupés de
l'histoire des rois ; il est temps d'écrire celle des
peuples. Les anciens d'ailleurs avaient bien plus
de facilité que les historiens modernes ; les différens États n'étaient point liés, en quelque sorte,
par une politique générale ; ils n'avaient guère de
relations entre eux que pour se faire la guerre :
c'est depuis Charles-Quint seulement que ces rapports se sont établis en Europe ; de manière qu'on
ne peut traiter l'histoire d'un peuple en particulier sans être forcé d'écrire une histoire générale.
Nous sommes donc jetés par la force des choses
dans des digressions, des explications et des dis-

cussions nécessaires. *Le progrès des lumières, depuis deux siècles, a donné naissance à un si grand nombre d'histoires et de collections volumineuses de matériaux historiques, que la vie humaine est trop courte, je ne dis pas pour les étudier, mais pour les lire.* Que dirait-on aujourd'hui d'un historien qui, puisant arbitrairement à une source si abondante, n'exposerait pas les motifs de son choix, et ne ferait pas la critique des matériaux qu'il rejette? Il n'est donc plus permis d'écrire l'histoire comme le faisaient les Thucydide, les Tite-Live et les Tacite? Et quoique je considère Voltaire non-seulement comme un écrivain ingénieux et intéressant, mais aussi *comme un historien savant et profond* (vol. I, page 487), je n'ai pas cité une seule fois les ouvrages de cet homme extraordinaire, parce qu'*il imite rarement l'exemple des historiens modernes*, et il ne cite pas les sources où il a puisé les faits qu'il rapporte.

Si j'avais les qualités requises pour entrer en lice avec un homme tel que Robertson, je trouverais encore les moyens de répondre à ces argumens : je dirais que les gouvernemens influent trop visiblement sur les institutions, les mœurs, les arts et le commerce, et que la distinction philosophique que l'on établit aujourd'hui entre l'histoire des peuples et l'histoire des rois est plus spécieuse que réelle ; qu'à la vérité, les historiens romains n'avaient guère à s'occuper que de l'histoire de Rome; mais qu'il n'en est pas ainsi des historiens grecs, obligés de porter leurs regards sur une multitude d'États qui étaient unis seulement par une langue commune, mais très-divisés sous le rapport des intérêts politiques, du gouvernement et des usages. La Grèce, quoique petite, ne présente pas un dédale moins difficile à explorer que l'histoire de l'Europe entière, et cependant Thucydide n'a pas cru devoir écrire la guerre du Péloponèse comme le ferait encore aujourd'hui un historien raisonneur. Si l'énorme collection des matériaux historiques accable plus qu'elle n'éclaire l'historien, ce n'est pas une raison pour faire passer sous les yeux du lecteur fatigué la longue nomenclature des auteurs dont on n'adopte pas le témoignage; si je ne m'en rapporte pas à un écrivain aussi judicieux, aussi savant, aussi sincère que Robertson, les auteurs obscurs de cent chroniques oubliées m'inspireront-ils plus de confiance? Voltaire a eu tort sans doute de commettre de nombreuses inexactitudes; mais la preuve qu'il a eu raison de ne pas imiter les modernes, c'est que, malgré ses erreurs, il est encore, aux yeux même de ses adversaires, le plus ingénieux, le plus attrayant, et, sans contredit, le moins fatigant de tous les historiens de notre âge.

Mais en me bornant au rôle modeste qui me convient, j'accorderai tout ce qu'on peut dire en faveur du système moderne, et alors il faudra que

mes adversaires, car j'en aurai beaucoup, m'accordent aussi quelque chose : ils seront forcés de
convenir qu'un ouvrage historique, écrit avec tous
ces développemens, toutes ces critiques partielles,
toutes ces discussions, et encombré d'une multitude de citations et de notes, n'offrira jamais une
lecture aussi suivie, aussi agréable et aussi éminemment littéraire que les histoires de l'antiquité;
elle sera plus instructive, plus substantielle, j'y
consens; ce sera un magnifique discours ou une
suite de très-beaux discours sur l'histoire; je le
considérerai comme un excellent traité de morale,
d'économie politique et de philosophie, fondé sur
les monumens historiques; mais ce ne sera point
l'histoire comme les anciens la concevaient, et
comme je la conçois moi-même.

Je n'ai pas besoin de m'écarter de mon sujet
pour trouver une preuve éclatante : Robertson est
un écrivain d'un grand mérite, profondément instruit, d'une exactitude irréprochable et très-scru-
puleuse dans l'admission des faits; il juge les événemens et les hommes avec une probité sévère
et une raison très-éclairée; les Anglais lui accordent, en outre, une élégance et une pureté de
style que je ne puis apprécier. Il a choisi l'époque
la plus brillante de l'histoire moderne; le règne
de Charles-Quint lui offrait tout ce qu'un historien peut désirer. Son ouvrage est parfaitement
traduit par M. Suard; et cependant le lecteur,
toujours pénétré d'une profonde estime pour un

historien aussi savant et aussi judicieux, n'é-
prouve pas, à cette lecture, les vives émotions,
l'intérêt attachant, les alternatives de pitié, d'admiration, de satisfaction ou de terreur qu'il a
ressenties quelquefois en lisant des histoires moins
importantes et moins célèbres. Robertson est trop
impassible ; il paraît prendre trop peu de part aux
vices, aux vertus, aux troubles, aux calamités des
hommes et des pays dont il écrit l'histoire ; je le
compare quelquefois à un habitant de quelque
autre planète, qui, jeté sur la nôtre, ne verrait
dans nos folies et nos malheurs qu'un sujet d'observations. C'est toujours le docteur presbytérien,
toujours l'homme sage, le juge intègre, l'excellent
raisonneur, le critique plein de sagacité ; c'est plus
qu'un historien, si l'on veut, car c'est un professeur
d'histoire.

Le *Tableau des progrès de la Société en Europe* pendant le moyen âge, que nous nommons
Introduction à l'histoire de Charles-Quint, est
l'un des ouvrages les plus célèbres qui ait paru
dans le dix-huitième siècle. Il est si généralement estimé, il a mérité des éloges si magnifiques
et si unanimes, que son éclat a un peu nui à l'histoire de Charles-Quint. Si quelqu'un vous dit :
C'est un excellent livre, il ne manque jamais d'a-
jouter : *surtout l'Introduction*. Cette distinction
n'est pas moins unanime que l'opinion qui a placé
Robertson à la tête, ou au moins au premier rang
des historiens modernes. Cette préférence, accor-

dée à l'Introdution, est de toute justice : dans
cette composition d'un nouveau genre , Robertson n'a point de rivaux chez les anciens ni chez
les modernes ; il a seulement des imitateurs qui
ne lui ont pas enlevé la première place. Mais cette
différence très-évidente qui existe entre l'Introduction et l'Histoire , confirme ce que j'ai dit , et
démontre que cet écrivain possédait encore plus
les qualités du moraliste , de l'érudit , du publiciste et du philosophe, que les talens de l'historien.
N'oublions pas que je prends ma comparaison dans
l'antiquité ; car si l'on admet que la méthode dis-
cutante , dissertante et philosophique est la meilleure pour écrire l'histoire , tout ce que j'ai dit
jusqu'ici paraîtra fort ridicule, et l'on fera fort bien
de ne pas lire ce que je vais ajouter.

Par quelle aberration de l'esprit, par quelle confusion de tous les genres, des hommes éclairés,
des gens de lettres ont-ils regardé cette *Introduc-*
tion comme une histoire abrégée , mais parfaite,
du moyen âge ? L'auteur n'a jamais eu cette prétention , et son plan suffit pour prouver qu'il ne
considérait pas ce *tableau* comme une histoire.
Ce n'est pas même un discours, c'est une suite de
discours où l'auteur traite séparément, et avec une
grande supériorité, des différentes branches de la
civilisation renaissante. Le mot *progrès*, dont il se
sert dans le titre , ne doit pas être pris à la lettre :
ces progrès n'ont été ni constans ni successifs ; ils
ont éprouvé des obstacles , des interruptions , et

la civilisation retourne souvent vers la barbarie. Les objets d'ailleurs n'y ont aucune liaison nécessaire : quel rapport, par exemple, existe-t-il entre la folie des croisades et la restauration de la jurisprudence, uniquement due au hasard qui a fait découvrir un exemplaire des *Pandectes* dans la ville d'Amalfi ?

Rien n'est plus opposé au génie de l'histoire que le plan suivi par l'auteur ; s'étant imposé l'obligation de traiter les différens sujets par ordre de matières, il est sans cesse forcé de revenir au point d'où il était parti, après avoir parcouru de grands espaces. Sa marche est alternativement progressive et rétrograde. Après avoir justement blâmé les croisades, il fait observer que ces expéditions désastreuses ont produit néanmoins les plus heureux effets sur l'affranchissement des serfs, sur l'industrie et sur la civilisation en général ; et voulant suivre ces progrès de siècle en siècle, il arrive jusqu'aux temps qui ne sont pas éloignés de Charles-Quint ; mais, passant ensuite à la jurisprudence, il revient brusquement au *combat judiciaire*, *au jugement de Dieu*, et à tout l'attirail de la barbarie. Pour la seconde fois alors il traverse les différens âges, et nous montre successivement les améliorations qui ont eu lieu dans l'administration de la justice. Cette matière étant épuisée, il faut parler de la chevalerie, et fixer son origine ; nouveau retour vers les croisades, et nouvelle progression par les mêmes siècles, pour démontrer l'influence de la chevalerie sur les

13.

mœurs des peuples ; et quand l'auteur arrive au *commérce*, il rétrograde encore jusqu'au dixième siècle, c'est-à-dire au temps qui a précédé les croisades. Les deuxième et troisième sections de ce *tableau* présentent la même méthode. Soit que l'auteur s'occupe des progrès *de la force nationale*, qui ne sont cependant ici que les progrès de l'*autorité royale ;* soit qu'il expose la *constitution politique* des différens États de l'Europe, il parcourt successivement tous les siècles du moyen âge, sans ordre chronologique, sans transitions, et ne citant souvent les noms des souverains que pour rapporter quelques-unes de leurs ordonnances.

Quoi qu'il en soit, la célèbre Introduction à l'Histoire de Charles-Quint mérite toute sa réputation ; elle est l'ouvrage d'un homme très-éclairé, très-savant, plein d'exactitude, de raison et de probité ; il n'y a qu'un écrivain supérieur qui ait pu traiter tant de sujets différens et difficiles, qui ait pu faire entrer tant d'objets dans un cadre peu étendu, et porter la plus vive lumière dans le chaos du moyen âge. Si cette Introduction n'est pas une histoire, elle est au moins une excellente étude pour lire l'histoire de tous les peuples, et la nôtre particulièrement, avec plus de fruit et plus d'intérêt.

N'ayant pas le dessein de présenter l'analyse d'un ouvrage aussi connu, je me bornerai à la discussion de quelques faits qui ont un rapport plus direct avec les événemens dont nous avons été les victimes ou les témoins.

Avant la révolution, c'était une opinion générale en France, et peut-être dans le reste de l'Europe, que les Espagnols sont le peuple le plus
servilement soumis, le plus façonné à l'esclavage,
et tellement superstitieux, que l'ordre d'un pape,
d'un évêque, d'un simple prêtre, lui fait fléchir le
genou et respecter la tyrannie, même quand elle
a une couleur royale ou religieuse; on nous présentait l'Espagne comme un pays dépeuplé, mal
cultivé, et entièrement ruiné par les migrations
vers le Nouveau-Monde. M. Alexandre de Laborde
a complètement réfuté ces dernières erreurs, dans
son Introduction à l'*Itinéraire descriptif d'Espagne*. Robertson va bien plus loin : il nous démontre
que jamais peuple ne fut plus jaloux de ses droits
et de ses priviléges, et n'a montré un esprit plus
démocratique dans les assemblées générales ou
partielles de la nation. Quelle résistance n'a pas
trouvé Ferdinand V dans la Castille, et Charles-
Quint dans l'Aragon! Sous ce dernier prince, il
y eut une sédition qui dura trois ans ; le peuple y
montra un courage à l'épreuve de tout. L'Espagne
eut alors sa *sainte ligue*, comme la France et l'I-
talie l'ont eue depuis. Quand il s'agissait de défendre les droits du peuple, l'Espagnol n'écoutait
ni la voix du prince, ni celle des prêtres, ni les
conseils du danger le plus imminent. Plus d'une
bulle des papes a été rejetée par cette nation ; plus
d'un roi a perdu son trône. La remontrance adressée par la sainte ligue à Charles-Quint, n'a pas

moins d'audace et d'arrogance que les déclarations
de nos révolutionnaires. Le royaume de Valence
a surpassé, à cet égard, la Castille et l'Aragon.
La *Germanada* ou confrérie, formée dans le commencement du seizième siècle, était, à propre-
ment parler, une réunion de *frères et amis*. Ils
n'aspiraient pas à moins qu'à supprimer la noblesse
et à effacer toute distinction de naissance. Pour
atteindre le but de l'égalité primitive, ils chassèrent
les nobles, ravagèrent leurs terres, pillèrent et
brûlèrent leurs châteaux. Comme on l'a vu depuis
en France, les plus vils artisans furent choisis pour
occuper les premières places; plus ils étaient grossiers, plus ils paraissaient dignes de commander.
Dans cette guerre civile, on commit tous les excès,
tous les crimes, qui sont les compagnons insépa-
rables des révolutions.

Par quelle inconcevable contradiction (si rien
devait étonner dans ce qui se fait par le peuple)
les mêmes hommes qui regardaient les Espagnols
comme des esclaves superstitieux, allèrent-ils chercher en Espagne la première maxime révolutionnaire? En 1789, on répandit à Paris et dans les
provinces le prétendu serment des Aragonais,
conçu en ces termes, et adressé au monarque :
« *Nous qui valons chacun autant que vous, et*
» *qui tous ensemble sommes plus puissans que*
» *vous, nous promettons d'obéir à votre gouverne-*
» *ment si vous maintenez nos droits et nos privi-*
» *léges; et si non, non.* » Mais consultons la note

de Robertson, relative à ce serment. Il avoue qu'il ne l'a trouvé dans aucun des auteurs espagnols qu'il a pris pour guides. « Il n'en est parlé ni dans Zurita, ni dans Blanca, ni dans Argensola, ni dans Sayas, *qui étaient historiographes nommés par les cortès pour recueillir tous les actes du royaume.* » Voilà donc un fait historique sans autorité.

Cependant M. Totze, professeur d'histoire dans le Mecklembourg, indique un auteur espagnol (un seul) qui a parlé de ce serment; et sur l'observation de M. Totze, Robertson fait une nouvelle note où il rétablit le fait, parce que l'auteur espagnol qui le rapporte est le fameux Antonio Perez.

Oh! certes, le docteur Robertson n'a pas fait usage ici de son excellente critique. Comment peut-il opposer le seul Perez à tous les écrivains espagnols! Il ne serait pas tombé dans cette erreur s'il s'était donné le temps de faire les réflexions suivantes : L'Aragonais Antonio Perez était le secrétaire, le complaisant, le rival de Philippe II; il partageait avec son maître les faveurs de *la Mendoza*, femme du surintendant Ruigomez. L'intrigue s'étant découverte, Perez savait bien que Philippe n'était pas homme à pardonner un pareil outrage; il s'enfuit chez ses compatriotes les Aragonais, qui le protégèrent contre la vengeance du monarque, et soutinrent une guerre pour le défendre; mais quand ils virent qu'ils ne pouvaient résister à l'armée commandée par Vargas, ils firent évader Perez, qui traversa les

Pyrénées, et vint se réfugier à la cour de Henri IV.
Il faut que Robertson ne se soit pas rappelé ces
circonstances, car je ne puis croire qu'il les ait
ignorées; il aurait senti que Perez, devenu l'ennemi de Philippe, et reconnaissant envers les Aragonais ses protecteurs, avait un double motif pour
adopter une erreur populaire, qui blessait le premier et flattait les autres; tandis que les quatre
historiographes nommés par les cortès, et ne tenant rien du roi, n'avaient aucun intérêt à effacer
des annales un monument si cher à l'orgueil de
la nation.

L'empereur Adrien était un grand voyageur;
dès la première année de son règne, il parcourut
l'Égypte jusqu'au-delà des ruines de Thèbes; il
traversa la Syrie, toute l'Asie mineure jusqu'au
Pont-Euxin, vint à Byzance, visita la Thrace, la
Mœsie, la Pannonie, la Norique, la Vindélicie,
les Gaules et la Grande-Bretagne, jusqu'aux frontières de la Calédonie, où il fit construire un
boulevard dont il reste encore des vestiges; il traversa l'Espagne et la Mauritanie, et fit son entrée
dans Rome au moment où l'on célébrait l'anni-
versaire de son élévation à l'Empire. D'autres historiens prétendent qu'il ne fit cette promenade que
dans la seconde année de son règne, et qu'il parcourut tout l'Empire romain en moins d'un an.
Quoi qu'il en soit, les médailles qui nous restent
prouvent qu'il a voyagé dans les Gaules, dans la
Grande-Bretagne, en Espagne, en Afrique, dans

la Lybie, dans l'Égypte, dans la Syrie, dans la Cilicie, dans la Pamphilie, dans la Lycie, dans la Cappadoce, dans la Phrygie, dans la Bithynie, dans la Thrace, dans la Mœsie, dans la Dalmatie, dans l'Achaïe, dans la Macédoine, et dans toute l'Allemagne méridionale.

Charles-Quint n'avait pas de si vastes domaines en Europe, quoiqu'il fût le plus puissant monarque de son siècle; mais il a peut-être encore plus couru que l'empereur Adrien. En exposant les motifs de l'abdication de ce prince, Robertson dit que Charles ayant été affligé de la goutte dès sa jeunesse, et ses douleurs n'ayant fait que s'accroître jusqu'à l'âge de cinquante-six ans, il vit qu'il ne pouvait plus régner par lui-même, et il se déchargea d'un fardeau trop pénible à porter. Mais d'autres historiens, qui ont parlé de cette abdication avec beaucoup plus d'étendue, rapportent les discours qu'il tint à ses courtisans, et, entre autres à Philibert de Savoie; et dans un de ses discours où il leur fait part de sa résolution, il met en première ligne ses longs et fatigans voyages. On voit, en effet, qu'il avait été neuf fois en Allemagne, six fois en Espagne, sept fois en Italie, quatre fois en France, deux fois en Angleterre, deux fois en Afrique, dix fois en Flandre, et qu'il avait onze fois passé la mer.

On ne s'attend pas sans doute que je le suive dans toutes ces courses; et quand j'aurais l'art de renfermer toute l'histoire de ce prince dans un ou deux articles, je n'apprendrais rien à personne. Il est également inutile de répéter ici les éloges que j'ai très-justement et très-sincèrement donnés à Robertson sur son exactitude, sur son art dans l'exposé des faits, sur ses jugemens pleins d'équité, et sur ses réflexions un peu fréquentes, mais toujours judicieuses. Je m'attacherai donc à quelques points d'histoire où cet écrivain me paraît avoir été moins impartial et moins bien informé.

L'un des passages qui me choque le plus est le parallèle qu'il établit entre Charles-Quint et François Ier. Ce n'est point comme Français que je m'élève contre l'injustice ou plutôt la fausseté de cette comparaison ; on sait bien que dans une longue suite de rois on ne trouve pas chez tous les mêmes vertus et la même habileté : ce n'est pas même la conduite politique de François Ier que je veux défendre : on lui a fait de justes reproches auxquels la vérité me force de souscrire. Ce sont des inexactitudes et des contradictions que je n'ai pu m'empêcher de blâmer dans le jugement que Robertson a porté sur ces deux monarques.

Il n'est pas aisé de deviner pourquoi cet historien, si attentif et si méthodique, après avoir jugé la conduite de Charles et de François avec une grande impartialité, dans tout le cours des événemens, se contredit tout-à-coup dans le parallèle qu'il établit entre eux. Ainsi le dernier volume offre au lecteur un résultat tout différent de celui qu'annonçaient les premiers. Si j'en crois ce parallèle ;

Charles-Quint avait *un vaste génie.* Je pourrais disputer sur l'expression, mais j'ignore si les Anglais entendent par le mot *génie* tout ce qu'il veut dire dans notre langue; j'ignore même ce qu'il signifie en français, car il n'y a pas deux écrivains qui le définissent de la même façon. Supposons donc que Charles avait un *esprit supérieur;* François 1er, au contraire, *doit être compté au nombre des princes dont la renommée est au-dessus de leur génie et de leurs actions.* Plus loin, je vois que Charles méditait avec une sage lenteur, tandis que François, aussi actif dans le début de l'action, se refroidissait bientôt et manquait toutes ses entreprises; *il commit des fautes graves, soit en politique, soit en administration.* Son affabilité, sa bonté, sa dignité sans orgueil, le faisaient regarder comme le gentilhomme le plus accompli; mais l'admiration que l'on avait pour lui *aurait dû mourir avec les courtisans du monarque;* cependant il protégea les sciences et les arts, et le titre de *Père des Lettres* a rendu sa mémoire sacrée.

En passant condamnation sur les fautes de ce prince, je pourrais demander à Robertson pourquoi il n'oppose pas les fautes de Charles à celles de François; mais je me hâte d'arriver au point essentiel. L'historien fait observer que cette différence de génie et de caractère a dû rendre les succès très-différens; et, sans aucune justice, il compare les revers du roi de France aux entreprises de l'empereur, *qu'on jugeait impraticables et déses-*

pérées, et qui se terminèrent avec le plus grand
succès. Pour être exact, il fallait opposer les revers aux revers, les succès aux succès, exposer les
moyens des deux adversaires, indiquer les causes
des résultats heureux ou malheureux, et séparer
ce qui appartient à la fortune de ce qui tient au
talent et au génie. C'est ce que Robertson n'a point
fait. Il dit bien que la protection accordée aux arts a
rendu la réputation de François *peut-être plus brillante*; mais que devient cette réputation, quand
il lui oppose un rival *plus heureux et plus habile?*

J'avoue que j'ai peine à comprendre *ces grands
succès* et *ce grand bonheur* de Charles-Quint.
Robertson veut-il parler de l'irruption en Provence, et de la retraite qu'il nomme lui-même
une fuite honteuse? Est-il question de l'équipée
d'Inspruck? Pensait-il à la manière dont Charles
a traité les affaires de la *réforme*, conduite qui mit
l'Europe en feu, le catholicisme dans le plus grand
danger, et qui fit courir tant de risques à Charles
lui-même? En qualité de protestant, Robertson
se félicite-t-il des querelles de Charles-Quint avec
la cour de Rome, démêlés qui firent faire tant de
progrès au luthéranisme? Veut-il parler enfin de
l'invasion en Picardie, de la retraite d'Alger, plus
désastreuse que celle de Provence ; du siége de
Parme, du siége de Landrecies, du siége de Metz,
qui a donné lieu au jeu de mots

Siste viam *metis*, hæc tibi *meta* datur?

Ce bonheur enfin consiste-t-il dans la fameuse abdication qui a fait dire à Philippe II : « Il y a aujourd'hui un an que mon père a abdiqué ; il y a
aujourd'hui un an qu'il s'en repent. » Au lieu de
succès, je ne vois dans tout cela que des entreprises imprudemment concertées, mal exécutées
et justement punies par la fortune. François eut
plus de malheur encore ; mais, pour être impartial, il fallait comparer la puissance et les moyens
des deux monarques ; il fallait dire surtout : François n'a fait que suivre l'impulsion de ses prédécesseurs et soutenir les droits de Louis XII, tandis
que Charles a exécuté ce qu'il avait conçu lui-
même, et ne pouvait pas accuser la politique de
ses devanciers.

Mais, trois cent cinquante pages plus loin, je
trouve un trait bien plus extraordinaire ; l'auteur
avoue que Charles-Quint avait une politique *insi-*
dieuse et perfide, et plus odieuse encore par le
contraste de la conduite DROITE ET FRANCHE *de*
ses deux contemporains, François Ier et... je laisse
à deviner quel est le second. Qui le croirait ? c'est
Henri VIII. Notez que dans les 2e et 4e volumes
de cette histoire, Henri VIII est représenté comme
un homme *sans modération, cédant au caprice,*
à la vanité, aux ressentimens, à ses penchans,
ne consultant point le bien général, ni même son
véritable intérêt, dissipant le produit des biens
ecclésiastiques avec une profusion égale à la ra-
pacité qui les avait envahis, et confiant les affaires

*publiques à des hommes nouveaux, parce qu'il
les trouvait plus dociles ou moins scrupuleux.* A ce
portrait, malheureusement fidèle, et auquel on
pourrait ajouter beaucoup sans calomnier, s'at-
tendrait-on à voir réunies dans une même phrase,
la droiture et la franchise de François Ier et celle
de Henri VIII? Les lecteurs qui ont de la mé-
moire sont, je l'avoue, fort incommodes pour les
auteurs; mais est-ce ma faute si, parvenu au quatrième volume, je n'ai pas oublié le second?

L'espace qui va me manquer ne me permet
plus qu'une seule observation. Rigoureusement
exact partout ailleurs, Robertson se montre beaucoup trop protestant dès qu'il est question des
affaires de l'Église. M. Suard en convient, mais
il ajoute : « Il n'y a pas à craindre que M. Robertson fasse des presbytériens parmi nous. » Le
plus ou moins de danger qu'offre la lecture d'un
ouvrage n'est pas le seul objet que doive considérer la critique, et, de quelque religion que l'on
soit, on est choqué de la partialité, lors même
qu'elle a pour prétexte les motifs les plus estimables. Sans aucun doute, il faut plutôt louer que
blâmer le zèle religieux, même dans un protestant; mais ce beau zèle ne donne pas le droit à
l'historien surtout de tout excuser dans ses core-
ligionnaires, et de tout blâmer dans ceux qui
suivent une autre croyance. Robertson ne néglige
aucune occasion de censurer durement la cour de
Rome, l'alliance du pouvoir temporel à la puis-

sauce spirituelle ; il revient souvent sur les vices
du clergé romain, et ce grave docteur descend
quelquefois jusqu'au sarcasme sur l'infaillibilité du
pape. Ne pouvant s'empêcher de reconnaître que
le droit canonique a exercé une heureuse influence
sur la civilisation, il soutient néanmoins qu'on
doit le regarder *comme une des plus formidables
conspirations qu'on ait jamais formées contre le
bonheur de la société civile.* Dans cent autres en-
droits, lors même qu'il blâme justement, la vérité
prend l'accent de la haine.

Il s'en faut bien qu'il soit aussi sévère pour les
protestans ; loin de déplorer les maux incalculables
que le schisme a produits dans le seizième siècle,
loin de blâmer également les excès qui ont été
commis de part et d'autre, tous les reproches
s'adressent aux catholiques, tous les éloges, toutes
les indulgences sont pour les protestans. Luther
reçoit les louanges les plus magnifiques ; et si
l'auteur est forcé de convenir que ce réformateur
avait beaucoup d'orgueil, il l'excuse d'une manière bien étrange, en disant : « *Il aurait été
plus qu'un homme, s'il eût pu contempler sans
orgueil les grandes choses qu'il avait opérées.* »

Je vais prouver par deux grands exemples qu'il
est possible d'être fort attaché à sa religion, et
cependant impartial. Un Français a écrit l'histoire
des guerres qui ont précédé le traité de Westphalie ; cette histoire commence à la *réformation,*
et cependant l'auteur, qui était jésuite, ne laisse

échapper aucune injure , aucune invective ; ne prononce même aucun blâme formel lorsqu'il parle de Luther et de ses adhérens , quoiqu'il s'afflige nécessairement sur les guerres , les malheurs et les ravages causés par les dissensions religieuses. Fidèle au devoir d'un historien , le P. Bougeant ne juge les hommes que sur leurs actes , et jamais relativement à leur croyance. Il y a plus : le héros pour lequel il témoigne le plus de respect est un protestant , c'est Gustave-Adolphe qui méritait cette distinction.

Voici un autre exemple, pris dans un sens inverse , et encore plus concluant : Un Anglais , un ministre anglican , M. Roscoë , a écrit la *Vie de Léon X ;* il y traite la réformation par Luther, avec beaucoup plus d'étendue , et , j'ose le dire, avec une discussion plus approfondie que ne le fait Robertson. Tout l'ouvrage est excellent ; mais ce morceau est un chef-d'œuvre. L'auteur y tient la balance tellement égale , il juge les faits et les hommes avec une telle impartialité, que l'on pourrait douter si c'est un catholique ou un protestant qui écrit cette histoire. Voici un point surtout où la scrupuleuse exactitude de l'historien se fait remarquer. Les deux grands reproches que Luther faisait à la cour de Rome étaient la cupidité et l'intolérance. C'est par ses déclamations sur l'intolérance qu'il a inspiré à ses sectaires une haine si furieuse contre l'Église romaine. Tant qu'il fut faible , tant qu'il craignit pour sa liberté , le réfor-

mateur fut l'apôtre de la tolérance religieuse ;
mais lorsque des souverains se déclarèrent ses
protecteurs, lorsque le luthéranisme eut acquis
des forces suffisantes, Luther devint le plus into-
lérant, le plus irascible et le plus impitoyable des
religionnaires. Ce trait est d'autant plus remarquable, qu'il est caractéristique et commun à tous
les novateurs. M. Roscoë ne l'a point dissimulé ;
Robertson, qui ne pouvait le contester, a gardé
le silence.

Ces observations, et celles que j'y ajouterais si je
ne craignais de fatiguer le lecteur, n'empêchent
point que l'histoire de Charles-Quint ne soit un ouvrage très-recommandable sous un grand nombre
de rapports, et qu'il ne mérite tout son succès.

MÉMOIRES SECRETS

SUR L'ÉTABLISSEMENT DE LA MAISON DE BOURBON EN ESPAGNE,

Extraits de la Correspondance du marquis DE LOUVILLE, gentilhomme
de la chambre de Philippe V, et chef de sa maison française.

LES Mémoires historiques n'ont pas l'autorité
de l'histoire ; mais ils en fournissent les matériaux,
et ils piquent plus vivement la curiosité. Nous es-

pérons toujours y découvrir les causes, secrètes et souvent misérables des plus grands événemens, et le véritable caractère des hommes qui ont joué les premiers rôles sur le théâtre du monde. Les Mémoires historiques désenchantent le lecteur ; ils rappetissent les grands hommes ; ils nous font voir les petits ressorts de ces grandes machines dont le jeu nous paraissait admirable. Voltaire avait lu beaucoup de Mémoires historiques et de correspondances secrètes avant d'écrire son Essai sur l'Histoire générale. La prévention qui fait rechercher les écrits de ce genre est cependant fondée sur des raisonnemens spécieux. Les auteurs des Mémoires secrets disent tout, tandis que l'histoire, plus circonspecte et souvent timide, se borne aux demi-vérités, et se tient dans une réserve dont on l'accuse en même temps qu'on la lui commande. En second lieu, les correspondances secrètes contiennent des faits plus piquans par cela même qu'elles n'étaient pas destinées à paraître au grand jour ; leurs auteurs ont été témoins oculaires, et en découvrant des intrigues inconnues, en révélant des faits ignorés, ils peuvent dire souvent : *quorum pars magna fui*, ce qui inspire une grande confiance au vulgaire des lecteurs.

Mais il s'en faut bien qu'une histoire soit plus vraie, parce qu'elle est contemporaine ; les témoins oculaires ne sont pas pour cela des témoins irrécusables. Qu'un grand accident agite Paris, vous interrogez tous ceux qui l'ont vu, et vous avez cent versions différentes. Il nous arrive tous les jours de disputer sur des événemens de cette révolution que nous n'avons que trop vue, et sur laquelle certainement nous ne portions pas des regards inattentifs. Il y avait des années que la Bastille était détruite, et la plupart des habitans de Paris ignoraient que la brèche par laquelle les vainqueurs y étaient entrés, était une petite porte ouverte en dedans par les pauvres défenseurs de cette forteresse.

La coopération aux événemens atteste moins encore la sincérité de ceux qui en écrivent l'histoire. On ne compose pas des Mémoires pour prouver qu'on a mal vu, qu'on s'est mal conduit, et qu'on a fait des sottises ; l'auteur a toujours raison, ses conseils ont toujours été sages, ses intentions pures, et ses conjectures infaillibles. Cette partialité se remarque mieux encore dans les grands désastres et dans les troubles civils. Si Robespierre revenait en ce monde (Dieu nous en garde !) et s'il écrivait ses Mémoires, nous n'y verrions qu'un Socrate, victime du jacobinisme et du fanatisme philosophique. En général, l'historien ne doit être placé ni trop près ni trop loin des événemens qu'il raconte ; et quand on a dit que la Vérité est fille du Temps, on a dit une vérité.

Ces raisons, et beaucoup d'autres, m'avaient inspiré une grande défiance, une forte prévention contre les Mémoires secrets, et j'étais dans ces dispositions peu favorables quand j'ai reçu la Cor-

respondance du marquis de Louville. Ce gentilhomme de la chambre de Philippe V ne m'était
guère connu que par le mal qu'en dit l'abbé Millot;
et quoique l'Histoire de France et les Élémens historiques de cet abbé, écrits *dans l'esprit philosophique*, loués par l'abbé Morellet et par Palissot,
ne soient pas toujours à l'abri de la critique, les
reproches d'intrigue et de légèreté qu'il fait à Louville étaient un motif de plus de me méfier de ce
courtisan. Je n'ai pas tardé à reconnaître que toute
prévention est injuste et qu'il ne faut jamais juger
sur parole.

Les lettres de Louville ont toute la facilité,
toute la grâce et l'aimable négligence du bon style
épistolaire ; les saillies dont elles fourmillent peuvent passer pour de l'étourderie aux yeux d'un
penseur qui met de la gravité jusque dans les
moindres billets ; mais les traits d'esprit, les sarcasmes, les railleries qui échappent à Louville, se
trouvent mêlés à des raisonnemens si justes, à des
réflexions si sensées, à des jugemens si vrais, que,
loin de les affaiblir, ils leur prêtent de la force et
de l'éclat, et captivent l'attention du lecteur qui
aime toujours mieux la persuasion que la conviction. Il est des hommes, je le sais, qui regardent
toute plaisanterie comme ennemie de la raison ;
mais n'oublions pas que Voltaire, par exemple,
est quelquefois plus profond quand il plaisante
que quand il discute ; que les plaisanteries de Molière sont souvent de bonnes leçons de morale ;

et, pour détruire toute prévention défavorable à
la Correspondance de Louville, sachons distinguer des lettres confidentielles, destinées à rester
secrètes, écrites sous l'inspiration du moment,
de ces lettres fabriquées pour composer un livre,
dans lesquelles on a pesé les saillies, compassé les
négligences et mesuré jusqu'aux écarts qui doivent
s'y trouver pour simuler méthodiquement le désordre du style épistolaire.

La Correspondance de Louville ne laisse pas au
lecteur le plus petit prétexte de douter de la sincérité du narrateur. Comment, en effet, se défier
d'un homme de beaucoup d'esprit et chargé d'une
mission délicate, qui, loin de vanter ses succès,
ne parle que de l'impuissance de ses efforts, de la
vanité de ses espérances, de l'inutilité de ses conseils, du malheur de ses négociations et des défaites
de son amour-propre? Il prend enfin le parti de
recourir à l'intrigue, mais son génie ploie sous
celui de la princesse des Ursins, et Louville en
fait l'aveu. Pour tout dire en un mot, la Correspondance de Louville n'est point une apologie,
mais une confession; et cet homme, que l'abbé
Millot signale comme un intrigant, n'éprouve que
des humiliations et des disgrâces quoiqu'il ait une
politique plus éclairée, des vues plus justes et
surtout plus droites qu'aucun de ses adversaires,
quoique toutes ses conjectures se vérifient, quoique les malheurs arrivent à point nommé comme
il les avait prévus et prédits.

Louville fut choisi par Louis XIV pour être le mentor du duc d'Anjou, quand ce prince alla s'asseoir sur le trône d'Espagne où l'appelait le testament de Charles II. Ce fait seul suffirait pour répondre au reproche d'étourderie si injustement adressé à Louville; car, malgré les efforts que l'on a faits depuis trente ans pour diminuer la gloire de Louis XIV, on n'a jamais osé dire que ce monarque ait mal connu les hommes, et qu'il ait su mal les choisir. Mais si le marquis avait tout l'esprit et toute la raison nécessaires pour servir de guide au jeune roi, Philippe V n'était pas capable de profiter de ses conseils; il n'eut pas même le courage de les écouter. Il n'y a peut-être pas d'autre exemple d'une pareille faiblesse, d'une telle apathie dans un jeune homme. L'étonnement redouble quand on apprend que ce prince avait de l'esprit, et qu'il a fait preuve de courage. On s'est perdu en conjectures sur ce caractère indéfinissable; je n'y vois qu'une maladie; cette mélancolie profonde qui le dominait au milieu des plaisirs, cette alliance d'une intelligence peu commune avec l'apparence de la stupidité, ce courage qui affronte les dangers les plus imminens et qui s'abat devant le moindre obstacle, cette insensibilité dans les plus grands périls, cette terreur puérile dans les plus petites tracasseries, cette fierté qui rappelle le petit-fils de Louis XIV, cette faiblesse qui le rend le jouet d'une vieille intrigante; dans tout cela, je crois voir les signes d'une affection ner-

veuse, justiciable de la médecine et non pas de la
politique.

Tous les historiens sont d'accord sur cette faiblesse de Philippe V, et la différence entre eux ne
consiste que dans les compensations qu'ils cherchent à ce défaut capital. Mais ils se sont étrange-
ment trompés ceux qui ont attribué les irrésolu-
tions et les fautes du jeune prince à l'influence
du cabinet de Versailles. Jamais roi n'a eu moins
d'autorité dans une cour étrangère que Louis XIV
à Madrid. Qui le croirait? ses ambassadeurs même
ne pouvaient approcher de Philippe V et ne com-
muniquaient avec lui que par l'entremise humiliante de la princesse des Ursins. La France pouvait
envoyer à Madrid des financiers, de l'argent, des
généraux et des troupes, mais point de conseils :
ils n'arrivaient point jusqu'à Philippe. Ce prince
ne connaissait pas les lettres de son grand-père, il
ne lisait pas même celles qu'il était censé lui répondre, et que l'on vantait à Versailles comme
des preuves de son esprit. Le duc de Savoie,
père de la reine d'Espagne, régnait bien plus à
Madrid que Louis XIV; le conseil souverain siégeait dans la chambre de la reine, enfant de quatorze ans, dont le caractère a été mal connu par
les historiens ; la princesse des Ursins le présidait,
& elle n'y admettait que son amant d'Aubigny. Le
roi ne se mêlait de rien, ou si parfois on lui parlait
d'affaires, « il prenait, dit Louville, le parti de
s'ennuyer, ce qui, pour lui, était plus court que

de vouloir. Le moindre acte de volonté lui causait un épuisement total : *c'est un symptôme de mort pour la gloire d'un souverain.* » Voici un trait qui peint la nullité à laquelle ce prince s'était laissé réduire : il aimait à faire une partie d'échecs, mais comme il y admettait des Français, on lui défendit de jouer, et il obéit sans se plaindre. On sent bien que dans une pareille cour le mentor donné par Louis XIV n'eut pas l'occasion de faire briller ses talens : Louville, en effet, loin de guider le prince, ne pouvait en approcher, ou, pour lui parler furtivement, il était obligé d'employer la ruse et l'intrigue d'un conspirateur. Une fois qu'il avait obtenu cette faveur si rare et si fugitive, il osa demander au roi ce qui l'irritait contre la France : « On y dit que je suis poltron, répondit Philippe ; » et le conseil de la reine, de la princesse des Ursins et de d'Aubigny avait soin de l'entretenir dans ces dispositions contre le seul pays qui pût le soutenir sur un trône si peu solide.

Les grands d'Espagne avaient paru recevoir avec joie un prince de la maison de Bourbon, et plusieurs d'entre eux furent fidèles à cette politique ; mais ne nous trompons pas sur les motifs qui réglaient leur affection. Louville nous en révèle le secret : « Les Espagnols, dit-il, j'entends ceux qui ont part aux affaires, et surtout les grands, n'ont vu dans un fils de France, qu'un pis-aller dont ils devaient profiter pour accroître leur autorité dans l'intérieur, et, à l'extérieur, pour se don-

ner gratuitement toutes les forces de la France. »
Voilà pourquoi ils recevaient volontiers tout ce
qui venait de France, excepté des Français.

Il n'est pas loin de nous le temps où Louis XIV,
déchu de toute sa gloire et soumis à l'analyse révolutionnaire, n'était plus à nos yeux qu'un prince
médiocre, prenant le despotisme pour la politique,
et les inspirations de l'orgueil pour celles du génie ;
superstitieux, fanatique, prodigue, opiniâtre, sans
amour pour son peuple, sans talens militaires ou
administratifs, devant tous ses succès à la fortune
et ses revers à son impéritie. Il n'est rien qu'on
ne puisse soutenir, à l'aide d'une certaine dialectique : des syllogismes *in barbara* nous démon-
traient journellement que le grand siècle n'était
qu'un reste du moyen âge, et le grand roi un
prince favorisé par les circonstances, et jouissant
d'une réputation usurpée. Tout ce qui environnait le monarque avait été placé comme lui sur le
lit de Procuste. Les Condé, les Turenne, les Ca-
tinat, les Luxembourg, les Villars, n'auraient été
que des aides-de-camp obscurs dans le siècle des
lumières ; et les illuminés de l'Oder, de l'Elbe et
du Weser, devenus juges suprêmes en littérature
française, nous commandaient de brûler ce que
nous avions adoré, nous prouvaient que les Pascal, les Bossuet, les Racine et les Boileau n'a-
vaient pas su mieux écrire que Louis XIV n'avait
su régner. La révolution fut complète, nous eûmes
des religions, des constitutions et des tragédies ro-

mantiques ; nous fûmes étonnés de tant de gloire ;
mais nous nous accoutumions peu à peu à croire
que notre âge était le grand siècle, que nous étions
les grands hommes, et, retournant la lunette pour
regarder le passé, nous nous sommes écriés :
Comme tout cela est petit!

Toutes les grandeurs sont relatives et se jugent
par comparaison : or, il faut avouer que Louis XIV
n'avait pas atteint le dernier point de perfectibilité ;
il avait fait des fautes, il avait eu des torts que
l'histoire lui reproche et lui reprochera toujours ;
car, tout petit que nous l'ayons fait, on parlera
long-temps de lui. Ne soyons donc pas étonnés
du jugement sévère que nos sages ont prononcé
contre sa mémoire. Il est si facile de ne pas se
tromper une seule fois dans un règne de soixante-
douze ans! D'ailleurs, nous étions si parfaits nous-
mêmes depuis notre régénération! Nous avions
tant de justesse dans l'esprit! Dans notre langue
philosophique, les mots étaient si bien d'accord
avec les choses ; la liberté nous avait rendus si libres ; nos égaux nous traitaient avec tant de libéralité ; notre humanité, notre philantropie se ma-
nifestaient journellement par des actes si publics,
que nous avions acquis le droit d'être si difficiles
et de distribuer les titres de gloire avec une rigoureuse parcimonie. Voyez cependant combien nous
étions justes dans notre sévérité. En faisant descendre Louis XIV du haut rang où l'avait placé
une admiration servile, nous avons daigné com-

patir à la faiblesse des moyens dont il avait pu disposer. Il ne régnait pas sur la grande nation, il était né dans un siècle si peu éclairé, il était entouré d'hommes si médiocres en tout genre, qu'il lui était impossible d'opérer les prodiges dont nos yeux ont été témoins. Ne l'accusons donc pas trop d'avoir fait si peu pour la gloire de la France, en lui donnant quelques provinces au nord et au levant, nous qui avons soumis tant de peuples et si bien conservé nos conquêtes. Ne lui reprochons pas trop durement d'avoir laissé des dettes, lui qui n'a eu que l'Europe à combattre; ne soyons pas trop fiers d'être si riches quand nous avons étendu nos bras jusque sur l'Afrique et sur l'Asie; ne méprisons pas trop l'instabilité, la versatilité du gouvernement de Louis XIV, quand nous avons employé toutes les ressources du génie, de l'instruction et de la politique à nous donner des constitutions toujours impérissables. Nous valons mieux que nos aïeux, cela est prouvé; mais ne faisons pas une comparaison trop dédaigneuse.

Les Mémoires de Louville nous fournissent de nouveaux moyens de juger ce roi que nos satires ont poursuivi pendant trente ans, tandis que nous laissions dormir en paix les Louis XI et les Henri III. Un despote se pare de toutes les vertus dans ses actes publics; mais il se montre à découvert dans ses lettres confidentielles, dans les instructions secrètes qu'il donne à ses agens. Il est d'ailleurs reconnu que Louis XIV n'a voulu placer le duc d'Anjou, son petit-fils, sur le trône d'Espagne, que pour faire autant de provinces de France de tous les royaumes de la Péninsule ; ambition qui a justement révolté les gouvernemens si modérés dont nous avons connu les douceurs. L'Espagne, comme on sait, n'était pas assez dévote, et le pape y avait trop peu de crédit ; Louis voulait donc lui imposer le joug de la superstition pour mieux l'asservir. Les fiers Castillans tenaient leurs rois en tutèle : aussi Philippe II, par exemple, n'avait régné qu'avec une timidité extrême, et ne se permettait pas d'avoir une volonté. Les Aragonnais étaient bien plus libéraux encore ; le fameux SINON NON, que nous leur avons emprunté, a fait retentir des plus vifs applaudissemens la salle de notre Assemblée constituante. A la vérité, le *sinon non* n'est pas bien avéré ; quoi qu'il en soit, Louis XIV voulait établir le pouvoir absolu chez ce peuple philosophe et mutin, et c'est pour parvenir à ce but qu'il fit donner des instructions à Louville sur la manière dont Philippe V devait mettre les Espagnols au *pas*. Je demande pardon à mes lecteurs de cette locution qui n'est pas académique ; mais je n'ai pas encore perdu toute admiration pour l'heureux temps où *mettre au pas* était une expression sublime.

Ces instructions, données à Louville, sont renfermées dans un petit nombre de pages, mais elles sont encore trop longues pour être entièrement placées ici ; j'en vais donc extraire les paragraphes les plus caractéristiques, en avertissant que cet écrit, devant rester éternellement secret, le prince qui l'a médité, s'y est montré à découvert.

« .... Il ne faut pas que le roi paraisse blessé des superstitions qu'il verra en grand nombre, mais il ne faut pas non plus qu'il s'y laisse enchaîner.

» Parler à son confesseur tous les dimanches matin pendant une demi-heure, mais faire en sorte qu'il ne se mêle en rien des affaires temporelles. L'avertir sur ce sujet, le reprendre en cas de faute, et le renvoyer s'il persiste......

» Craindre la morale relâchée, mais éviter les scrupules auxquels on est fort sujet.

» Prévenir l'augmentation de l'autorité du pape sur l'Espagne, son pouvoir n'y étant déjà que trop grand...... Respecter les usages des Églises d'Espagne, et se souvenir qu'ils sont très-différens de ceux de France. »

Malgré tout le désir que nous aurions de trouver le grand roi plus philosophe, convenons que, pour le siècle où il a vécu, il n'y a pas trop de capucinade dans les préceptes que je viens de transcrire. Voyons maintenant sa politique.

« Le roi doit se souvenir de la résolution où il est de conserver une longue paix pour aider au rétablissement de la monarchie, et de ne jamais faire de guerre injuste : *de n'en pas faire même de juste lorsqu'il pourra l'éviter sans honte;* autrement il serait le meurtrier de ses sujets et le complice des désordres que la guerre entraîne après soi. »

C'est à regret que je cite le paragraphe suivant ; nos docteurs en politique expérimentale vont le trouver bien gothique et bien misérable :

« *Ne point faire de mal positif pour qu'il en résulte un bien ; et ne pas entreprendre certains biens quand cette entreprise pourrait produire de grands maux.* «

On voit qu'un pareil homme n'aurait jamais régénéré la France ; mais avouons aussi que, de son temps, la civilisation était bien arriérée. Voici des conseils plus étroits encore :

« Traiter poliment la reine douairière, mais la renvoyer au plus tôt de Madrid...... quelque part où elle soit, lui donner un conseil bien sûr ; ne s'aviser jamais de l'aimer ni de l'épouser (elle n'avait que vingt-neuf ans), et se défier de tous ceux qui auront des liaisons avec elle.

» Que le roi traite bien la femme qu'il épousera, mais qu'elle ne se mêle qu'avec beaucoup de discrétion des affaires et de la distribution des grâces et des emplois ; *cela est très-important.* »
Il arriva tout le contraire ; ce fut le roi qui ne se mêla de rien : aussi fût-il bientôt sur le bord du précipice. Continuons :

« Malgré l'usage fréquent des sacremens établi en Espagne, ne pas croire que les hommes y soient meilleurs.....

» Éviter la débauche et mépriser ceux qui la conseillent...

» Comme ce n'est pas la vertu du roi que la libéralité, il faut qu'il songe à donner souvent et à propos, et à se faire avertir sur ce point par des gens de confiance. » Ce dernier précepte au moins sera du goût de bien du monde. Celui que je vais écrire aura-t-il le même bonheur?

« On n'approuve pas en France la politique du conseil d'Espagne, de tenir la noblesse et le peuple divisés. On exhorte le roi à ne pas se servir de ces méchans moyens.

» Comme Sa Majesté doit toujours garder sa parole, elle ne doit jamais s'engager vîte.

» Que le roi se fasse donner par écrit une copie des sermens qu'il fera, et qu'il déclare n'en vouloir point faire qu'il ne puisse tenir.

» Ne croire ni aux prédictions ni à l'astrologie judiciaire : cela choque la religion et le bon sens, et affaiblit l'esprit.

» Ne point rire de ce qui paraîtra extraordinaire, ni se moquer des *ensorcellemens*, au moins en public. » Passons aux relations entre le prince et les sujets.

« En attendant qu'on puisse donner des témoignages utiles et brillans de sa faveur aux gens qui se distingueront, leur montrer en paroles qu'on garde le souvenir de ce qu'ils font de bien.

» Ne se point charger d'un grand nombre de troupes ; mais les avoir bonnes, *bien payées, bien armées, bien vêtues.*

» En cas de guerre, avoir des hôpitaux, *les visiter soi-même, entretenir de bons chirurgiens et les récompenser.* Quand la politique ne le voudrait pas, l'humanité exigerait qu'on en usât ainsi.

» Quand un homme fait voir des talens supérieurs à son emploi, il faut l'élever jusqu'à ce qu'on ait rencontré le point où il peut rendre le plus de services, et arrivé là, l'y laisser et le récompenser libéralement. »

Ce petit nombre de préceptes est plus que suffisant pour révéler les intentions du monarque ; ils nous paraîtront bien tyranniques, à nous qui avons été traités si libérablement dans notre jeunesse : aussi Louis XIV a-t-il tenu bien secrètes les instructions qu'il donnait à son petit-fils ; mais tout se découvre à la fin, et l'histoire fait justice.

Voyons maintenant si c'est Louis XIV qui a introduit la superstition et le despotisme dans un pays peuplé de philosophes et de libéraux. Opposons l'esprit de la cour d'Espagne à celui de la cour de France.

Extrait d'une lettre de Louville à Torcy : « Le » chambellan Bénavente nous vint avertir l'autre » jour, en pleurant, de nous méfier d'une berline » attelée que la douairière avait donnée au roi ca- » tholique, et qui devait, disait-il, par l'effet d'un » sortilége, « *devenir caisse d'oranger, pendant* » *que le roi deviendrait oranger en caisse.* » *Ab* » *uno disce omnes,* car Bénavente est fort de mise. »

Si Philippe V a fait peu de cas des conseils de son grand-père, il a dû, en revanche, trouver fort agréables les nobles remontrances qui lui étaient faites ar les fiers Espagnols. Cette citation achevera le parallèle :

Extrait d'une lettre de Louville à Beauvilliers :
« Don Manuel Arias, président de Castille, disait
» à notre petit roi : *qu'ils étaient tous ses valets,*
» *et lui le maître; qu'il était indépendant, absolu;*
» *que tout ce qu'il voulait devait être fait sans ré-*
» *plique et sans retard; que toute la monarchie*
» *espagnole, quand elle serait assemblée, n'aurait*
» *qu'une simple voix consultative, et lui seul une*
» *voix décisive;* que les plus grands ministres n'a-
» vaient qu'un seul ange gardien, mais que les rois
» en avaient deux, dont l'un présidait au gouverne-
» ment de leurs Etats; qu'un roi de médiocre ca-
» pacité, par les lumières que cet ange-là lui four-
» nissait continuellement, était plus capable de
» bien gouverner que le meilleur et le plus grand
» ministre; qu'enfin, il devait se souvenir que
» Dieu l'avait mis à la tête d'un Etat, non-seule-
» ment monarchique, mais despotique, et plus des-
» potique qu'aucun autre Etat de la chrétienté... »

Oh ! certes, Louis XIV ne savait pas régner, et
la France a été bien malheureuse de n'avoir pas,
dans le dix-septième siècle, quelques don Manuel
Arias à la cour de son roi.

Si Louis XIV avait bien connu la situation de
l'Espagne sous le triste règne de Charles II, et, à
la mort de ce prince si peu digne d'un pareil trône,
il est douteux qu'il eût accepté pour son petit-fils
un héritage entouré de tant de dangers compensés

par si peu de gloire. Mais il est des choses que l'on
ignore toujours, parce qu'on les croit impossibles ;
et plus un prince sait régner, moins il est disposé
à croire qu'un monarque ait pu descendre au dernier degré d'avilissement. A défaut de vertus, l'orgueil suffirait pour préserver de la bassesse ; et
Louis XIV, qui était passablement orgueilleux,
quoiqu'il le fût beaucoup moins qu'un républicain,
me paraît fort excusable de n'avoir pas soupçonné
l'état déplorable où la monarchie espagnole était
réduite quand il fut appelé à lui donner un roi.

« Quel spectacle pour un prince de dix-sept ans,
qui sortait d'un royaume gouverné par Louis XIV!..
Quel fardeau que l'héritage de Charles-Quint en
1700! Point d'armée ni d'argent, point de justice,
point de police, point de liberté, point de frein. »
Les colonies livrées à des vice-rois ; l'Espagne
soumise à des capitaines-généraux, renouvelés
sans cesse, et jamais recherchés ni contenus ; des
centres d'autorité sous diverses dénominations,
mais divisés entre eux, n'offrant aucune garantie,
présentant l'anarchie dans l'oligarchie même, asso-
ciant, par un contraste bizarre, l'ambition à la
paresse, la cupidité à la dévotion, et la présomption à la nullité. En dépit des tableaux d'armées
publiés avec emphase, l'Espagne, à cette époque,
n'entretenait pas dans son sein six mille hommes
de guerre en bon état ; le roi n'avait pour garde
dans son palais qu'un ramassis des plus bas artisans, que l'on rendait à leurs professions après

leur service temporaire. Les églises, les maisons
des grands, servaient d'asile à tous les scélérats.
Au moindre renchérissement du pain, il n'y avait
plus de sûreté pour les ministres ni pour personne.
Soixante mille hommes dans la capitale faisaient le
métier de sicaires ou d'assassins à gages. Charles II
se tenait caché dans son palais comme dans un lieu
de refuge ; ou s'il osait parfois entreprendre la dangereuse expédition d'une promenade, la canaille
de Madrid, les lavandières du Mançanarès le poursuivaient en l'appelant *Mariccon*, et accablaient
la reine des plus sales injures. Je ne rapporte ici,
en les abrégeant, que la moitié de ces détails aussi
affligeans qu'ils sont incompréhensibles. »

Que l'on juge maintenant de la situation de Philippe V, sortant de l'adolescence, et jeté dans ce
chaos immonde! Qu'a dû penser Louville, quittant la cour de Versailles, exilé dans le sombre
palais de Madrid, et chargé d'affermir l'enfant-roi
sur un trône aussi chancelant? Il se hâte d'écrire
qu'on lui envoie des Français capables de rétablir
l'ordre ; on lui répond par cette phrase dont la sagesse même le désespère : « *Le roi n'aime pas que
les bons sujets le quittent pour l'Espagne, il aurait honte d'en envoyer de mauvais. Il en donnera
donc très-peu.* » Et voilà le monarque, voilà le
despote qu'on accusait de vouloir livrer l'Espagne
à la rapacité des Français!

Louville ne fut point écouté ; aussi faut-il voir
dans quel affreux désordre la princesse des Ursins,

15.

d'Aubigny son amant, et le financier Orry plon-
gèrent la monarchie espagnole. L'argent destiné à
l'habillement des troupes fut détourné pour servir,
disait-on, aux habillemens de la reine. Orry avait
écrit à M. de Puységur que tout était prêt pour
résister à l'attaque du Portugal; Puységur part pour
l'Estramadure, « et tous ces beaux plans, ces
magasins de vivres, ces munitions, annoncés avec
le prix d'achat, ces convois de blé, de paille, de
poudre, de boulets, partis tel jour, arrivés tel jour;
le nom des charretiers, des officiers d'artillerie,
tout était faux. Il n'y avait ni poudre, ni boulets,
ni officiers, ni vivres, ni blé, ni paille, enfin rien. »
En campagne, il y a un quart de terre et de gra-
vier dans le pain des soldats; les blessés ne sont
point pansés faute de charpie, de médicamens et
même d'hôpitaux. A Madrid, on apporte au *Des-
pacho* des fournitures d'habillemens pour les soldats, fournitures acceptées par Orry : on y trouve
des chemises de toile à torchon et des bottes de
carton. Ce dernier trait surtout m'a fait peine ; je
savais que dans les premières guerres de notre révolution, d'habiles spéculateurs avaient fourni des
souliers de carton à nos soldats; l'idée était ingé-
nieuse, des sans-culottes peuvent doucement s'ha-
bituer à marcher sans souliers. Mais quoi! ce n'était
qu'un plagiat ; et dans le siècle des lumières, nous
n'avons pas même inventé les souliers de carton!
Cela est humiliant.

Une anecdote, racontée par la reine d'Espagne,

prouvera que Louis XIV ne se trompait point quand il disait à son petit-fils que la superstition est contraire à la religion. Elle lui est tellement contraire qu'elle peut aller jusqu'à la profanation, et détruire, par le ridicule, ce qui résisterait aux attaques directes de l'impiété. Voici l'anecdote : « La duchesse d'Albe, disait la reine, a un fils qu'elle nomme Nicolas, qui, de même que son cher père et sa chère mère, est perdu de vilaines maladies, et tombe en pièces. Isabelle, sa mère (car elle veut qu'on la nomme ainsi tout court, et son mari, Antoine, à la façon des rois et reines de Castille), Isabelle donc envoya demander des reliques à des moines pour guérir son fils. Aussitôt, comme c'est une grande dame, les moines envoyèrent le doigt d'un certain saint. Isabelle prit ce doigt, le pila bien dans un mortier, le réduisit en poudre, et puis elle en fit deux parts : l'une qu'elle fit prendre à son fils dans un breuvage; l'autre qu'elle lui administra en lavement, afin de porter le remède partout en même temps. Il faut convenir, ajoute la reine, que M. Nicolas est une belle châsse de reliques; et puis, jugez d'Antoine et d'Isabelle ! »

Un autre passage de ces Mémoires n'égaiera pas moins le lecteur; c'est celui où Louville raconte la longue conversation qu'il eut avec le père d'Aubenton, confesseur de Philippe V. Croira-t-on que ce jésuite soit venu consulter le marquis sur la manière dont le jeune roi devait se conduire avec

sa femme dans l'intimité du tête-à-tête ? L'air grave
et sérieux avec lequel le père descend jusqu'à des
détails burlesques, le flegme affecté que prend Louville dans ses réponses, dérideraient le front du
lecteur le plus morose et le plus soucieux.

MÉMOIRES HISTORIQUES

SUR LA RÉVOLUTION D'ESPAGNE ;

Par M. DE PRADT, archevêque de Malines.

CERTAINES brochures publiées depuis la restauration font naître les idées les plus bizarres. Parmi
ces idées, il en est une surtout qui me poursuit
depuis long-temps, et que je demande la permission de présenter ici comme une de ces considérations générales qui servent ordinairement de
préambule à nos articles. La littérature a ses con-
cepts, comme la géométrie : ce qui paraît n'être
qu'un jeu de l'imagination renferme souvent un
sens fort raisonnable ; et tel gros livre que l'on
donne comme le code de la raison, n'est souvent
qu'une rêverie. De quelque nature que soit la singulière idée qui m'occupe en ce moment, je prie
M. l'abbé de Pradt de ne point s'attribuer ce qu'elle
peut avoir de désagréable et peut-être de ridicule :

son ouvrage est le prétexte et non la cause de la petite scène semi-dramatique que je vais mettre sous les yeux du lecteur. Ce ne sera point la première fois qu'un journaliste aura parlé de tout autre chose que du livre qu'il annonce. Si cependant il m'échappait quelques expressions qui fussent applicables à M. l'abbé de Pradt, j'espère qu'on me jugera sur la question intentionnelle, et qu'on m'absoudra du reproche de malignité, comme j'absous M. l'abbé d'avoir écrit fort mal un ouvrage plein d'esprit et d'adresse. Oublions donc M. de Pradt, et revenons à ma rêverie.

Un de ces royalistes incorruptibles qui ne se sont jamais écartés de la ligne droite, et qui n'ont pas attendu le 31 mars 1814 pour professer la doctrine de la légitimité, vivait obscurément dans le recoin d'une province éloignée de la capitale. Il avait résisté par la force d'inertie à toutes les bourrasques de la révolution, et obéi passivement au régime impérial, sans jamais désespérer de revoir en France la dynastie légitime, dans les temps même où il fallait le secours de l'imagination pour se bercer de cet espoir. Croyant enfin la restauration consolidée, et voyant que le 20 mars 1816 n'a pas été funeste, il se décide pour la première fois à faire le voyage de Paris. Dans une des sociétés où il se présente, il voit, au milieu d'un grand cercle, un ex-courtisan de l'ex-empereur qui pérore sur l'éternel sujet de nos entretiens et de nos écrits. Notre provincial ne connaît pas le person-

nage qui captive l'attention de l'assemblée ; mais il
admire la facilité de son élocution, ses réflexions
fines et à double pointe, ses expressions qui étonnent par leur acception inusitée, ses tours vifs et
inattendus, et ses phrases toujours originales malgré leur incorrection et leur entortillage. L'orateur ne dissimule aucun des vices, aucune des
fautes de Buonaparte, qu'il appelle toujours ou
l'empereur ou *Napoléon*. Notre royaliste est enchanté de trouver un homme qui pense aussi bien
qu'il parle. Cependant il est un peu surpris d'entendre le grand personnage raconter les faits de
manière à disculper celui qu'il avait condamné
dans son exorde. Il résultait de la narration, que
Napoléon avait des motifs légitimes de faire un acte
injuste et odieux. Le provincial ne pouvait pas
comprendre ce raisonnement qu'il trouvait absurde : il ignorait qu'une contradiction grossière
n'est pas toujours une maladresse. Il commençait
à concevoir des soupçons sur la bonne foi du par-
leur ; mais il se reprocha sa défiance quand il entendit le courtisan déclarer, en termes clairs et
précis, que « la France faisait des vœux pour l'Es-
» pagne en combattant contre elle ; que la France
» s'est montrée plus *morale* que celui auquel elle
» obéissait, et ne fit éclater que de l'horreur
» contre ce qui s'était passé à Baïonne ; qu'en
» France, comme en Europe, la perte de Napo-
» léon date de là ; que l'édifice de ses grandeurs
», s'écroula, et que sur ses ruines il fut écrit que

» hors de la morale et des droits des peuples, il
» n'y a que des abîmes. » Cette dernière phrase était
si belle et si *morale,* que le royaliste supporta pa-
tiemment de longues tirades dans lesquelles l'orateur s'efforçait de prouver que le gouvernement
espagnol avait été l'agresseur dans cette guerre;
qu'après avoir juré paix et amitié avec Napoléon,
il avait fait une levée de boucliers au moment où
ce dernier était occupé d'une autre guerre; que
Napoléon n'avait connu que sur le champ de bataille d'Iéna la proclamation hostile du prince de
la Paix; que dès ce moment il sentit *la* NÉCESSITÉ
*de s'assurer de l'Espagne en transférant ailleurs
ses souverains;* répondant à toutes les observations
qu'on se permettait de lui faire, *que la perfidie
dont le gouvernement espagnol avait usé à cette
époque, le dispensait de l'obligation de la droiture
à son égard.* Cette partie du discours ne cadrait pas
trop bien avec l'horreur que cette spoliation avait
inspirée à toute l'Europe, et avec *les abîmes qui
se trouvent hors de la morale et des droits des
peuples;* mais le royaliste ne voulut voir dans cette
contradiction qu'une affectation d'impartialité, ou
peut-être même le procédé d'un hommage généreux
qui cherche à excuser celui qu'il condamne. Cette
opinion lui parut plus vraisemblable encore, lorsqu'après avoir parlé du traité de Fontainebleau, le
courtisan ajouta : « Ce serait peu que d'avoir ana-
» lysé cet acte sous les rapports politiques, il faut
» encore, *au nom de la morale,* le flétrir comme

» le plus honteux qui ait souillé les annales diplo-
» matiques, en renfermant à la fois la garantie
» de toutes les propriétés du roi d'Espagne en Eu-
» rope, et les dispositions préparatoires pour l'en
» dépouiller. Ici c'était la garantie même qui ca-
» chait la spoliation méditée, et qui lui servait de
voile. » A la vérité, l'orateur prétendait que ce *fatal
traité était l'ouvrage du prince de la Paix*, ce qui
semblait vouloir excuser Napoléon; mais il dit de
si belles choses sur la morale, qu'il était impossible
de douter de la pureté de ses intentions et de son
attachement à la bonne cause.

Dans le long et beau discours du grand personnage, une particularité surtout avait étonné le gentilhomme de province, et lui paraissait inexplicable.
Chaque fois que le courtisan parlait de Napoléon,
lors même qu'il le condamnait comme spoliateur,
comme violateur des droits des peuples, et qu'il
le flétrissait *au nom de la morale*, il ne manquait
pas d'ajouter : Il m'a parlé....., il m'a répété...., il
m'a dit souvent..., il m'a donné telle mission..., je
lui ai fait observer..., il m'a fait dire de l'attendre
dans telle ville, il m'a fait partir pour tel endroit..,
et il semblait craindre qu'on n'oubliât les rapports
intimes qu'il avait eus avec le corrupteur de la morale. Cette affectation jetait notre royaliste dans une
étrange perplexité; il se disait tout bas : Un honnête
homme, agent et confident de l'usurpateur! un honnête homme fourré dans ces vilaines affaires! Dans
l'impossibilité d'expliquer ce phénomène, il attend

avec impatience que la conversation cesse d'être générale; puis il s'approche de l'ex-courtisan, et lui dit : « Ah! monsieur, que je vous plains! Vous, le conseiller d'un tyran! Vous, le confident de Buonaparte! Et vous avez la courageuse franchise d'en convenir! Mais, brave homme, comme vous l'êtes certainement, vous avez bien dû lui dire son fait. Il me semble voir un autre Burrhus à la cour d'un autre Néron. Combien de fois votre vertu sévère a dû le faire rougir! Mais veuillez m'expliquer une difficulté qui m'embarrasse. Vous nous avez dit que, quand le projet de Buonaparte fut connu à Baïonne, vous promîtes de vous retirer de la cour, si cette infamie se consommait. Cependant, il ne s'agissait encore que de voler l'Espagne européenne; et quand l'usurpateur vous dit qu'il voulait aussi avoir sa part du Pérou et du Mexique, vous cessâtes de vous occuper de cette affaire, et vous restâtes à la cour. Ah! sans doute, vous y avez été forcé, et le tyran qui faisait garder le prince des Asturies vous avait mis aussi sous la surveillance de ses satellites, dans la crainte que vous n'échappassiez à sa faveur. Mais je n'en reviens pas: comment, dans l'origine, vous êtes-vous trouvé parmi ses favoris, vous, plein de religion, d'honneur, de probité, vous qui parlez toujours au nom de la morale? Ah! je devine : l'ingénieux despote, connaissant votre mérite, vous a fait chercher dans l'humble retraite où vous vous dérobiez à de honteux honneurs; il vous a fait traîner à son palais;

il vous a condamné à recevoir de l'or et des titres ;
voilà sans doute pourquoi vous lui avez parlé si souvent, vous avez eu part à ses confidences, et vous
avez été forcé d'accepter de vilaines missions. Mais
vit-on jamais une tyrannie plus exécrable! Car
c'est peu de tuer des hommes, de ruiner des provinces, de bouleverser des Empires; mais faire
chercher des hommes vertueux, les accabler de ses
largesses pour les flétrir dans l'opinion publique,
les faire servir d'instrumens à de noires machina-
tions! voilà une ruse d'enfer, une tyrannie diabo-
lique. Ah! monsieur, que je vous plains, et combien je vous rends justice! Oui, si par impossible,
et pour le malheur de l'Europe, ce monstre
reprenait jamais sa puissance, je suis sûr que
vous fuiriez au bout du monde plutôt que de
vous approcher de lui; je suis sûr que vous ai-
meriez mieux vivre dans l'indigence que de faire
fortune une seconde fois. Excusez la liberté que
j'ai prise de vous exposer mes sentimens; mais je
n'ai pu résister au désir de vous témoigner mon
admiration et mon estime. » Ici, notre gentilhomme s'éloigne, et l'ex-courtisan, un peu embarrassé, ne sait s'il doit prendre ces complimens
pour de la niaiserie ou pour du sarcasme.

Mais j'ai honte d'entretenir mes lecteurs d'une
vision qui n'a trait à rien, et d'avoir négligé M. de
Pradt, qui n'a rien de commun avec mon royaliste. La faute est faite, revenons à ses Mémoires
historiques.

Il n'est pas aisé de parler d'un auteur qui a l'honneur d'être archevêque, ou d'un archevêque qui a la manie d'être auteur. Gil-Blas nous apprend qu'aucune précaution oratoire, aucune périphrase emmiellée ne peuvent adoucir l'amertume de la critique ; et le prélat français, malgré ses idées libérales, ne me paraît pas plus traitable à cet égard que l'archevêque espagnol. Prenons donc notre parti courageusement ; et puisqu'il faut s'exposer au courroux de l'ex-ambassadeur, épargnons au lecteur les circonlocutions ennuyeuses et les formules d'une politesse toujours fort inutile envers un homme qui ne veut que des éloges. Observons d'ailleurs que le nom et le titre de l'auteur ne se trouvent qu'en parenthèses au frontispice du livre. Par cette précaution, que je nomme une pudeur louable, le libraire semble avouer que la dignité d'archevêque est un peu déplacée à la tête de ces Mémoires. Cette observation me rend toute ma liberté ; et je ne vois plus dans M. de Pradt qu'un homme d'esprit qui fait des livres et qui les vend.

S'il est impossible de louer et d'approuver le style de M. de Pradt, on ne peut au moins s'empêcher d'admirer sa prodigieuse adresse. En écrivant ces *Mémoires*, il s'est préparé à tout événement, et s'est réservé les moyens de répondre à toute objection : de quelque parti que vous soyez, il vous prouvera qu'il a pensé comme vous, et qu'il a écrit dans votre sens. Les contradictions que les autres auteurs laissent échapper par faute d'attention ou défaut de raisonnement, sont, dans l'ouvrage de M. de Pradt, le fruit de la prudence, de la réflexion et de l'habileté; il se tire de toutes les difficultés avec la souplesse d'un courtisan et la finesse d'un diplomate. Supposons, par exemple, qu'un royaliste lui reproche d'avoir fait l'apologie de Buonaparte : Y pensez-vous? répondra l'auteur. Dès ma préface, je rends justice à l'*héroïque courage* de la nation espagnole, je peins l'*horreur* qu'a inspirée à toute l'Europe la conduite de Napoléon : à la page 27, je le flétris *au nom de la morale;* je parle d'un traité que je nomme *le plus honteux* qui ait souillé les annales diplomatiques; à la page 33, je dis que le prince des Asturies repoussa la proposition de Napoléon, *comme elle méritait de l'être.* Si cette phrase n'est pas française, au moins elle est honnête. J'oublie qu'à la page 20, j'ai nommé *noire perfidie* la manière dont l'empereur exécuta son projet; voyez, à la page 59, le ridicule discours que je lui fais adresser à la députation de Portugal; la note de la page 75 le présente comme étant à la fois souverainement indiscret et profondément dissimulé; voyez, aux pages 88 et suivantes, comme je le montre serrant affectueusement et embrassant à plusieurs reprises le malheureux prince qu'il voulait dépouiller et emprisonner; à la page 102, je le fais voir livré *aux plus violentes agitations,* et, qui le croirait? *aux remords,* et je m'écrie : MORALE, TU NE MOURRAS PAS! à la page 125, je reconnais que l'Europe a justement *ramassé sur la tête de Napoléon un poids immense d'indignation et de haine :* ailleurs, j'appelle *escamotage* l'expédition de Baïonne ; partout, enfin, je signale l'injustice ; les caprices, l'inconstance, la dureté de Napoléon, et nulle part je ne dissimule son odieux despotisme. Tout cela est fort bon, répondra le royaliste : dans ce moment, et en France, vous n'osiez écrire autrement ; mais pourquoi, après l'infamie de Baïonne, montrez-vous votre empereur parcourant une grande partie de la France comme un prince adoré, aux acclamations d'un peuple immense qui se croit heureux d'avoir vu le grand homme ? M. de Pradt a une réponse toute prête à cette question embarrassante ; il dira : Je n'ai pu empêcher qu'une populace aveugle ne fît des folies, et j'ai pu écrire ce que j'avais vu ; mais voulez-vous savoir ce que je pense ? relisez la page 214 ; vous y verrez que les étrangers qui s'humiliaient à la cour de Napoléon, cherchaient moins à lui rendre hommage qu'à s'assurer si ses pieds ne portaient pas à faux, ou ne reposaient pas sur quelque abîme ; j'ajoute : *Il en était d'eux comme des Français eux-mêmes ; car, à chaque nouvelle entreprise, c'était à qui chercherait le côté par lequel il périrait ;* enfin, je dis plus bas : *chose étrange, mais vraie ! on a pendant quatorze ans délibéré publiquement sur sa fin.* Les sots croiront voir de la contradiction entre le peuple ivre de joie, semant des fleurs sur le passage de Napoléon, et le même peuple cherchant le côté par lequel il périrait, délibérant pendant quatorze ans et publiquement sur sa perte; mais il est évident que là j'ai montré l'aveuglement des fous, et que j'expose ici le désir de l'opinion des hommes sages.

Je sens très-bien que M. de Pradt s'exprimerait avec beaucoup plus d'esprit que je ne l'ai fait en lui prêtant ce discours; mais c'en est assez pour prouver qu'il s'était préparé des moyens de justification. Son adresse éclatera bien mieux encore si nous le mettons aux prises avec l'un de ses anciens confrères en diplomatie, et si nous le forçons à répondre à des reproches d'un genre tout opposé. Supposons donc que ce confrère vienne lui dire : N'avez-vous pas eu honte de publier ces Mémoires? Est-ce à vous à rappeler au public les turpitudes de Baïonne? Est-ce à vous à parler de perfidie, vous qui avez été l'un des acteurs de ce drame déplorable? vous qui, loin de quitter la cour comme vous l'aviez promis, êtes parti pour l'Espagne, où vous avez coopéré de tout votre pouvoir à l'œuvre d'iniquité! Quoi! dans le moment où tant de haine éclate contre Napoléon, dans le moment où les poètes qui le flagornaient en vers lui disent en prose les plus grossières injures, vous vous unissez à nos ennemis, et vous sacrifiez la reconnaissance que vous devez à l'empereur à la vanité d'apprendre à l'Europe que vous étiez fourré dans toutes les intrigues, ou peut-être au désir de troquer votre honneur contre l'argent d'un libraire; vous qui avez été le plus humble des courtisans, le plus infatigable flatteur de Napoléon! vous qui avez épuisé envers lui toutes les formules de l'adulation! vous enfin qui vous vantiez si ridiculement d'être *l'aumônier du dieu Mars!*

Avec quelle facilité M. de Pradt ne repousserait-il pas ces injustes reproches! Lui ingrat! lui détracteur du grand homme! Ah! peut-on le penser? Son livre à la main, il va confondre le censeur importun. Il me semble l'entendre : Avez-vous lu ma préface? J'y dis qu'il est rare d'avoir des yeux qui voient juste, et des oreilles qui entendent distinctement. Seriez-vous de ces gens-là? N'ai-je pas assez disculpé Napoléon sur l'expédition d'Espagne? N'ai-je pas montré le gouvernement espagnol comme injuste agresseur? N'ai-je pas fait intervenir M. Escoquiz comme avouant l'agression? N'ai-je pas dit qu'avant cette levée de boucliers de la part de l'Espagne, Napoléon n'avait jamais songé à s'emparer de ce pays? Et cette grande puissance qui ne s'est point opposée à la spoliation, et cet ambassadeur d'un grand souverain qui n'a point réclamé, et cette entrevue dans une ville de Saxe, et ces pièces diplomatiques que j'ai soin de rapporter, et tous les raisonnemens que j'entasse, ne prouvent-ils pas assez la pureté de mes intentions? J'ai parlé d'un traité honteux et perfide, mais j'ai dit qu'il était l'ouvrage du prince de la Paix; j'ai avoué que l'Europe avait *ramassé* sur la tête de Napoléon un poids immense d'indignation et de haine, mais j'ai ajouté qu'il fallait les verser sur le prince de la Paix, qui est *l'auteur véritable de cette tragédie.* Vous me reprochez quelques expressions que vous nommez des injures ; mais il fallait bien donner un os à ronger à nos ennemis, il fallait bien leur faire acheter mon livre. Observez d'ailleurs que ces prétendues injures adressées à Napoléon ne rempliraient pas deux pages, tandis que tout le reste de la brochure contient son apologie. Dans cette tirade même, où je montre les Français délibérant publiquement sur sa perte, n'ai-je pas dit : *Chose étrange!* Sentez-vous bien le prix de cette exclamation ? Chose étrange que l'on désire la perte d'un tel homme! Et, quand même je n'aurais pas eu l'adresse de glisser ces deux petits mots dans un paragraphe dont on sera dupe, combien cette impression passagère ne serait-elle pas effacée par le magnifique tableau que je présente du voyage de l'empereur? Relisez mes pages 156, 157 et 158, vous y verrez Napoléon revenant de Baïonne, et entrant comme un triomphateur à Pau, à Tarbes, à Toulouse, à Montauban, dans la Vendée et à Nantes. Je dis que « jamais les » réceptions auxquelles ses voyages donnaient lieu » n'eurent plus de pompe ni d'éclat; que les rues » des villes furent changées en forêts d'arbustes, » en parterres, et les maisons liées ensemble par » des guirlandes; que Nantes surpassa tout; que

» la population de cette ville fut quadruplée; que
» tout était en mouvement, en habits de fêtes; et
» que la place sur laquelle le palais était situé ne
» désemplissait par un moment, soit le jour, soit
» la nuit; » et j'ai grand soin de faire observer que
l'influence des préfets n'eut aucune part à l'enthousiasme public : *leur pouvoir ne va pas jusque-
là*. Vous sentez bien, d'après cela, que je me moque
de mes lecteurs quand je dis qu'on délibérait en
France, depuis quatorze ans, sur la perte de Napoléon, et qu'on cherchait l'endroit par où il
périrait. Cessez donc de me supposer des intentions ridicules; ayez des yeux qui sachent voir, des
oreilles qui entendent, et apprenez que l'archevêque de Malines n'écrit jamais rien qu'il ne puisse
justifier.

Si ce discours, composé en grande partie des
phrases de M. de Pradt, ne le disculpe pas entièrement aux yeux des lecteurs sévères, voici une
petite contradiction pleine d'esprit et de finesse
qui complétera sa justification. On a vu que dans
quelques phrases il a traité le *dieu Mars* avec un
peu d'irrévérence, les mots *flétrir, honte, perfidie*, lui sont échappés; mais voici le baume qu'il
verse sur ces légères blessures. La page 222 est
employée à tracer le portrait moral de Napoléon.
Il résulte de ce beau paragraphe que le seul défaut
de Buonaparte est une mobilité d'esprit et une
grande disposition au changement; voyant toujours de nouveaux rapports dans les affaires; et

16.

enfantant sans cesse de nouvelles idées (ici je copie littéralement), « il changeait tant qu'il y trou-
» vait plaisir et avantage, et faisait, pour satisfaire
» son penchant à la mobilité, ce qui portait avec
» soi *l'apparence* de l'ambition ou du défaut de
» sincérité. Dans plusieurs cas on l'a cru perfide,
» il n'était que changeant. » Ainsi l'affaire de
Baïonne n'est plus qu'un *changement*, et cette
explication me paraît si heureuse, que je veux
l'employer à disculper M. de Pradt lui-même.
Lorsque ce prélat, habitué au faste de la cour et
aux douceurs de l'opulence, se contenta, dans
son ambassade à Varsovie, d'un chétif apparte-
ment où il manquait de tout, mais qui ne lui
coûtait rien, on l'a cru avare, il n'était que changeant; lorsqu'il déclame contre les journalistes,
après avoir lui-même fait mettre dans les journaux
tant d'articles dont il était si fier, on le croit peu
sincère, il n'est encore que changeant; lorsqu'enfin il révèle les secrets de son ancien maître, et lui
dit quelques bonnes injures, après en avoir fait
un dieu, on le croit ingrat, et il n'est que changeant.

Les écrivains qui affectent un grand amour pour
les idées *libérales* croient avoir assez fait pour la
réputation d'un livre quand ils y ont glissé, à tort
et à travers, quelques mots magiques; tels que *libéral, progrès de l'esprit humain, lumières du
siècle*, etc.... Ces expressions, qu'ils ne comprent-
nent pas toujours bien, lors même qu'ils les pro-

diguent, sont à leurs yeux un talisman qui doit *paralyser* la critique et capter la bienveillance des lecteurs. Sous ce dernier rapport, ils ne se trompent point ; car, *infinitus est stultorum numerus;* et d'ailleurs, nous savons que les termes sur lesquels on s'entend le moins, sont précisément ceux que l'on emploie le plus souvent dans le discours : voilà pourquoi tout le monde parle du *bonheur*, de la *liberté*, du *génie*, etc........ quoique personne n'ait encore su dire exactement ce que c'est que le bonheur, le génie et la liberté ; voilà aussi pourquoi le nom de *liberté* était dans tous les écrits et sur toutes les murailles, dans le temps où l'on avait mis la moitié de la nation en prison, et l'autre moitié en faction à la porte ; voilà encore pourquoi ceux qui regrettent un despotisme dont ils partageaient les profits, nous vantent beaucoup aujourd'hui les *idées libérales;* et voilà, enfin, pourquoi celui qui rampait devant l'aigle impériale, et se disait *aumônier du dieu Mars,* se relève aujourd'hui avec une fierté fort plaisante, et proclame les droits des peuples, l'excellence du régime constitutionnel et les bienfaits de la révolution. Bonnes gens, qui êtes dupes du *libéralisme* de ces messieurs, examinez leur vie et voyez ce qu'ils ont été ; vous reconnaîtrez parmi eux, je l'avoue, quelques enthousiastes de bonne foi, mais le plus grand nombre, mais la foule des *libéraux* se compose des plus vils et des plus bas flatteurs de tous les gouvernemens, de toutes les tyrannies ;

vous y verrez ces prétendus philosophes qui ont
écrit sur les droits de l'homme, sur la monarchie
constitutionnelle, sur le *sans-culottisme*, sur les
bienfaits de la *terreur* et du *maximum*, sur le
bonheur de l'athéisme, sur la nécessité d'un *Être-
Suprême*, sur le grand empereur, le grand Empire,
le grand système continental, et reviennent aujourd'hui aux droits des peuples et aux idées libérales, depuis que l'arbre impérial est séché et ne
donne plus de fruits ; vous y verrez aussi ces fiers
républicains qui ont porté la *blouse* et les sabots
pour flatter le jacobinisme, qui se sont couverts de
soie pour plaire à Buonaparte, qui ont crié : Pé-
rissent les rois ! vive l'empereur et roi ! qui ont
flatté, encensé, flagorné l'ex-empereur, et lui disent aujourd'hui des injures parce qu'il n'alimente
plus la fabrique à louanges. En revanche, ces messieurs écrivent des choses admirables contre le
despotisme et sur les constitutions des Empires ; et
ils croient que nous avons perdu la mémoire ; et
ils pensent que nous ne les reconnaissons pas ;
et ils nous traitent de vils esclaves, parce que nous
nous moquons de leur libéralisme, comme nous
détestions la liberté de 1793. Eh ! quel est l'homme
qui n'aime pas la véritable liberté ? Quel est le fou
qui voudrait vivre sous un gouvernement qui pourrait le dépouiller, l'emprisonner, le faire périr sans
forme de procès ? RÈGLE GÉNÉRALE : les hommes
aiment passionnément la liberté quand ils obéissent ; ils l'aiment beaucoup moins quand ils com-

mandent. Lorsque M. de Pradt donnait des ordres,
en sous-ordre, il ne parlait ni des droits des nations, ni des constitutions libérales ; il les vante aujourd'hui qu'il est rentré dans la foule obéissante ;
et moi, à mon tour, je rentre dans mon sujet.

L'auteur de ces Mémoires ne manquera pas de
dire que j'attaque son livre parce qu'il y fait souvent l'apologie de Napoléon : il se trompera. Je lui
en veux beaucoup plus d'avoir décrié Buonaparte
que d'avoir cherché à le justifier. Était-ce bien à
lui à dénigrer son empereur, son idole, son dieu ?
Quel scandale! un homme de ce caractère nous révéler des perfidies, des intrigues honteuses, des esca-
motages, et dire (peut-être avec orgueil): J'y étais;
c'est moi qui ai parlé à celui-ci, qui ai eu une con-
férence avec celui-là; Napoléon m'a dit, m'a fait appeler, m'a fait aller.....; et ajouter ensuite qu'on n'a
pas quitté le maître qui faisait de pareilles confidences, qui exigeait le sacrifice de tout honneur, de
toute pudeur, de toute probité! Et maintenant on le
juge, on le condamne, celui qui ne peut plus donner
150,000 livres de traitement à un ambassadeur ;
on lui reproche une noire perfidie, on le nomme
grand maître dans l'art de despotiser. Ceux qui
n'ont jamais encensé Buonaparte ont seuls le droit
de l'accuser aujourd'hui ; et parmi ceux-là il en
est plusieurs qui par générosité gardent le silence ;
mais qu'un de ses courtisans, de ses agens, de ses
flatteurs, ose parler de ses perfidies quand il les a
colorées, approuvées et peut-être inspirées, voilà

ce qui est révoltant; car enfin M. de Pradt ne me
persuadera pas qu'il s'est présenté devant Buonaparte comme saint Ambroise devant Théodose,
et qu'à l'exemple de l'évêque de Milan, il a imposé à Napoléon une pénitence publique. Puisqu'il est resté à la cour après la *noire perfidie* de
Baïonne, il l'a donc approuvée par son silence
tout au moins, et par ses humbles services. Et aujourd'hui il trahit son maître, il révèle ses secrets,
il le juge! que sais-je? il le calomnie peut-être. En
vérité, Buonaparte me fait peine, et si j'étais condamné à écrire l'apologie de l'un de ces deux
hommes, ce ne serait certainement pas celle de
l'aumônier.

Mais laissons les anciennes flatteries et l'ingratitude récente de l'ex-courtisan, et occupons-nous
de ses raisonnemens politiques. En vertu des idées
libérales, M. de Pradt prend la défense des réfugiés
espagnols qui sont restés fidèles au *roi Joseph*, et il
plaide leur cause de manière à la leur faire perdre
infailliblement. A Dieu ne plaise que je veuille
aggraver l'infortune de ces hommes qui ont cédé
à un sentiment plus généreux que réfléchi! La
nation espagnole a montré trop d'héroïsme pour
que les réfugiés même n'inspirent pas de l'intérêt;
ils trouveront sans doute leur excuse dans le malheur des temps, dans l'affreuse anarchie qui a
désolé leur patrie, et dans la clémence du prince
légitime; mais ce n'est point à la logique de M. de
Pradt qu'ils devront leur justification, et il m'est

venu plus d'une fois dans l'idée qu'il ne pensait guère aux Espagnols, lors même qu'il semblait s'apitoyer sur leur sort. Il commence par citer quelques vers des tragédies de Corneille, et il s'en fait une autorité, comme si les poètes prêtaient toujours leurs propres sentimens aux personnages qu'ils font parler. Il n'est rien qu'on ne trouve dans Corneille, puisqu'il a mis en scène tous les caractères, tous les vices et toutes les vertus. On admire même dans ses tragédies des scènes que l'on peut nommer des controverses dramatiques, où le pour et le contre sont soutenus avec une égale force, et M. de Pradt, qui aime tant les contradictions, y pourra prendre, selon le besoin, l'opinion qui lui conviendra. Mais venons à l'argument principal : « *La famille royale,* dit notre auteur, *a fait tous les actes d'abdication et de renonciation..... elle a délié les sujets..... elle les a invités à reconnaître le nouveau roi* (Joseph); *les anciens souverains étaient absens; ils n'ont jamais réclamé.* » M. de Pradt conclut que par cette *renonciation* les sujets ont été déliés du serment de fidélité, qu'ils ont pu se choisir un autre maître, et lui rester fidèles, soit dans la prospérité, soit dans l'infortune. Pour faire crouler ce raisonnement, je n'irai point chercher ce que Corneille fait dire à Pompée ou à Sertorius, mais j'invoquerai une autorité que M. de Pradt trouvera plus respectable encore, car c'est M. de Pradt lui-même : voyons donc comment il présente la *nonciation* de Ferdinand VII, et apprécions sa valeur. Quand l'auteur a écrit cette partie de ses Mémoires, il ne songeait pas encore aux réfugiés espagnols, et il n'a rien déguisé.

Soixante-douze pages sont employées à expliquer les intrigues de Baïonne. On y trouve que Ferdinand reçut la *garantie* d'être reconnu roi d'Espagne, s'il allait trouver Napoléon, et l'assurance qu'il le rencontrerait à Burgos. L'espoir du prince ayant été trompé sur le dernier point, il *poussa* jusqu'à Vittoria. N'étant pas plus heureux dans cette ville, il se décide à entrer en France, malgré la défiance trop légitime qu'on cherchait à lui inspirer. A Baïonne, Buonaparte *accourt à cheval dans la maison que le prince occupait* (tout ce que je souligne est littéralement copié); il embrasse Ferdinand plusieurs fois, le fait dîner avec lui. *Après le dîner, Buonaparte reconduisit le prince jusqu'à sa voiture. Cette circonstance est digne de remarque; car cette attention ou affectation à lui rendre un honneur qui n'avait lieu qu'à l'égard des têtes couronnées, impliquait une reconnaissance du titre de roi. Il n'éleva aucune réclamation contre ce titre, qui était donné au prince par tous les Espagnols... A peine le prince était rentré chez lui, que le général Savary vint lui faire part des intentions de Napoléon sur la cession du trône d'Espagne.* Le prince refuse constamment, et M. de Pradt peint avec des couleurs très-vives la colère, les angoisses et le désespoir de Napoléon, qui voyait toutes ses espérances frustrées par la résistance de Ferdinand. Dès-lors *la surveillance acquit une nouvelle et désolante activité : c'était* UNE CAPTIVITÉ DÉCLARÉE. Le temps s'écoulait, la négociation n'avançait pas, et Napoléon n'obtenait rien. Il était clair, dit M. de Pradt, *qu'il deviendrait* FÉROCE *par embarras. Un jour j'entendis des paroles sinistres. Les mots de* CHATEAU-FORT *avaient échappé.* Dans les pages suivantes, on lit que *les instances ou plutôt les persécutions continuèrent près du prince des Asturies, pour lui arracher une rétrocession définitive.* Plus loin, *on revient à de nouvelles violences;* et enfin même, page 137, on trouve cette phrase épouvantable : « *Il faut que sa résistance ait été bien vive, pour que Napoléon ait* DU *lui dire : Prince, il faut opter entre la cession ou la mort.* » *Ait dû lui dire* est charmant.

Maintenant, je le demande à tout lecteur de bonne foi : Comment M. l'archevêque de Malines peut-il nous présenter comme légitime et obligatoire une cession faite après les persécutions, les perfidies, les violences et les menaces qu'il nous révèle? Quoi! après ces mots : *il faut opter entre la cession ou la mort,* cette cession a réellement délié les sujets du serment de fidélité! et M. de Pradt ajoute avec cette ingénuité diplomatique : *Le prince n'a pas réclamé.* Réclamer à Valançay! Eh! Monseigneur, est-ce vous qui vous seriez chargé de publier sa réclamation? Et l'on insulte au lecteur au point de lui offrir de pareils raisonnemens, puis on fait de belles déclamations contre le despotisme!

M. de Cevallos, en parlant de l'abandon fait de la couronne d'Espagne en faveur de Napoléon par le roi Charles IV, traite cette intrigue de complot et de conspiration; mais M. de Pradt, qui s'exprime toujours si décemment, fait naïvement observer qu'il n'y avait là ni comploteurs ni conspirateurs, *mais seulement des imbéciles conduits et dupés par des fripons.* Notez qu'avant de faire ce noble aveu, M. de Pradt avait dit : Napoléon *m'envoyait chercher plusieurs fois par jour, et m'adressait à M. Escoquiz.* Oh! certes, M. Escoquiz n'était pas du nombre des fripons.

Après avoir jugé en dernier ressort le grand procès qui s'est élevé entre Ferdinand VII et les réfugiés espagnols, M. de Pradt descend de son tribunal, reprend ses habits pontificaux, et dit : « Il est sorti de cette proscription une instructive leçon; elle a réalisé l'anathème prononcé par le ciel même contre quiconque proscrit. Il y a une malédiction attachée, et celle-ci est bien morale et bien juste, à cette fureur de proscrire. » Ce début est suivi d'une énumération des proscripteurs qui ont été proscrits à leur tour. Ceux qui ne réfléchissent point sur ce qu'ils lisent, ne verront que de la raison et de la justice dans ce paragraphe ; mais je les prie de demander à l'auteur ce qu'il entend par *proscrire.* Comme il ne donne jamais un sens récis à ses expressions, on peut y voir ce que l'on veut, et c'est ce qu'il désire. Si un révolutionnaire m'a fait proscrire pour me dépouiller, et si ensuite j'invoque la justice et les lois pour en obtenir une juste vengeance, faudra-t-il aussi me considérer comme un proscripteur? Si ceux qui ont proscrit en 1793 avaient tous été proscrits à leur tour, les premiers et les seconds proscripteurs devraient-ils être maudits également? Nous traiterons cette question plus amplement quand M. de Pradt voudra bien s'expliquer; mais ici je me contenterai de lui faire observer qu'en écrivant ce dithyrambe en prose, il a complètement oublié son caractère. Un archevêque ne doit jamais parler de malédiction; il peut seulement excommunier.

A cette véhémente imprécation succède une prophétie consolante : *L'Europe entière va devenir constitutionnelle; les temps des grands attentats contre les nations est passé; les peuples sont en présence; il n'y a plus de secret entre eux; ils se voient, s'entendent, se répondent..... Les attaques subites, les irruptions de la force et de la mauvaise foi disparaîtront. Le mouvement est donné; il entraînera tout. Les oppositions, les dilatations n'auront d'autre effet que de gonfler le torrent, et de le faire retomber avec un nouveau poids.... C'est à l'Assemblée constituante que l'Europe a l'obligation de sa nouvelle existence...,* et devra sans doute son bonheur futur; les hommes seront tous justes, sages, désintéressés, et l'âge

d'or renaîtra. Ces dernières lignes sont une conséquence implicite des premières, quoiqu'elles ne
soient point textuellement exprimées. Tout cela
est fort beau, mais M. l'archevêque a oublié l'*ainsi
soit-il*; et cette formalité était de rigueur pour l'accomplissement de la prophétie. D'ailleurs, si un
régime constitutionnel quelconque doit assurer la
liberté de tous les peuples, pourquoi trois constitutions consécutives n'ont-elles pas empêché
Buonaparte d'établir le pouvoir le plus absolu?
M. de Pradt répondra que ce fut un *moment d'absence de la civilisation*. Mais qui lui répond qu'elle
ne sera pas *absente* de nouveau, qu'elle ne som-
meillera pas quelquefois? Qui nous répond que
nos petits-enfans ne seront pas *pejores avis et da-
turos progeniem vitiosiorem?* Quoi! c'est à la révolution que nous devrons un bonheur dont on jouira
quelques centaines d'années après notre mort!
Quelle générosité! souffrir des maux inouïs pendant vingt-cinq ou trente ans, pour donner la liberté à une génération que nous ne verrons pas,
et qui se moquera peut-être de nous! Et c'est un
courtisan de Buonaparte, c'est un acteur de la
comédie de Baïonne qui fait des vœux si ardens
pour la liberté publique! et il y a encore des gens
qui ne croient pas aux miracles!

Les Anglais, dira-t-on, souffrirent de plus longues infortunes pour arriver à cette constitution
dont ils sont si fiers. Je l'avoue; mais interrogez
un Anglais raisonnable, et dites-lui : S'il fallait re-

tourner au règne de Henri VIII, changer de religion avec ce prince, en changer de nouveau avec
la reine Marie, en changer encore avec Élisa-
beth, devenir théologien avec Jacques Ier, souffrir
toutes les horreurs de la guerre civile sous Charles Ier, le conduire à l'échafaud, vous courber sous
le joug du *protecteur*, rappeler Charles II pour
vous en plaindre, chasser Jacques II, renouveler
les proscriptions, et appeler un étranger que vous
avez chicané tant que vous avez pu; et qui a fini
par vous déplaire, voudriez-vous acheter votre
constitution à ce prix, et commenceriez-vous en
1530 une série de malheurs qui devraient à peine
finir en 1688? Si cet Anglais n'est pas un fou, il
répondra : Non. Moi, qui ne suis pas Anglais,
je fais des vœux ardens pour le bonheur de nos
petits-neveux; mais Dieu les garde des constitutions de l'archevêque!

DES COLONIES

ET DE LA RÉVOLUTION ACTUELLE DE L'AMÉRIQUE;

Par M. DE PRADT, ancien archevêque de Malines; avec cette épigraphe :

Magnus ab integro sæclorum nascitur ordo.

CE livre aura plus d'un genre de célébrité : le
sujet en est très-important; la discussion sur les
colonies est à l'ordre du jour; les diverses répu-

tations de l'auteur stimulent la curiosité par différens motifs, et soutiennent l'attention un peu
fatiguée par les fréquentes redites et les longs raisonnemens du publiciste. A ces trois causes de
succès, il faut en ajouter une quatrième plus puissante encore, le mérite de l'ouvrage. Quoiqu'il
fourmille d'erreurs plus ou moins grossières,
quoiqu'il reproduise dans presque tous les chapitres les mêmes faits, les mêmes raisonnemens, et
presque les mêmes tournures ; quoiqu'il offre des
contradictions et des exagérations trop palpables,
quoique le style, presque toujours incohérent et
dur, redondant et négligé, annonce la précipita-
tion ou plutôt la crainte de ne pas recueillir assez
tôt les hommages du public, quoique les périodes
y soient encombrées de *qui* et de *que* relatifs, et
de membres de phrases mal enchevêtrées, quoique
l'auteur aille chercher les expressions les plus étranges, telles que l'*omnipotence* et l'*omniprésence*
de l'Angleterre, l'*indéfectibilité* de l'indépendance,
l'*insanité* du seizième siècle, les *immunités* des
Espagnols, et tant d'autres non moins bizarres et
non moins inutiles, il serait injuste de ne pas y reconnaître des vues profondes et tout-à-fait neuves
pour la plus grande partie des lecteurs, des aper-
çus très-fins et souvent très-justes, des raisons
très-fortes, très-bien présentées et souvent concluantes, des idées hardies, singulières et souvent
lumineuses, une originalité piquante, une chaleur
et un enthousiasme qui font souvent illusion sur

les erreurs, et un esprit répandu à foison sur les fautes mêmes.

Toutefois, parvenu au tiers du second volume de cet ouvrage, il m'était encore impossible de deviner l'intention de l'auteur, et d'entrevoir le but qu'il s'était proposé. Je lisais cependant avec un soin et une attention commandés par la célébrité de M. de Pradt, et, je l'avoue, par la défiance que d'anciennes maximes et la préface de ce dernier livre m'avaient justement inspirée. Mais tout cela ne détruisait pas le mérite de plusieurs chapitres remarquables, et j'étais disposé à excuser bien d'autres défauts encore, si l'ouvrage était éminemment utile. Trois chapitres surtout m'avaient fait concevoir cette espérance : dans l'un, M. de Pradt s'élève, avec autant de force que de raison, contre les priviléges exclusifs accordés à des compagnies de commerce pour exploiter les colonies, système qui a été malheureusement suivi pendant plusieurs siècles avec une constance, une obstination, que les plus grands désastres ne pouvaient ébranler. L'auteur démontre parfaitement, et par des faits irrécusables, que le système a été funeste aux métropoles, aux colonies et aux compagnies même que l'exclusif semblait devoir enrichir. Les inconcevables succès de la Compagnie des Indes anglaises ne prouvent rien contre l'opinion de M. de Pradt, et, dans le cours de l'ouvrage, il fait sentir à quoi tient cette exception à la règle générale.

Il n'y a peut-être pas moins de raison et de sagesse dans le chapitre où il blâme le commerce exclusif entre les métropoles et les colonies, et l'obligation imposée à ces dernières de ne s'approvisionner que dans les ports de la métropole, et de ne recevoir dans leurs propres ports que les vaisseaux de la mère-patrie. Cependant ici les raisonnemens ne sont pas aussi clairs, et ils donnent lieu à une objection que l'auteur semble n'avoir pas prévue. Il dit partout, et répète sans cesse dans son ouvrage, que toute colonie tend et doit tendre naturellement à l'indépendance ; il trouve fort ridicule qu'une partie de l'Europe s'arroge la souveraineté d'un continent tout entier ; il prédit la séparation forcée et même prochaine de toutes les colonies, parce que cette séparation est une loi de la nature. Comme l'enfant se sépare de sa famille dès qu'il n'a plus besoin de secours, la colonie doit être indépendante dès qu'elle atteint l'âge de *majorité*. Cette comparaison plaît à M. de Pradt, il la reproduit souvent, et il ne paraît pas apercevoir l'énorme différence qui existe entre l'enfant raisonnable qui cesse d'être à charge à sa famille, et l'enfant ingrat qui met son père à la porte. Mais quelle est cette majorité des colonies? L'auteur nous apprend qu'elle ne dépend point du nombre des années, mais seulement de la population et de la force de l'état colonial. Or, adoptons ce principe, et nous verrons qu'il peut se rétorquer contre l'auteur. L'exclusif tient la colonie dans la dépendance, quelquefois dans le besoin ;

il l'empêche de prospérer; le progrès de la population y est plus lent, et les richesses ne s'y élèvent
jamais au point d'inquiéter la métropole. Accordons tout cela sans examen, et nous reconnaîtrons
que les puissances européennes n'ont pas été si
aveugles en imposant aux colonies une obligation
qui doit retarder la révolte et la rupture. Puisque
toute colonie est un petit serpent qui doit mordre
sa mère dès qu'il pourra s'en passer, la mère serait bien sotte de hâter le développement de cette
force. Tout ce qui pourra retarder l'instant fatal
me paraîtra de la prévoyance, et non pas de l'a-
veuglement. Avouons cependant qu'à bien des
égards, les raisonnemens de M. de Pradt sur l'exclusif sont d'une grande justesse. Ceux que je viens
de faire n'ont de valeur que contre ce chapitre pris
isolément; car l'auteur prétendant que dès aujour-
d'hui toutes les colonies devraient être rendues à
l'indépendance, mon objection semble plutôt fortifier que détruire son système. Mais suivons, et
tout se conciliera.

Le long chapitre sur l'esclavage et la *traite* est
un des meilleurs de l'ouvrage, ou plutôt il est un
bon ouvrage enclavé dans un système faux et inexécutable. M. de Pradt y évite avec habileté les deux
écueils contre lesquels se sont brisés la plupart des
raisonneurs qui ont approuvé ou blâmé la traite
des nègres. Il est assez étonnant qu'un écrivain
aussi ardent que M. de Pradt ait su garder l'équilibre sur un terrain aussi glissant et bordé de tant

17.

de précipices. Avec de meilleures intentions, les apôtres des noirs n'ont pas été moins cruels que les tyrans des Africains. En politique, les honnêtes gens qui font des sottises, et les habiles gens qui font des infamies, sont également dangereux, quoique différemment estimables. L'exagération et la déclamation se sont emparées de cette question délicate, et l'ont agitée sans la résoudre. Quand on songe au climat dévorant des colonies, à l'espèce de culture qui leur est propre, à la situation des blancs peu nombreux au milieu d'innombrables esclaves, au danger de toute résolution à cet égard, on sent que ce sujet doit être envisagé sous plusieurs faces ; que les beaux noms de *morale* et d'*humanité* prennent une toute autre acception quand ils deviennent le signal des ravages et des désastres, et qu'il n'y a ni plus de religion, ni plus d'humanité à déchaîner des noirs contre des blancs, qu'à donner à des blancs le droit d'opprimer les noirs. En rendant justice au talent et à la raison dont l'auteur a fait preuve dans cette discussion difficile, je lui conseille néanmoins d'en faire disparaître sa digression sur les *émigrés*, qui n'ont rien à faire ici. J'écarte les présages de M. de Pradt sur le funeste exemple de Saint-Domingue, et je m'abstiens de juger le conseil qu'il donne à la France relativement à cette colonie.

A cette dissertation succède l'exposé des *principes constitutifs de l'ordre colonial*, comparés à ceux que les métropoles ont suivis. Le lecteur de-

vine sans doute que, selon M. de Pradt, ce sont
les métropoles qui ont tort, et que les *principes* de
l'auteur sont les seuls bons. Certes, je n'ai pas ici
l'intention de flatter des gouvernemens qui n'ont
pas besoin de ma plume pour se défendre; je reconnais qu'il y a eu des vices dans l'établissement
des colonies, des vices dans leur administration,
une mauvaise politique dans la législation coloniale; j'accorde tout ce que l'on voudra. Comment
ne ferait-on pas des fautes à trois ou quatre mille
lieues, quand on en commet souvent tout près de
soi? Mais, pour disculper les puissances européennes, ou du moins les excuser, il me suffira de
transcrire les quatre lois que M. de Pradt présente
comme autant d'axiomes, et comme la condition, *sine quâ non* de tout ordre colonial. Il faut,
selon lui,

« 1º Proportionner les colonies aux métropoles,
» soit pour l'étendue, soit pour la population. »
Est-on le maître de cette proportion? Les montagnes, les fleuves, la configuration littorale, per-
mettent-ils de couper une colonie sur le patron
de la métropole? La population n'est-elle pas un
élément variable? Et quand la nature voudrait se
conformer au système de l'auteur, ce prétendu
principe n'est-il pas démenti par l'Angleterre, qui,
de l'aveu de M. de Pradt, est la première puissance du monde, et *la seule puissance coloniale?*

« 2º Proportionner la marine aux possessions
» coloniales. » Ceci paraît fort raisonnable; mais

il ajoute : « *et à celles des autres peuples mari-*
» *times et coloniaux.* » N'est-ce pas une mauvaise
plaisanterie que de dire à tous les princes de l'Europe, même à ceux du Portugal, du Danemarck
et de la Suède : Ayez une marine égale à celle de
l'Angleterre? N'est-ce pas conseiller aux puissances
du continent d'abandonner les colonies, puisque
M. de Pradt répète quinze ou vingt fois que l'Angleterre domine l'Europe, et que sa marine est
supérieure à toutes celles des autres puissances,
séparées ou réunies? Il est toujours très-facile d'é-
crire ce qu'il est impossible d'exécuter.

« 3° Proportionner l'industrie et les capitaux,
» dont le travail est la source, aux besoins des
» colonies, de manière à ce qu'elles ne soient pas
» attirées trop fortement vers les communications
» avec les étrangers. » Je conviens que cet article
est sage, nécessaire même, si l'on veut; je ferai
néanmoins observer qu'il est un principe adminis-
tratif et non pas constitutif, car il ne peut être mis
en pratique que dans une colonie établie, et non
dans une colonie naissante.

« 4° Donner aux colonies une administration
» intérieure qui diminue pour elles le besoin de
» recourir à la métropole. » Cela veut dire sans
doute qu'il faut administrer les colonies de manière à leur apprendre de bonne heure qu'elles
peuvent se passer de la métropole. Ce moyen re-
tardera-t-il l'explosion si *naturelle* et si *juste* de
l'indépendance? En prouvant aux colonies qu'elles

n'ont pas besoin de la métropole, les rendra-t-on
plus fidèles et plus soumises? Non sans doute;
mais aussi Mr de Pradt ne veut pas qu'elles le
soient, car alors son système, *fondé sur la nature*,
s'écroulerait de toute part. Il me fournit un argument plus fort. D'après lui, toute autorité placée
en Amérique doit devenir américaine et secouer le
joug de l'Europe. Il étend cette proposition au roi
même du Brésil : ce prince doit être tout Américain, négliger le Portugal comme il négligeait au-
autrefois le Brésil ; il doit désirer et favoriser l'indépendance de l'Amérique. Tout ceci est développé dans un long chapitre, et il dit de plus que
si le roi retournait à Lisbonne, il laisserait l'indépendance dans les comptoirs de Rio-Janeiro. Persuadé, comme je le suis, que les insurgés, s'ils
triomphent, formeront des républiques, je serai
curieux de voir comment le roi du Brésil favori-
sera les nouveaux républicains, et préférera autour
de lui des républiques turbulentes à des vice-rois
paisibles envoyés par l'Espagne. Mais supposons
que cela soit : puisque tout centre d'autorité placé
en Amérique devient américain au détriment de
l'Europe, on aurait donc tort d'y établir des ad-
ministrations qui diminuent le besoin de recourir
à la métropole. Je termine cette discussion par un
dilemme qui sera concluant s'il est bien posé : ou
les colonies resteront fidèles, ou elles se sépareront. Dans le premier cas, ne nous donnez aucun
conseil qui puisse les détacher de l'Europe; dans

le second, à quoi servent vos principes de conservation?

Le second volume s'ouvre par la critique sévère, mais juste, de la conduite des Européens dans la plupart des colonies. Ici l'auteur a raison; mais c'est cette raison même qui détruit tout l'édifice de son système colonial. Si la mauvaise conduite des Européens est la cause de l'insurrection et de la séparation, il ne faudra donc pas attribuer la perte des colonies à la violation des quatre principes posés par M. de Pradt. Depuis trente ans on ne parle que de constitution, de législation et de principes; mais qu'importe la constitution d'un État mal administré? A quoi servent les bonnes lois qu'on n'exécute pas? Si les fautes des Européens suffisent pour opérer la séparation des colonies, ai-je besoin de recourir aux quatre axiomes présentés par l'auteur?

J'arrive à la *récapitulation de l'état positif des puissances coloniales;* en voici le résumé : Le roi de Portugal est en danger de perdre son royaume d'Europe, car M. de Pradt ne voit et ne rêve que *séparation* (qu'il me sache gré de cette expression atténuante). Mais il dit ailleurs que le même souverain perdait le Brésil, s'il ne s'y était pas transporté. Soit; ce prince aura troqué un petit royaume contre un immense Empire : il a donc pris un bon parti. La Hollande n'a plus de colonies, mais seulement des comptoirs qui sont à la discrétion de l'Angleterre. *L'Espagnol est le Midas des colonies, changeant tout en or, et mou-*

rant de faim au milieu de son or. La France ne doit plus être comptée comme État colonial. L'Angleterre est la puissance coloniale par excellence, elle règne sans compétiteurs, rien ne peut lui être comparé.

Les dangers de cet État sont présentés sans ménagement par l'auteur. A Héligoland, à Jersey, à Gibraltar, à Malte, à Corfou, au cap de Bonne-Espérance, au Malabar, à Ceylan, à la côte de Coromandel, au Bengale, au Canada, à Sainte-Lucie, à la Trinité, à la Barbade, depuis la Nouvelle-Hollande jusqu'à la baie d'Hudson, l'Angleterre observe tout, bride tout, enserre tout : *on est esclave là-bas comme ici.* Tantôt sa puissance est un grand filet qui enveloppe le commerce du monde, tantôt c'est une suite de Gibraltar qui pèsent sur l'Europe et sur le monde, *qui rendent tous les habitans captifs dans une enceinte dont un seul geolier tient la clé;* puis c'est une chaîne de fer que toutes les puissances réunies ne peuvent rompre ; puis, six chapitres plus bas, *cette chaîne de fer deviendra une toile d'araignée* que l'on percera facilement. En attendant la toile d'araignée, je continue mon examen ; mais je prie le lecteur de se rappeler ce tableau de la puissance anglaise, j'en aurai besoin ; car ces Gibraltar, et cette chaîne de fer, écraseront le système de l'auteur, quand il lui plaira de le faire connaître.

Le dix-huitième chapitre semble n'avoir été écrit que pour établir ces deux propositions : Toute

colonie finit par la *virilité;* la virilité est l'indépendance.

Dans le suivant, l'auteur examine toutes les manières dont une colonie peut se séparer de la métropole. Cette révolution peut avoir lieu, 1º par
l'abandon de la colonie ; 2º par le changement de
colonie en métropole ; 3º par des dissensions et
des guerres entre le souverain et les colons ; 4º par
une guerre étrangère, qui intercepte la communication entre la colonie et la métropole ; 5º par la
conquête qu'une nation ennemie et supérieure fait
de la colonie. A ces séparations fortuites ou violentes, M. de Pradt propose d'en substituer une
plus sage et plus philosophique, c'est la séparation
volontaire, mais *préparée.* Très-certainement, ce
mode est le meilleur de tous, s'il est prouvé que
toute colonie doit être rebelle, et que sa virilité
nécessite son indépendance ; nous n'avons encore
qu'un exemple de cette prétendue nécessité, et il
est aisé de prouver que la *virilité* n'a pas seule
causé l'indépendance des États-Unis. Quant aux
colonies espagnoles, M. de Pradt voudra bien attendre la fin de la lutte pour s'en faire un argument. Deux seuls exemples, dont l'un est très-
équivoque, ne suffisent pas pour établir une règle
générale ; c'est abuser de l'analogie. Mais supposons que la fortune et la guerre obéissent aux lois
de M. Pradt, comment peut-on *préparer* une séparation? Quand saurait-on que le moment est
venu? Dans les exemples cités, la *virilité* des co-

lonies n'a été connue que par l'insurrection. Il
faut donc attendre l'insurrection pour prévenir
l'insurrection, et *préparer* ce qui sera déjà fait.
Ensuite, la colonie qui s'apercevra de la *prépa-
ration,* restera-t-elle paisible et fidèle envers la
métropole qui va l'abandonner? Si un roi disait
à son peuple : « Dans vingt ans j'abdiquerai, et
vous serez en république, » ce peuple ne serait-il
pas tenté d'abréger l'intervalle? Voilà donc encore
un de ces rêves qui figurent très-bien dans un
livre, mais qui, comme les autres songes, s'éva-
nouissent aux premiers rayons de la lumière.

C'est au vingtième chapitre, c'est-à-dire vers
le milieu du second volume, que l'on commence
à deviner l'intention de l'auteur, et que l'on en-
trevoit le but de sa politique. Si le système de
M. de Pradt avait seulement une chance de proba-
bilité, je n'en parlerais pas, parce qu'il serait
dangereux; mais il suffira de le faire connaître
pour démontrer combien il est innocent. Il ne s'agit
que d'abattre le colosse britannique, et de changer
ses chaînes de fer en toiles d'araignée; le projet
est digne de l'expression.

Il m'en coûte de le dire à mes lecteurs : tout ce
que j'ai écrit jusqu'ici sur cet ouvrage est absolument inutile ; mais est-ce ma faute si les dix-neuf
premiers chapitres d'un livre qui en a trente sont
inutiles? L'auteur a écrit l'histoire des colonies; il
a posé les *principes constitutifs* des colonies; il
nous enseigne à bien administrer les colonies; puis

il nous conseille d'abandonner les colonies, et de les rendre indépendantes. Il me semble entendre un homme qui s'adresse à tous les peuples civilisés, et leur dit : Je vais vous apprendre à bâtir des maisons commodes et solides, mais vous habiterez sous des tentes ; je vous enseignerai à construire des vaisseaux, mais vous n'irez jamais sur mer ; j'ai fait un livre sur l'art de gouverner les colonies, mais j'assemble toutes les puissances en *congrès colonial*, pour leur prouver qu'elles ne doivent point avoir de colonies.

Voici le plan de M. de Pradt, avec les raisons qui l'appuient. Je ne fais ici que rapporter les idées de l'auteur ; l'examen suivra l'exposition. Je fais observer néanmoins que ces idées sont éparses dans les douze derniers chapitres de l'ouvrage ; en les rapprochant ici, je ne fais que les débarrasser des longs développemens que notre publiciste leur donne.

Une colonie qui se met en insurrection contre sa métropole, *ne fait que déclarer sa majorité;* l'Amérique est majeure ; donc, elle veut être et elle sera indépendante. Tous les efforts tentés pour la soumettre de nouveau seront inutiles. Depuis le détroit de Magellan jusqu'à la Californie, cette grande partie du Monde présente *la plus vaste guerre civile* qui ait fait gémir l'humanité, *le plus vaste tombeau* que les hommes aient jamais creusé pour eux-mêmes. En voulant comprimer le noble essor de la liberté, l'Espagne achèvera de consommer sa propre ruine ; il ne lui restera que des haillons pour tous les trésors du Mexique et du Pérou. L'exemple vivant des États-Unis, l'exemple plus funeste de Saint-Domingue, parlent aux hommes de toutes les couleurs. L'Espagne se retrouve dans la même situation qu'au temps des Pizarre et des Almagre, avec cette différence que les cruautés de ce siècle lui ont donné d'immenses et riches colonies, tandis que les *immunités* d'aujourd'hui vont les lui faire perdre. Les troupes qu'elle fera passer en Amérique seront des renforts pour les insurgés. (Je vais transcrire littéralement une phrase que l'on croirait peut-être supposée, si je n'indiquais la page 179 et la ligne 8.) « Qu'importe aux trois-quarts des soldats de Mo-« rillo que l'Amérique soit libre ou non? Qu'ils « descendent un moment dans leur propre cœur, « et dans l'instant ils volent dans les bras de ceux « qu'on leur fait combattre. » Les États-Unis eux-mêmes ont le plus grand intérêt à l'indépendance de l'Amérique, ils doivent la favoriser et la favorisent en effet. Le danger n'est pas moindre pour les autres puissances coloniales que pour l'Espagne. Si l'on attend l'explosion, *les couleurs ennemies des blancs* vont rendre ce pays inabordable pour les Européens, et nous faire perdre pour des siècles les avantages qu'il procure à l'Europe.

D'un autre côté, l'Angleterre envahit tout, asservit tout, comprime tout ; elle est *la seule puissance coloniale, la plus grande puissance du monde;* sa chaîne de fer embrasse tout depuis la Nouvelle-Hollande jusqu'à la baie d'Hudson, et l'Europe tout entière ne peut rien contre elle. L'Espagne n'a que trop d'affaires avec ses colonies qu'elle va perdre; le Portugal ne risque plus rien, puisque sa colonie devient métropole, et son roi tout Américain; la Hollande ne peut remuer, parce que ses colonies sont à la discrétion de l'Angleterre; la France ne peut plus être comptée parmi les puissances coloniales depuis qu'elle a perdu son diamant, ce Saint-Domingue auquel elle doit renoncer; le Nord n'a que des colonies insignifiantes, et la Russie, avec ses mers fermées, ne peut rien pour affranchir l'Europe du despotisme de l'Angleterre. Que fait donc la France avec sa marine? A quoi lui servent ses vaisseaux? Que peut faire l'Europe dans l'état d'asservissement où elle est? Pour elle toute marine est inutile; elle est même *une absurdité.* Qu'elle brûle ses vaisseaux! au moins elle épargnera les frais d'une flotte.

Quel est le remède à tant de maux, à tant de dangers? Le voici : Quand toute l'Amérique sera indépendante, les flottes de l'Angleterre ne pourront plus bloquer les ports de cet immense continent, et encore tous ceux de l'Europe; *sa chaîne de fer deviendra une toile d'araignée que l'on pourra percer,* et le commerce du monde n'appartiendra plus exclusivement à l'habile et heureuse Albion. L'Europe a donc le plus grand intérêt à l'indépendance de l'Amérique; la prospérité dès deux hémisphères ne datera que du moment où toutes les colonies indépendantes ouvriront leurs ports à toutes les nations indistinctement. Les incroyables progrès que fait la population des États-Unis est un indice certain de ce que sera la population de l'Amérique libre. L'Européen qui fait peu d'enfans dans l'Inde, peuple prodigieusement dans le nouvel hémisphère ; dans quelques siècles il faudra y compter les hommes *par centaines de millions;* plus ils seront nombreux, plus ils achèteront de nos marchandises, plus nos manufactures prospéreront, et le monde jouira d'un bonheur inaltérable, fruit de l'insurrection et de la liberté. « S'il était permis de regretter la vie, ou » de souhaiter d'y revenir, ce devrait être pour » n'être pas privé du spectacle qu'offrira le monde, » après l'entier accomplissement de la révolution » qui s'opère en Amérique. «

Mais que faire pour accélérer cet heureux résultat? Il faut former un congrès colonial, forcer l'Espagne à renoncer à toute souveraineté ailleurs que dans sa péninsule d'Europe ; il faut *une sépa-ration complète et absolue des colonies avec les métropoles, leur formation en États libres et in-dépendans* (page 292). L'Europe y gagnera d'être affranchie de l'Angleterre, et de faire librement le commerce du monde ; l'Angleterre même n'y perdra point, puisqu'il est prouvé qu'elle gagne plus aujourd'hui avec les États-Unis qu'elle ne gagnait dans le temps où elle en était souveraine ; quant à

l'Espagne, si elle se plaint d'y trop perdre, qu'elle
s'arrange dès à présent avec les insurgés, avant
qu'ils n'aient obtenu la victoire, et qu'elle leur
accorde l'indépendance moyennant un tribut *annuel de soixante millions*, somme à laquelle s'é-
lèvent les produits nets de sa souveraineté en
Amérique. Quiconque a lu avec attention l'ouvrage de M. de Pradt, reconnaîtra que je viens
d'analyser, avec la plus scrupuleuse exactitude,
son plan, ses raisonnemens, et jusqu'à ses intentions d'ailleurs trop évidentes. J'avertis néanmoins
que je me suis abstenu, à dessein, de parler des
dangers que court la religion catholique dans cette
heureuse révolution. Examinons maintenant cette
belle *utopie*.

Je n'aurai pas l'impudence de supposer que les
trois quarts des soldats de Morillo sont des traîtres, *et qu'en descendant dans le fond de leur
cœur*, ils y trouveraient le conseil de la désertion
et du parjure. Ce que M. de Pradt dit de ces guerriers, peut se dire de toutes les armées du monde.
Rarement un soldat a un intérêt direct au succès
de telle ou telle puissance. Ceux qui n'ont ni honneur, ni bravoure, ni sentiment des devoirs, ni
attachement à la patrie, suivront la pente que
M. de Pradt trouve si naturelle. Si je pouvais me
faire entendre d'eux, je leur dirais : Tout semble
favoriser votre trahison ; les rebelles vous tendent
les bras ; plus vous aurez trahi, plus ils vanteront
votre valeur et votre loyauté. Mais prenez-y garde :

on hait et l'on méprise les traîtres alors même qu'on les caresse ; les nouveaux républicains sont défians, ils vous surveilleront, ils ne confieront rien à des hommes si justement suspects. Si toute république est ingrate, même envers les hommes vertueux qui la servent, sera-t-elle plus reconnaissante envers ceux qui ont violé tous leurs sermens? Vous serez malheureux du moment où l'on n'aura plus besoin de vous. Aujourd'hui, vous êtes des *frères*, des amis ; bientôt vous ne serez que des étrangers odieux. On vous promettra peut-être un milliard comme on a fait chez nous, mais il vous sera payé de la même façon : et comme la religion va périr dans ce grand naufrage, celui qui vous donne un si beau conseil n'aura certainement pas un archevêché pour récompense.

Les États-Unis, dit-on, favorisent la rébellion des colonies américaines. Je n'argumente pas contre un fait ; mais je doute, et j'ai la conviction intime que cette fausse politique ne tarderait pas à être punie. Si l'Espagne recouvre ses droits en Amérique, les États-Unis n'ont rien à craindre du vice-roi de Mexico ; mais si, au lieu d'un gouverneur qui attend ses ordres d'une métropole éloignée de deux mille lieues, ils ont sur leur flanc une vaste et turbulente république, ils auront bientôt avec elle des démêlés pour le Mississipi et la Louisiane, et je doute qu'ils arborent jamais leur pavillon sur les rivages de la mer du Sud et sur les bords de la Colombia.

Vous dites que l'on comptera bientôt les Américains libres par centaines de millions, que tout va croître, multiplier et prospérer dans le Nouveau-Monde ; vous êtes donc bien sûr que toutes ces républiques ne se querelleront pas, qu'elles seront sages, sans passions, sans ambition ; qu'elles n'auront pas de guerres, de révolutions, d'aristocrates, de jacobins, et, pis que tout cela, *des comités de salut public ?*

Vous dites aussi que ces centaines de millions d'hommes viendront toujours chercher les produits de notre industrie. Qui vous a dit que cet immense et fertile pays n'aura ni industrie, ni manufactures ? *Son sein sue le fer,* ce sont vos propres expressions ; et vous pensez qu'on nous apportera ce fer pour en faire des couteaux ou des sabres ? Avec son indépendance et sa terre éminemment féconde, la grande Amérique aura-t-elle toujours besoin de la petite Europe ? Vous ignorez donc ce qu'ont fait les États-Unis dans leur querelle avec la métropole ? Ils ont bien su se passer des fabriques de Manchester et de Birmingham. Les femmes ont préféré les grossières étoffes fabriquées par des mains novices, aux élégans tissus des manufactures anglaises. Le thé était devenu pour ces peuples un véritable besoin, et cependant ils aimèrent mieux le jeter à la mer que de le recevoir d'une main ennemie. Ce qu'a fait un État naissant ne sera-t-il pas imité par les peuples dont la richesse et la prospérité vont être colossales ? Et

si cette Amérique, avec tous ses millions d'hommes,
voulait punir l'Europe des maux qu'on lui a faits,
si elle s'avisait de nous coloniser à notre tour, que
diriez-vous ? Cette conjecture n'est-elle pas aussi
vraisemblable que la vôtre ? Vous voudriez revenir
en ce monde pour y jouir du beau spectacle que
présentera cette révolution ! Ah ! revenez-y : vous
y verrez les hommes se quereller, se tromper, se
battre, se détruire, comme ils l'ont fait de tout
temps, et vous y lirez de méchans livres comme
j'en lis aujourd'hui.

Mais revenons à votre congrès colonial. Vous
avez personnifié l'Amérique, et vous lui avez fait
plaider sa cause contre l'Espagne. Ce chapitre est
un beau morceau de déclamation, une prosopopée à la Raynal. Il me prend envie à mon tour de
personnifier l'Angleterre : je la vois entrer dans
votre congrès avec ses léopards qui paraissent
vous connaître ; elle tient à la main votre livre sur
les colonies, et s'adresse aux puissances auxquelles
vous prêtez gratuitement vos intentions. « Que fai-
tes-vous ici ? dit-elle ; ce livre ne vous a-t-il pas
prouvé que je suis la maîtresse du Monde, et que
je vous tiens toutes *sous la clé ?* Quand vous ren-
drez vos colonies indépendantes, qui de vous
pourra me forcer à renoncer aux miennes ? Quand
l'Amérique sera libre, les détroits du Sund et du
Bosphore en seront-ils plus larges ? La liberté du
Nouveau-Monde fera-t-elle fondre les glaces qui
assiégent pendant neuf mois les mers d'Archangel ?

18.

Les Gibraltar que j'ai construits tout autour du globe s'écrouleront-ils ? Quand ma chaîne de fer sera devenue une toile d'araignée, avec quoi la percerez-vous, puisque cet auteur vous a conseillé de détruire vos vaisseaux ? Pensez-vous que l'on crée une marine aussi facilement qu'on écrit un livre sur les colonies ? Puisque vous n'avez de colonies qu'avec ma permission, puisque je suis la plus grande puissance du monde, la seule puissance coloniale, je représente moi seule tout le congrès, et c'est à moi seule qu'il appartient de décider si les colonies seront libres ou dépendantes. » Ce discours n'est pas fort éloquent, j'en conviens ; mais M. de Pradt serait fort embarrassé d'y répondre, puisque c'est avec ses propres assertions que l'on détruit de fond en comble son congrès colonial.

Que dirai-je du moyen proposé à l'Espagne ? Les peuples insurgés contre elle se soumettront-ils à lui payer le tribut annuel de soixante millions ? Si elle n'a pas la force de les réduire à l'obéissance, comment pourra-t-elle les obliger à payer le tribut ? Si on le lui refuse quand l'issue de la lutte est encore incertaine, sera-t-on plus docile quand on aura conquis l'indépendance, et quand l'Espagne aura désarmé ? Et l'homme qui raisonne ainsi veut régénérer le monde !

Il me reste à parler de ses conjectures sur l'empire anglais dans l'Inde, et sur les destinées des États-Unis.

Dès la page 343 du premier volume, l'oracle des colonies annonce la chute de la puissance anglaise dans la première presqu'île de l'Inde. *L'issue de la lutte* entre les États-Unis et l'Angleterre *ne pouvait*, dit-il, *être douteuse.* « Il en sera de » même dans l'Inde avec le temps ; fions-nous-en » à la nature des choses : elle ne trompe jamais.... » (Page suivante) : Le moment arrivera un peu » plus tôt, un peu plus tard, mais il arrivera..... » Qui peut déterminer le point auquel l'ambition, » l'amour de la liberté et tous les sentimens qui » sont en possession d'exalter l'esprit des hommes, » et de les détourner de leurs devoirs, pourront » porter, *même des Anglais*, à concevoir, à con- » certer, à conduire à exécution ce grand événe- » ment? L'Inde asservie par des mains anglaises, » peut être affranchie par des Anglais. » Plus loin, il regarde *ce coup* comme *inévitable.* Je n'avais rien à répondre à cette prédiction : avec un *tôt ou tard* on ne risque rien ; mais M. de Pradt, qui ne pense pas deux jours de suite de la même manière, me rassure complètement contre sa prophétie, et il se donne le démenti le plus formel à la page 362 du même volume : j'y lis que « les colonies anglaises » doivent rester attachées à leur métropole de nais- » sance, parce qu'elle est en même temps leur mé- » tropole volontaire et de fourniture, parce qu'au- » cune autre ne peut leur faire les mêmes avantages... » Il y a plus, ajoute-t-il, l'Angleterre les déclare- » rait indépendantes, qu'elles ne seraient point

» pressées d'en profiter, etc.... » Dieu soit loué!
Je suis bien sûr à présent qu'un Anglais ne révo-
lutionnera pas l'Inde, puisque l'Angleterre est la
métropole de souveraineté et de *naissance* des
Anglais qui gouvernent le pays. Il s'en faut bien
que le prophète s'arrête là; nous avons vu une
révolution *inévitable*, nous venons de voir une
union indissoluble, puisque les colonies reste-
raient fidèles quand même l'Angleterre leur rendrait la liberté. Voici maintenant une autre version.
A la page 344 du second volume je trouve cette
question avec sa réponse : « Combien de temps
» encore l'Angleterre doit-elle garder l'Inde? La ré-
» ponse est simple : jusqu'à ce que les goûts de l'Eu-
» rope aient assez pénétré dans l'Inde pour que le
» commerce soit égal entre elles. » Le reste du chapitre est employé à prouver que quand le commerce
sera égal, on verra l'Angleterre *replier ses voiles*,
les diriger vers l'Europe, et emporter avec elle ses
soldats, ses juges, ses gouverneurs et ses archives.
Choisissez maintenant entre la séparation violente,
l'attachement éternel et l'abandon volontaire.

La prédiction sur les États-Unis est encore plus
certaine : M. de Pradt assure qu'ils resteront tels
qu'ils sont, ou qu'ils se sépareront en plusieurs
souverainetés, ou qu'ils se constitueront en monarchie. Quand on prophétise d'une manière si
large, on est bien sûr de ne pas se tromper. Pourquoi ne pas dire : Ils changeront ou ne changeront
pas? cela serait plus simple.

Je finis par ce court résumé : Cet ouvrage se compose de deux parties très-inégales et très-différentes. La première contient d'excellentes vues et d'utiles leçons ; mais elle est détruite par la seconde, car il est ridicule d'apprendre à gouverner des colonies qu'on abandonne. La seconde partie est pleine de mauvaises maximes, de rêveries, d'absurdités, de contradictions ; et c'est lui faire beaucoup d'honneur que de la croire dangereuse.

DES TROIS DERNIERS MOIS

DE L'AMÉRIQUE MÉRIDIONALE ET DU BRESIL,

SUIVIS DES PERSONNALITÉS ET INCIVILITÉS DE LA QUOTIDIENNE ET DU JOURNAL DES DÉBATS ;

Par M. DE PRADT, ancien archevêque de Malines.

ON a fait grand bruit il y a quelque temps de la *Correspondance* de Grimm. Ce M. Grimm était un singulier personnage, jouant à Paris deux rôles fort difficiles à concilier. M. Grimm était baron de fraîche date, et chérissait sa noblesse comme

on chérit l'enfant dont la faiblesse a besoin de sou-
tien ; mais M. Grimm était philosophe , et sans
cesse occupé à faire accorder sa baronie et sa philosophie. Aux sentimens d'un républicain , il savait
allier avec assez de grâce l'orgueil d'un baron allemand. Comme philosophe , il avait une grande
prédilection pour les écrivains hardis ; Diderot
était son grand homme. Il aimait à régenter les
rois ; il voulait qu'on leur dît leurs vérités , et que
l'on signalât les vices des cours. Mais malheur à
celui qui touchait à sa baronie ! fût-il philosophe ,
il devenait un *polisson* et un *gredin*, expression fa-
milière de M. Grimm quand il reprochait à ses
adversaires leur impolitesse et leur mauvaise éducation. M. Grimm était grand partisan de la liberté et de l'égalité , pourvu qu'il restât baron et
qu'il fût riche. Ce précurseur du *libéralisme* permettait aux peuples de désobéir aux rois , pourvu
qu'ils obéissent aux philosophes. « Il ne faut pas ,
» disait-il , que le peuple soit instruit , mais il faut
» qu'il soit conduit. » Le dey d'Alger n'en demande pas davantage. M. Grimm savait bien que
sa récente baronie était un titre mesquin aux
yeux des grands princes; aussi ne paraissait-il devant eux que comme philosophe : mais il savait
aussi que le peuple n'entend rien à la philosophie,
et il se montrait au peuple comme baron.

Je ne sais pourquoi l'image de ce M. Grimm se
présentait sans cesse à mon esprit quand je lisais
les ouvrages de M. de Pradt. Je repoussai d'abord

toute comparaison : il ne peut exister, me disais-
je, aucune analogie entre un homme aussi pieux
que l'ancien archevêque de Malines et un philosophe aussi audacieux que le baron allemand.
D'autres différences me frappaient dans le parallèle : Grimm veut que le peuple soit conduit,
et M. de Pradt veut que le peuple conduise ;
Grimm, tout philosophe qu'il était, épuisait toutes
les formules de l'adulation envers les princes auxquels il vendait sa Correspondance, et l'on sait au
contraire que M. de Pradt n'a jamais flatté personne ; Grimm enfin s'occupait spécialement de
littérature, et le style de M. de Pradt démontre
assez que la littérature n'a pas été son étude favorite. Ces réflexions me firent considérer l'ombre
du baron que je ne cessais de voir, comme une
de ces images fantastiques qui nous poursuivent
partout, et n'ont aucune réalité.

Un jour que le fantôme de Grimm m'avait ob-
sédé plus que de coutume, je vis tout à coup paraître chez moi M. de Pradt en personne, qui avait
daigné monter quatre étages, et qui venait me
donner une leçon dans mon réduit plus que modeste. La leçon fut longue, elle fut sévère ; mais
cependant elle commença par une exposition pleine
de modération et même de douceur. Plusieurs fois
je voulus placer quelques mots dans les courts intervalles de l'homélie ; mais d'un léger signe de la
main M. de Pradt me forçait au silence ; et ce signe
était encore si paternel, que je crus recevoir la bé-

nédiction. Le texte du sermon fut l'énumération
des injures que M. de Pradt prétendait avoir reçues de la *Quotidienne* et du *Journal des Débats.*
Il me nomma tous les coupables ; il m'assura qu'il
les avait tancés d'importance, qu'il les avait fait
rougir, et qu'il en avait obtenu d'étranges aveux.
Jusqu'ici, rien ne me concernait ; mais mon tour
vint enfin, et l'homélie se changea bientôt en déclamation virulente.

A la véhémence de ce discours, au déluge d'é-
pithètes polies qu'il faisait pleuvoir sur moi pour
me forcer à la politesse, je crus avoir commis
quelque grande faute soit en supposant des intentions que l'auteur n'avait pas eues, soit en citant
d'une manière inexacte, soit en faisant un reproche immérité. Quel fut mon étonnement quand
l'auteur irrité m'eut fait connaître la nature de mes
torts ! M. de Pradt m'abandonnait son ouvrage, il
me laissait la liberté d'en dire tout le mal que je
voudrais, mais il était courroucé de la *familiarité*
de ma critique, et de la *grossièreté* de mes expressions. A cela près, il me permettait la censure
aussi amplement qu'un autre archevêque l'avait
permise à Gil-Blas.

Je demandai humblement en quoi consistaient la
familiarité et la grossièreté qui lui avaient tant dé-
plu. M. de Pradt *daigna* s'expliquer, et me dit :
« Vous vous êtes mis en scène avec moi, vous
» m'avez reproché des absurdités, des contradic-
» tions, vous m'avez appelé *Monsieur l'abbé !*

» Pensez-vous qu'en livrant mes écrits au public,
» j'aie abdiqué le rang que j'occupe dans la so-
» ciété? Savez-vous que je tiens à ce qu'il y a de
» plus grand en France? Parleriez-vous ainsi d'un
» Montmorency? » Ah! me dis-je tout bas, voilà
mon baron! libéral et philosophe quand il plaide
pour les rebelles d'Amérique, archevêque et ambassadeur quand on critique ses ouvrages. M. de
Pradt fit une longue harangue sur le thême que je
viens d'écrire, et la termina par cette phrase remarquable : « *Vous m'avez traité comme un*
prestolet, un procureur, ou un journaliste. » Je
sentis vivement cette gradation descendante ; mais
je me disais encore tout bas : Ah! si j'avais loué
l'ouvrage, je n'aurais peût-être pas été placé avant
le prestolet, mais j'aurais certainement obtenu le
pas sur le procureur.

Après avoir écouté plus d'une heure, il m'arriva malheureusement de répondre que j'étais encore plus libéral que M. de Pradt, que le rang
et le nom d'un auteur m'étaient fort indifférens
quand j'examinais son livre, et que le plus grand
seigneur perdait ses droits à mon respect, si, dans
un écrit public, il avançait des propositions; il
professait des principes, et il débitait des maximes
contraires à l'ordre établi, à l'autorité légitime, et
favorables à la rébellion. Ici M. de Pradt s'écria :
Vous avez tort! Douze fois au moins il répéta
ces mots, élevant la voix à chaque exclamation,
de sorte que le dernier *vous avez tort* était de six

octaves plus haut que le premier. Il sortit enfin, en m'intimant l'ordre d'être plus circonspect à l'avenir ; mais quand il vit que je le conduisais jusque sur l'escalier, il s'écria de nouveau : « Politesse tardive ! politesse tardive ! rentrez, monsieur, » et j'obéis.

Si l'on doutait de l'exactitude de ce récit, il suffirait de lire le pamphlet que M. de Pradt vient de coudre à sa dernière brochure, pour reconnaître que je n'ai rien exagéré.

M. de Pradt me demande de quoi et de qui j'ai pu tenir le droit d'entasser les épithètes et les locutions qui lui paraissent inciviles, basses, familières et outrageantes. Ces locutions sont les mots *absurdité* et *contradiction*, dont je me suis véritablement servi en les appliquant non pas à M. de Pradt, mais à quelques raisonnemens et à quelques principes répandus dans son plaidoyer en faveur des rebelles d'Amérique, et dans sa déclamation contre la cour d'Espagne. En logique, le mot *absurde* est usité par tout le monde quand il y a réellement absurdité, et des *contradictions* ont été reprochées à des écrivains encore plus célèbres que M. de Pradt. La *familiarité* dont on me fait un crime consiste dans l'emploi de la seconde personne que j'ai quelquefois substituée à la troisième pour varier les tournures et ne pas répéter cent fois : M. de Pradt dit, M. de Pradt prétend, M. de Pradt fait des fautes en géographie, M. de Pradt se trompe sur l'histoire, M. de Pradt n'écrit pas

très-bien., M. de Pradt raisonne quelquefois mal.
Mais, dussé-je fatiguer le lecteur, je promets de
m'en tenir dorénavant à la troisième personne,
quoique M. de Pradt m'ayant parlé pendant plus
d'une heure, m'ait donné le droit incontestable
de lui dire vous. Il reste donc le *Monsieur l'abbé*
que M. de Pradt ne peut pas digérer; mais le lecteur aura pu remarquer dans quelle occasion j'ai
employé cette dénomination si *basse*, si *fami-
lière*, si *outrageante*.

Cette explication diminue déjà beaucoup la gravité de mes torts; mais pour que je sois acquitté
sur la question intentionnelle, il faut encore parler des *personnalités*. Tant que des auteurs pla-
ceront toute leur personne dans leur talent, tout
leur honneur, toute leur existence, toutes leurs
espérances dans les succès littéraires, il ne sera pas
possible aux critiques d'éviter les personnalités;
les premiers regarderont toujours comme un outrage fait à leur personne le mal qu'on aura dit de
leurs ouvrages. Il est même des cas où il est impossible de séparer l'homme de l'écrivain, et les intentions des expressions. Ceci mérite d'être examiné:
lorsqu'il s'agit d'un ouvrage purement littéraire,
la personne de l'auteur, son caractère, ses intentions, n'ont rien de commun avec ses écrits aux
yeux de la critique; alors toute personnalité est
odieuse. Mais en politique, il n'en est pas toujours
ainsi: un homme, par exemple, qui attiserait le
feu des rébellions, qui voudrait troubler la paix

publique, qui reproduirait les maximes révolutionnaires, ne serait pas seulement un méchant
écrivain, mais un méchant homme, que chacun
de nous peut prendre à partie, et attaquer personnellement, parce que chacun de nous a intérêt au
repos et à l'ordre, et se trouve menacé par l'influence des mauvaises maximes et des principes
dangereux. Quant aux *intentions,* elles n'appartiennent pas à la critique tant qu'elles sont secrètes
ou habilement déguisées ; mais quand l'auteur les
expose au grand jour, quand il les explique par un
commentaire, quand il en triomphe et en fait pa-
rade, peut-on nous ordonner de fermer les yeux
et nous condamner au silence ?

Malgré ce raisonnement, qui me permettait d'o-
ser d'avantage, je n'ai jamais rien écrit contre la
personne de M. Pradt, qui n'aurait pas manqué
de citer si j'avais commis cette faute. J'ai fort maltraité deux de ses ouvrages, je l'avoue ; et, s'il me
demande *de quoi et de qui je tiens ce droit,* je lui
répondrai que je tiens ce droit de lui-même.

Quoi! quand M. de Pradt *insurge* tout le Nouveau-Monde contre l'Europe, nous n'aurions pas
le droit de nous insurger contre M. de Pradt?
A-t-il obtenu le privilége exclusif des idées libérales? Un grand théoricien en révolutions rappelle
les journalistes à l'ordre, et les journalistes n'ont
pas le droit de le rappeler aux bons principes et
aux maximes conservatrices de la société! Il conseille aux troupes royales de déserter la cause

légitime, et nous ne pourrions pas conseiller à nos lecteurs de laisser les livres de cet écrivain dans la boutique du libraire! Il lui sera permis de régenter les rois ; il pourra leur reprocher ce qu'il nomme leurs *fautes*, leur *ignorance en politique*, leur *despotisme*, leur *superstition*, et il nous sera défendu de trouver de l'absurdité dans des raisonnemens absurdes, de la contradiction dans des principes contradictoires! Celui qui respecte assez peu la personne des rois pour encourager les rebelles, et triompher de leurs triomphes, veut que nous respections sa personne d'écrivain, parce qu'il a été archevêque, caractère qu'il oublie quand il fait ses livres, et qu'il nous oppose quand il les défend! Celui enfin qui républicanise toute l'Amérique dans ses écrits, prétend n'être pas citoyen de la république des lettres, et, en établissant l'égalité dans le Nouveau-Monde, il veut fonder en Europe une féodalité littéraire! *Le genre humain est en marche*, dit-il ; et bien, nous faisons partie du genre humain, et nous marcherons.

M. de Pradt dit que *je prétends aux honneurs de l'indépendance*; il se trompe : mon indépendance n'est point une prétention, mais une réalité. Pour me la procurer, les moyens ont été bien simples : je n'ai jamais flatté les grands dans leur puissance, et ne les ai pas traités de Scapins quand ils ont perdu leur autorité.

Quoi qu'il en soit, et de quelque manière que je m'y prenne, je serai toujours aux yeux de M. de

Pradt un homme grossier, sans éducation, sans aucun sentiment des convenances; puisque je ne puis approuver ses ouvrages ni adopter sa turbulente politique. En fait de critique, il n'y a de politesse que dans les éloges; je ne puis louer, donc, je suis impoli : voilà un syllogisme parfait, et je me me résigne à ses conséquences. J'ai démontré que M. de Pradt lui-même m'avait donné le droit de *m'insurger* contre son livre; sa nouvelle brochure corrobore ce droit, et me donne, de plus, celui de méconnaître les titres de l'auteur, le rang qu'il occupe dans la société; et sa gloire passée, et ses prétentions qui ne passeront point. Lisez la page 117 de ce dernier pamphlet, vous y verrez que *l'esprit révolutionnaire* n'a rien fait, mais que l'on doit les tristes résultats dont nous avons gémi « à l'esprit récalcitrant de certaines classes que » rien ne peut décider à se fondre dans le corps » de la nation, dans la masse de la société, et qui » veulent absolument dominer et tenir les autres » classes à la même distance où les castes supé- » rieures de l'Inde tiennent les castes inférieures. » Voilà une phrase excellente, éminemment libérale; je l'adopte, et je m'en sers pour me justifier. Je dis donc : « Ce n'est point à la méchanceté, à » la grossièreté des journalistes qu'il faut attribuer » nos critiques amères, mais à l'esprit récalcitrant » des auteurs que rien ne peut décider à se fondre » dans le corps de la république des lettres, dans » la masse des écrivains qui veulent absolument

» dominer et tenir les critiques à la même dis-
» tance où les castes supérieures de l'Inde tiennent
» les castes inférieures. » Quatre pages plus loin,
le libéralisme de l'ex-archevêque acquiert une
nouvelle force ; il emploie la figure véhémente
de l'interrogation, et dit : « *Le genre humain est*
» *en marche ; où s'arrêtera-t-il ? qui le dirigera ?*
» *à quelle voix obéira-t-il ?* Sera-ce aux accens
» plaintifs et discordans, aigres et caducs d'un
» temps passé qui se cherche en vain lui-même
» dans le temps présent...? » Honneur, cent fois
» honneur à M. de Pradt, qui nous fournit de si
bons argumens contre les royalistes qui régentent
les rois ; contre les prêtres libéraux et les prélats
révolutionnaires ! Quand nous les aurons traités
comme ils le méritent, quand nous leur aurons
donné le *monsieur* tout court ou le *monsieur*
l'abbé, qu'ils viennent nous parler de leurs vieux
titres, de leur ex-archevêché, de leur ex-am-
bassade ! nous leur répondrons : Quand le genre
humain est en marche, espérez-vous que nous
obéirons *aux accens plaintifs et discordans,*
aigres et caducs d'un temps passé qui se cherche
en vain dans le temps présent ? Vous voulez
abattre les préjugés ? Et nous aussi, nous le voulons, et nous commençons par vos titres, vos
prérogatives et vos hochets du temps passé. Vous
voulez révolutionner ? Et nous aussi, nous le voulons, et nous vous faisons descendre à notre niveau, sauf à examiner si vous ne devez pas être

au-dessous. Ah! Messieurs, vous régénérez les peuples, et vous voulez rester des *Monsignori!* Quand vous nous aurez ramené les *sociétés populaires*, les *comités de salut public*, nous verrons comment vos titres figureront devant les nouveaux Marats et les nouveaux Robespierres. Le baron Anacharsis de Clootz ne disait pas : *Le genre humain est en marche*, mais sa formule favorite était : *L'univers le saura*. Eh bien, l'univers a su que le baron avait péri sur l'échafaud, à la grande satisfaction de ce même peuple qu'il avait endoctriné. Non, je ne crois pas qu'à Charenton ou à Bedlam il y ait un fou plus fou que le noble qui se fait démagogue, et veut conserver ses cordons.

Mais c'est assez déclamer contre le *Monseigneur* d'un libéral et l'orgueil féodal d'un républicain ; il est temps d'ouvrir cette nouvelle brochure qui répète tout ce qui a été dit dans la précédente, qui aura le même sort, et qui ne sortirait peut-être pas de la boutique de M. Béchet, si notre *grossièreté*, notre *incivilité*, et nos *personnalités*, ne lui donnaient une existence de quelques jours.

M. de Pradt a pris toutes ses précautions. Critiqué pour ses innombrables fautes en géographie, en histoire et en logique, n'ayant aucun moyen de se justifier et de repousser nos reproches, il a pris le parti modeste de faire un aveu tacite de ses fautes, sans s'apercevoir que l'ignorance en géographie et en histoire fait crouler tout édifice politique. Voici comment il s'exprime dans un court

avertissement : « Les lumières des lecteurs corri-
» geront les fautes qui pourront nous échapper sur
» les *localités*, sur les *acteurs*, sur les *faits*. » Cela
ne veut-il pas dire que M. de Pradt se trompera
sur tout? Que peut-on dire en politique, en histoire, en administration, en philosophie, qui ne
tienne ni aux *lieux*, ni aux *hommes*, ni aux *faits*?
Se tromper sur ces trois points, n'est-ce pas dé-
raisonner complètement et généralement? Et le
lecteur averti peut-il s'intéresser à un livre dont
chaque phrase peut être une erreur, avouée d'a-
vance par l'auteur même? C'est pourtant sous cette
égide que M. de Pradt se croit à l'abri de toute
critique. Si un journal lui reproche d'avoir pris le
chef des insurgés MORELO pour le général des
troupes royales MORILLO, et d'avoir tué le guerrier fidèle au lieu du soldat révolté, il répondra :
J'ai déclaré que je pouvais me tromper *sur les acteurs*. Si le même critique lui prouve que le Pérou
n'est point envahi par l'armée de Buenos-Ayres;
qu'il est au contraire fidèle et tranquille, et qu'en
si peu de temps une armée n'a pu passer du centre
du Chili à la capitale du Pérou, distance égale à
celle qui sépare Paris de Constantinople, l'auteur
répond encore : J'ai dit que je pouvais me tromper
sur les *faits*. Mais voici une erreur bien plus plaisante dans un publiciste qui veut régénérer la moitié du monde et prédire les destinées futures des
contrées qu'il ne connaît pas. J'ai invité M. de
Pradt à jeter les yeux sur une carte avant de tracer

19.

la circonscription des républiques : qu'il fait pul-
luler dans le nouveau continent ; nous allons voir
comment il profite des bons conseils : la révolte
de Fernambouc lui paraît un *incident majeur*
dans la cause de l'indépendance : « Il faut obser-
» ver, ajoute-t-il, que la partie du Brésil qui s'est
» déclarée indépendante, est du côté du nord où
» sont situées les parties troublées des possessions
» espagnoles : cela indique que le feu s'étend d'une
» manière graduelle, par la conflagration succes-
» sive à laquelle prête la *juxta-position des par-*
» *ties.* » Je ne chicanerai pas l'auteur sur la *partie*
du Brésil, les *parties* troublées et la juxta-position des *parties;* les ouvrages de M. de Pradt sont
une trop riche proie pour qu'on s'amuse à y éplu-
cher les mots; mais je ferai un petit commentaire
sur la *juxta-position* de Fernambouc et de la côte
espagnole où il y a *conflagration.* Olinde où Fernambouc est situé au 8ᵉ degré de latitude sud, et
au 37ᵉ degré de longitude occidentale (je néglige
les minutes); et Cumana, la plus voisine des contrées en conflagration, est au-delà du 10ᵉ degré de
latitude nord, et au-delà du 66ᵉ degré de longitude; la ligne qui sépare ces deux points est donc
une diagonale qui coupe 29 degrés de longitude
et 18 degrés de latitude; ligne qui, dans la zone
torride, ne peut pas avoir moins de huit cents
lieues de longueur; ajoutez que de ces huit cents
lieues, il y en a six cents qui traversent ou des déserts impraticables, ou des contrées encore in-

connues, et que sur cette immense surface coulent les plus grands fleuves du monde avec leurs innombrables affluens; fleuves sans ponts, pays sans routes, parcourus par des hordes sauvages, couverts de forêts impénétrables ou de marais innavigables; et voilà ce que M. de Pradt appelle une *juxta-position*, et voilà les connaissances sur lesquelles il fonde sa belle théorie des insurrections *graduelles* et *successives* et de l'indépendance infaillible et prochaine de l'Amérique méridionale. Mais ne croyez pas qu'après ces étranges bévues il soit plus timide dans ses conjectures et moins violent dans ses déclamations. Si vous lui opposez la démonstration géographique de ses erreurs, il vous répondra dédaigneusement : « Un homme comme moi ne pâlit pas sur des cartes; la géographie est bonne pour un prestolet ou un journaliste, et j'ai averti le lecteur que je me tromperais sur les *localités*. » C'est ainsi qu'en se trompant sans cesse sur les *lieux*, les *personnes* et les *faits*, on vend des livres dans lesquels il n'est question que de faits, de lieux et de personnes! Et des hommes bien *libéraux* vantent les ouvrages de ce grand publiciste! et ils pensent que l'on peut faire de la politique quand on ignore l'histoire et la géographie!

M. de Pradt parle avec beaucoup de mépris des *cours despotiques du Midi*, de *l'impuissance de ces gouvernemens*, de *l'ineptie des chefs*, du *fol orgueil des uns et des autres, qui, dépourvus de moyens, n'en étalent pas moins des prétentions....*

*et qui finissent au moment de la chute par ne
montrer que de la lâcheté et de la misère.* Et celui
qui écrit ces lignes si modérées nous commande
la modération ; il veut que nous respections *ses
titres et le rang qu'il occupe dans la société !* Ah!
si j'avais parlé des *inepties* du publiciste, il aurait
fallu que l'Espagne perdît vingt batailles pour expier mon crime.

Jusqu'ici M. de Pradt s'était contenté de tuer
des hommes en Amérique, et les maux dont il
triomphe paraissaient devoir être séparés de nous
par toute la largeur de l'océan Atlantique. Mais,
hélas! l'Europe a échauffé la bile du prélat, et
l'Europe va être punie. « L'Espagne, comme l'Ita-
» lie, dit-il, est devenue un vaste champ de bri-
» gandage. » Je ne vois qu'un seul remède à ce
malheur, c'est d'envoyer M. de Pradt en Italie et
en Espagne, pour y prêcher la paix, le pardon
des injures, et la soumission à l'autorité légitime.

Si notre régénérateur traite les gouvernemens
superstitieux et despotiques avec autant d'irrévérence qu'il nous en suppose envers les méchans
écrivains, il faut avouer qu'en revanche ses éloges
des insurgés ressemblent parfaitement à ce qu'on
appelle nos *articles de complaisance.* Rien n'égale
la pompe des expressions dont il se sert quand il
parle de la noble cité de Buenos-Ayres : « Elle est
» aujourd'hui le point le plus important du globe;
» ni Tyr, ni Carthage, ni la ville d'Alexandre, ni
» celle de Constantin, n'ont jamais exercé sur le

» Monde une influence comparable à celle que
» Buenos-Ayres obtient en ce moment; aucune
» perte, aucune menace n'a pu la détourner de la
» route qu'elle avait EMBRASSÉE, celle qui conduit
» à la liberté ; les combats des insurgés rappellent
» les bulletins de la Grande-Armée, etc... » Ne
semble-t-il pas que l'auteur de cette brochure soit
déjà nommé l'aumônier de quelque nouveau César américain, ou qu'il ait obtenu l'ambassade
près de l'empereur d'Haïti? Mais que dis-je? M. de
Pradt m'apprend que le clergé a été chassé du
Chili par les héros de Buenos-Ayres: que n'étais-
je au Chili quand un prélat, protecteur des insurrections, est venu me parler de ses titres et de
sa noblesse !

On m'apprend aussi, dans cette brochure,
qu'après une grande bataille perdue par les Espagnols, quarante grenadiers des troupes royales
ont mieux aimé se faire massacrer que de se rendre
aux rebelles. Se faire tuer par honneur, par fidélité, quelle folie! quel préjugé! Si ces grenadiers
avaient lu le livre sur *les Colonies*, ils seraient
descendus dans leur propre cœur, et ils auraient
volé dans les bras de ceux qu'on les envoyait
combattre. Il faut que la civilisation soit bien arriérée en Espagne; en vérité, ces grenadiers étaient
aussi sots que les Spartiates l'ont été aux Thermopyles.

M. de Pradt se propose de *donner suite* à cet
ouvrage, et de nous apprendre successivement les

défaites des troupes royales et les triomphes des insurgés. Cette suite d'écrits politiques et polémiques sera un véritable journal. Voilà donc M. de Pradt journaliste ; et il entre sans doute un peu de jalousie de métier dans la guerre qu'il déclare à la *Quotidienne* et aux *Débats*. Ses feuilles paraîtront tous les trois mois, les nôtres tous les jours : voilà la différence ; nous sommes, comme on sait, fort incivils, fort injustes et mauvais géographes : voilà la ressemblance. Cependant notre confrère aura sur nous un grand avantage : *Les ténèbres dont s'enveloppent les cours despotiques du Midi* (ce sont ses expressions) nous dérobent toujours la vérité ; mais M. de Pradt a des yeux de lynx qui percent toutes les ténèbres ; il verra tout, il saura tout, et il dira des choses que nous ne pourrons ni savoir, ni croire, ni comprendre. Nous passons pour méchans, nous sommes cependant les meilleures gens du monde, j'en vais fournir la preuve en donnant à notre rival quelques conseils utiles. Je suis plus vieux dans le métier ; j'ai pour moi l'expérience qui vaut quelquefois l'esprit et le talent ; et je ressemble à ces maîtres à danser qui enseignent bien et qui dansent mal. M. de Pradt peut donc m'en croire, et son journal n'en aura que plus d'abonnés. D'abord il doit en corriger le titre, qui est défectueux ; en écrivant *l'Amérique méridionale et le Brésil*, il fait un pléonasme, puisque le Brésil est compris dans l'Amérique méridionale ; il commet ensuite une inexactitude en parlant du *Mexique* qui n'est pas dans cette partie de l'Amérique. Je lui conseille de plus, de soigner son style. Un journaliste devant reprendre les fautes des autres, ne doit pas écrire comme un mauvais écolier. S'il veut que sa feuille prospère, il ne dira pas : C'est *de* cela *dont* il s'agit ; ces deux génitifs font mauvaise figure. Il ne placera pas trois fois le même substantif dans la même phrase. Il ne parlera pas de la *route qu'il avait embrassée* : on n'embrasse une route qu'en tombant à plat-ventre, et un journal fait par M. de Pradt ne doit pas tomber. Il ne se servira pas d'expressions basses et triviales quand il sera question d'un roi qui a voulu faire une conquête : ce roi a tort, sans doute ; mais en se permettant de lui donner une leçon, le journaliste de bon ton n'ajoutera pas la réflexion suivante : « Il faut que » le bien mal acquis ait bien bon goût.... ; mais, » s'il a bon goût, quelquefois aussi il est de dure » digestion. » L'homme qui vit dans le grand monde, qui n'a pas *abdiqué ses titres* en se faisant écrivain, et qui veut enseigner l'urbanité aux autres journalistes, n'écrit jamais de pareilles phrases quand il traite des matières aussi graves. Les jeunes gens qui nous lisent nous permettent de *révolutionner* les Empires, mais ils veulent que nous restions les sujets soumis et fidèles de la grammaire et du bon goût.

CONGRÈS DE CARLSBAD;

Par l'auteur du *Congrès de Vienne*, M. DE PRADT, ancien archevêque de Malines.

PREMIÈRE PARTIE.

DEUX ouvrages m'arrivent à la fois, tous deux très-remarquables, tous deux éminemment politiques; les deux auteurs sont également, quoique différemment, célèbres; ils sont tous deux prophètes; ils révèlent tous deux les mystères, et prédisent les conséquences des Congrès d'Aix-la-Chapelle et de Carlsbad; ils écrivent à peu près du même style; ils sont aussi savans l'un que l'autre en histoire et en géographie; ils se nomment, l'un M. de Pradt, ancien archevêque de Malines; l'autre, mademoiselle Lenormand, sibylle française, et la plus célèbre des tireuses de cartes passées, présentes et futures. Dans quelle perplexité ne me suis-je pas trouvé pour savoir auquel de ces deux écrivains j'accorderais la préséance! Non, le fier comte de Lutzau, le rusé Salvius, le spirituel comte d'Avaux, et le grave Contarini, n'ont pas été plus embarrassés quand il s'est agi de ranger les chaises diplomatiques à la première messe du congrès de Munster. L'égalité voulait que je m'en rapportasse au sort, et que je ballottasse les deux noms illustres dans une urne électorale ; la politesse française me criait : Place aux dames! mais je me suis rappelé qu'en prêchant l'égalité, M. de Pradt *n'a point abdiqué ses titres*, déclaration qu'il a daigné me faire à moi-même. Je n'hésite donc plus ; je fais marcher le prélat avant la sibylle, en avouant toutefois que si l'on m'accuse de partialité, je n'aurai pas le mot à répondre.

Si cependant je suis réduit à dire comme Palémon :

> *Non nostrum inter vos tantas componere lites,*
> *Et vitulâ tu dignus, et hœc. . . . . .*

je puis prendre le public pour juge dans cette question de prééminence, et lui fournir les moyens de se décider entre les tarots de la sibylle profane, et la lunette politique du prélat libéral. Ils ont tous deux présenté le tableau moral de l'Europe : le lecteur seul prononcera, car je me décharge de toute responsabilité. A tout seigneur tout honneur ; commençons par M. de Pradt.

« L'Allemagne a deux zones de gouvernement, l'une constitutionnelle, et l'autre arbitraire. L'Europe est partagée de même : dans le Nord, l'ordre constitutionnel est fréquent ; dans le Midi, il n'occupe aucune place...... En Angleterre, tout est extrême, richesses et pauvreté. La moitié de la nation

supporte la charge de l'autre, et doit la nourrir; la
moitié indigente effraie la moitié opulente.... Aussi
les perturbations deviennent-elles communes et
graves en Angleterre. Une aussi grande masse de
souffrances offre une étoffe bien ample pour des
perturbateurs. Les Pays-Bas se plaignent d'une alliance mal assortie, et d'une protection ruineuse.
La Russie a attaché à ses possessions un avant-
corps qui n'a aucun rapport avec ce qui le suit.
Un pays despotique a pour péristyle un pays à
constitution. L'Italie, rendue et bornée de nouveau à la culture des arts et des sciences, ronge un
frein trempé des larmes de la honte et de celles du
regret pour les destinées qu'elle n'a fait qu'entrevoir. Une oligarchie et un fanatisme inexplicables
divisent la Suisse. L'Espagne se précipite vers une
catastrophe inévitable; et, faut-il le dire? un destin cruel semble travailler à faire regretter un jour
Valençay par son roi. La France, qui a été le point
du départ de ce grand mouvement, et qui est restée son point de mire, est comme stationnaire,
dans un état incomplet, combattu. Il y a contradiction entre un corps renouvelé et une tête vieillie, qui, accoutumée à dominer les membres, ne
peut se résoudre à s'associer à leur nouvelle existence. Une cour contre-révolutionnaire s'élève
sur un corps constitutionnel; l'accord est difficile:
par la loi constitutionnelle, toute la nouveauté
dont se compose le temps s'est trouvée sous la
garde de cette antiquité; par là, on demandait de

seconder à qui était accoutumé à primer, et de coopérer à qui avait l'habitude de protéger. »

Mademoiselle Lenormand n'opère pas sur des abstractions, comme M. de Pradt ; elle n'emploie pas de prosopopée pour donner un corps à toutes les puissances européennes, et les faire comparaître au tribunal de l'as de pique. Ce sont des corps vivans qui environnent sa table , et dont elle peint le caractère en ces termes :

« Dans la quatorzième heure du jour, je reçois le *Badois*, qui tremble ; le *Bavarois*, qui espère ; l'*Allemand*, qui réfléchit sur la résolution qu'il doit prendre ; le *Saxon*, qui calcule sur de nouvelles destinées......... De la dix-septième heure à la dix-neuvième, j'admets l'*Italien*, curieux de pénétrer les secrets que lui dérobe l'avenir, et qui voudrait connaître les futures destinées de la superbe Rome ; le *Prussien*, qui surveille en Argus ses nouvelles acquisitions ; le *Danois*, qui brûle d'envie de renouer la partie ; l'*Anglais* joue constamment, depuis 1814, la quinte majeure ; le *Suédois* attentif doit regarder son jeu, il en est temps, peut-être plus que temps ; pour le *Polonais*, il réglera le sien en conséquence. Mais je puis annoncer formellement au *Russe* qu'il aura, en tout et surtout, le point de triomphe. Pour les *Belges* et les *Français*, ils ont le singulier privilége d'entrer chez moi à toutes heures... ils me semblent appartenir à la même famille, et mon plaisir redouble encore quand j'admets à ses agréables réunions un

habitant de la Newa ; alors je dis : tant qu'ils seront unis ensemble, c'est le présage heureux du
repos des autres États. Je ne refuserai point d'aider de mes conseils l'habitant paisible de l'antique
Helvétie, surtout s'il se présente au moment où
le vent d'*Occident* sera levé..... »

Voyez, messieurs, voilà les échantillons ; dé-
cidez-vous : je donne le choix pour une épingle.
Quelques personnes, je l'avoue, préfèrent la première pièce ; mais d'autres prétendent qu'elle a
plus de lustre que de solidité, et que l'on y aperçoit déjà la trame. En général, la seconde pièce
paraît plus fine aux yeux des connaisseurs ; ils
disent qu'elle change de couleur selon le sens
dont on la regarde ; tous s'accordent sur le prix
qu'ils trouvent beaucoup trop cher ; mais je n'en
puis rien rabattre, c'est le prix de fabrique.

Quittons cette métaphore ignoble et mercantile,
et n'envoyons pas à la friperie des ouvrages qui
brillent de toute la fraîcheur de la nouveauté. Nous
accorderons d'autres articles à cette sibylle de la
rue de Tournon, qui ne me pardonnera peut-être
point le parallèle que je viens de faire. Aujour-
d'hui c'est le prélat seul qui doit m'occuper ; et,
sans décider si ses oracles sont plus sûrs que ceux
des tarots, tâchons d'éclaircir le paragraphe que
je viens d'exposer à l'admiration de mes lecteurs.
Que veut dire cette phrase : « Dans le Nord,
l'ordre constitutionnel *est fréquent ?* Mademoiselle
Lenormand aurait-elle fait cette faute ? Non, sans

doute ; elle sait que *fréquent* indique une répétition et non pas un nombre ; qu'il ne s'applique
pas à plusieurs objets, mais à une même chose
qui revient souvent. MM. les libéraux, qui prétendent être les seuls bons Français, devraient
bien nous donner leurs leçons en français. Qu'est-
ce que c'est que *des perturbations qui deviennent
communes ?* Ici *fréquentes* était le mot propre ;
mais cherchons le mot propre dans les écrits de
M. de Pradt! Et *cette masse de souffrances qui
offre une étoffe bien ample !* Cela ne ressemble-t-il
pas à ma métaphore tirée de la friperie ? *Un pays
qui a un péristyle !* Mademoiselle Lenormand aurait dit *un édifice*, et non pas un pays. *Une cour
contre-révolutionnaire s'élève sur un corps constitutionnel !. L'accord est difficile*, ajoute M. de
Pradt. Oh! cette fois, il a bien raison ; il est difficile d'accorder *une cour qui se trouve sur un
corps.* Et cette phrase enfin dont je n'ai pu saisir
le sens qu'après m'être fait tirer les cartes : « *Par
la loi constitutionnelle, toute la nouveauté dont
se compose le temps s'est trouvée sous la garde de
cette antiquité !........* » Le temps composé d'une
nouveauté qui se trouve sous la garde d'une antiquité ! Et l'on expose un pareil galimatias aux lumières du grand siècle ! et l'auteur de cet amphi-
gouri politique, cet écrivain, si malheureusement
infatigable, qui mutile journellement la logique et
la grammaire ; ce publiciste qui estropie la géographie et l'histoire ; cet apôtre de l'égalité qui n'a pas

abdiqué ses titres ; ce prophète qui prédit la chute des trônes ; et veut nous tuer quand nous prédisons la chute de ses livres, s'établit le juge suprême des rois, traite leurs congrès comme les honnêtes gens traitent ses brochures ; dit aux hommes d'État que leur besogne est bien mince ; que leurs mesures sont mal concertées, mal conduites, qu'ils sont maladroits ; qu'il a lui le droit de leur montrer les écueils, et peut-être la route. Et comment l'éclaire - t - il cette route ? Avec un ordre constitutionnel *fréquent*, avec des souffrances qui sont une étoffe, avec un temps qui se compose de nouveauté gardée par une antiquité ; avec une cour qui s'élève sur un corps, etc... etc... Certes, voilà un congrès bien illuminé ! le plus humble quinquet ne vaudrait-il pas mieux que le fanal de l'archevêque ?

Lorsqu'il s'agit de grands intérêts ; et que les conseils peuvent avoir de grandes et funestes conséquences, les hommes de génie et véritablement sages conseillent avec pudeur, et proposent avec circonspection. Ils n'affectent point de mépris pour ceux même qui ont erré ; ils n'ont pas l'impudente prétention de croire qu'ils ne se seraient pas trompés eux-mêmes sur des matières si compliquées et si obscures ; ils se gardent bien surtout de prononcer doctoralement partout où il y a lieu de douter ; partout où l'expérience n'a pas offert des probabilités approchant de la certitude. Mais à ces hommes instruits et prudens, et prudens parce qu'ils sont instruits, opposons M. de Pradt, nous verrons un beau contraste : « Le genre humain est en marche, dit-il, il ne peut rétrograder. Le monde n'est plus qu'une école d'enseignement mutuel, dont les gouvernans peuvent bien encore être les moniteurs, mais non pas les maîtres. » A l'entendre, tous ceux qui gouvernent l'Europe sont aveugles ou maladroits, et la chute des trônes est inévitable si les souverains ne se hâtent d'appeler M. de Pradt à leur secours. Seul il régente, seul il peut gouverner le Monde. Ses moyens sont connus : ce sont l'esprit du siècle, le progrès des lumières, la nature des choses. Ajoutez-y les brochures du prélat, et l'utopie sera complète. Oh! que nous serons heureux quand nous n'aurons plus de maîtres, et quand nous n'aurons pour lois positives que l'esprit humain et la nature des choses! Ne vous y fiez cependant pas, messieurs les libéraux : ce hardi frondeur est votre égal aujourd'hui; mais l'était-il à Varsovie, l'était-il à Malines, l'était-il à Baïonne, et le sera-t-il encore si l'aveugle fortune lui rend ce qu'il a perdu? Souvenez-vous qu'il n'a point abdiqué; jugez de ce qu'il sera, non par ce qu'il est, mais par ce qu'il a été. Aux yeux du courtisan disgracié, la cour est pleine d'intrigues et de corruption; l'ambassadeur rappelé ne voit que ténèbres et artifices dans la diplomatie; tel prélat sans bénéfice est un grand philosophe qui mettra vos ouvrages à l'*index* quand il retrouvera sa mitre. Voulez-vous savoir comment votre

égal parle aujourd'hui des gouvernans? Écoutez :
« Le cours des choses les a élevés ; à peine arrivés
au timon des affaires, à leur tour, et l'exemple de
leurs prédécesseurs sous les yeux, ils deviennent
stationnaires ; la torpille du pouvoir a engourdi
leurs pieds ; usufruitiers du pouvoir, ils agissent
en propriétaires incommutables ; ils se crampon-
nent, s'adossent, et font effort contre un torrent qui, après quelques instans de suspension,
les dépasse en les entraînant. » Vous riez, messieurs, de cette phrase qui vous paraît excellente,
et qui, je l'avoue, peut n'être pas toujours
fausse ; mais gardez-vous de la rappeler si M. de
Pradt devient ministre. Il vous ferait bien voir
que la torpille ne l'a point engourdi. Vous aimez
sans doute encore cette autre phrase qui flatte
votre orgueil : « Tout est tellement changé, que
les choses reçues sans contradiction il y a cinquante ans passeront aujourd'hui pour des impossibles moraux. *Louis XIV serait obligé d'abaisser
les marches d'un trône qu'il avait élevé jusqu'aux
nues.* » Souvenez-vous cependant que Mars avait
élevé un trône encore plus haut que celui de
Louis XIV, et que l'aumônier du dieu ne lui a
point conseillé d'en abaisser les marches. Mais je
devine ce qui vous plaît dans l'image présentée par
votre confrère : c'est que quand un monarque
abaisse les marches de son trône, il est plus facile
de l'en faire descendre.

Terminons par un passage qui fera voir jusqu'où va l'audace de notre publiciste. Il dit, dans un *post-scriptum*, que ce qui est connu du congrès de Carlsbad, suffit pour justifier les conjectures formées sur son objet ; puis il ajoute : « Nous allons voir la propriété des sociétés maintenue contre les principes des sociétés, par la plus petite partie des sociétés......... Lorsque cette pièce curieuse paraîtra, elle formera le sujet d'un examen qui fera la seconde partie de cet écrit.... *Que l'on cesse de nous tourmenter par toute sorte de mauvaise besogne, et l'on verra si je ne cesserai pas de mon côté de* FUSTIGER *ceux qui la font.* »

Je sais qu'un empereur du onzième siècle passa une fort mauvaise nuit, et par un temps très-froid, dans la cour d'un pape fort peu libéral ; je sais qu'un autre pape, un siècle plus tard, posa fort incivilement le pied sur la tête d'un autre empereur ; je sais encore qu'un excellent roi reçut, par procuration, et sur les épaules de deux cardinaux, des coups de baguette en forme de pénitence ; mais que, dans le dix-neuvième siècle, quand l'esprit humain est en marche, et quand les idées libérales gouvernent le monde, un archevêque prétende fustiger tout un congrès, c'est par trop de barbarie. Prenez-y garde, messieurs les libéraux, si M. de Pradt devient jamais premier consul de votre république, il vous fustigera libéralement, et ce serait alors qu'il commencerait à bien faire.

SECONDE PARTIE.

Certes, les gouvernemens sont bien heureux, et les gouvernemens sont bien ingrats s'ils se plaignent. Autrefois ils payaient fort cher des hommes actifs et studieux qui leur fournissaient des renseignemens et leur présentaient journellement le thermomètre de l'esprit public. Il fallait étudier alors l'art de l'administration, les secrets des finances et la science de l'économie politique. Aujourd'hui, plus de soins, plus d'inquiétude, plus d'études à faire : pourvu qu'un ministre sache lire, pourvu même qu'il ait près de lui quelques lecteurs, il peut gouverner un grand Empire, toute l'Europe même, avec plus de facilité que le maréchal de Saxe n'en trouvait à morigéner une troupe de comédiens. Qu'il est doux de régner depuis que tout le monde est philosophe, selon le vœu que faisait le bon abbé de Mably! Que de publicistes, que de législateurs, que de tacticiens, que de financiers pullulent sur cette terre labourée par le soc de la révolution! Les dents du dragon thébain, semées par Cadmus, n'ont pas produit plus de soldats. Et tous ces gens-là travaillent, tous ces gens-là impriment, tous ces gens-là régentent les rois, partagent les Empires, régénèrent les peuples : ils travaillent sans qu'on les en prie, ils donnent des conseils qu'on ne leur demande pas; ils les donnent *gratis!* et je doute encore de leur libéralité. La *force des choses* doit cependant m'ouvrir les yeux, et la *nature des choses* est telle, que je ne puis plus me méprendre sur l'*état des choses.*

Et, en effet, une gazette a-t-elle murmuré un bruit de guerre, cent avocats vont présenter des plans de campagne ou d'organisation des armées; s'agit-il d'un nouveau mode pour nous procurer des députés incorruptibles, vingt auteurs d'opéras comiques vont rimer des lois d'élections; des épiciers composent des plans de finances, des écoliers commentent la Charte; et, si les souverains de l'Europe veulent se concerter pour repousser les idées libérales, un ministre de paix, un pieux prélat se dresse sur l'énorme pile de ses ouvrages, ouvre sa grande bouche, et fait entendre le terrible *quos ego....,* sans ajouter toutefois :

> . . . . . *Sed motos præstat componere fluctus.*

Pour démontrer la supériorité et l'universalité des lumières du siècle, il n'y a plus qu'un pas à faire, c'est de confier à un synode de grenadiers la discipline de l'Eglise. Qui donc a rendu tous les hommes propres à tout? Qui donc nous a infusé la science sans étude, l'instruction sans lecture, le raisonnement sans logique, et la sagesse sans prudence? Qui? belle demande! c'est la force des choses. Pythagore gouvernait l'Univers avec l'*âme universelle;* Mesmer l'a conduit avec le *fluide magnétique;* M. Azaïs le maintient avec le *fluide stel-*

laire; les anciens chimistes expliquaient tout avec les *acides* et les *alcalis;* M. de La Méthérie a créé le monde et les hommes avec la *cristallisation;* nos médecins nous tuent ou nous guérissent avec les *forces vitales;* nos politiques libéraux bouleversent tout avec la *force des choses.* Ainsi personne n'a fait la révolution, personne n'a tué le roi, personne n'a détruit la religion ; c'est la force des choses qui a tout fait; c'est elle qui prépare une régénération plus complète encore ; c'est elle qui fera renaître M. de Pradt dans cent ans, pour qu'il jouisse chrétiennement de la grande révolution qu'il annonce. *Le genre humain est en marche; les mesures défensives et préventives ne préviendront rien, ne défendront de rien. Le grand mouvement que l'on tend à réprimer gagnera tous les jours; le combat entre lui et ceux qu'il entraîne n'aura de terme que dans sa victoire complète, car, elle est certaine.* C'est la force des choses qui fera tout cela. Mais, qu'est-ce que c'est que la force des choses? Qu'est-ce que c'est que l'âme universelle? Qu'est-ce que c'est que le fluide stellaire? Qu'est-ce que c'est que les forces vitales? C'est un mot magique; et avec ce mot, que je crois entendre, je vais *constituer* l'Univers, et *fustiger* la diète germanique. Tenez-le donc pour dit : il n'y a plus d'influence religieuse, il n'y a plus d'institutions anciennes, plus de légitimité, plus d'illustrations, plus de prérogatives, plus de lois affermies par le temps : la force des choses est tout ; et malheur aux souverains s'ils se trompent sur la nature des choses !

Rassurons cependant les plénipotentiaires qui s'assemblent au congrès de Vienne ; M. de Pradt leur offre une planche de salut. Voici la phrase consolante par laquelle il termine la leçon sévère qu'il daigne leur donner : « *Que le congrès ne trouble pas notre repos, et sûrement je respecterai le sien...*, etc. » Hommes d'État, vous voilà bien avertis ; réfléchissez ; la force des choses est encore suspendue ; l'ex-archevêque la balance sur vos têtes, comme Jupiter soulève les sphères célestes suspendues à une chaîne de diamant. Obéissez à l'esprit du siècle ; n'arrêtez pas la marche du genre humain, suivez-le modestement ; mais si vous touchez aux idées libérales, nous vous lâcherons M. de Pradt, et arrivera ce qui pourra.

Habitué aux menaces et aux prophéties de l'archevêque libéral, je crois qu'il n'arrivera rien ; je crois que le genre humain ne marchera pas toujours, et que M. de Pradt lui-même se reposera ; son style, qui s'adoucit, m'en fait déjà concevoir l'espérance ; eût-on la vigueur d'Hercule et le bras d'Encélade, on se fatigue à remuer le monde : le plus sublime génie a des intermittences,

> . . . . . *Neque semper arcum*
> *Tendit Apollo.*

Mes lecteurs seront donc charmés d'apprendre que l'ancien archevêque de Malines a modéré sa

sainte colère, qu'il daigne raisonner avec ceux
qu'il gronde, que même il raisonne fort bien, sans
avoir moins d'esprit, et qu'abstraction faite de son
système de régénération sur lequel il paraît in-
flexible, sa dernière brochure mérite d'être méditée. Il y a une énorme différence entre la première
et la seconde partie du *Congrès de Carlsbad.* Dans
celle-là, l'auteur menaçait ; dans celle-ci, il conseille ; alors, il ne cédait pas un pouce de terrain ;
aujourd'hui il fait des concessions très-libérales ;
naguères il traitait les hommes d'État avec quelque
peu d'irrévérence ; maintenant il leur fait des po-
litesses. Ainsi, les libéraux auront beau dire que
la diète germanique ne fait rien de bon, dès qu'elle
a modéré le style de M. de Pradt, je prétends
qu'on doit en attendre des prodiges : « Les mi-
» nistres, dit-il, les grands de l'Europe, hors
» quelques individus jetés çà et là, ne sont pas de
» meilleures étoffes de despotisme que les maîtres
» qu'ils servent.... » On voit que l'auteur pense à
une autre étoffe dont il daignait s'habiller autrefois. « Semblables à ceux-ci, en général, ce sont
» des hommes entrés fort avant dans la civilisa-
» tion, modérés par caractère, par principes, par
» habitude ; amis des arts, des sciences, de ce qui
» est bon et humain. » Il ajoute, à la vérité, *qu'une*
haute élévation de vues n'est pas un apanage
commun parmi eux; mais on ne change pas si
complètement en quelques jours ; M. de Pradt
n'est point une girouette. Quel correctif d'ailleurs

n'a-t-il pas apporté au reproche de n'avoir pas une *haute élévation* de vues? Écoutons : « L'exal-
» tation des sentimens que le pouvoir est sujet à
» engendrer, ne se fait pas non plus ressentir au-
» près d'eux, et il est vrai de dire qu'en général
» ces ministres valent mieux, personnellement,
» que le mode de gouvernement qu'ils exercent,
» et qu'avec eux les hommes tempèrent les choses
» et leur enlèvent une partie de leurs aspérités. »
Je prends acte de cette déclaration, et je dis, à
mon tour : Si les grands de l'Europe ne sont pas
des étoffes de despotisme, s'ils sont entrés fort
avant dans la civilisation, s'ils sont modérés par caractère et par principes, amis des arts, des sciences,
de ce qui est bon et humain, je suis fort excusable
de ne pas regretter la *haute élévation* où je ne
trouvais rien de tout cela, et mon respect pour
des puissances amies de ce qui est bon et humain
ne mérite pas un éteignoir. Les hommes d'État de
l'Europe *valent mieux que leur gouvernement?*
Soit; ils ressemblent à M. de Pradt qui vaut mieux
que ses ouvrages.

Après avoir rapporté ces éloges d'un homme
qui n'en est pas, ou qui n'en est plus prodigue,
j'ajoute à regret que la libéralité de M. de Pradt
ne s'étend pas sur toutes les puissances de l'Europe. L'Espagne ne partage point les bénédictions
du prélat; l'Espagne reste maudite comme elle l'a
été dans le livre des Colonies ; on lui reproche encore les pertes qu'elle a faites, celles qu'elle va

faire et jusqu'à la fièvre jaune. Je pourrais appliquer à cette haine de l'archevêque, un vers du
Lutrin de Boileau, ou un hémistiche du premier
livre de l'Énéide ; mais j'aime mieux excuser M. de
Pradt. Ne sait-on pas qu'il a partagé l'Amérique,
et qu'il a fondé la nouvelle Carthage, la nouvelle
Tyr, la nouvelle Alexandrie, sur les bords de la
Plata ? Il ne peut donc pas décemment reprendre
le bien qu'il a donné pour en gratifier le roi Ferdinand ; peut-il d'ailleurs lui pardonner la vilaine
affaire de Baïonne ? Taisons-nous donc sur l'Espagne, et revenons à la diète germanique.

Cette seconde moitié de la brochure a sa préface et son introduction ; cette moitié est un tout.
L'auteur commence par cette comparaison qui flat-
tera certains lecteurs : « Ce qui s'est passé (à Carlsbad
» et à Francfort) n'a dû surprendre personne : en
» voyant *qui* composait ces congrès, on a dû voir
» ce qu'ils allaient faire. En France, à l'époque
» de 1815, quand on vit près de trois cents no-
» bles émigrés, Vendéens, Condéens, former la
» Chambre des députés, on sut tout de suite que
» l'on tentait une belle et bonne réaction contre-
» révolutionnaire, comme en 1792, sur la simple
» physionomie des députés, on lisait en gros ca-
» ractères, *la république.* » N'admirez-vous pas
la perspicacité d'un publiciste qui a deviné le royalisme des nobles émigrés, des Vendéens et des
Condéens ? Je n'ai pas tant de pénétration : quand
j'ai vu la majorité de la Chambre composée des

hommes qui étaient entêtés de la monarchie légitime., qui avaient combattu pour le roi sur le Rhin
ou dans la Vendée, j'ai tremblé que ces *voltigeurs*
ne se réunissent en Convention nationale, n'éta-
blissent un comité de salut public, ou ne nommas-
sent M. de Pradt *grand-électeur*. J'ai été trompé ;
mais je ne puis trop m'étonner d'apprendre que
des royalistes haïssent la révolution, et veulent
empêcher qu'on en fasse une autre. J'en dis autant du congrès de Vienne: en voyant à quels
hommes les souverains ont confié le sort de l'Allemagne, j'ai d'abord cru qu'ils voulaient faire une
belle et bonne révolution à la française ; mais
M. de Pradt m'ouvre les yeux, et je commence à
soupçonner que ces princes, attachés aux idées gothiques, voudront conserver la religion, c'est-à-
dire *la superstition* ; la morale, c'est-à-dire *les
préjugés*, et l'autorité légitime, c'est-à-dire *la tyrannie* : ils iront jusqu'à nier que l'insurrection
soit le plus saint des devoirs. Malheureuse Allemagne! tu ne marcheras donc pas avec le genre
humain? Ah! si le congrès eût été composé d'illuminés ou de libéraux réunis en société secrète !....
mais tant de bonheur n'est pas fait pour des Allemands !

Et je n'ai rien dit encore du congrès de Carlsbad. Oh! cette fois, ce n'est point le journaliste
qui divague. Est-ce ma faute à moi si M. de Pradt,
nous annonçant un congrès germanique, m'entretient de nos députés de 1815, de Piltnitz, de

Mayence, de Valenciennes, de Charles Iᵉʳ, Charles II, Jacques II, de la reine Anne, des *bleus*
et des *verts* qui divisent l'Empire, de l'*échauffou-
rée* de Grenoble, de l'état du siècle, du progrès
des lumières, de Napoléon qui n'*était pas un despote pur*, du *Conservateur et de ses tristes et hai-
neux confrères?* Est-ce ma faute si le *Moniteur*
du Congrès perd encore son temps à se plaindre
lui-même en des termes qui m'ont déchiré le
cœur, et que je ne puis m'empêcher de rapporter?
« Assis depuis trente ans, dit-il, à ce grand spec-
» tacle où l'on voit le monde se renouveler, et
» *où j'ai payé ma place fort cher*; je suis les mou-
» vemens de cette scène avec l'inquiète curiosité
» qu'inspire et nourrit la grandeur d'une action
» dans laquelle se balancent les destinées de l'hu-
» manité. » Quoi! M. de Pradt a payé sa place
très-cher! Voyez ce que peut la calomnie! on disait
qu'il était entré au spectacle avec un billet donné.

J'aborde enfin un paragraphe qui me donne de
l'espérance : « Si l'ouvrage de Carlsbad, dit le
» prophète, concorde avec le *statu quo* de l'esprit
» humain, et s'il se tient à son niveau, il est bon,
» il tiendra; s'il le contrarie, s'il le choque, s'il
» reste au-dessous de lui, il est mauvais, il tom-
» bera.... » Nous verrons si l'ouvrage est bon ou
mauvais; je parle de l'ouvrage de Carlsbad, car
pour celui de M. de Pradt la question est décidée.
Plusieurs passages cependant sont dignes d'un sérieux examen, tels que ceux où il traite de l'ar-

ticle 13 de l'acte fédéral (en Allemagne), de l'é-
ducation publique et de la liberté de la presse.
L'auteur y commente la proposition du ministre de
Sa Majesté Impériale et Royale, président de la
diète germanique ; il explique l'article 13 dans le
sens des idées libérales, ce qui lui fait faire encore
une digression en France, et le ramène à 1789, au
parlement de Paris, au vote par ordre ou par tête,
et le fait remonter même jusqu'à Louis XIV. Mais
dans ces aberrations, et notamment dans la discussion sur les abus de la presse, il y a des phrases
très-remarquables. Si Homère s'endort quelquefois, quelquefois aussi M. de Pradt daigne parler
raison comme un homme bien éveillé ; et, lors
même qu'il se trompe, c'est-à-dire ordinairement,
l'esprit qu'il répand à foison, ses phrases heurtées,
mais originales, ses expressions dures, mais fortes,
ses négligences adroites et ses argumens entortillés
avec assez d'art, occupent le lecteur et souvent
l'éblouissent. M. de Pradt a toujours l'air d'avoir
raison, et certes c'est une preuve de son talent.
Sans préambule j'aborde l'article 13 de l'acte
fédéral, en Allemagne, et la bizarre interprétation
qu'en donne M. de Pradt. De quoi est-il question ?
Quand, pour secouer le joug de Buonaparte,
l'Europe centrale réunit, pour la première fois,
ses forces, et forma pour la première fois aussi une
coalition sincère, les divers souverains dont les
trônes étaient menacés, voulurent ranimer le patriotisme des Allemands, et leur promirent des consti-

tutions libérales. Je prie mes lecteurs de prendre ce
dernier mot dans sa véritable acception. Comme
adjectif, le mot *libéral* est très-monarchique, et il
s'unit étroitement au substantif *libéralité*, qui exprime une fort bonne chose ; mais, considéré lui-
même comme substantif, ce mot *libéral* est une
véritable antiphrase, et ne ressemble pas plus à
la libéralité que la liberté de 1793 ne ressemble
aux libertés d'un peuple parvenu au plus haut point
de civilisation. Nous sommes donc d'accord, M. de
Pradt et moi sur ce point, que les souverains de
l'Allemagne ont réellement promis des institutions
vraiment libérales, quoiqu'ils ne l'aient pas formellement énoncé ; mais, dans notre opinion res-
pective, il y a l'énorme différence qui existe entre
l'adjectif et le substantif, c'est-à-dire entre le régime de l'ordre et l'anarchie d'une révolution.

Le ministre impérial explique cet article 13 par la
promesse *de créer partout des assemblées repré-
sentatives sur le modèle des anciens États de pays.*
M. de Pradt prétend, au contraire, que les peuples ont entendu la promesse du système représentatif moderne, et qu'il faut absolument le leur
accorder, sans quoi l'Allemagne *marchera* comme
le reste du genre humain. Cette idée est délayée
dans un grand nombre de pages chargées d'argumens un peu longuets, mais présentés avec beaucoup d'artifice. La grande maxime de l'auteur est
qu'il faut des constitutions partout ou nulle part.
Des constitutions, sans doute ; mais n'est-il pour

gouverner les peuples qu'un seul mode de constitution ? Cette uniformité, j'en conviens, est désira-
rable dans un même Empire, quoiqu'elle n'y soit
pas strictement nécessaire, mais certainement elle
n'est pas indispensable dans une confédération
d'États indépendans l'un de l'autre. Le Corps germanique a traversé les siècles malgré la bigarrure
de ses constitutions; l'Empire d'Autriche, composé
d'États, de peuples très - différens, n'a pas eu; je
l'avoue, le bonheur d'être régénéré comme nous;
il doit paraître bien gothique et bien usé aux yeux
de M. de Pradt; mais il est encore assez respectable, dans sa vieillesse, et je souhaite à notre Charte,
que je révère, une aussi longue durée. En France
même, où les *coutumes* et les lois étaient loin
d'être uniformes, on a vécu assez long-temps, et
l'on dormait avec beaucoup de sécurité, même
avant que le mot *liberté* ne fût inscrit sur toutes
les portes. Je sais qu'on mangeait du sel blanc
dans une province, et du sel gris dans une autre;
qu'ici, le tabac était soumis au monopole; et là,
marchandise libre; que dans tel endroit on mesu-
rait le grain au *bichet*, et dans un autre au boisseau; c'était un grand malheur sans doute; mais
quand la France uniforme aura duré aussi long-
temps que la France bigarrée, depuis Clovis jusqu'à 1789, nous saurons avec certitude si la stabilité des Empires consiste dans un régime uniforme
imposé à des peuples qui diffèrent par le sol qu'ils
habitent, par les mœurs, par les habitudes, par la

religion et le langage. Mais examinons la promesse des souverains.

Les libéraux de la Germanie, ont-ils pu espérer qu'on leur donnerait des constitutions françaises de 1791, dans lesquelles le souverain, devenant inutile, dût nécessairement descendre ou tomber du trône, et faire place à une Convention nationale? Ne dissimulons rien : c'est la république et non la monarchie constitutionnelle que veulent les révolutionnaires sous quelque dénomination qu'ils se présentent. Nous mériterions de subir une nouvelle édition du comité de salut public, si nous étions encore niais après une si dure expérience. M. de Pradt a vu le mot *république* écrit sur la figure de nos députés de 1792; je l'ai lu, moi, dès 1789. Un roi méprisé ne pouvait plus être roi; et les beaux titres de *roi d'un peuple libre*, de *roi régénérateur*, de *roi des Français*, et non pas de la *France*, étaient des fleurs artificielles dont on couvrait les marches par lesquelles le prince devait monter à l'échafaud. Oh! sans doute, les Jacobins allemands ne demandent encore que des constitutions royales : fiez-vous-y. Notre Assemblée législative renouvelait le serment à la royauté, et *détestait* la république trois mois avant le 10 août de si funeste mémoire. Demandez à nos révolutionnaires ce qu'ils veulent : rien n'est plus honnête que leurs désirs, rien n'est plus pur que leurs intentions. Ils ne veulent que la Charte : les bonnes gens! Ils aiment le roi..., cela fait peur! Ils criaient

autrefois : la constitution ou la mort ! Cette constitution est morte ; c'est comme cela qu'ils aiment
la monarchie.

Et les souverains de l'Allemagne ont des idées
gothiques parce qu'ils ont su lire l'histoire de la
révolution française ! Il faut, dit-on, qu'ils suivent le progrès des lumières, qu'ils marchent avec
l'esprit du siècle, qu'ils obéissent à la force des
choses. Oui, l'esprit du siècle les conduirait au
bord du précipice, et la force des choses les pous-
serait dedans. Mais *ils ont promis!* s'écrie-t-on ;
ils n'ont pas promis, ils n'ont pu promettre une
révolution quand ils viennent de réunir leurs efforts pour mettre un terme à celle qui désolait
l'Europe depuis vingt-cinq ans, et qui la menace
encore ; ils n'ont pu promettre le malheur de leurs
peuples, là ruine de la religion, des trônes, le
pillage, les massacres, les horreurs de l'anarchie,
tous les fléaux enfin que peuvent enfanter la faiblesse des princes et l'insolence des hommes qui
ont brisé le frein des lois. Il n'est pas question de
tout cela, me répète-t-on sans cesse ; on ne veut
qu'une *constitution.* Eh! je le sais; on n'en demandait pas davantage au malheureux Louis XVI :
dès qu'il l'eût promise, on la fit sans lui ; quand elle
fut faite, on le tua.

Mais allons plus loin : supposons qu'un roi,
dans le plus imminent danger, ait appelé le peuple
à son secours, et que sous l'influence de la peur,
cette mauvaise conseillère, il ait fait une promesse

équivoque où il eût laissé entrevoir plus qu'il ne
voulait accorder. Je supplie les princes allemands
de ne voir dans cette supposition qu'une précaution oratoire. Eh bien, soutiendra-t-on que ce roi
soit obligé de remplir des engagemens indiscrets,
et qu'il doive exposer son peuple au plus grand
des malheurs, pour s'acquitter d'une promesse
coupable? Risquer une révolution affreuse pour
dégager sa parole, serait un crime de lèse-nation,
et la promesse d'un crime ne peut obliger. Disons
donc que les souverains n'ont point promis ce que
l'on feint de supposer qu'ils ne pouvaient promettre ; qu'ils n'en avaient pas le droit, et qu'ils
ne pourraient l'accorder quand ils l'auraient promis. N'oublions pas d'ailleurs que ce ne sont point
les hommes opprimés et misérables, mais les
hommes devenus insolens par trop d'aisance, qui
font les révolutions; que ce ne sont point les tyrans,
mais les princes faibles qu'on accuse de tyrannie;
qu'on ne renverse pas les princes investis de toute
la puissance royale, mais les princes qui ont tout
accordé.

M. de Pradt veut que toute l'Allemagne soit
constituée comme la Bavière, le Wirtemberg et
le grand-duché de Bade; il demande si la Prusse,
par exemple, ou la diète germanique, pourrait forcer ces trois puissances *à mettre constitution bas.*
Il trouverait fort extraordinaire qu'une ou plusieurs puissances se mêlassent des affaires d'une
autre puissance. Cette crainte est chimérique : on

sait que la diète n'a point cette intention ; mais l'eût-elle manifestée, je n'en serais pas plus choqué que de voir un évêque auvergnat se mêler des affaires de l'Allemagne.

Passons à la discussion sur l'instruction publique. Pourvu, dit M. de Pradt, que rien n'y soit dirigé contre la religion, la morale et l'ordre public, le reste doit être abandonné à la diversité des esprits. Rien de plus libéral que cette proposition. Un instituteur, un professeur n'a nullement besoin de s'occuper de religion, de morale et de l'ordre public ; il suffit qu'il ne dirige point l'éducation contre ces bases de toute société. Ainsi, mes chers amis, dirai-je aux écoliers, vous pouvez penser de Dieu, de la morale et du gouvernement tout ce qu'il vous plaira ; soyez seulement assez prudens pour ne pas casser les vitres, et vous faire citer à quelque tribunal de l'obscurantisme. Notre publiciste veut que l'instruction soit abandonnée *à la diversité des esprits ;* les enfans du siècle des lumières pourront donc choisir entre Hobbes et Spinosa d'une part, Pascal et Bossuet de l'autre. M. de Pradt ne dit pas cela sans doute ; mais cela n'est-il pas compris implicitement dans l'abandon fait *à la diversité des esprits !* « Il a été déclaré par les anciens, ajoute-t-il, qu'il n'y avait d'éducation rassurante pour la société que par les jésuites et les ignorantins. » Et l'on sent quelle peur les jésuites doivent faire à un pieux archevêque. Il prouve ensuite fort bien que des hommes destinés à connaître les secrets de la nature et les profondeurs de la législation, ne peuvent rétrograder jusqu'à l'enseignement des médecins de Molière et des jurisconsultes de l'école de Cujas. L'école de Cujas comparée à celle des Purgon et des Diafoirus! M. de Pradt oublie sans doute que le célèbre Cujas a été soupçonné d'être un peu trop philosophe, et qu'il méritait une mention plus libérale. « Enfin, dit-il encore, *les étudians cherchent et les professeurs montrent le monde sur le terrain où il est à l'heure présente... La probité les attache* (les professeurs) *à la démonstration de la vérité, c'est-à-dire de la réalité des choses telles qu'elles existent; c'est elle que l'on vient apprendre auprès d'eux, et non point* DES ROMANS DONT L'ANTIQUITÉ AURAIT FOURNI LE CANEVAS. » Cette dernière phrase n'est-elle pas fort jolie, et ne dit-elle pas plus qu'elle n'est grosse? Mais pourquoi, à des argumens si profonds et si philosophiques, l'auteur s'avise-t-il d'en mêler un qui détruit tout le reste? Il m'avait presque persuadé; j'allais demander qu'on lâchât tous nos jeunes philosophes, qu'on leur jetât la bride sur le cou, et qu'on les laissât courir selon la *diversité des esprits;* mais M. de Pradt me fait faire une réflexion; il m'apprend que la nouvelle éducation n'a pas été la source de la philosophie du dix-huitième siècle, et que Voltaire a été un élève des jésuites. Ceci change singulièrement la thèse : si les jésuites forment des hommes comme Voltaire, ils ne sont pas trop ignorantins, et j'attends pour me décider que l'enseignement mutuel nous ait donné des Mérope, des Alzire, une Henriade, et même une *Pucelle,* qui est bien autrement libérale. On voit que, pour réfuter M. de Pradt, il suffit de le copier.

Me sera-t-il permis de présenter à mon tour, sur le même sujet, une seule observation que je ne puis développer ici, mais dont tout lecteur judicieux sentira les conséquences. Il me semble que notre instruction publique, soit ancienne, soit moderne, a toujours été en contradiction avec nos institutions, et qu'elle tend sans cesse à peupler l'Europe de petits républicains bien audacieux et bien indociles. Les instituteurs d'Athènes et de Rome républicaines ne disaient pas sans doute à leurs élèves que les peuples sont plus heureux sous le gouvernement des rois, et ne faisaient pas l'éloge des ambitieux qui avaient voulu asservir leur patrie. Par quelle fatalité, dans toutes les monarchies de l'Europe, présente-t-on sans cesse à l'admiration et au culte des jeunes gens le bonheur, la gloire, l'excellence des républiques? L'enfant est mutin par sa nature; dès que le petit homme peut articuler, il dit : Je veux; dès qu'on lui a donné un sabre, il parle de couper la tête à tous ceux qui lui résistent. Avec ces belles dispositions, il arrive au collége où il n'entend vanter que les Grecs et les Romains. Avant l'âge de dix ans, il sait que les armées du grand roi ont toujours été battues par une poignée de républicains grecs; il

admire ces Romains qui ont chassé les rois; Tar-
quin est un misérable, Porsenna un méprisable
despote qui veut remettre Rome sous le joug odieux
de la royauté : il n'y a d'honneur, de vertus, de
gloire que chez les Brutus, les Coclès, les Scévola.
Quelques années plus tard, Tacite et Suétone lui
font regretter les douceurs de la république. L'histoire moderne lui montre ces braves Hollandais
qui ont secoué le joug de l'Espagne, etc...... Tout
conspirateur qui a réussi est cité avec éloge ; il n'y a
d'épithètes désagréables que pour les malheureux
et les maladroits. En France même, on vante la
belle, la grande, l'heureuse révolution anglaise
de 1688 ; et si un homme qui s'est trouvé en Amérique, pendant la guerre de l'indépendance, se
montre à Paris, sur un cheval blanc, sans autre
forme de procès, il est proclamé héros, jusqu'à ce
qu'il fasse une sottise. Je ne présente ici qu'une
simple idée, mais je la crois digne de sérieuses
réflexions ; je demande cependant pardon à M. de
Pradt de l'avoir quitté un moment pour écrire des
lignes qui ne valent pas les siennes.

Je n'aurais que des louanges à donner à la partie
de cette brochure qui concerne la liberté de la
presse, si M. de Pradt n'avait pas mêlé des accens
de haine aux raisonnemens de la logique, et des
expressions de mauvais goût à des phrases très-spi-
rituelles et très-sensées. Il prouve très-bien que la
liberté de la presse est encore plus utile qu'elle ne
peut être nuisible ; mais le prouverait-t-il moins

quand il ne désignerait pas l'Espagne comme *une terre de despotisme absurde et féroce!* Ses argumens produiraient-ils moins d'effet quand il ne parlerait pas d'un *corps de gendarmerie anti-littéraire?* La satire n'est pas un bon moyen de persuasion ; et, quand on daigne donner des leçons à d'aussi grands écoliers que les plénipotentiaires d'un congrès, il me semble que l'on pourrait descendre jusqu'à vouloir les persuader. Il me semble aussi qu'en parlant de la réformation, il ne convenait pas de l'appeler le *combat entre des vérités et des erreurs ;* car on serait tenté de croire que ce sont les vérités qui ont triomphé par le succès des protestans, si la haute piété de M. de Pradt n'était pas assez connue pour faire évanouir le soupçon.

Au reste, toutes ces leçons données aux rois, ces criailleries contre les gouvernemens légitimes, ces menaces de révolution faites par des hommes qui l'attendent, me rappellent une fable où La Fontaine a calomnié la mouche du coche. Puisque le coche avançait quand elle bourdonnait, la pauvre bête était bien excusable de croire qu'elle y contribuait pour quelque chose ; mais nos mouches disent que leur coche avance quand il recule ! On voit que la fable est à refaire, et alors on pourrait la terminer par ces deux vers du fabuliste latin :

Hâc derideri fabulâ meritò pòtest
Qui sine virtute vanas exercet minas.

L'EUROPE ET L'AMÉRIQUE

DEPUIS LE CONGRÈS D'AIX-LA-CHAPELLE;

Par M. DE PRADT, ancien archevêque de Malines.

VOYEZ mes Quatre Concordats, voyez mon livre des Colonies, voyez mes Mémoires sur l'Espagne, voyez mon Congrès d'Aix-la-Chapelle, mon Carlsbad n° 1 et mon Carlsbad n° 2 ; lisez mon Petit Catéchisme à l'usage des Français, sur les affaires de leur pays, puis ma Lettre à un électeur, puis ma brochure sur l'*Affaire de la loi des élections*, puis mon autre brochure sur la révolution d'Espagne, puis ma petite brochure sur le 31 mars 1814, puis encore ma brochure sur la Belgique, puis enfin mes deux petits volumes sur l'Europe et l'Amérique ; lisez tous mes ouvrages, vous y verrez que j'ai écrit vingt-un livres différens par la forme, identiques par le sujet, et qu'il a fallu tout ce papier pour établir une vérité plus claire que le jour. Fontenelle l'a dit : Une vérité nouvelle est un coin qu'il faut faire entrer par le gros bout : et M. de Pradt frappe comme un sourd, depuis six ans, sans que le gros bout veuille entrer.

Tous ces *voyez* sont le résultat des notes de M. de Pradt, qui ne reconnaît d'autorité que la sienne, qui ne cite que lui, et nous renvoie toujours à la boutique de M. Béchet, son libraire, pour y puiser les lumières du siècle, et pour y apprendre que *le genre humain est en marche.* Tel est, en effet, le résumé des vingt-un ouvrages du prélat. La brochure que j'annonce porte en épigraphe cette belle et importante déclaration : « Le genre humain est en marche, rien ne le fera rétrograder. » L'auteur dit ensuite : « Telles ont été souvent » oh! oui souvent, « mes paroles depuis plusieurs années, accueillies d'abord par les *subsannations* d'hommes, les uns froissés par cette marche progressive et irrésistible, les autres intéressés à détourner l'attention de ce grand événement; etc., etc. . . . . . » Et quels sont les insensés qui ont pu se moquer de ces belles paroles de M. de Pradt? Qui a pu se permettre des subsannations sur les prédictions d'un tel prophète? *Ego quidem non subsannavi.* Des sages, des poètes m'ont appris depuis long-temps que le premier acte de la vie est un pas vers la tombe; le genre humain marche donc toujours, quoique aujourd'hui il doive être bien fatigué; mais le plus grand de tous ces philosophes, c'est incontestablement Montauciel qui a laissé dans la mémoire des hommes cet apophthegme remarquable :

Chaque minute, chaque pas,
Ne mène-il pas au trépas?

M. de Pradt a donc proféré, comme M. Azaïs, une vérité éternelle, universelle et palpable; mais je réclame la priorité pour Montauciel.

Que n'ai-je, comme M. de Pradt, le privilége de dire à mes lecteurs : Voyez mon article de telle date, voyez ce que j'ai dit de Carlsbad, de la brochure sur l'Espagne, de la brochure sur les élections, des soldats qui tirent sur des idées, et du genre humain qui est en marche! Vous répétez toujours la même chose, s'écrie-t-on de toute part! Ah! que voulez-vous que je fasse? je me mets au pas de mon auteur. Il fait vingt livres avec un livre, je suis réduit à donner vingt titres différens à un même article. Vous faut-il des preuves? Voici ce que contient, en dernière analyse, la dernière et prétendue nouvelle brochure de l'ancien archevêque : le genre humain est en marche. — Établissement de l'ordre constitutionnel et conformiste dans toute l'Europe et dans le Monde. — Panégyrique de l'immortelle Assemblée constituante. — L'impossibilité d'arrêter la marche de l'esprit humain ; inutilité de toute opposition à ce torrent irrésistible. — Comparaison, reproduite, de l'esprit révolutionnaire, avec l'établissement du christianisme. — Le Monde devenu une école d'enseignement mutuel. — *Il est trop tard pour pactiser* (ainsi, messieurs de l'éteignoir, pliez bagage). — L'avenir de l'Europe est en Amérique. — Déclamations réitérées contre. . . . . .Louis XIV (. . . .)

— Répétitions sur le Congrès de Carlsbad. — La raison gouvernera, et gouvernera seule (bâtissez-lui donc un temple sur la place des Victimes); centième éloge du Contrat-Social. — Aristocratie féodale condamnée (celle des radicaux vaut bien mieux). — Accomplissement des prophéties de M. de Pradt sur la révolution de l'Amérique et sur celle de l'Espagne (cela est vrai; le prélat a prédit au roi Ferdinand un bonheur tel qu'il regretterait Valençay). — Trentième, quarantième ou centième répétition sur Bolivar et Morillo. — Affaires religieuses : les jésuites, les missionnaires et les frères ignorantins, ressuscités par l'aristocratie et réenterrés par M. de Pradt. — Reproduction du Congrès européen, demandé cent fois par l'ex-archevêque (mais ce n'est pas celui de Laybach). — Répétition de cet *axiome*, que les armées ne peuvent rien contre les idées. — Nouvel éloge des héros de l'île de Léon. — Nouvelle exposition, au salon de M. de Pradt, du grand tableau représentant l'Europe entre deux colosses prêts à la dévorer, et, pour qu'on ne s'y trompe pas, on répète pour la vingtième fois, que ces colosses sont l'Angleterre et la Russie. — Réimpression des déclamations sur les lois d'exception et sur la liberté de la presse. Voilà ce que M. Béchet vend pour un nouveau livre ; courez, lecteurs, achetez-le, c'est l'essentiel : je vous ai ennuyés vingt fois en vous mettant tout ce fatras sous les yeux ; eh bien ! ennuyez-vous encore aujourd'hui, je n'en ferai pas mon *meâ culpâ* : la tantologie de l'auteur produit la battologie du journaliste. Je n'y ai qu'un seul regret, c'est que vous paierez mon article comme s'il était bon, et le livre de M. de Pradt comme s'il était nouveau.

N'exagérons pas cependant ; ne soyons pas injustes envers le plus juste des hommes : ce dernier livre, formé de tant de débris, contient, non pas précisément du nouveau, mais quelques pages remarquables que M. de Pradt n'avait pas encore écrites. Quelques-unes de ces pages sont un extrait du livre des Destins, et renferment une prophétie claire, nette et infaillible sur la ruine imminente, immédiate de l'Angleterre. Cette nouvelle peut nous arriver dans huit jours, demain peut-être, et même aujourd'hui ; et les papiers anglais paraîtront un de ces matins pour nous apprendre qu'ils n'existent plus. M. de Pradt, qui prend son bien où il le trouve, a reproduit, sans les citer, les calculs et les raisonnemens contenus dans les *Lettres de Saint-James*, petite brochure fort bien faite. Mais M. de Pradt ne laisse pas même à l'Angleterre la faible ressource de la colonisation, comme l'a fait l'auteur des Lettres ; il n'y a point de ressources pour les gens que M. de Pradt a condamnés : chantez, ennemis d'Albion, la reine des mers va périr. Le procès de la reine a comblé la mesure des iniquités, et *la marche triomphale* de cette princesse vers la métropole, annonce la pompe funèbre de la puissance britannique. Ja-

mais les avocats de la reine n'ont plaidé la cause
de cette princesse avec une logique plus fou-
droyante que ne le fait M. de Pradt ; je doute
néanmoins que l'épouse de Georges IV soit très-
reconnaissante envers le prélat, si elle lit tout son
ouvrage ; car elle verrait, dans certains chapitres,
que *le Prince de la Paix est le Bergami de l'Espagne*, phrase trop ministérielle pour flatter la
reine d'Angleterre. Malgré cette saillie, indiscrè-
tement échappée à la conscience de l'archevêque,
le prélat termine sa prophétie par ces paroles sinistres : « Je le dis en frémissant; mais il m'est
impossible de ne pas les distinguer, écrits en caractères malheureusement trop lisibles sur les rivages d'Albion, ces mots effrayans : *Dans peu
de temps, subversion totale.* » Dieu soit loué !

> . . . . *Bella, horrida bella,*
> *Et* Tamesim *multo spumantem sanguine cerno.*

L'Angleterre n'existe vraisemblablement plus
au moment où j'écris; ainsi, *Requiescat in pace.*
Passons à autre chose.

Le huitième chapitre se fait distinguer par un
éloge de Buonaparte. Je n'en citerai aucune phrase,
quoique j'y reconnaisse des vérités, ce dont je conviens au grand étonnement de M. de Pradt. Je
n'aurais pas même parlé de cette partie du livre,
si, au bas du panégyrique, une note provocatrice
ne semblait défier la critique, et la forcer à s'expliquer. On me dispensera sans doute de copier

l'éloge, mais la note est trop curieuse pour que je prive mes lecteurs d'un morceau aussi friand. En voici au moins la partie succulente : « Je parle historiquement ; je connais mes devoirs et les convenances : je ne crois pas aux revenans... mais aussi je ne me détourne pas de mon chemin par aucune considération de lâcheté ou de crainte..... et je ris de bon cœur de ces hommes qui, aujourd'hui, font tant de façons pour prononcer un nom que nous les avons vus articuler de fort bonne grâce. Pardon, lecteur (c'est toujours M. de Pradt qui parle) de vous arrêter sur de pareilles pauvretés ; *mais regardez à la malice du temps.* » Cette malice du temps est une malice de l'auteur, et c'est nous qu'il désigne comme les malins ; car M. de Pradt nous a déjà donné une semonce pour avoir parlé avec irrévérence d'une brochure de M. Guizot, *qu'aucun de nous n'est en état de comprendre.* Gloire à M. Guizot pour être resté inaccessible à notre intelligence ! L'obscurité est l'auréole du génie, et je ne suis pas éloigné de croire qu'elle est le caractère distinctif du siècle des lumières. Mais revenons à la malice. Eh! pourquoi M. de Pradt fait-il tant de façons lui-même pour louer Buonaparte ? Craint-il que nous en soyons étonnés ? Et moi aussi, je le loue, et je lui ai une obligation que rien n'a pu effacer ; il nous a délivrés des jacobins, des révolutionnaires, de tous ceux qui voulaient faire marcher le genre humain ; ce n'est pas là un bienfait médiocre : je n'examine

pas s'il l'a fait pour nous ou pour lui ; une pareille
recherche dispenserait trop souvent de la reconnaissance. Mais quels sont les hommes qui ont le
plus outragé le grand empereur après sa chute ?
Quels sont ceux qui ont employé les expressions
les plus basses et les plus injurieuses , qui ont fait
succéder les *subsannations* aux adulations ?.........
Je m'arrête , car M. de Pradt dirait encore : *Voyez
la malice ;* et je ne veux pas affliger un homme
qui a le courage de louer Buonaparte. Si j'avais
affaire à celui qui a travesti le grand homme en
Scapin , je tiendrais un tout autre langage ; mais
M. de Pradt , louant aujourd'hui celui qu'il louait
si bien il y a dix ans , ne fait rien que de naturel
et de raisonnable ; il est trop bon logicien pour
ne pas faire concorder les principes et les conséquences. En vérité, une chose aussi simple ne valait pas la peine d'écrire une note , et d'y mettre
de la malice.

J'ai gardé le meilleur pour la fin : voici du nouveau , en fort petite quantité sans doute, mais si
curieux , si étrange , qu'il doit faire passer tout le
farrago des deux volumes. Lecteurs , *arrectis au-
ribus adsta ;* M. de Pradt vient d'acquérir deux
puissans auxiliaires qui reconnaissent les principes
du prélat , et avouent l'impossibilité de les combattre. Ces grands personnages sont , ne riez pas ,
ce sont... je ne sais si j'oserai l'écrire ; allons , du
courage ! ce sont Sa Majesté l'empereur d'Autriche, et M. le prince de Metternich. Écoutez ceci,

je vous en conjure. Dans une lettre adressée à
M. le baron de Berstett, ministre de Bade, M. le
prince de Metternich a écrit la phrase suivante :
« Le temps avance au milieu des orages; vouloir
arrêter son impétuosité, ce serait un vain effort. »
Ne voilà-t-il pas que M. de Pradt prend acte de
cette déclaration, et s'écrie : « Voici un aveu bien
précieux dans la bouche du chef d'un des premiers
cabinets de l'Europe.... Cet aveu renferme la *reconnaissance* de l'état réel des choses... » Notez
cependant que le ministre autrichien entre ensuite
dans de grands détails sur la marche à suivre pour
*conserver ce qui reste, et recouvrer ce qu'on a
perdu;* il déclare aussi qu'en cas d'insuffisance des
moyens propres, chaque membre de la confédération a le droit le plus sacré au secours de la
confédération tout entière ; notez encore que ce
prince regarde la constitution des cortès comme
l'œuvre de l'arbitraire, ou d'un aveuglement *insensé;* et cependant M. de Pradt y voit une *reconnaissance* de l'ordre révolutionnaire, parce que
le ministre a dit qu'on ne pouvait pas arrêter le
temps. Est-ce bien sérieusement qu'un homme
d'esprit, un grave archevêque, un profond publiciste nous conte de pareilles sornettes ? N'est-ce
pas se moquer trop libéralement de ses lecteurs ?
Mais il y a bien autre chose ; écoutez! écoutez!
M. de Pradt cite avec un air de triomphe la réponse de Sa Majesté l'empereur d'Autriche aux
députés du comitat de Pest, en Hongrie, et notre

prélat y voit *avec plaisir*, ce sont ses termes, *l'aveu
et la reconnaissance de l'état actuel du monde,
et le tableau de ses vœux.* Qu'a donc dit l'empereur d'Autriche, qui puisse causer tant de joie aux
amis des constitutions improvisées? Le voici :
« Tout le monde est dans le délire (stuttigat); et
c'est au mépris des anciennes lois que l'on court
après des constitutions imaginaires. » Cette scène
n'est-elle pas digne de Molière? Vous êtes tous des
fous, dit l'empereur d'Autriche, et le coryphée
des libéraux s'écrie : Messieurs, l'empereur nous
reconnaît!

Je crois néanmoins que M. de Pradt peut réellement compter sur ces illustres auxiliaires; je
crois le monarque et le ministre assez humains
pour chercher à guérir le prélat, et à le remettre
dans la voie du salut.

DE LA GRÈCE

DANS SES RAPPORTS AVEC L'EUROPE;

Par M. DE PRADT, ancien archevêque de Malines.

CE n'est point à M. de Pradt qu'il faut demander des nouvelles de la Grèce; c'est dans son imagination, c'est dans ses souvenirs de collége qu'il

a cherché des notions sur la Grèce moderne. Dans son voyage fantastique vers *la patrie des arts*, *la mère des héros*, *l'institutrice de l'univers* (ce sont ses expressions), on voit son vaisseau flotter sans boussole et sans guide, faire bonne ou mauvaise route selon que le vent souffle de Trieste, de Smyrne ou d'Odessa, et aborder enfin à la Chimère, seul point où il ait touché, et dont il n'est plus sorti.

Il suffit d'indiquer le but de M. de Pradt pour faire crouler l'édifice de sa politique. Pressé de faire un livre avant d'avoir réuni les élémens qui devaient le composer, pressé d'écrire sur la Grèce, parce qu'elle est en révolution, il a cru devoir ajourner le soin de la connaître; pressé de juger les Grecs et les Turcs, il a commencé par prononcer l'arrêt irrévocable, et il lira peut-être un jour les pièces du procès.

La Russie fait peur à M. de Pradt, et je le conçois; cette crainte est fort raisonnable, quoique ce soit prévoir les malheurs d'un peu loin. Le caractère du souverain de ce grand Empire nous rassurerait complètement si le présent pouvait être une garantie pour l'avenir; mais on ne fait pas de la politique avec des vertus privées, et comme il n'est pas encore reconnu si l'ambition est une vertu ou un vice dans un souverain puissant, il sera toujours permis aux petits d'avoir peur des grands, et à la chaumière de craindre le château. Il n'y a donc rien que de naturel dans l'appré-

hension de M. de Pradt. Il ne reste plus qu'à examiner si le danger se trouve où il le voit, et si
les conseils qu'il donne pour le prévenir méritent
notre confiance.

Sur ce point, je ne crains pas d'affirmer que
l'ancien archevêque s'est plongé complètement
dans l'erreur. Rien n'est plus dénué de connaissances positives, de logique et de raison que sa
nouvelle brochure : tout y est faux, principes et
raisonnemens, et ses conséquences même ne seraient pas justes quand on lui accorderait les prémisses. La question qu'il agite sans l'avoir étudiée,
est du nombre de celles où l'esprit ne peut rien.
L'esprit est une arme contre laquelle un Turc est
invulnérable ; toutes les épigrammes qui peuvent
blesser des *aristocrates* français, ne feraient pas
fuir un seul Turc au-delà de l'Hellespont, et toute
la bibliothèque de M. de Pradt, lancée sur les enfans de Mahomet, n'aurait pour résultat que d'allumer la pipe ou de chauffer le bain d'un ma-
mamouchi.

Comment pourrais-je adopter les vues et les
projets de notre publiciste, quand je vois qu'il est
lui-même dans l'incertitude, et qu'il n'a pas une
opinion fixe ? Il est curieux de rapprocher ses différentes assertions sur le sujet qui nous occupe,
sujet qu'il a déjà effleuré dans son gros livre de
l'*Europe et l'Amérique*, et qu'il embrouille de
plus belle dans le petit ouvrage que j'annonce aujourd'hui. En réunissant tout ce qui concerne la

22.

Grèce dans ces deux productions, on ignore non-
seulement ce qu'il faut penser de la grande querelle de l'Orient, mais on ne peut deviner ce que
pense l'auteur même. Voici d'abord ce qu'on lit
à la page 180 du deuxième volume de l'*Europe
et l'Amérique* : « A entendre beaucoup de per-
» sonnes, on dirait qu'il ne s'agit que de prendre
» les Turcs par la main et de les ramener en Asie...
» On dirait qu'il ne s'agit que d'une promenade
» militaire (page 181) et d'une simple expédition,
» telle qu'on faisait la guerre de Russie en 1812...
» *Le succès pourrait être le même;* d'ordinaire,
» ces confiances irréfléchies finissent mal.... Des
» citadelles mouvantes, telles que sont les armées
» russes, se feront jour facilement à travers des
» escadrons minces et légers comme les vents;
» mais elles devront tout porter avec elles ; mais
» elles trouveront sur leurs ailes, sur leurs der-
» rières, les ennemis qu'elles ne pourront atteindre
» de front ; tout ce qui s'écartera du centre périra :
» si ces phalanges sont percées une fois, elles au-
» ront le sort de la phalange macédonienne, quand
» l'épée romaine eut pénétré dans ses rangs. » Dans
les pages suivantes, on parle de la peste qui attend les Russes à Constantinople, et de l'inutilité
de l'expédition, quand même on se serait emparé
de cette capitale, et quand on aurait franchi le
Bosphore, dont les Turcs occuperaient toujours la
rive orientale ; et M. de Pradt juge fort sensément
qu'il y a là de quoi *tempérer cette confiance dans*

les succès décisifs promis aux Russes. Je suis loin de vouloir le contredire sur ce point ; je n'ai jamais pensé qu'il ne s'agît dans cette crise que de dire aux Turcs : Otez-vous de là que je m'y mette. Mais comment concilierons-nous le passage que je viens de transcrire avec celui qui se trouve à la page 318 du même volume ? En voici les principaux fragmens : « La Grèce est sauvée ; dès ce » moment on peut la proclamer libre.... La ra- » pidité de cet événement n'est pas un des carac- » tères les moins frappans de cette brillante révo- » lution comme de notre époque même. C'est à » coups de foudre que tout s'y fait. La Grèce est » d'autant mieux libre, qu'elle le deviendra par » elle-même... » Et plus loin : « La Grèce va éton- » ner l'Europe. »

En vérité, M. de Pradt devrait bien ne pas mettre l'esprit de son lecteur à la torture : à qui fera-t-il comprendre que toutes les forces de la Russie seraient un auxiliaire inutile et même nuisible ? Comment concevra-t-on que toute l'armée russe, faisant diversion en faveur des Grecs, échouerait probablement dans son entreprise, tandis que la Grèce toute seule est infailliblement sauvée, et que, *dès ce moment, on peut la proclamer libre?* Tout ce que le lecteur verra dans ces deux paragraphes, c'est qu'ils ont été écrits sous l'influence de deux gazettes différentes ; et voilà ce qu'on appelle de la politique !

Venons maintenant à la brochure sur la Grèce :

nous y verrons bien autre chose. L'auteur y établit d'abord que les colonies sont soumises tant
que la population y est faible, et qu'elles secouent
le joug de la métropole quand elles deviennent
populeuses. C'est ce qu'il avait longuement exposé dans son livre *des Colonies*, et ce qu'on ne
lui a pas contesté. En conséquence de ce principe,
qui pourrait cependant souffrir des exceptions, il
dit à la page 19 de sa dernière brochure : « Ses
habitans (les Grecs) se sont comptés, *ils se sont
trouvés être les plus nombreux....* » Tout ce qui
suit est la conséquence de cette assertion, c'est-à-
dire que l'émancipation de la Grèce est certaine,
infaillible ; et à la page 104, remarquez bien ce
chiffre, il persiste encore à croire que l'excès de
la population grecque sur celle des Turcs, doit la
faire triompher, et il exprime sa conviction par
cette phrase qui n'est pas équivoque : « Ils auraient
» pu l'étouffer au berceau, mais dans ce berceau
» reposait un Hercule. Il en est sorti, il jouit de
» la plénitude de ses forces..... *le dompter n'est
» plus possible aux Turcs.* » Croira-t-on maintenant qu'en lisant vingt lignes de plus, c'est-à-dire
qu'en passant à la page suivante (105), on trouve
ces mots, tout étonnés d'y être : « *Les Turcs sont
» supérieurs en nombre*, mais très-inférieurs en
» science positive... Les Turcs mettant la confiance
» dans leur nombre, tout art est loin d'eux.... »
Voilà donc les Grecs qui triompheront certainement parce qu'ils sont plus nombreux que les

Turcs, et les Turcs qui seront nécessairement battus quoiqu'ils soient plus nombreux que les Grecs. Oh! ceci est trop fort; je reconnais l'apophthegme *errare humanum est*, mais il ne faut pas en abuser : M. de Pradt sans doute mérite des égards et de la considération par son caractère, par son esprit, par ses talens; mais, à son tour, il devrait un peu ménager son lecteur. Un homme qui régente les rois, qui trouve de si courtes vues chez tous les hommes d'État de l'Europe, qui gronde les quarante - trois ministres nommés par le roi depuis la restauration, et qui voit en pitié toute l'aristocratie française, devrait au moins relire ce qu'il écrit. En conscience, je ne puis pas me faire buse pour plaire à M. de Pradt; il n'y a dignité qui tienne; il serait le grand lama du Thibet, que je ne pourrais admettre ses Grecs plus nombreux que les Turcs qui sont plus nombreux que les Grecs.

Est-ce la peine maintenant de faire observer qu'après avoir cité avec éloge un passage où Condorcet se moque de l'équilibre de l'Europe, M. de Pradt se plaint de ce que le Piémont, la Toscane et les États du pape ne servent à rien dans l'*équilibre* de l'Europe? Est-ce la peine de dire qu'après avoir reproché au congrès de Vienne d'avoir violé l'indépendance de quelques petits États, il le blâme aujourd'hui d'avoir conservé trop de petits États qui ne font rien à l'équilibre, et qui n'ont jamais de bonnes troupes? Non; ces petites contradictions pâliraient près de celle que j'ai relevée

plus haut, et j'aborde le point capital de la brochure.

Il faut opposer une barrière à la puissance colossale de la Russie : telle est la montagne que
M. de Pradt a dans la tête ; il veut bien accorder
à l'empereur Alexandre la Moldavie et la Valachie,
mais si ce monarque possède seulement une tête
de pont sur le Danube, il faut que le tocsin sonne
dans toute l'Europe. C'est donc sur la rive gauche
du Danube que doivent être plantées les colonnes
de l'Hercule oriental, et l'ancien archevêque de
Malines y gravera le *nec plus ultrà*. Mais qui empêchera les Russes de passer de la rive gauche à la
rive droite ? Quelle barrière leur interdira l'accès
de la Romélie ? la puissance ottomane peut-être ?
non ; elle est dégénérée, elle est finie ; les Turcs
sont chassés de l'Europe. Ce sera donc une coalition européenne, rangée en amphithéâtre sur la
pente septentrionale du mont Hémus ? Nous avons
mieux que cela. Mais qui donc enfin ? J'ose à peine
le dire, tant cela est extravagant : Eh bien ! puisque vous voulez le savoir, *risum teneatis*, c'est la
Grèce qui sera cette barrière ; oui, messieurs,
c'est la Grèce que M. de Pradt oppose à la Russie ;
c'est la Grèce qui empêchera les légions du nord
d'inquiéter l'Europe ; et ce grand résultat paraît si
naturel et si certain à M. de Pradt, qu'il s'écrie dans
son enthousiasme : « *Si la révolution de la Grèce
n'existait pas, il faudrait l'inventer.* » Quel honneur pour Voltaire d'être parodié par un archevêque !

Opposer la Grèce à la Russie, lorsque la moitié de sa population aura disparu par l'expulsion des musulmans, est une idée si bizarre que je n'ai pas le courage de la combattre. J'aimerais autant que l'on fit de la Sardaigne et de la Corse deux îles rivales des îles britanniques, et qu'on enlevât le trident de Neptune des ports d'Albion pour le placer à Cagliari ou à Bastia. Accordons cependant cette prémisse, toute monstrueuse qu'elle est en bonne logique, et tâchons de nous imaginer que les Léonidas de Mistra, les Miltiade de Sétines, tiendront les Russes cloués sur la rive gauche du Danube. Comment cela tranquillisera-t-il l'Europe? Les Russes ont-il besoin de passer par la Grèce pour nous inquiéter? Ont-ils besoin de franchir le Danube? Les Français sont allés à Moskou sans voir les rives de ce fleuve; les Russes sont venus à Paris sans les voir davantage; voilà ce que l'esprit géographique de M. de Pradt n'a pas considéré, et cela n'est pas étonnant, car il présente le Dniester comme un affluent du Danube : c'est absolument comme si l'on comptait la Loire parmi les affluens de la Gironde.

Par quelle aberration de jugement, par quelle éclipse de raison un homme d'autant d'esprit a-t-il pu concevoir, caresser et développer une idée aussi chimérique? Il faut le dire à la décharge de l'auteur, c'est un souvenir de collége : il ressuscite tous les héros dont sa jeunesse admirait les exploits; la moindre escarmouche lui paraît une ba-

taille de Marathon, si elle a lieu près de l'Attique,
ou de Platée, si l'on s'égratigne en Béotie. Un
petit engagement de la flotille d'Hydra est à ses
yeux le combat de Salamine, de Mycale ou des
Arginuses. On voit que M. de Pradt était bon
écolier.

Mais où prendra-t-il la population nécessaire
pour contenir les phalanges russes, quand tous
les musulmans seront ou exterminés ou chassés?
Rien n'embarrasse notre publiciste : il allonge la
Grèce jusqu'au Danube qu'il nomme SA LIMITE
NATURELLE, et il métamorphose en Grecs tous
les peuples épars sur la surface de la Turquie d'Europe, à l'exception de la Moldavie et de la Valachie.
Le projet est beau, mais il s'offre une petite difficulté. Le Danube ne coule pas toujours à l'Orient;
il se dirige même droit au sud au milieu de la
Hongrie où il décrit un angle droit : quelle limite
donnerons-nous donc à la Grèce dans la partie du
nord-ouest? Notre publiciste, quelque libéral qu'il
soit en faveur des Grecs ses amis, ne veut sûrement
pas les pousser jusqu'à Comorn ou Presbourg; il
se contentera sans doute d'avoir la Drave pour
frontière; peut-être même, par amour pour la
paix, se résignera-t-il à la rive droite de la Save.
Cette modération serait fort louable, mais cela ne
suffirait pas encore : il faudrait inviter l'empereur
d'Autriche à faire le sacrifice de ses provinces illyriennes, non pas pour arrondir la Grèce, mais pour
la rendre un peu plus carrée. On l'obtiendra, j'en

suis sûr : M. de Pradt est si poli envers les souverains que les empereurs n'ont rien à lui refuser.
Dieu soit loué! nous aurons donc une belle Grèce,
bien homogène, peuplée d'hommes qui se ressemblent parfaitement, ayant le même esprit, le
même langage, également amis des arts et des
sciences, et moulés tout exprès pour le système
représentatif. Dès l'année prochaine, car il ne faut
pas perdre de temps, la Russie est imminente, dès
l'année prochaine les Croates auront leur Miltiade,
les Serviens leur Cimon, les Bosniates leur Épa-
minondas, les Valaques leur Léonidas, les Bulgares leur Thémistocle, et comme la Grèce ne se
distinguera pas moins dans les arts de la paix, les
Schypetars auront leur Périclès, les Souliotes leur
Homère, les Monténégrins leur Anacréon : les
Maïnotes et les Arnautes répandus dans le Péloponèse, se chargeront de la partie dramatique; ils
nous donneront les Euripide et les Sophocle. Où
êtes-vous, Cyrano de Bergerac? Vous n'avez jamais
fait un si beau rêve.

Pour que la grave autorité de M. de Pradt n'in-
duise pas en erreur les jeunes gens qui croient sur
parole, introduisons dans cette discussion un écolier sorti du collége où il a fait de bonnes études,
et supposons qu'après avoir lu cette brochure sur
la Grèce il vienne à rencontrer l'auteur. Il me
semble entendre le dialogue suivant dans lequel le
prélat n'aura que des exclamations de surprise :
Pardonnez, monseigneur, si j'ose vous proposer

une humble objection; mais il me semble que vous donnez au pays des Hellènes une extension hyperbolique. Dans les plus beaux temps de ces héros que vous ressuscitez, la Grèce continentale avait pour limite au nord le mont Olympe de la Thessalie; au midi, le cap Ténare; à l'est, le détroit d'Eubée, et à l'ouest, le fleuve Achéloüs. Tout cela est bien petit en comparaison de la Turquie d'Europe. — Et l'Epire que vous ne comptez pas! — Excusez, monseigneur; mais l'Épire, malgré son Jupiter dodonéen, son fleuve Achéron, et son royaume Aïdoneus, n'a été regardée par aucun écrivain grec comme faisant partie de la Grèce; ce sont les Romains qui, pour ne pas multiplier les petits pays, en ont réuni beaucoup sous des noms collectifs; c'est ainsi qu'ils ont englobé dans l'Épire, la Dolopie, l'Acarnanie, l'Amphilochie, la Chaonie, la Thesprotie, la Molossie, la Perrhébie, et une douzaine d'autres contrées très-héroïques, mais imperceptibles. — Et la Macédoine? — Ce royaume était fort connu des Grecs dans sa partie orientale et méridionale, mais presque pas dans tout ce qui était au-delà de l'Axius, et ce qui s'étendait vers l'Illyrie. Rappelez-vous que, quand Thucydide parle de ce qui est au nord du golfe de Crissa, il le désigne comme un pays sauvage. Corcyre même, qui, pour l'amour d'Homère, méritait bien d'être grecque, ne l'était nullement. Vos anciens amis ne connaissaient que quelques points sur la mer Adriatique, et vous donnez à leurs des-

cendans, fort équivoques, toute la région qui s'é-
tend jusqu'au Danube! Les Grecs avaient sur ce
grand fleuve des notions bien moins précises que
nous n'en avons sur le Séghalien, l'Anadyr ou la
Léna; ils étaient peut-être moins géographes que
vous, monseigneur. — Et la Thrace, si célèbre!....
— La Thrace, malgré l'amant d'Euridice, était un
pays très-barbare aux yeux des Grecs, quoiqu'ils
aient fondé des colonies sur ses rivages. Pompo-
nius-Méla, qui écrivait long-temps après les beaux
siècles de la Grèce, nous représente encore la
Thrace comme une contrée où le ciel et la terre
sont également ennemis de l'homme, dont le sol
est stérile, à l'exception du littoral, et habité par
des peuples féroces. Vous voyez, monseigneur,
que votre Grèce est bien petite, et je crains bien
qu'en la faisant gonfler d'une manière si étrange,
vous ne lui prépariez le sort de la grenouille. Avez-
vous lu le roman d'Anathase, monseigneur? —
Est-ce que je lis des romans? — Tant pis; les Grecs
modernes y sont bien mieux peints que dans Thucydide et dans Xénophon.

Je n'ajouterai rien à ce discours de l'écolier, car
l'enfant dit vrai; mais je terminerai par une comparaison très-propre, ce me semble, à démontrer
combien il est peu raisonnable d'appliquer les notions des anciens aux événemens actuels, et de
vouloir reproduire les prétendus prodiges de l'antiquité, après vingt siècles d'une dégénération
successive et un mélange continuel d'élémens

tellement hétérogènes, que l'on chercherait aussi vainement un vrai Grec dans la Grèce, qu'un vrai Romain dans Rome moderne.

Supposons qu'un enthousiaste parvienne à soulever les Cophtes ou Coptes, que l'on dit être les descendans des anciens Égyptiens, et qu'il leur débite ce beau discours : « Enfans de Sésostris, de Ramessès et de Psamméticus, vous dont les aïeux ont creusé le Mœris, dessiné le labyrinthe et construit les immortelles pyramides, célèbres Égyptiens qui avez les premiers deviné la mécanique céleste et la révolution des planètes, vous chez qui la géométrie a pris naissance, vous qui donniez des leçons de sagesse aux plus sages des Grecs, réjouissez-vous, vos fers vont être brisés, et le règne d'Osiris va renaître. Mille présages heureux m'annoncent votre délivrance ; au moment où vous avez pris les armes, j'ai entendu le bœuf Apis mugir à ma droite ; Anubis aboyait au fond du temple de Tentyris ; Sérapis, élevant son boisseau, nous promettait l'abondance, et la grande Isis de la ville aux cent portes, se dressant sur son piédestal, prédisait la chute du Typhon musulman. » Pourquoi ce pathos serait-il plus ridicule que celui de nos enthousiastes sur *les enfans* de Thémistocle et de Miltiade ? La généalogie des Coptes est au moins aussi certaine que celles des Grecs moraïtes ou hydriotes : l'un et l'autre peuples sont chrétiens, l'un et l'autre sont schismatiques ; ils ont également les Turcs pour ennemis. Pourquoi donc

les Coptes n'auraient-ils pas aussi des droits im-
prescriptibles à la révolte, à la victoire et à la régénération.

HISTOIRE D'IRLANDE,

DEPUIS LES TEMPS LES PLUS RECULÉS

JUSQU'A L'ACTE D'UNION AVEC LA GRANDE-BRETAGNE EN 1801;

Traduite de l'anglais de M.-J. Gordon, par Pierre Lamontagne,
auteur dramatique, de la Société des sciences et belles-lettres de
Bordeaux.

Heureux les peuples dont l'histoire est en-
nuyeuse! Cette maxime est vraie, sans doute; mais
quelles sont les nations qui ont eu long-temps
l'heureux privilége d'ennuyer les lecteurs par le
récit de leurs tranquilles prospérités, et le tableau
d'un calme inaltérable? Il n'y a rien de plus commun, et en même temps de plus inutile que de
déclamer contre la guerre, contre les révolutions,
contre la méchanceté des hommes. Tous les beaux
discours des philosophes n'ont pas procuré un an
de paix à l'espèce humaine. Il ne s'agit pas d'examiner si la guerre est un mal, cela est bientôt vu;
mais plus on observe, plus on reste convaincu

que la guerre tient à la nature de l'homme, peut-être même à la nature des choses, et qu'elle existera toujours sur la plus grande partie du globe.

Quand il arrive une de ces grandes calamités, une de ces révolutions qui changent la face des Empires et décime la population d'une vaste contrée, le vulgaire s'écrie : On n'a jamais rien vu de pareil! Le vulgaire se trompe : l'homme ne peut plus rien voir de nouveau, même en malheurs : et la nation qui se croit la plus à plaindre, a souvent pour voisins des peuples beaucoup plus infortunés. Une guerre de dix ans, quinze ans, paraît un fléau insupportable ; et cependant, sans fouiller dans les fastes de l'antiquité, l'histoire moderne nous apprend qu'une paix de quinze ans est un phénomène beaucoup plus rare qu'une guerre de trente. La Hollande, pour fonder une république, a guerroyé pendant quatre-vingts ans ; depuis 1520 jusqu'en 1648, l'Europe a été en feu pour la religion réformée; depuis le roi Jean jusqu'à Louis XI, la France a été ravagée par les armées étrangères ; depuis Charles VII jusqu'à Henri II, elle a porté ses armes en Italie ; à ces guerres du dehors, a succédé la guerre civile et religieuse jusqu'à Louis XIV, et celle-ci n'a cessé que pour faire place à de nouvelles guerres étrangères. L'histoire de tous les peuples offre à peu près le même tableau.

Si c'est une gloire d'avoir éprouvé de longs malheurs, l'Irlande est la contrée la plus glorieuse de la terre. Depuis que son nom paraît dans les

annales, jusqu'à nos jours, elle n'a pas joui d'une
année de calme parfait, d'un seul instant de bonheur. Quoique depuis le règne de Guillaume III,
l'Irlande ait passé près d'un siècle sans avoir de
guerres civiles, il s'en faut bien que ce temps ait
été celui de sa prospérité ; le despotisme cruel de
l'Angleterre lui a causé des maux plus insuppor-
tables que ceux qu'elle éprouvait quand elle combattait vainement pour son indépendance.

Cette histoire est la plus complète que l'on
ait écrite sur ce pays. L'auteur discute d'abord
toutes les relations anciennes : l'Irlande s'est
nommée successivement *Iri*, *Eri*, *Erin*, *Ière*,
Ierne, *Ouernia*, *Hibernia* et même *Scotia*. On
sait vaguement que les Phéniciens et les Carthaginois y ont fait le commerce : quelques mots phéniciens rapportés dans une comédie de Plaute, et
analogues aux mots irlandais, nous attestent la
communication qui a existé entre ces deux peuples.
Orose, cité par M. Gordon, parle de l'Irlande, et
dit que cette île est située entre la Grande-Bretagne
et l'Espagne ; mais l'auteur n'ajoute pas que dans
cette erreur géographique, Orose n'a fait que copier Tacite. Ce dernier historien nous avoue que
les Romains ne connaissaient que les côtes de l'Irlande ; ainsi nous devons renoncer à savoir jamais
les événemens qui s'y sont passés avant l'ère chrétienne. Ce n'est que depuis le cinquième siècle que
nous en avons quelques relations auxquelles on
puisse ajouter foi. M. Gordon nous donne cepen-

dant des conjectures très-vraisemblables sur les mœurs et les coutumes des anciens Irlandais. Il ne faut pas, à cet égard, se laisser prévenir par la lecture des prétendus poëmes d'Ossian : il n'est maintenant en Angleterre aucun homme instruit qui croie à leur authenticité ; et M. Gordon dit formellement à ce sujet, *qu'il en a été singuliè-rement imposé au public par Jacques Macpher-son, écrivain écossais.*

L'Irlande, comme l'Angleterre, a été conquise ou plutôt ravagée par les Danois et autres peuples de la Scandinavie. Les institutions qui existaient chez ces nations du Nord, étaient bien propres à leur soumettre toutes les régions qu'il leur plaisait d'envahir. Selon leurs idées religieuses, le paradis de Woden ou d'Odin n'était ouvert qu'à ceux qui se signalaient par les exploits les plus sanglans et les plus hardis. « Il était si honteux, parmi eux, de mourir autrement que par le fer de l'ennemi, que les guerriers en danger de mourir de maladie, imploraient le secours de leurs amis pour périr d'une mort violente. » L'honneur ordonnait à un Danois d'attaquer à la fois deux ennemis, de se défendre de pied ferme contre trois ; il ne lui était permis de reculer que d'un pas devant quatre, et la retraite n'était légitime que devant cinq combattans. Il n'est pas étonnant que de tels peuples aient con-quis l'Europe et détruit le plus grand Empire qui ait jamais existé.

Depuis l'invasion des Danois et autres nations

du Nord, l'Irlande a été livrée aux guerres intestines ; non-seulement les quatre grandes provinces qui la divisent, mais tous les comtés, toutes les seigneuries particulières se faisaient une guerre cruelle et interminable. Le long tableau de ces troubles est fort bien tracé par M. Gordon. Il est fâcheux, pour la gloire de ce peuple, qu'il n'ait pas eu des poètes et des historiens capables de la propager. Les exploits innombrables dont cette île a été le théâtre, prouve que les Irlandais ne le cédaient en bravoure à aucun peuple de l'antiquité. Parmi les traits admirables dont cette histoire est remplie, je n'en citerai qu'un où le dévouement et l'héroïsme sont poussés au dernier période. « Trois cents fantassins et deux cents cavaliers sont enveloppés par une armée nombreuse ; on propose aux cavaliers de se soustraire à la mort, et la fuite est sûre, parce que l'ennemi n'a pas de chevaux. Il y avait d'autant moins de honte à fuir, qu'il n'y avait aucun espoir de se défendre. A ce conseil, les cavaliers mettent pied à terre, plongent leurs épées dans le ventre de leurs chevaux, combattent à pied, et meurent jusqu'au dernier avec leurs compagnons d'infortune. »

Henri II est le premier roi d'Angleterre qui ait médité et fait la conquête de l'Irlande ; mais cette île, quoique subjuguée, était loin d'être soumise. Jusqu'à Guillaume III, qui en a achevé l'asservissement, ce n'a été qu'une lutte sanglante entre les vainqueurs et les vaincus. Le sang et l'or de l'An-

23.

gleterre ont coulé pendant des siècles sur le sol
irlandais, avant de le soumettre entièrement. C'est
dans l'ouvrage de M. Gordon qu'il faut lire l'histoire de ces guerres, où des Anglais combattaient
contre des Anglais, des Irlandais contre l'Irlande,
et où les Écossais attaquaient ou défendaient alternativement l'un et l'autre parti. Le plus haut
point de l'héroïsme, le dernier degré de la barbarie, les crimes les plus affreux, les actions les plus
généreuses, la plus noire trahison, le courage le
plus loyal; tous les excès se trouvent confondus
dans cette longue anarchie, où l'intérêt, la religion et l'orgueil national excitaient à l'envi le courage, l'ambition et la haine des combattans.

Jacques II, chassé du trône par son gendre,
s'était réfugié en Irlande. Tout le monde sait que
la bataille de la Boyne lui fit perdre la couronne;
mais tout le monde ne sait pas qu'il a lutté long-
temps dans cette île contre son compétiteur. La
perte de la bataille même ne décidait encore rien;
mais ce monarque faible désespéra de vaincre, et
s'enfuit. Cette partie de l'histoire d'Irlande est fort
intéressante, et nous apprend un grand nombre
de faits qui ne sont point connus. Je crois devoir
relever ici une erreur commise par plusieurs historiens. On a dit que Jacques II, fuyant pour s'embarquer et passant à Galloway, fit pendre quelques
citoyens qui avaient voulu lui fermer les portes de
la ville. A ce fait, qui est faux, Voltaire ajoute une
réflexion injurieuse au roi détrôné. Mais Jacques

ne passa point à Galloway pour s'embarquer à Walter-Fort; et bien loin de faire pendre personne, il empêcha, en quittant Dublin, qu'on ne mît le feu à cette ville : il fit même jurer aux magistrats qu'ils s'opposeraient à toute violence, et leur conseilla de se soumettre au prince d'Orange sans rien faire qui pût l'irriter.

La domination des Anglais en Irlande n'a été qu'une longue et insupportable tyrannie. Des lois qui lui interdisaient le commerce; un bill qui consacrait sa dépendance absolue, c'est-à-dire son esclavage; la défense d'acquérir des biens-fonds autrement qu'à bail très-court; la loi qui ordonnait que quand un fils se ferait protestant, il hériterait dès-lors de son père, qui ne serait plus considéré que comme son tenancier; l'exclusion au droit de voter dans les élections, et plusieurs autres mesures oppressives, réduisirent ce peuple à un tel état de misère et de désespoir, que des paysans parcoururent les campagnes comme des furieux : leurs troupes, connues en différens temps, sous les noms de *niveleurs*, d'*enfans blancs*, de *cœurs de chêne*, de *cœurs d'acier*, se portèrent à tous les excès où la rage et la vengeance peuvent pousser des hommes grossiers, mourant de faim et désespérés.

L'Angleterre a déjà été punie de sa conduite, aussi impolitique qu'elle est cruelle. Lorsque la guerre éclata entre les colonies anglaises d'Amérique et leur métropole, une foule d'Irlandais se précipita sur cette terre, où elle espérait se venger de ses oppresseurs. Ces nouveaux colons contribuèrent puissamment à décider l'indépendance des États-Unis, et les Anglais furent punis en Amérique des maux qu'ils avaient faits à l'Irlande.

La dernière des grandes époques de cette histoire, est la révolution française. Les Irlandais ne tardèrent pas à adopter les principes de liberté; mais ils leur furent aussi funestes qu'à la France, parce qu'ils ouvrirent la porte à l'anarchie et à tous les désordres qu'elle entraîne. Le Directoire fit bien quelques tentatives pour secourir les insurgés; mais ces secours ne furent ni suffisans, ni assez bien concertés pour produire quelque avantage. Une flotte fut dispersée par les vents : une faible division arriva seule dans un golfe d'Irlande; mais ce fut précisément sur un coin de la côte où un débarquement ne pouvait être d'aucune utilité. Cependant le Français qui commandait un corps de huit cents hommes, avec deux pièces de canon, osa s'avancer dans le pays, et battit à Castlebar, une division anglaise qui était de plus de trois mille hommes, et protégée par quatorze pièces d'artillerie. Les soldats français, qui dans leur patrie avaient entendu prêcher l'athéisme et le mépris de toute religion, furent très-étonnés d'entendre dire aux paysans irlandais, *qu'ils prendraient les armes pour la France et pour la bienheureuse vierge Marie.* M. Gordon prouve, par des raisonnemens pleins de force, que si la France avait fait alors ce qu'elle devait faire en faveur de l'Irlande, on eût arraché cette île au gouvernement anglais.

Cette Histoire d'Irlande est écrite avec une grande exactitude, une impartialité bien louable, beaucoup de clarté et de chaleur; et si l'auteur, comme presque tous les écrivains anglais, ne s'appesantissait pas quelquefois sur des détails administratifs, il ne lui manquerait rien de ce qui peut offrir une lecture agréable et intéressante; mais elle n'aura pas même ce défaut aux yeux des hommes qui aiment à s'instruire en lisant.

HISTOIRE DE SARDAIGNE,

OU LA SARDAIGNE ANCIENNE ET MODERNE,

CONSIDÉRÉE DANS SES LOIS, SA TOPOGRAPHIE, SES PRODUCTIONS ET SES MŒURS;

Par M. MIMAUT, ancien consul de France en Sardaigne.

DEPUIS long-temps je n'ai annoncé un ouvrage avec autant de conviction de son mérite, et autant de certitude de n'être point démenti, que j'en éprouve aujourd'hui en présentant au lecteur cette Histoire de la Sardaigne ancienne et moderne. On n'a jamais pu dire avec plus de justice que c'est un livre fait en conscience. Histoire d'un peuple, depuis les temps les plus anciens jusqu'à nos jours, examen approfondi de toutes les formes de gouvernement auxquelles ce peuple a été soumis, mœurs et usages de ces insulaires, topographie complète et statistique du pays, productions, phénomènes naturels, antiquités, industrie et agriculture de la Sardaigne, voyage dans toutes les parties de l'île, avec un tableau détaillé de ce que chaque localité présente de curieux et d'utile, comparaison raisonnée de l'état actuel de cette île avec celui où elle pourrait s'élever par une administration sage, telle est la tâche que s'est imposée l'ancien consul de France en Sardaigne, et qu'il a remplie avec un ordre, un soin et une patience méritoires.

Je n'oserais cependant assurer que le succès de ce livre sera proportionné à l'estime qu'inspireront à tout lecteur instruit les recherches et le talent de l'auteur : mon doute, à cet égard, est fondé sur les préventions que l'on a conçues contre la Sardaigne, et le peu d'importance que les puissances de l'Europe y ont attaché dans les transactions politiques. On a justifié le mépris qu'on en faisait en disant qu'elle ne méritait pas d'être connue; mais si l'on n'a pas pris la peine de la connaître, comment peut-on savoir qu'elle ne mérite pas notre attention? Le raisonnement le plus simple devait inspirer une présomption plus favorable. Une île qui

a deux mille lieues carrées de surface, qui est située
au centre de la zone tempérée, sous les latitudes
du royaume de Valence et du royaume de Naples,
doit éprouver l'influence de ces heureux climats;
et si la nature ne lui a pas refusé un peu de terre,
elle doit participer à la fécondité de ces contrées,
et offrir un mélange des productions de l'Espagne,
de l'Italie et de l'Afrique; c'est en effet ce que
l'observation a fait reconnaître quand on a daigné
l'examiner. On sait d'ailleurs que cette île nour-
rissait autrefois plus de douze cent mille âmes,
qu'elle en compte encore plus de quatre cent mille
aujourd'hui, et que cette diminution de population n'est point due à l'appauvrissement du sol.

Les anciens n'ont pas eu pour la Sardaigne
autant d'indifférence que les modernes : dans la
haute antiquité, les Phéniciens, les Troyens, les
Grecs y ont établi des colonies; les Carthaginois
en sentirent l'importance, et s'en emparèrent;
mais, après trois siècles d'une domination qui fut
une odieuse tyrannie et une guerre continuelle
contre les insulaires, ils furent obligés de l'abandonner aux Romains qui en firent la conquête,
et prouvèrent, par de nombreux établissemens,
combien ils appréciaient une pareille acquisition.

Presque tous les écrivains latins ont fait l'éloge
de la Sardaigne : l'un vante son étonnante fécondité ; un autre, la beauté des sites; celui-ci la
nomme *la nourrice de Rome*, celui-là, *la favorite
de Cérès*; un autre, *la mère des troupeaux*. Il est

vrai qu'ils n'ont pas parlé des habitans avec autant
de bienveillance ; mais les Sardes étaient un peuple
vaincu ; un grand nombre de ces insulaires avaient
été réduits en esclavage ; on avait vu des Sardes
conduits au marché, les pieds marqués de craie,
cretatis pedibus, et vendus *sub hastâ* ; c'en était
assez pour que la nation entière parût vile aux
yeux du peuple-roi. Tel est le cercle vicieux de
l'esclavage : on méprise un homme parce qu'on
peut le maltraiter impunément, et on le maltraite
parce qu'on le méprise. Mais au moins ils ne mé-
prisaient point le pays, puisqu'ils y ont fait des
routes, bâti des villes, construit des ponts et des
aqueducs, et ont considéré la Sardaigne comme
digne d'être comparée à la Sicile sous le rapport
de la fertilité.

En écrivant l'histoire du peuple sarde, M. Mimaut a été souvent obligé d'entrer dans l'histoire
générale de l'Europe, surtout pendant le moyen
âge et dans les temps modernes. La Sardaigne
n'ayant presque jamais été indépendante, ses annales se sont confondues avec celles des peuples
puissans qui l'ont dominée, et les historiens, placés
sur un théâtre plus vaste, n'ont traité la Sardaigne
que comme un faible accessoire d'un tout bien
plus important, et ont dédaigné ce qui appartenait
spécialement à cette île. M. Mimaut a soigneusement recueilli les faits qui sont particuliers à la
Sardaigne, et il en a composé une histoire tout-
à-fait nouvelle pour la plupart des lecteurs ; les

tableaux qu'elle présente sont même plus variés et se succèdent plus rapidement que dans les autres histoires de l'Europe, et les mœurs du peuple sarde leur donnent un air d'originalité que l'on chercherait vainement ailleurs. C'est un théâtre où les personnages les plus étranges l'un à l'autre et les décorations les plus disparates se remplacent continuellement sans jamais laisser la scène vide, et sans laisser reposer l'attention du spectateur. On sentira la justesse de cette comparaison quand on remarquera qu'après les Carthaginois et les Romains, les Vandales, les Goths, les Maures, les Pisans, les Génois, l'Aragon, l'Espagne, et les chefs mêmes des quatre provinces de l'île, se sont disputés sa possession, et que chaque mutation de gouvernement a été signalée par des guerres longues et cruelles soit avec les habitans de l'île, soit contre de nouveaux compétiteurs.

J'ai parlé des quatre provinces qui, depuis les Pisans, ont été et sont encore aujourd'hui la division la plus naturelle de la Sardaigne : elles se nomment *judicats*, c'est-à-dire *ce qui appartient au juge;* et le mot *juge* est ici le synonyme de souverain. Ces quatre judicats ont presque toujours été séparés, de sorte que les Sardes ont rarement obéi à un seul chef, division qui affaiblissait la puissance nationale, rendait le mot *patrie* illusoire, et livrait la Sardaigne au premier assaillant.

Je ne passerai pas en revue tous ces petits sou-

verains fractionnaires de la Sardaigne, dont quelques-uns cependant ont obtenu de l'illustration,
et dont un a porté légitimement le titre de roi;
mais je ne puis garder le silence sur la célèbre
Éléonore d'Arborée, à qui la nation sarde est ré-
devable du Code qui la régit encore aujourd'hui
et que l'on nomme *la Charte du pays*. Éléonore
déploya sur ce petit théâtre un génie, un courage
et des vertus qui eussent été admirés sur les plus
grands trônes, et la Charte qui est son ouvrage
est un chef-d'œuvre de sagesse et de raison,
pour le temps où elle fut publiée. Il est vrai que
le gouvernement représentatif était déjà établi
en Sardaigne avant le règne d'Éléonore. D. Pèdre IV, roi d'Aragon, qui s'était emparé de l'île
en 1354, y avait convoqué le parlement des
cortès, régularisé le système des élections, et avait
donné aux membres de cette assemblée les mêmes
priviléges, les mêmes immunités dont jouissaient
les cortès de l'Aragon. Loin de regarder ces concessions comme injurieuses à la dignité du souverain, ou comme des entraves mises à la puissance,
Éléonore les considéra comme le gage le plus
certain de la stabilité du pouvoir : loin d'affaiblir les
droits du peuple, elle les confirma, les corrobora
par des dispositions plus claires et plus précises,
et les rendit respectables pour tous ses sujets en
donnant l'exemple de les respecter elle-même.
Ainsi une femme, dans le moyen âge, un siècle
avant la renaissance des lettres, sur une terre que

l'on croyait plongée dans la barbarie, a eu l'esprit de reconnaître que tout ce qui est avantageux et honorable pour le peuple, l'est nécessairement aussi pour le souverain, vérité que tant de souverains ne peuvent pas comprendre, et que leurs ministres leur présentent sans cesse comme une erreur dangereuse.

Que vont dire nos publicistes des cafés, nos philosophes imberbes qui commencent le siècle des lumières au mois de juillet 1789, et ne connaissent d'institutions libérales que celles qui sont sorties du chaos de la révolution? Quoi! un parlement libre, une Charte, un peuple qui a des droits, dans un temps où nous autres plébéiens n'étions que des serfs, des vilains, des brutes attachées à la glèbe! Oui, messieurs; et quel sera votre étonnement quand vous apprendrez, car vous pouvez encore apprendre quelque chose; quand vous apprendrez, dis-je, que ce gouvernement représentatif est une conception gothique? Oui, ce sont ces Goths, dont le nom nous vient toujours à la bouche quand nous voulons nous moquer des vieilleries, ce sont ces barbares du Nord qui ont importé les libertés publiques dans le midi de l'Europe, où le despotisme et la superstition régnaient sans opposition, depuis la chute du grand Empire. Mais l'auteur de l'*Histoire de Sardaigne* n'a pas la prétention de nous révéler un secret en parlant de l'origine du système représentatif; et Montesquieu, qu'il cite, avait déjà rendu justice à cette

conception des Goths dont nous parlons avec tant de mépris. Voici ce passage, qui paraîtra peut-être tout neuf à des gens qui citent continuellement *l'Esprit des lois* : « La liberté civile du peu-
» ple, les prérogatives de la noblesse et du clergé,
» la puissance des rois, se trouvèrent dans un tel
» concert, que je ne crois pas qu'il y ait eu sur la
» terre de gouvernement si bien tempéré que le
» fut celui de chaque partie de l'Europe dans le
» temps qu'il y subsista ; et il est admirable que
» la corruption d'un peuple conquérant ait formé
» la meilleure espèce de gouvernement que les
» hommes aient pu imaginer. »

Parmi les lois de D. Pèdre et celles que pro-mulgua la princesse d'Arborée, il en est que nos assemblées législatives seraient bien fières d'avoir établies ou maintenues, et qui opposeraient un heureux obstacle soit aux empiétemens du clergé, soit au pouvoir envahissant des ministres. Il fut défendu, sous des peines sévères, à tout habitant du royaume, de quelque état et condition qu'il fût, *de léguer, ni par testament, ni par donation, à l'article de la mort, aux églises et mains-mortes, aucun fief ou propriété immobilière, et il fut in-terdit aux notaires de stipuler de semblables con-trats, sous peine de nullité.*

J'ignore si les cortès du quatorzième siècle avaient un côté droit, un côté gauche et un centre, mais la majorité des votes s'y formait légalement et ne s'y *composait* pas : des peines étaient pronon-

cées contre quiconque aurait exercé de l'influence
sur les élections ; toute liberté d'opinion était accordée aux membres de l'assemblée, et leur personne était inviolable jusqu'à la fin de la session
et leur retour dans leurs foyers.

Dans ce siècle *si barbare*, on avait eu le bon
esprit de séparer entièrement la religion de la politique. Les États assemblés étaient investis du
terrible droit de déposer le roi qui aurait violé les
priviléges de la nation, et de lui substituer *un
païen même*, si on le trouvait meilleur. Ici je
transcris la citation que M. Mimaut emprunte à
Zurita : « *Establecieron que pudiessen elrgio otro
rey, o fiel, o pagano, qual ellos por mejor tu-
viessen.* » Ainsi, ces cortès n'auraient pas repoussé
du trône notre excellent Henri IV, sous prétexte
qu'il n'était pas *fiel* (fidèle) : on distinguait alors
ce qu'un roi doit à Dieu de ce qu'il doit à son
peuple ; on sentait que sa croyance religieuse était
son affaire propre, tandis que son gouvernement
était l'affaire de ses sujets. Remarquons cependant
que le clergé était l'un des trois ordres de l'État,
et qu'il siégeait aux cortès.

Le code que l'on nomme la Charte ou les Constitutions d'Éléonore, est plutôt un recueil de lois
civiles qu'une constitution politique ; mais on voit
qu'il est partout empreint de l'esprit des lois ara-
gonaises, et que s'il conserve encore un peu de
la rouille du moyen âge, il brille dans la plupart
de ses dispositions d'un éclat qui doit nous étonner

aujourd'hui. Parmi ces dispositions , il en est une
qui n'a pu être imaginée que par une femme , et
qui est trop plaisante pour que je ne la rapporte
pas : Toute personne, dit cette ordonnance , qui
aura donné à un homme marié le nom ridicule
(qui sert de titre à une comédie de Molière , et que
nous n'osons plus prononcer.) , paiera l'amende
de 25 livres, *s'il prouve le fait,* et de 15 seulement,
s'il ne le prouve pas. Il paraît d'abord fort dérai-
sonnable de punir la vérité plus que le mensonge ;
mais la réflexion nous fait bientôt reconnaître combien il y a d'esprit et de sagacité féminine dans cette
bizarrerie apparente. Une femme , en effet, n'est
point déshonorée par une accusation que l'on ne
prouve pas, l'insulte ne mérite donc qu'une peine
légère ; il en serait tout autrement si la preuve
était fournie : la vérité est donc plus coupable.
D'ailleurs, l'indiscret qui aura tenu ce propos ne
manquera pas de le désavouer en justice pour payer
moins cher, et l'honneur des dames sera conservé.
Nous avons bien des femmes d'esprit, mais je doute
qu'elles imaginassent rien de plus joli que cette
ordonnance.

Je sais gré à M. Mimaut d'avoir un peu relevé la
réputation du bon vieux temps ; mais il y a déjà
long-temps que j'ai perdu une partie de mes préventions contre ce moyen âge si décrié. Un homme
prodigieusement instruit écrivait en 1805 : « On a
l'air de croire que tout n'a été , dans cet intervalle ,
que ténèbres , désordre , confusion , ignorance ,

fanatisme, superstition. Il ne reste plus rien à dire contre quelqu'un, quand on lui a reproché de vouloir ramener les hommes aux idées du dixième ou douzième siècles. » Cet écrivain est M. Bernardi, qui a su trouver dans ce moyen âge des choses qui seraient justement approuvées dans le siècle des lumières. Et pourquoi pas? on faisait alors ce qu'on fait aujourd'hui, on souffrait ce qu'on ne pouvait empêcher, et nous pensons faussement qu'on s'y soumettait avec conviction et complaisance. Pline a dit : « Il n'y a quelquefois rien de si généralement désapprouvé que ce qui paraît généralement consenti. » Quand nos petits-neveux apprendront certaines choses qui se passent sous nos yeux, n'auront-ils pas aussi le droit de croire que nous avons commencé un nouveau moyen âge? Mais chassons ces idées qui déplairaient à l'orgueil du siècle, et convenons qu'il est bien plus agréable de pouvoir dire : « Il n'y a de l'esprit au monde que depuis que j'y suis ; le Créateur a attendu que je fusse né pour éclairer les hommes. »

Les parties de cet ouvrage qui concernent la topographie et la statistique ne laissent rien à désirer ; mais je conseille à l'auteur d'abandonner les considérations géologiques, et surtout le système de M. Charpentier. La supposition que fait ce savant peut convenir aux Pyrénées, dont la chaîne s'étend de l'est à l'ouest, et la prodigieuse inondation qu'il fait venir du nord, peut avoir rompu cette chaîne sur différens points, et ouvert des passages entre la France et l'Espagne ; mais cette théorie ne peut s'appliquer à la Corse, dont les montagnes suivent la ligne méridienne pendant quinze lieues, forment un arc vers l'ouest, puis se rapprochent du méridien en s'infléchissant au sud-est ; elle ne convient pas davantage à la Sardaigne, qui offre des groupes de montagnes dans toutes les directions. D'ailleurs, toutes les pointes de notre globe, tournées vers le sud, indiquent assez que le dernier cataclysme qui a changé la surface de notre planète, vient au contraire du midi. Mais si M. Mimaut veut absolument assigner une cause à la confusion qui règne dans le système des montagnes de la Sardaigne, il la trouvera plus raisonnablement dans le grand nombre des volcans éteints qui couvrent presque toute la moitié septentrionale de l'île. Il remarquera de plus dans le centre de cette partie, une énorme masse de montagnes qui forment groupe et non pas chaîne, et qui correspondent à une pareille masse qui occupe la moitié méridionale de la Corse, et qui donne naissance aux trois rivières nommées *Liamone*, *Tavignano* et *Golo*. Ces amas, ces renflemens que l'on remarque dans la chaîne des montagnes, sont ce que M. de Humboldt nomme des *nœuds*, et l'on ne peut leur assigner une direction parce qu'ils les ont toutes.

Je conseille aussi à M. Mimaut de revoir la page 3 du 1er volume ; de nombreuses erreurs de chiffres y rendent inintelligible l'évaluation des

distances. Certainement cent cinquante milles géographiques n'équivalent pas à cent quatre-vingt-
cinq lieues marines, et il n'y a pas soixante-quinze
lieues marines au degré ; toutes les autres mesures
de cette page sont également altérées par l'imprimeur ; c'est lui sans doute aussi qui a placé l'île
d'Asinara au *sud-ouest* de la Sardaigne.

Après ces vétilles typographiques, je ne trouve
plus rien dans cet ouvrage qui ne soit exact, curieux ou utile. Je recommande aux savans les détails sur les *nuraxis*, constructions cyclopéennes,
très-nombreuses dans cette île, et d'une forme si
bizarre, que les observateurs n'ont pu être d'accord sur leur destination primitive ; les naturalistes
trouveront aussi des particularités sur le mouflon,
sur le phénicoptère et sur la *boccamèle*, animal qui
tient de la marte et de la belette, et qui paraît appartenir à la Sardaigne ; le caractère et les usages des
Sardes pourront intéresser les moralistes par leur
singularité ; les économistes agronomes s'affligeront
sur le triste état de l'agriculture dans cette île, et
sur la dégénération du grand bétail ; les médecins
pourront disserter sur les fièvres maremmatiques
et sur la *malaria* qui désolent périodiquement
plusieurs cantons de cette terre si féconde ; et les
gourmands, classe très-respectable aujourd'hui,
tant elle est nombreuse, sentiront à la lecture de
ce livre, combien ils ont eu tort de mépriser une
île où l'on trouve le meilleur et le plus beau pain
du monde ; le gibier, poil et plume, le plus varié,

le plus abondant et le plus délicieux, les poissons les plus exquis de toute espèce, la truffe et les plantes potagères les plus savoureuses, et des vins excellens, parmi lesquels le muscat, le giro, le nasco, le cannonao, le guarnaccia et le malvoisie, peuvent le disputer aux vins les plus renommés de l'Europe.

VIE ET PONTIFICAT DE LÉON X;

Par William Roscoe, auteur de la *Vie de Laurent de Médicis*. Ouvrage traduit de l'anglais par P.-F. Henry, et orné du portrait de Léon X, et de médailles.

Il est des ouvrages dont le titre seul présage le succès : tout ce qui est important et utile excite vivement l'intérêt et la curiosité du lecteur ami des lettres; ce mérite suffit pour lui faire estimer l'auteur, et il trouve une lecture assez agréable quand elle est assez instructive. L'homme du monde juge différemment; il n'a guère le temps ni la prétention d'acquérir des connaissances; souvent même il se croit assez instruit, et toute lecture doit être pour lui un plaisir ou une distraction. Il n'y a donc de grand, de véritable succès en littérature que lorsque l'agrément se trouve uni à l'utilité; et dans ce siècle il est peut-être nécessaire que la première de ces qualités l'emporte de beaucoup sur la seconde.

Sous quelque point de vue que nous considérions l'ouvrage de M. Roscoë, nous reconnaissons qu'il a parlé à toutes les classes de lecteurs le langage qu'ils aiment à entendre; le plus savant y trouvera des choses nouvelles pour lui, et le plus frivole un plaisir qu'il n'attendait pas d'un livre dont la solidité paraît devoir être le principal mérite.

Un tableau complet de la littérature de l'un des plus beaux siècles, une histoire du temps aussi intéressante qu'impartiale, le portrait moral de tous les hommes célèbres qui ont vécu à cette brillante époque, des vues profondes, des recherches immenses, des réflexions aussi justes que fines, des tableaux aussi vrais qu'agréables; telles sont les qualités qui distinguent *la Vie et le Pontificat de Léon X.*

Aucun siècle n'a été plus fécond en grands événemens que celui auquel Léon X a eu la gloire de donner son nom; s'il le cède en éclat à celui de Périclès, et en grandeur à celui d'Auguste, il l'emporte sur tous par l'importance des découvertes et le grand nombre des révolutions, dont une seule aurait suffi pour changer la face de l'Europe.

Presque tous les trônes alors étaient occupés par des princes d'un grand caractère, par des hommes dont les vices comme les vertus ont fortement influé sur leur siècle, et qui tous ont acquis une grande célébrité, soit dans le mal, soit dans le bien qu'ils n'ont jamais fait à demi. Sur le trône pontifical, on voit un Alexandre VI, un Jules II, un Léon X; en Espagne, Ferdinand et Isabelle; en France, Charles VIII, Louis XII, et François Ier; dans l'Empire, à l'inquiet et turbulent Maximilien succède ce Charles-Quint dont la puissance fut si colossale, et qui se lassa de porter tant de couronnes; en Angleterre, Henri VII et Henri VIII; en Portugal, le grand Emmanuel; en Turquie, le malheureux Bajazet et le féroce Sélim; en Hongrie, Mathias Corvin; en Danemarck, Christierne II; en Suède, Gustave-Vasa; en Italie, les Médicis, les Sforce, les princes de la maison d'Est et beaucoup d'autres qui, sur de petits théâtres, ont montré des vices brillans ou des vertus éclatantes.

Les grands princes font les grands hommes; il leur suffit d'aimer les talens pour les faire éclore; l'impulsion donnée dans une partie de l'Europe se communique bientôt dans toutes les autres. Le siècle de Léon X fut celui de Gonsalve de Cordoue, de Gaston de Foix, de Bayard, de l'Arioste, de Michel-Ange, du Corrège, de Palladio, de Guichardin, de Colomb, de Vasco de Gama, de Copernic, et d'une foule de littérateurs qui ranimèrent en Italie le flambeau des beaux-arts, éteint depuis la chute du grand Empire.

C'est dans l'ouvrage que nous annonçons qu'il faut lire les détails aussi curieux qu'intéressans sur les hommes qui ont contribué à la renaissance des lettres, qui nous ont transmis les trésors de l'antiquité, qui ont dissipé les ténèbres de l'ignorance, et fait succéder la politesse et l'élégance à une barbarie de douze siècles. Rome, Naples, Florence, Venise, Milan et Ferrare rivalisèrent d'émulation, et obtinrent les mêmes succès dans cette noble entreprise. Les princes appelèrent les talens, et les talens rendirent aux princes plus d'éclat encore qu'ils n'en recevaient. Léon avait eu pour instituteurs Ange Politien, Démétrius-Chalcondyle, Pierre Eginète et Bernard de Bibiena; Rome vit fleurir Pomponius-Lœtus, Buonaccorti, surnommé Callimachus-Expériens, Paul Cortesi et Séraphin Aquilano; l'académie de Naples, fondée par Beccatelli, Facio et Valla, et protégée par Alphonse, comptait au nombre de ses membres Pontanus, Sannazar, Cariter, les deux Acquaviva, les deux Carbone, Carraccioli, etc.... Dans toute l'Italie enfin, Cavanilla, Poderico, Maïus, Grasso, Aniso, Summonte, Fusco, Zénone, Alexandre Alexandri, Elio, Compare, Angeriano, Tebaldeo, Borgia, Cervino, Galateo, Calantinus, Gravina, Egidius, Sadolet, Cotta, Bembo, Cieco, Cosmico, le duc d'Urbin, le marquis de Mantoue, et une foule d'autres littérateurs également estimables, répandaient le goût de la poésie ou des sciences, tandis que l'infatigable Alde-Manuce établissait ses presses à Venise, et consumait son patrimoine, sa santé et sa vie à un immense tra-

vail, dont le but et le fruit ont été de nous trans-
mettre les lettres grecques et toutes les richesses
des anciens.

Maintenant, si nous considérons les événemens
qui ont signalé cette époque célèbre, si nous in-
terrogeons l'histoire depuis le milieu du quinzième
siècle jusqu'à la mort de Léon X, nous verrons
dans ces soixante-dix années les plus grandes révolutions et les plus étonnantes découvertes. Jamais, dans un espace de temps qui n'excède pas la
vie d'un homme, on n'a joui d'un spectacle plus
surprenant et plus varié.

L'Empire grec s'écroule, le dernier des Constantin périt sous les ruines de son trône, et des
barbares détruisent les restes de cette grande monarchie, qui, depuis Romulus, comptait vingt-un
siècles de révolutions, de malheurs et de gloire.
Les beaux-arts abandonnent la Grèce et le Bosphore de Thrace ; ils se réfugient en Italie ; ils y
trouvent un asile ; et, pour prix de l'hospitalité
qu'ils y reçoivent, ils polissent les mœurs des
peuples qui les accueillent. Par cette révolution,
l'Italie devient l'heureux intermédiaire qui nous
transmet ce que les poètes appellent le feu sacré.
Sans le siècle de Léon X, il est très-vraisemblable
que nous n'aurions pas eu celui de Louis XIV.

La découverte de l'Amérique n'est pas moins
célèbre que la prise de Constantinople par Mahomet II, et n'a pas eu des suites moins importantes. Cet événement seul suffirait pour illustrer

un siècle, et les annales de l'antiquité ne nous offrent rien de semblable.

A peine Christophe Colomb avait-il, comme dit Voltaire, présenté aux hommes l'étonnant spectacle d'un monde qui en découvre un autre, que Vasco de Gama trouvait la route des Indes occidentales par le Cap de Bonne-Espérance. Dès lors tout change en Europe : les intérêts des princes, les rapports des États entre eux, et leurs forces relatives; la politique cherche de nouveaux efforts, l'avidité conçoit de nouvelles espérances, l'ambition trouve de nouveaux alimens. Venise, qui était parvenue au plus haut période de sa puissance, et qui avait résisté seule à l'Europe conjurée contre elle par la ligue de Cambrai, voit tarir la source de ses richesses et sa gloire s'éclipser, tandis que le Portugal monte au rang des grandes puissances, et règne dans la vaste mer des Indes, comme l'Espagne dans le nouveau continent.

La fortune, si favorable au mahométisme sur les rives de l'Hellespont, lui était contraire dans l'occident de l'Europe; et le règne des Maures finissait en Espagne quand la puissance des Turcs s'affermissait dans la Grèce, et menaçait toute la chrétienté. La même année qui donne à Ferdinand toute la vaste Amérique, le délivre des ennemis qu'il avait à ses portes, et le royaume de Grenade appartient pour toujours à l'époux d'Isabelle.

Dans le même temps Charles VIII aspirait à la conquête du Milanais et du royaume de Naples,

et commençait les trop fameuses expéditions imi-
tées par ses successeurs, pour le malheur de la
France. Ces entreprises, formées avec si peu de
sagesse, exécutées avec tant de bravoure, sont décrites par M. Roscoë avec autant d'impartialité que
de talent ; il ne dissimule aucune faute, il ne fait
grâce à aucun crime, et il pousse l'équité jusqu'à
rendre justice à un Alexandre VI, et à un César
Borgia dont la mémoire ne semble pas pouvoir
être calomniée.

Aux révolutions opérées par la guerre et par
les découvertes se joignent celles de la religion, et
le schisme de Luther signale la fin de cette époque
mémorable. Aux discussions théologiques succé-
dèrent bientôt les querelles ouvertes et la fureur
des combats ; des princes, des rois adoptèrent la
nouvelle doctrine, et l'on vit s'allumer cette guerre
fatale qui désola toute l'Europe, et qui fut mal
éteinte par le traité de Westphalie, plus de cent
ans après qu'elle avait commencé.

Si nous ajoutons à tous ces événemens le per-
fectionnement de l'imprimerie dont la découverte
était encore récente, et celui de l'artillerie qui
n'était pas encore d'un usage commun en campagne dans le milieu du quinzième siècle, nous
serons obligés de convenir que cette époque a été
celle des grandes innovations.

En rapportant des faits si connus nous n'avons
pas la prétention d'instruire nos lecteurs dont aucun, sans doute, ne les ignore ; mais nous avons

cru que ce rapprochement pourrait plaire aux personnes qui n'ont pas considéré ces événemens
dans leur ensemble, et justifierait l'importance que
nous attachons à l'histoire de cette époque si intéressante.

Dans le tableau de ce siècle célèbre, la première chose qui frappe l'observateur est cet amour
des beaux-arts, cette fureur poétique qui s'empara de tous les esprits, et qui devint, si j'ose le
dire, une espèce d'épidémie littéraire. D'un bout à
l'autre de l'Italie, on vit éclore des auteurs en
tout genre ; des académies furent fondées dans
toutes les capitales; les souverains les protégèrent
et se firent un honneur d'entrer en rivalité avec
les gens de lettres ; tandis que Lascaris et Musurus
professaient la langue grecque, l'infatigable Alde
Manuce ressuscitait les auteurs anciens et multi-
pliait leurs œuvres dans ses éditions nombreuses,
toutes remarquables par le goût et l'érudition de
cet éditeur, qui, loin de faire une spéculation mercantile sur les trésors de l'antiquité, y sacrifia sa
fortune et mourut dans la misère. L'étude du latin,
la connaissance de cette langue, devinrent si familières, que des poètes improvisaient en latin
avec autant de facilité qu'en italien même. Il faut
avouer que les souverains firent tous les efforts
possibles pour soutenir et accroître encore cette
noble émulation. Les cours de Naples, de Rome,
de Florence, de Milan, de Parme, de Reggio,
de Ferrare et d'Urbin étaient non-seulement les

asiles, mais les temples des arts, des lettres et des
sciences. On a peine à concevoir jusqu'où l'enthousiasme était porté ; un littérateur distingué
n'était plus un homme, mais un génie bienfaisant
dont tous les peuples invoquaient la protection, à
qui tous les princes présentaient des offrandes.
« Lorsqu'on savait que le céleste Bernard Accolti
» devait réciter ses vers, les magasins étaient fer-
» més comme en un jour de fête, et tout le monde
« accourait pour l'entendre. Il était entouré de
» prélats de la première distinction ; un corps de
» troupes suisses l'accompagnait, et tout l'audi-
» toire était éclairé par des flambeaux. Le pape
» fit prier le même Accolti de lui faire une visite
» qu'il lui avait promise ; et le poète lyrique ne
» fut pas plutôt en sa présence, que le Saint-Père
» s'écria : Ouvrez toutes les portes, et laissez en-
» trer la foule ; et tout le peuple fit retentir l'air
» de ces cris : *Vive le poète divin! vive l'incom-
» parable Accolti!* » On peut citer mille exemples
de cet hommage rendu à l'esprit et aux talens.

De si grands honneurs prodigués à un poète
même médiocre, tel qu'était Accolti, devaient singulièrement exciter la verve des autres. Leur
nombre s'accrut à un tel point que l'on put dire
sans trop d'exagération de la seule ville de Ferrare :

> .... *Nam tot ferraria vates*
> *Quot ranas, tellus ferrariensis, habet.*

Léon X les admettait à sa table, leur permettait

la plus grande familiarité, et ne dédaignait pas de
se mêler à leurs jeux poétiques. Dans certaines
occasions, les convives devaient s'imposer la loi
de ne parler qu'en vers latins, dont le hasard ou
le caprice même prescrivaient le sujet. Le pape
s'étant aperçu que les nourrissons des Muses pré-
féraient souvent le jus de Bacchus à l'eau de la
fontaine sacrée, avoit ordonné que l'échanson
verserait dans la coupe de chaque poète une quantité d'eau proportionnée à la faute de grammaire
ou de versification qu'il aurait faite en improvi-
sant. Querno s'étant trouvé dans ce cas, et voyant
que l'échanson avait excédé la dose prescrite, en
mêlant une grande quantité d'eau à une petite
portion de vin, présenta sa coupe au pape en lui
disant plaisamment :

> *In cratere meo Thetis est conjuncta lixo,*
> *Est dea juncta deo, sed dea major eo.*

Dans un autre repas, Querno ayant été nommé
archipoète, s'écria avec enthousiasme :

> *Archipoeta facit versus pro mille poetis.*

Mais Léon X lui répartit par ce vers penta-
mètre :

> *Et pro mille aliis archipoeta bibit.*

Ces détails pourront paraître puérils à des censeurs sévères qui veulent toujours voir les souve-

rains enveloppés dans une sombre majesté qui ne
daigne jamais sacrifier aux Grâces ; mais après
douze siècles de barbarie, lorsqu'il s'agissait de rallumer le feu sacré, et de construire en quelque sorte
un nouveau Parnasse, il ne fallait négliger aucun
des moyens qui agissent puissamment sur l'esprit
des hommes en excitant leur émulation et en exal-
tant leur enthousiasme. Quel a été d'ailleurs le résultat de cette protection accordée aux arts ? Les
Muses sont revenues habiter l'heureuse Italie : elles
ont adouci les mœurs, dissipé les ténèbres de l'ignorance; et des souverains dont l'histoire eût à peine
retracé les noms, ont reçu des arts et des lettres
une célébrité à laquelle, sans leur secours, ils n'auraient jamais osé prétendre. On peut, en général,
juger de l'esprit d'un souverain par l'état d'honneur ou de mépris où les belles-lettres ont été
sous son règne. Les princes en reçoivent toujours
plus qu'ils n'ont pu leur donner ; la vérité de l'histoire n'est pas si favorable à Auguste que les vers
d'Horace et de Virgile.

Parmi les nombreuses anecdotes rapportées dans
cet ouvrage, il en est qui répugnent à toute croyance.
En parlant des mœurs dissolues d'Alexandre VI,
l'auteur cite un passage latin de Burchard, dont les
détails circonstanciés ne semblent devoir appartenir
qu'à un fait très-véritable. Nous n'en rapporterons
que les premières lignes : « *Dominicâ ultimâ*
» *mensis octobris fecerunt cœnam in palatio*
» *apostolico quinquaginta meretrices..... quœ post*

» *cœnam chorearunt cum servitoribus, primò in*
» *vestibus suis, deindè nudœ*, etc...... » Le lecteur
devine la fin de ce paragraphe ; mais de pareilles
horreurs sont-elles croyables ailleurs que dans *les
Césars de Suétone* ?

Parmi les événemens politiques rapportés par
M. Roscoë, il n'en est pas de plus extraordinaire
que le suivant, dont nous ne garantissons pas l'authenticité, malgré l'autorité de Muratori. Louis XII,
et Ferdinand, roi d'Espagne, se liguèrent contre
Frédéric, roi de Naples, et le détrônèrent ; mais
bientôt les deux vainqueurs se firent la guerre pour
le partage de la conquête. Après divers événemens, ils parurent disposés à faire la paix, et ils
prirent pour médiateur dans le partage ce même
Frédéric qu'ils avaient dépouillé, et qui était prisonnier en Espagne. Ce qu'il y a de plus étrange
encore, c'est que le roi détrôné prit une carte et
un compas, et traça la part de ses deux ennemis
avec une constance vraiment admirable.

Le chapitre VIII est très-curieux par les détails
militaires qu'il renferme ; il y est question des innovations faites dans la milice, de l'organisation
des armées, et des changemens dans la tactique.

L'histoire de la ligue de Cambrai n'est pas moins
intéressante. Le lecteur y verra quelle a été la
puissance de Venise qui, dans l'année 1508, résista
à l'empereur d'Allemagne, à la France, à l'Espagne et au pape, quoique son arsenal eût été
consumé, que le château de Bresse eût sauté, et

que le palais des archives eût été détruit par un accident.

Le chapitre X contient une notice fort détaillée et fort exacte sur le conclave, et sur les quatre manières d'élire un pape. Ces renseignemens plaisent d'autant plus qu'ils sont purement historiques ; l'esprit de parti, la satire et la différence de religion n'en altèrent pas l'impartialité.

Les recherches sur l'origine de la pragmatique-sanction, et les troubles que son abolition a causés sont aussi dans cet ouvrage une source d'intérêt et de curiosité. L'auteur rapporte l'acte par lequel l'Université de Paris prétendit s'opposer au traité, et soutenir la nécessité de la pragmatique-sanction.

Voici un trait qui paraîtra incroyable : Henri VIII ayant fait une invasion en France, attendait les renforts que l'empereur Maximilien devait lui envoyer conformément au traité d'alliance : mais cet empereur d'Allemagne arriva tout seul ; il offrit de servir en qualité de volontaire, et ne rougit pas d'accepter des appointemens de cent couronnes par jour ; lorsqu'ensuite on le somma de remplir les conditions du traité, il prétendit s'être acquitté en fournissant *le secours de sa personne*, et il voulut qu'on lui payât les subsides comme s'il avait fait marcher une armée contre l'ennemi commun.

Le goût de la mythologie et le respect pour les anciens étaient portés à un tel excès sur la fin du quinzième siècle, que l'éloquence même de la

chaire en tirait ses plus beaux ornemens ; les ser-
mons que l'on admirait alors nous paraîtraient
aujourd'hui fort indécens et fort ridicules. Dans
ceux même que l'on débitait devant le pape, Jésus-
Christ était toujours transformé en Mars ou en
Apollon, et la Vierge en Junon ou en Vénus ;
mais le Saint-Père, plus heureux dans ces allé-
gories, y jouait toujours le beau rôle de Jupiter.
A l'avènement de Borgia au trône pontifical, les
poètes ne lui donnèrent pas d'autre titre que celui
de *dieu*, et le pape trouva très-bon que l'on pu-
bliât les vers suivans :

Cæsare magna fuit, nunc Roma est maximo, sextus
Regnat Alexander; ille vir, iste Deus.

Dans une autre pièce, on trouve cette étrange
flatterie :

Scit venisse suam patria grata Jovem.

Partout, enfin, Dieu n'était qu'un héros de la
fable, et le pape était le véritable dieu : le Jupiter
optimus maximus.

Il nous reste à faire observer que chacun des
quatre volumes est terminé par un appendice
fort étendu qui contient toutes les pièces originales
que l'auteur a recueillies, telles que les lettres
des papes, des souverains, les actes célèbres, et
les fragmens rares ou inédits de quelques ouvrages

curieux. Cet appendice et les notes très-multipliées qui accompagnent le texte, forment un corps de preuves qui constatent l'exactitude de l'auteur et démontrent son impartialité.

Voltaire a dit que pour être savant il suffisait d'avoir une tête de fer et un cul de plomb; mais, malgré cette plaisanterie, il est heureux que la nature se plaise de temps en temps à former de ces têtes capables d'entreprendre et de soutenir un travail de trente années, dans la seule vue d'instruire les hommes; car la gloire attachée à ces ouvrages si longs et si pénibles, n'est jamais proportionnée à leur mérite réel et à leur utilité.

HISTOIRE

DE LA RÉPUBLIQUE DE VENISE;

Par P. DARU, de l'Académie française.

Si l'histoire de Venise n'a pas autant d'importance, et n'offre pas autant d'intérêt au vulgaire des lecteurs que celles des républiques et des grands Empires de l'antiquité, je n'en connais aucune qui présente plus de singularité, plus de variété, qui donne plus à réfléchir, et qui soit plus digne d'exercer la sagacité d'un homme d'État. Si Venise avait fleuri dans les beaux temps de la Grèce, nous aurions cent histoires de cette bizarre république. Mais elle a brillé dans l'obscurité du moyen âge; sa décadence a commencé avec la renaissance des lettres; elle n'a jamais occupé que la première place dans les puissances du second rang : en voilà plus qu'il n'en faut pour que nous n'en ayons pas fait l'objet spécial de nos études; et des hommes, d'ailleurs assez instruits, ne se doutent pas qu'un Dandolo, un Morosini, un Contarini, méritent autant leur attention que tel tribun, tel sénateur ou tel consul romain que nous citons sans cesse, et dont tous les actes nous sont parfaitement connus.

Quand même l'histoire de Venise serait stérile en grands événemens, ce qui est loin d'être vrai, la singulière origine de cette prétendue république, sa prospérité, sa puissance hors de toute proportion avec l'étendue de son territoire, la longue durée, la mystérieuse politique et l'effrayante sagesse de son gouvernement, étaient un sujet digne d'exercer la sagacité de M. Daru, et offraient assez de matériaux pour lui inspirer le désir d'en composer un corps d'ouvrage. Si l'on remarque maintenant que Venise a pris part à presque tous les grands événemens politiques depuis le sixième jusqu'à la fin du dix-huitième siècle; que sa marine a été long-temps la plus formidable qui existât, son commerce le plus étendu, son industrie la plus active; si l'on observe que seule elle a lutté

25.

avec gloire contre la puissance ottomane dans le
temps où le nom seul des Turcs faisait trembler
l'Europe ; si l'on ajoute enfin que cette nation,
composée de trois millions de très-humbles sujets,
gouvernée par quelques milliers de nobles, a presque toujours été en guerre avec les puissances
chrétiennes et les nations musulmanes, et a résisté
dans le seizième siècle à l'Europe conjurée contre
elle, on reconnaîtra qu'en nous présentant la première histoire complète de Venise que nous ayons
dans notre langue, M. Daru a mérité l'estime des
lecteurs instruits par la profondeur de ses recherches, par la nouveauté des détails qu'il nous
fournit, et la reconnaissance des lecteurs moins
studieux qui ne cherchent dans une histoire que
le charme du récit et la variété des événemens.

Quand je nomme cet ouvrage *la Première Histoire complète* de Venise qui ait été écrite en notre
langue, je sens le besoin de m'expliquer. M. Daru
est en effet le seul Français qui ait publié une histoire de Venise depuis la fondation de Rialto jusqu'à la destruction de la république vénitienne ; et
il n'y a rien de plus complet que ce qui comprend
la naissance, la vie et la mort ; mais long-temps
avant M. Daru on a écrit en français une histoire
de Venise, aussi complète qu'elle pouvait l'être,
puisque l'auteur l'a conduite jusqu'au temps où
il vivait. Cet auteur est si peu connu, son in-folio
est tellement ignoré, que j'ai été étonné de le voir
citer par M. Daru ; et si nous ne sommes pas les

seuls qui ayons déterré ce pesant ouvrage, nous sommes vraisemblablement les seuls qui ayons eu la patience de le lire. Cet in-folio de dix-huit cents pages, porte la date de 1608, et il est dédié à Henri IV, par M. Thomas de Fougasses, gentil-homme avignonnais, et auteur de cette Histoire.

Quelle que soit l'opinion des savans sur l'influence des climats, on ne peut nier au moins l'influence de la situation : Venise, placée entre l'Europe et l'Asie par ses possessions insulaires et par ses relations avec l'Orient et l'Occident, nous offre ce double caractère dans son gouvernement et dans sa politique. Habile à s'approprier les découvertes des peuples civilisés, elle a contracté les mœurs et les coutumes des barbares. Tandis que les peuples occidentaux vantaient sa profonde sagesse, on la voyait au-delà de l'Adriatique faire des pyramides de têtes humaines, à l'instar des Turcs, égorger des prisonniers sans défense, piller, massacrer les habitans des villes, après une capitulation, et, dans la capitale même, faire torturer, noyer, étrangler, empoisonner publiquement ou secrètement tous les hommes qui lui portaient ombrage, innocens ou coupables, convaincus ou seulement soupçonnés, mais supposés dangereux par leur puissance, par leurs talens, ou même par leurs vertus. A ne considérer que le Sénat et le Grand-Conseil, on admire cette réunion de magistrats intègres, éclairés et protecteurs du peuple ; levez les yeux, vous voyez un autre conseil et un

épouvantable tribunal qui donneraient des leçons
de despotisme et de tyrannie aux visirs et aux
bachas de l'Orient. C'est ici que les extrêmes se
touchent. Les hommes qui sont émerveillés de
notre belle révolution, apprendront, en lisant
l'histoire de Venise, qu'une république peut être
une tyrannie odieuse, et que le nom de liberté
peut décorer le plus dur, le plus honteux esclavage.

La rigoureuse impartialité de M. Daru nous
donne, pour la première fois, l'idée la plus nette
et la plus juste du gouvernement vénitien. Jusqu'ici des écrivains en avaient fait le panégyrique,
et des secrétaires d'ambassade en avaient fait la
satire ; M. Daru l'a jugé dans son ensemble, et
c'est à cette belle partie de son ouvrage que je
m'attacherai. Les faits historiques trop multipliés et
d'ailleurs trop connus, ne sont pas susceptibles
d'analyse ; mais la politique de Venise, son administration, son industrie, son commerce, sa puissance, les révolutions qu'elle a subies dans les
formes de son gouvernement et dans la distribution des pouvoirs ; son doge qui, de despote, est
devenu un magistrat sans autorité, une simple
figure de représentation ; son Grand-Conseil, qui
devait tout savoir et tout faire, et qui cependant
ignorait tout quand les inquisiteurs d'État voulaient tout lui cacher ; ce dernier tribunal qui,
comme celui des enfers, était composé de trois
membres, et pouvait immoler à sa justice, à son
caprice ou à sa vengeance, les citoyens, les nobles,

les sénateurs, les membres du Conseil des Dix, le doge même, sans accusation, sans preuves, sans traces de procédure, sans responsabilité : telle est la matière que M. Daru a traitée avec un rare talent, et dont malheureusement je ne puis présenter qu'un faible aperçu.

Parlez de la république de Venise, mille voix vont s'élever pour vanter la sagesse de son gouvernement. Cette réputation de sagesse date de fort loin, et s'est si bien maintenue qu'elle a passé en proverbe. Il y a même une foule de gens qui ne connaissent de Venise que cette haute sagesse, et qui n'ont autre chose à vous dire quand la conversation tombe sur ce sujet. Une opinion si générale et si constante est une grande présomption en faveur des Vénitiens : il semble même qu'ils l'emportent à cet égard sur tous les autres peuples ; car tous nos jugemens étant fondés sur une comparaison, l'homme, le prince ou le gouvernement à qui l'on donne le titre de sage comme épithète caractéristique, est supposé sage par excellence, plus sage que tous les autres. Ai-je besoin d'exprimer la conséquence qui découle nécessairement de ces prémisses? Elle me paraît fort claire : c'est que le gouvernement de Venise est le meilleur exemple qu'on puisse se proposer en politique et en administration ; car il n'y a rien de plus sage que d'imiter ce qu'il y a de plus sage au monde. Remarquez cependant qu'on ne me répond pas aussi affirmativement sur la conséquence que sur

la proposition. Pourquoi donc la sagesse ne serait-
elle pas évidemment un modèle à imiter? Ah! me
dit-on, c'est qu'il faut examiner : il y a des distinctions à faire, des avantages et des inconvéniens
à comparer; il y a mille choses à méditer. Pour
terminer ces hésitations, je demande à l'interlocu-
teur si, tout étant compensé, il voudrait vivre
sous un gouvernement tel que celui de Venise. A
cette interpellation il garde un profond silence. Il
y a donc sagesse et sagesse; et ce mot aussi vague,
aussi mal défini que celui de liberté, peut s'inter-
préter de plusieurs manières différentes, et servir
d'épigraphe aux écrits les plus opposés en principes. Examinons donc la nature de cette sagesse
tant vantée du gouvernement vénitien, et nous
pourrons décider ensuite si elle peut être un objet
d'imitation ou un sujet d'envie pour les autres
nations.

La sagesse d'un gouvernement doit être considérée dans ses relations avec les puissances étrangères, et dans sa politique intérieure. De ces deux
manières d'être sage, toutes deux nécessaires, la
première ne dépend pas uniquement des hommes
qui gouvernent; la fortune y a toujours une grande
part. Ainsi, quand même la république de Venise
aurait succombé sous la masse de l'Empire ottoman, ou dans la lutte plus terrible encore qu'elle
eut à soutenir contre la ligue de Cambrai, son
désastre n'eût rien prouvé contre la sagesse de son
gouvernement. Mais s'il est juste de ne pas lui re-

procher comme des fautes les torts de la fortune, il est juste aussi de ne pas faire tourner à sa gloire les succès que la fortune seule lui a procurés. Parmi ses panégyristes, les uns ont décidé qu'elle était éminemment sage, puisqu'elle avait subsisté plus long-temps qu'aucune autre ; et d'autres ont soutenu qu'elle avait duré si long-temps par cela seul qu'elle était infiniment sage. Ce double raisonnement tourne dans un cercle vicieux, et offre d'ailleurs une répétition de principes ; mais écartons les subtilités, et consultons les faits, qui, en bonne logique, sont plus concluans que les argumentations.

Je demande d'abord à quelle époque on fixe le plus haut point de perfection du gouvernement de Venise ; ce n'est pas sans doute à son origine, car alors sa longue durée n'aurait été qu'une longue décadence. Nous ne nous arrêterons donc pas aux tribuns qui l'ont gouvernée d'une manière absolument démocratique et conséquemment précaire, incertaine et turbulente. Il faut encore abandonner la liste assez longue des premiers doges ; ils étaient sans doute peu sages, puisque la sagesse du peuple jugeait à propos de les massacrer, de les déposer, et de leur crever les yeux. Je me fixerais plus volontiers à l'époque où les doges, investis de toute la souveraineté, n'avaient plus à craindre l'insolence de la multitude, et pouvaient appliquer avec sécurité tout leur génie à l'administration publique. Mais que diraient les libéraux si je m'arrêtais complaisamment à cette période? Le doge alors était despote, et, quoique nommé par le peuple, il tenait le peuple-souverain dans une sujétion humiliante. Il devait donc être plus odieux? Point du tout : jamais il ne fut plus respecté que quand il déploya le pouvoir le plus absolu, et, ce qui est plus remarquable, quand le peuple n'eut plus part à son élection. Écoutons M. Daru :

« Quand les hommes du peuple concouraient à
» la nomination du prince, il était naturel qu'ils
» se crussent en droit de le punir.

» Quand le doge ne leur demanda plus que
» d'applaudir à son élection, ils se baissèrent pour
» ramasser l'argent qu'il leur faisait jeter.

» Lorsqu'il ne fut plus du tout leur ouvrage ils
» courbèrent leur tête sous ses pieds pour le porter
» en triomphe. »

On sent bien que je ne choisirai pas une si odieuse époque pour y placer l'apogée de la sagesse politique. Venons donc au temps où l'aristocratie prédomina tellement dans l'État, que le doge même lui était humblement soumis, et n'était que le fantôme d'une puissance dont quelques nobles possédaient la réalité. Mais je me ferais de bien plus mauvaises affaires si je m'avisais d'identifier l'aristocratie et la sagesse ; je me souviens de la grimace que faisaient nos patriotes quand ils prononçaient le mot *aristocrate ;* et les publicistes *à bonnet,* qui ne souffrent pas les *chapeaux* comme classe modératrice et intermédiaire, les détesteraient bien plus comme classe gouvernante. Observons d'ailleurs que les patriciens de Venise, toujours inquiets, toujours défians, quoiqu'ils eussent, ou peut-être parce qu'ils avaient tout le pouvoir, voulurent eux-mêmes resserrer l'autorité dans des limites plus étroites, créèrent un conseil qu'ils élevèrent au-dessus de tous les corps de l'État, et qui exerça le despotisme le plus absolu dont il soit parlé dans les fastes de la civilisation. Ce conseil qui se nommait Conseil des Dix, quoiqu'il fût composé de dix-sept membres, parce que le doge et ses six conseillers y étaient adjoints, se trouva trop nombreux encore pour frapper des coups assez prompts et assez secrets, et il délégua à trois de ses membres le droit que l'on verra développer dans les statuts de l'inquisition d'État.

Malgré toutes ces variations, va-t-on dire, les Vénitiens ont fait de grandes choses, et aucune conspiration n'a pu renverser le gouvernement. Je réponds : Si, par ces grandes choses, il est question de victoires et de conquêtes, la sagesse y à peu contribué, à moins qu'on ne voie les plus sages des hommes dans les Gengis-Kan et les Tamerlan qui ont fait des conquêtes encore plus grandes. S'il est question de monumens, Venise n'a presque rien laissé, et quand elle en aurait élevé d'impérissables, n'oublions pas que le fameux Colysée de Rome ne fut point bâti par la sagesse, mais par trente mille esclaves travaillant sous le fouet des vainqueurs et mourant à la peine.

Relativement au calme qui a régné à Venise, à l'ordre qui s'y est maintenu, et à la sécurité dont jouissaient les gouvernans, je prie le lecteur de considérer les moyens employés pour obtenir cet avantage, et je lui demande s'il voudrait l'acheter à ce prix. Des espions dans toutes les familles, dans toutes les classes, sans en excepter les prêtres et les nobles ; un tribunal dont on ne connaît pas les membres, qui juge et condamne en secret, qui fait assassiner ou empoisonner ceux qu'il n'ose juger, qui ne rend aucun compte, qui regarde le soupçon comme preuve, qui punit ceux qui ont révélé une conspiration comme ceux qui l'ont formée, qui considère le mérite éminent comme un crime, qui donne des ordres en contradiction avec les lois de l'État, et vous défend de révéler ces ordres, ce qui vous rend forcément coupable envers l'une ou l'autre autorité ; vos parens, vos amis qui disparaissent subitement sans que vous sachiez quelle faute ils ont commise, de quelle mort ils ont péri ; *les plombs* sous lesquels gémissent une foule de victimes, ce canal *Orfano* qui en engloutit un plus grand nombre, ces tourniquets, ces chevalets, ces instrumens de torture qui vous interrogent avec tant d'éloquence, le poison ou le poignard qui vous atteint même sur une terre étrangère, voilà la véritable sagesse qui rendait les Vénitiens si discrets et si prudens, et qui faisait régner tant de calme dans la capitale. J'avoue que les journaux libéraux ne feraient pas fortune

dans une pareille ville, mais les autres n'y gagne-
raient rien, car un surveillant au front sinistre
viendrait bientôt leur dire : Le gouvernement n'a
pas besoin de vos éloges.

Mais, comment a-t-on pu voir la suprême sagesse dans un gouvernement qui s'est étudié à
corrompre les mœurs pour donner au peuple la
licence en compensation de la tyrannie? Quoi! la
corruption des mœurs que, partout ailleurs, on
présente comme cause de décadence et de ruine,
aurait été pour Venise un moyen conservateur!
Les patriciens l'ont cru sans doute : une conduite
dissolue était en quelque sorte une sauve-garde
contre les soupçons des décemvirs. Ce déréglement alla si loin qu'ils bannirent les filles publiques; mais ils se hâtèrent de réparer *cette faute*
en les rappelant, en leur accordant des priviléges :
elles furent sacrées et inviolables; et cette belle profession fut tellement légitimée, qu'une mère pouvait vendre la virginité de sa fille par un contrat
qui avait la sanction des lois, et qui était respecté
comme une noble transaction. Le clergé enfin, le
clergé ne jouissait d'une entière protection qu'autant qu'il donnait l'exemple de la dépravation et de
la licence; et quand on se plaignait de ce scandale,
un sage patricien répondait : Il n'est pas bon que
les prêtres et les moines soient trop considérés
dans l'État.

M. Daru, qui, dans l'histoire de cette république, fait avec une grande équité la part du bien

et du mal, n'hésite pas à reconnaître la grande sagesse de ce gouvernement, malgré tout l'odieux dont il est environné, malgré les fautes sans nombre qu'il a faites en administration et en politique. Il est à remarquer cependant qu'il donne plus volontiers l'épithète de sages aux magistrats qu'au gouvernement lui-même. Il est vrai que ces hommes qui se soumettaient au plus dur esclavage pour rester libres, comme les Salentins dont parle Voltaire *manquaient de tout pour avoir l'abondance;* ces graves magistrats qui torturaient froidement, qui étranglaient, noyaient ou empoisonnaient sur le moindre soupçon, étaient en général de fort honnêtes gens dans leur vie privée, et que la plupart d'entre eux étaient recommandables par de grandes vertus. S'ils changeaient de caractère et de nature en entrant en fonctions, ils pouvaient dire comme ce procureur du théâtre :

C'est la maudite robe, elle fait son métier.

Mais quel est dont ce gouvernement qui dépouille l'honnête homme de toute humanité, de toute justice ; qui l'arme, non du glaive des lois, mais du fer de l'assassin, et l'oblige de sacrifier souvent l'innocence, le mérite, la vertu, à l'inquiétude, à la crainte, à la vengeance même de quelques gouvernans? Cinq cents hommes à la fois sont égorgés ou noyés pour la prétendue conspiration de Bedemar ; ceux qui en ont donné le pre-

mier avis au gouvernement sont immolés comme
les autres ; on ne trouve pas d'autre moyen de les
rendre discrets. Dans une autre occasion, il s'élève
une rixe entre des hommes du peuple et des gens
de mer ; de la querelle on allait à la sédition : un
brave officier paraît ; la vénération qu'on a pour
lui apaise le tumulte, et il préserve la ville d'un
grand malheur. Lui décernera-t-on la couronne
civique ? Non : l'homme qui fait tant de bien peut
faire beaucoup de mal. Ce raisonnement est un
arrêt de mort ; l'officier est arrêté et poignardé en
prison. Je pourrais emplir vingt articles de pareils
exemples de sagesse. Et pourquoi tant de cruautés,
pourquoi tant de précautions odieuses ? Pour maintenir un ordre de choses qui faisait du peuple, des
nobles, des gouvernans eux-mêmes, les plus inquiets, les plus soupçonneux, les plus malheureux
des hommes. Mais enfin c'était une république, et
l'honneur d'être républicain vaut bien que, pour
l'obtenir, on passe toute sa vie misérablement.

Si maintenant j'examine la politique extérieure,
que de restrictions ne faudra-t-il pas apporter à
cette réputation de sagesse que l'on accorde si
complètement au gouvernement vénitien ? Dirai-je
qu'en refusant de soutenir l'Empire grec contre les
forces ottomanes, il s'est donné un voisin cent
fois plus formidable et plus dangereux ; qu'en devenant puissance continentale, il a multiplié ses
ennemis, disséminé ses forces et tari la source de
ses richesses ; qu'en administrant ses colonies avec

du pain et un bâton, comme le conseiller Fra
Paolo (Sarpi), il s'est tellement aliéné ses sujets
insulaires, qu'ils ont préféré la sagesse des bachas
à la sagesse de Venise ; que tantôt par une fierté
intempestive, tantôt par une patience peu honorable, il excitait la haine de ses voisins en même
temps qu'il leur révélait sa faiblesce ; qu'il a toujours confié ses armées de terre aux étrangers,
dans la crainte de donner trop d'importance à un
Vénitien ; que, cédant à la passion plus qu'à la
politique, il appela le Turc en Italie, dans un
temps où le Turc était plus redoutable que toutes
les puissances italiennes ; que, contre toute prudence, il a voulu se servir de la France pour hu-
milier l'empereur, et de l'empereur pour chasser
les Français qu'il avait appelés ; sans réfléchir que
les États du second ordre sont toujours sacrifiés
dans les traités entre les grandes puissances ; qu'il
a risqué dix fois, par sa faute, d'avoir pour voisin un roi de France ou un empereur d'Allemagne, au lieu d'un duc de Milan qui ne pouvait
lui nuire ? Non, c'est dans l'ouvrage de M. Daru
qu'il faut étudier la politique de Venise ; c'est dans
cette partie essentielle que l'auteur a fait preuve
d'un excellent esprit, d'une rare sagacité et d'une
vaste instruction.

Malgré toutes ces fautes, va-t-on me dire, malgré tout l'odieux de ce gouvernement, il s'est maintenu pendant douze siècles. Cela est vrai ; mais la
France, mais l'Allemagne, mais toute l'Italie ; en

détestant Venise, avaient cependant intérêt à sa conservation : l'Italie, parce qu'elle perdait son indépendance si Venise devenait la proie de la France ou de l'Empire ; la France, parce que l'Adriatique, la Dalmatie et le Frioul, tombant sous la domination de l'empereur, rendaient ce prince trop puissant ; l'empereur, parce que la France dominant en Italie, lui fermait pour jamais les gorges des Alpes ; le pape, enfin, parce qu'il pouvait bien défendre Ferrare et la Romagne contre les Vénitiens ; mais il redoutait le voisinage des Français et de l'empereur. Une seule fois cette politique a été oubliée, et la ligue de Cambrai a porté à Venise un coup si terrible qu'elle est descendue au dernier rang des puissances.

On m'accusera sans doute d'avoir exagéré la terrible puissance des inquisiteurs d'État, leur justice ténébreuse, leur froide cruauté, leur odieuse tyrannie, leur inévitable vengeance. J'accumulerais vainement les faits historiques et les anecdotes ; on pourrait me répondre que les faits ne sont pas exacts, et que les anecdotes ont été inventées par des étrangers, ennemis du gouvernement vénitien, ou inquiétés par les innombrables surveillans de cette police mystérieuse. Mais M. Daru nous a transmis un document qui ne laisse plus de doute, et auquel les apologistes de cette sage république ne peuvent rien opposer : ce sont les *statuts de l'inquisition d'État*, pièce curieuse s'il en fut jamais, pièce authentique, fort

rare et qui est restée inconnue en France quoiqu'il
y en ait un exemplaire à la Bibliothèque du Roi,
sous le numéro 10462. — 3. 3. Aucun écrivain
vénitien n'en a parlé, ce qui n'est pas étonnant.

Ces statuts, que M. Daru publie en vénitien e
en français, datent de l'année 1454; ils ont été
en vigueur jusqu'à la dissolution de la république,
catastrophe dont nous avons été témoins; ils occupent un trop grand nombre de pages pour que
je puisse en tracer une analyse complète; mais les
fragmens que je vais en extraire donneront sans
doute au lecteur le désir de connaître le reste.
« Tout ce qu'on pourrait écrire sur le gouvernement de Venise, dit M. Daru, n'en donnerait pas
une idée aussi exacte que la lecture de ces statuts.»
Sans contredit, il a raison ; ces statuts sont la base
de l'édifice, le piédestal de la sagesse vénitienne.

« ..... Il est arrêté que les inquisiteurs seront
investis de toute l'autorité du Conseil des Dix lui-
même, et ce, sur toutes les matières qu'ils jugeront nécessaire d'évoquer..... » Voilà donc trois
hommes investis de la puissance absolue, puisqu'ils peuvent évoquer *toutes les matières.* « Ils
pourront procéder contre quelque personne que
ce soit, de condition privée, noble, ou constituée en dignité, aucune dignité ne donnant le droit
de décliner leur juridiction ; ils pourront prononcer contre les membres même du Conseil des
Dix, contre les prêtres, contre tous les sujets,
toute peine quelconque, même la peine de mort,

et la faire infliger secrètement ou publiquement. »
Le doge même était justiciable de ce terrible tribunal ; il avait cependant un privilége ; les inquisiteurs pouvaient citer devant eux tous les autres
membres du gouvernement pour leur faire des
reproches ; et la réprimande était quelquefois si
effrayante, que plusieurs de ceux qui l'ont reçue
se sont évanouis. Mais le doge n'était point forcé
de comparaître, et il avait la belle prérogative de
recevoir la mercuriale dans son palais. Passons à
d'autres paragraphes des statuts.

« Le tribunal aura le plus grand nombre possible d'*observateurs*, choisis tant dans l'ordre de la
noblesse que parmi les citadins, les populaires et
les religieux ; on leur promettra, pour récompense,
l'expectative de quelques emplois ou de quelques
priviléges. On les paiera même en argent s'ils refusent toute autre récompense ; mais ils n'auront
point de salaire fixe, et seront payés selon l'utilité
de leurs services... »

« Quatre de ces explorateurs seront constamment, et à l'insu les uns des autres, attachés à la
maison de chacun des ambassadeurs étrangers ré-
sidant dans cette capitale... »

« On se procurera quelque intelligence dans la
maison de chaque ambassadeur, en tâchant de
gagner quelque secrétaire...... On fera faire des
ouvertures par quelque moine ou par quelque
juif ; ces sortes de gens s'introduisent partout. »

« Toutes les fois que le sénat aura nommé un

26.

ambassadeur pour résider dans une cour étrangère, le tribunal le mandera pour lui ordonner
de tenir le tribunal informé de toutes les découvertes importantes, *sans en faire aucune mention dans les dépêches adressées au gouvernement.* » Ainsi, les inquisiteurs seuls étaient instruits
de tout, et n'instruisaient le gouvernement que
quand ils jugeaient convenable de le faire. N'était-
ce pas là un gouvernement gouverné ?

Ce tribunal ne pesait pas seulement sur la ville
de Venise, il déléguait son monstrueux pouvoir
aux commandans des pays soumis à la domination vénitienne. En voici la preuve :

« Au cas qu'il y eût dans le pays un patricien
ou quelqu'autre personnage influent dont la conduite fît désirer *qu'il ne restât pas en vie*, les
commandans seront autorisés *à la lui faire ôter
secrètement.....* sauf à en répondre devant Dieu. »
Voilà donc des commandans qui peuvent désirer
que quelqu'un ne reste pas en vie, le faire tuer
ou empoisonner, sauf à en rendre compte à Dieu !
Et Dieu sait quel compte on lui rend !

« Si quelque ouvrier transporte son art en pays
étranger, on lui donnera l'ordre de revenir ; s'il dé-
sobéit, on mettra tous ses parens en prison ; s'il persiste à demeurer à l'étranger, on prendra des mesures pour le faire tuer partout où il se trouvera. »
Notez qu'à Venise les salaires, les appointemens
étaient fort médiocres, et que le traitement du
doge même était d'une excessive modicité; mais

n'importe, on était bien digne de mort quand on quittait un si bon pays !

« Si quelqu'évêque, comme cela est arrivé, prétendait exercer quelqu'autorité sur les séculiers, il en sera empêché par les moyens de douceur *ou autrement.* » Ou autrement! quel aimable laconisme !

« Si, pour quelque délit que ce soit, grave *ou léger*, un patricien cherchait un asile dans la maison d'un ambassadeur étranger, on aura soin de l'y faire tuer sans retard. » Pour un motif *léger !* il faut convenir que la réprimande est forte.

« Un banni pour crime d'État, qui voudra obtenir sa grâce, ne pourra l'obtenir que par des services rendus au tribunal, c'est-à-dire par des révélations sur les affaires d'État, ou par l'arrestation, ou par la mort d'un autre criminel d'État. Alors, les inquisiteurs jugeront si le banni tué était d'une importance supérieure à celle du banni qui aura fait le meurtre. Dans ce cas, on prononcera la grâce de celui qui aura apporté la tête de l'autre; dans le cas contraire, on remettra quelque récompense à celui que le meurtrier aura désigné. » Ainsi

Le fils tout dégoûtant du meurtre de son père,
Et sa tête à la main, demandant son salaire,

sera réintégré dans les droits de citoyen, ou tout au moins obtiendra une récompense.

« Quand le tribunal aura jugé nécessaire la
mort de quelqu'un , l'exécution ne sera jamais
publique ; le condamné sera noyé secrètement, et
de nuit, dans le canal *Orfano*. » Que ce mot *Orfano* est bien appliqué !

Quelques Vénitiens ayant dit que les membres
de la famille Cornaro avaient des droits au royaume
de Chypre , et que d'autres patriciens pouvaient
réclamer le titre de prince pour les fiefs qu'ils
avaient possédés dans l'Archipel , les inquisiteurs
crurent que ces propos étaient un sujet assez grave
pour figurer dans leurs statuts.

« Les surveillans sont chargés d'écouter atten-
tivement et de rapporter au tribunal ces discours
absurdes. Ceux qui les auront tenus seront mandés ; on leur intimera l'ordre de se taire , et s'ils
récidivent , on en fera noyer un pour servir
d'exemple. » Noyé pour un propos absurde !

« Plusieurs personnes parmi les nobles, les citadins et même les étrangers , *prennent la licence
de raisonner* sur les droits de la république au
royaume de Chypre ; les principaux coupables seront mandés; on leur fera une sévère réprimande,
si leurs discours ne peuvent être attribués qu'à la
légèreté ; mais *si on y voit de la malice,* ou s'ils
récidivent , on les fera noyer. » Allez donc raisonner là bas contre la Charte et la légitimité !
Les sages Vénitiens auraient plongé la déesse de
la sagesse dans le canal Orfano , et les libéraux
diraient que la vérité est dans son puits. Suivons :

« Nous avons été avertis de certains discours qui se tiennent dans le palais de monseigneur le nonce. On se permet d'y dire que l'autorité séculière ne s'étend pas jusqu'à juger les ecclésiastiques, ni en matière civile, quand ils y sont partie, ni en matière criminelle, quand ils sont coupables..... Si ces propos ne sortent pas du palais du nonce, on ne s'en occupera point. Si quelques-uns se permettent de parler ainsi ailleurs, on aura soin d'en faire tuer un, et de laisser transpirer qu'il a été mis à mort pour cette cause..... »

« Si un ambassadeur vénitien à la cour de Rome sollicitait quelque bénéfice pour lui ou pour ses parens, outre les peines déjà énoncées, on confisquera les revenus de ce bénéfice, si ce bénéfice est dans les domaines de la république; et si le coupable, privé de son temporel, s'en plaint à la cour de Rome, on aura soin de lui faire ôter la vie, secrètement et sans retard.

« Si l'on apprenait qu'un banni ne gardât pas son ban, et fût passé chez une puissance étrangère, on prendra des mesures pour le faire assassiner où il se trouvera, *pourvu* toutefois qu'il ait la réputation d'être un homme de valeur, et habile dans sa profession.... » Le *pourvu* est très joli; les sages inquisiteurs ont jugé qu'un sot ne valait pas les frais d'un assassinat. Mais voici un statut qui vaut tous les autres :

« Quelques surveillans se sont plaints d'avoir été exposés à des sarcasmes, ce qui refroidit leur zèle et empêche d'autres personnes de se vouer à cet emploi. Pour remédier à cet inconvénient, on fera arrêter ceux qui se permettront d'insulter les *observateurs* en les appelant espions ; on les fera mettre à la torture pour qu'ils déclarent par qui ils ont connaissance que ces observateurs servaient le tribunal, et ensuite on leur appliquera le châtiment que les inquisiteurs jugeront convenable pour servir de leçon aux autres. «

Je m'arrête quoique je n'aie pas extrait la cinquantième partie de cet admirable code. En transcrivant des maximes si libérales, il me prend par fois envie de crier : *Vive la république!* et je dois modérer ce dangereux enthousiasme. Je ne puis cependant résister au désir de rapporter une petite finesse machiavélique de nos sages inquisiteurs : Pour empêcher que des patriciens besogneux, car il y en avait de si pauvres qu'ils étaient forcés de se faire *observateurs*, ne se laissassent corrompre par un ambassadeur étranger, ils engageaient un noble *surveillant* à assassiner quelque pauvre diable, et à répandre qu'il l'avait tué parce que ce misérable avait voulu le corrompre de la part de tel ambassadeur. Écoutez maintenant le raisonnement des inquisiteurs d'État : L'ambassadeur qui n'aura donné aucune commission à l'homme tué, saura bien que le meurtrier a menti, mais il apprendra que si le gouvernement vénitien pardonne un meurtre sous ce seul prétexte, il l'excuserait à plus forte raison; et même l'approuverait si la corruption

était réelle. Il sera donc très-peu tenté de faire de
pareilles propositions quand il verra qu'en cas pareil on peut tuer un homme comme une mouche.
Les personnes qui liront ces statuts en entier, y
trouveront plusieurs traits de génie de ce genre.
Je ne ferai plus qu'une observation : elle est presque grammaticale. La formule par laquelle le tribunal inflige ses corrections est celle-ci : *Sia fatto
ammazzar privatamente, siano fatti ammazzar
sollecitamente.* Il est singulier que cet idiotisme
ressemble parfaitement à celui qu'emploie le peuple
de Paris quand il dit : Il sera *fait mourir,* ils ont
été *fait mourir,* c'est la tradution exacte du *siano
fatti ammazzar.*

. Maintenant, plus je réfléchis à la grande réputation de sagesse que Venise conserve encore dans
son tombeau, plus je suis persuadé qu'elle la doit
principalement à sa conduite envers la cour de
Rome. Dans un temps où les papes faisaient trembler les trônes, les humiliaient, et affectaient la
suzeraineté même temporelle de tous les empires,
Venise a constamment résisté à ses prétentions.
Mais aussi soumise, aussi obéissante au pontife,
considéré comme chef de l'Église, qu'elle était
opposée au pape ambitieux et au prince séculier,
elle est toujours restée orthodoxe ; religieuse et catholique, elle recevait avec respect les décrets du
Saint-Père ; défiante et fière, elle lui défendait de
s'immiscer dans les affaires de la république. Ainsi,
tandis qu'elle démolissait des églises , qu'elle chas-

sait des moines, qu'elle taxait et confisquait les
biens du clergé, malgré toutes les bulles et toutes
les excommunications, elle ne souffrait aucune
altération dans le dogme, et aucune hérésie n'a
trouvé de refuge dans les pays soumis à sa domination. Elle ne montra jamais plus de fermeté et
plus d'indépendance que dans le long interdit dont
elle fut frappée. Le pape ayant défendu qu'on cé-
lébrât le service divin dans aucun des États de la
république, elle ordonna au clergé de continuer
la célébration; le clergé obéit. Un seul évêque osa
dire à l'envoyé du conseil qu'il ferait à cet égard ce
que le Saint-Esprit lui inspirerait; mais le magistrat lui répondit que le Saint-Esprit avait déjà inspiré
au conseil de faire pendre quiconque lui désobéirait.

De toute l'histoire de Venise, la conjuration
de 1618 est peut-être ce dont on a le plus parlé en
France, et l'opinion générale y accuse le marquis de
Bedemar de cet attentat, jusqu'alors inconnu dans
les annales de la diplomatie. L'ouvrage de Saint-
Réal et une tragédie médiocre sont presque les seuls
titres sur lesquels nous fondons l'authenticité de
cette conspiration. Observons d'abord qu'en accu-
sant Bedemar il faut nécessairement accuser l'Espagne qui, à cette époque, possédait le royaume
de Naples et le duché de Milan. Une pareille tentative, si elle eût été réelle, renouvelait la guerre
entre l'Espagne et Venise, et cependant il est certain qu'après le rappel de Bedemar, son successeur
fut reçu sans difficulté, et il est faux que Bedemar

ait été appelé au sénat pour y recevoir des reproches; il est faux qu'on ait fait la visite dans son
palais et qu'on y ait trouvé un amas d'armes. C'est
Bedemar lui-même qui, indigné, ou peut-être effrayé de l'insolence de la populace, alla, de son
propre mouvement, demander des sûretés pour sa
personne, et la procédure qui affirme le contraire
est démentie par des écrits authentiques.

Voyons d'abord le rapport que cet ambassadeur fit à sa cour sur cet événement. Il s'y plaint
amèrement de l'insolence des Vénitiens qui l'ont
insulté, lui Bedemar, aussitôt qu'ils ont su que
l'Espagne fournissait des secours à l'Autriche : il y
dit que le gouvernement fit répandre le bruit d'une
conspiration absurde, tramée par les Espagnols,
pour mettre Venise à feu et à sang; qu'indigné
d'apprendre qu'il était impliqué dans un attentat
aussi énorme, il se présenta devant le collége, et
traversa publiquement Venise, sans que cette fois
aucun homme du peuple osât proférer la moindre
injure; que le gouvernement vénitien ne lui donna
aucune satisfaction, et garda un silence obstiné
tant sur la prétendue conjuration, que sur les
plaintes de l'ambassadeur; il dit enfin que ne pouvant plus rester à Venise avec honneur et sûreté,
il prit le parti de sortir de cette ville. Ce rapport
est fort détaillé, et Bedemar y fait sentir combien
la prétendue conjuration est ridicule.

Si l'on dit que ce rapport ne prouve rien, il
faut répondre à ce dilemme : Ou la cour d'Es-

pagne approuvait l'odieux projet de l'ambassadeur, ou elle l'ignorait; si elle l'approuvait, elle le connaissait, et alors Bedemar n'avait pas besoin de lui en rendre compte et d'en prouver l'adsurdité; si elle l'ignorait, comment n'a-t-elle pas fait juger et punir l'ambassadeur qui venait de compromettre l'honneur de son souverain, et s'était permis un acte aussi odieux? Dans l'un et dans l'autre cas, le rapport de Bedemar et l'indifférence de la cour de Madrid ne peuvent s'expliquer, si la conspiration est réelle; le rapport s'explique fort bien, au contraire, si Bedemar est innocent. Mais si l'on s'obstine à ne voir qu'une ruse dans l'apologie qu'il fait de sa conduite, consultons des personnages qu'on ne puisse soupçonner de partialité envers le marquis.

On sait que la France, depuis si long-temps en guerre avec l'Espagne, ne pouvait voir avec plaisir cette puissance dominer en Italie, et n'aurait certainement pas favorisé une entreprise qui eût ajouté les États vénitiens aux immenses possessions de la maison d'Autriche. L'ambassadeur de France à Venise était donc, plus qu'aucun autre, intéressé à surveiller celui d'Espagne. Léon Bruslart n'était pas à Venise quand le bruit de la conjuration transpira, mais il y avait laissé M. Broussia, son frère, pour l'y suppléer. Celui-ci rendit compte au ministre de tout ce qu'on disait à Venise à ce sujet, et il termine son récit par cette phrase : « *Plusieurs estiment ceste affaire une chose de néant.* » Léon Bruslart étant revenu à Venise quelques jours après, y prit les informations les plus amples et les plus exactes; il en fit au ministre le rapport le plus détaillé, et termine sa lettre par cette autre phrase : « *Or, je vous puis* » *mieulx assurer que personne du monde de la* » *fausseté de tous ces bruicts.* »

Quinze jours plus tard, dans une dépêche en chiffres, et où conséquemment il se déguisait moins, il écrivait encore au même ministre : « *Quelque chose qu'ilz disent, il ne se voit aucun signe que cette entreprise eût ancun fondement.* » Et, dans une quatrième lettre, encore en chiffres, il répète : « *Plus nous ouvrons les yeux du corps et de l'esprit, moins nous voyons de jour et de lumière en ceste grande conjuration : mais au contraire nous en trouvons plus claire et apparente la vanité* » Le cardinal Vendramini, qui était Vénitien, parlant à Léon Bruslart, s'était moqué de cette conjuration, *pour savoir les difficultés et impossibilités qui se rencontraient en ce dessein.* Le pape enfin dit au ministre de France à Rome, qu'il ne voyait pas ce qu'on pouvait répondre *à tant de bonnes raisons qui établissaient la non existence de la conjuration.* Or, il est certain que ni le pape, ni la France, ne pouvaient désirer l'affermissement et l'agrandissement de la puissance espagnole en Italie, et que leur intérêt était de conserver Venise, dont les États empêchaient l'Autriche et l'Espagne d'être contiguës.

Rome et la France n'auraient donc pas manqué de s'élever contre un pareil attentat s'il avait eu quelque apparence de réalité ; il serait donc absurde de supposer que Léon Bruslart n'eût pas mis tous ses soins à s'informer de cette affaire, et plus absurde de croire qu'il eût favorisé les conspirateurs. Voilà donc des personnes intéressées et bien instruites qui disculpent Bedemar ; mais le vulgaire l'a condamné, et, malgré, M. Daru, la prévention restera.

Il est vrai qu'au milieu du mois de mai 1618, on vit plusieurs hommes pendus aux gibets de la place Saint-Marc. Le lendemain, on en vit d'autres ; on apprit que plusieurs centaines de personnes avaient été jetées dans les cachots du Conseil des Dix ; que des exécutions nocturnes avait été faites ; que beaucoup d'hommes avaient été noyés dans les canaux ; qu'on avait fait des exécutions dans les places fortes, qu'on avait poignardé, pendu ou jeté à la mer des étrangers employés sur la flotte. On répandit tout-à-coup que Venise venait d'échapper à un grand péril, et qu'on avait découvert une conspiration tendante à livrer cette capitale aux flammes, à exterminer la noblesse, à renverser la république. Mais remarquez que le gouvernement vénitien n'accusa personne, n'inquiéta pas l'ambassadeur d'Espagne, et laissa croire au peuple tout ce qu'il voulut, sans confirmer les bruits publics et sans les contredire. La retraite de Bedemar fut donc le seul indice qui le fit soup-

çonner, et cette retraite purement spontanée est
expliquée dans son rapport. Remarquons encore
que les exécutions commencèrent au mois de mai,
et que le gouvernement n'ordonna que cinq mois
après des prières solennelles pour rendre grâces à
Dieu de la découverte de la conjuration. Remarquons surtout que ce complot révélé au peuple par
des supplices, était connu du gouvernement dès le
mois d'août 1617, neuf mois avant que le peuple
en sût rien, et quatorze mois avant la cérémonie
religieuse par laquelle on remerciait la Providence
de l'avoir fait échouer.

Mais tout cela, va-t-on dire, prouve qu'il y
eut une conjuration, et il serait trop absurde de
croire, avec quelques écrivains, que le gouvernement de Venise, haïssant Bedemar, ait supposé
une conspiration et fait périr cinq cents personnes
pour le faire rappeler par sa cour et obtenir un
autre ambassadeur. Oui, sans doute, il y eut une
conspiration, mais non pas celle de Bedemar; ce
fut celle de la république elle-même avec le duc
d'Ossone (Ossuna), vice-roi de Naples, qui voulait se faire roi de ce pays, et que les Vénitiens fa-
vorisaient dans cette entreprise. C'est ici que commencent les conjectures de M. Daru, car jusqu'à
présent il n'a écrit qu'après des certitudes.

Je ne puis suivre l'auteur dans les développemens qu'il donne à ce point d'histoire, mais j'indiquerai sommairement les faits avérés sur lesquels
il fonde son opinion. Il est certain, et les pièces

justificatives en font foi, 1° que de duc d'Ossone voulut usurper le trône de Naples ; 2° qu'il communiqua son projet au gouvernement de Venise qui l'approuva, parce qu'il était de son intérêt de voir occuper le trône de Naples par un prince qui, au lieu de menacer Venise, aurait besoin de son secours, ne lui contesterait pas la souveraineté de l'Adriatique, lui rendrait les quatre ports qu'elle avait possédés sur la côte de la Pouille, et serait intéressé comme elle à chasser les Espagnols de l'Italie ; 3° qu'il y eut des négociations entre le duc d'Ossone et les Vénitiens, ce qui est attesté par quatre historiens de nations différentes, et que des envoyés secrets du duc étaient à Venise dans le temps même où il paraissait lui faire la guerre la plus acharnée ; 4° que le duc négociait en même temps avec le duc de Savoie, ennemi de l'Espagne ; 5° qu'il négociait encore avec les Hollandais, ennemis bien plus irréconciliables de la cour de Madrid ; qu'il en reçut des troupes auxiliaires, et qu'à son instigation une flotte hollandaise vint croiser dans la Méditerranée ; 6° qu'ayant reçu de sa cour l'ordre de cesser les hostilités dans le golfe de Venise, il feignit de les continuer pour conserver le prétexte de ne point désarmer ; 7° qu'au lieu de licencier ses troupes, il les augmenta considérablement, et enrôla les pirates qui infestaient les côtes de la Dalmatie ; 8° qu'il recruta des matelots jusque dans le port de Marseille, même après que le roi d'Espagne lui eut écrit de sa main que la guerre était terminée ; 9° qu'il fit arborer son propre pavillon sur sa flotte et non celui de l'Espagne ; 10° qu'ayant trop tardé à se déclarer, son projet fut découvert ; on pense même qu'il fut révélé par le duc de Savoie ; 11° qu'il fut rappelé par sa cour, qu'on lui fit son procès, et qu'il mourut en prison.

Ces faits, et beaucoup d'autres que je suis forcé de négliger, rendent déjà bien probables les conjectures de M. Daru ; mais elles approchent de la démonstration quand on y joint les notions suivantes qui sont également certaines : Ce Jacques Pierre, qui fut la cheville ouvrière de la prétendue conjuration de Bedemar, avait été au service du duc d'Ossone, avant de passer à celui de Venise, et dès le mois d'août 1617, il avait fait des déclarations au gouvernement vénitien. Depuis cette époque jusqu'au mois de mai 1618, Venise et la flotte étaient remplies d'étrangers et de soldats préparés pour une expédition ; depuis neuf mois le Conseil des Dix était instruit par Jacques Pierre et Renaud, et il ne prenait aucune précaution pour écarter le danger, ni pour éloigner ces étrangers que, depuis, on a cru destinés à brûler l'arsenal, à égorger les nobles, et à saccager Venise. Cette sécurité, cette négligence apparente, qui caractériseraient si mal le gouvernement vénitien, s'expliquent en admettant la participation de Venise au projet du duc d'Ossone. Elles expliquent à leur tour pourquoi les exécutions n'ont eu lieu

que neuf mois après les déclarations de Jacques
Pierre et de Renaud. Mais pourquoi ces exécutions ? Ici les conjectures deviennent odieuses ;
mais rien n'étonne quand on connaît la politique vénitienne, et quand on a lu les statuts de
l'inquisition d'État. Les voici telles que les faits
précédens les arrachent en quelque sorte, quelque répugnance qu'on y ait. La trame du duc
d'Ossone étant découverte, et son procès imminent, Venise avait tout à craindre si son intelligence avec le duc était connue de l'Espagne et
de l'Autriche. Il fallait donc faire disparaître les
hommes et les choses qui pouvaient déposer contre
le gouvernement vénitien, et imaginer la conspiration Bedemar pour justifier les nombreuses exécutions que cette affreuse précaution nécessitait. Il
fallait qu'il ne restât pas un seul homme qui pût
parler ; cinq cents périrent en effet, soit à Venise,
soit sur la terre ferme, soit à Chiozza, soit en Dalmatie, et voilà pourquoi Jacques Pierre et Renaud qui, dans la supposition de la conjuration
de Bedemar, auraient sauvé la république en révélant le complot, furent sacrifiés comme les autres,
pour qu'ils ne pussent pas révéler la conjuration
d'Ossone. Ces exécutions dans des lieux si éloignés
exigèrent beaucoup de temps ; voilà aussi pourquoi
le gouvernement vénitien n'ordonna les prières
publiques *pour remercier la Providence,* que cinq
mois après les premiers supplices, c'est-à-dire quand
il fut assuré que tous les complices étaient morts.

LES COURS DU NORD,

Ou Mémoires originaux sur les souverains de la Suède et du Danemarck, depuis 1766; traduits de l'anglais de JOHN BROWN, par
JEAN COHEN ; ornés des vues de Copenhague et de Stockholm, des
portraits de Christiern VII et de la reine Mathilde, de Gustave III,
de Gustave IV, de Charles-Jean, du baron d'Armfeld et de Catherine II.

JE ne puis déguiser l'embarras que j'éprouve à
parler de cet ouvrage. Si d'un côté il offre des anecdotes fort curieuses, si le premier volume surtout
a tout l'intérêt d'un roman, et si les détails semés
dans le troisième éclaircissent les événemens politiques dont nous avons été témoins, sans en connaître les causes, d'un autre côté, le mépris versé
à pleines mains sur presque tous les souverains du
nord qui ont régné depuis cinquante ans, les
turpitudes, les infamies et les crimes que l'auteur
leur attribue, les odieux secrets qu'il prétend révéler, révoltent souvent le lecteur, et lui font faire
de sérieuses réflexions sur le triste et scandaleux
abus des Mémoires secrets. Des princes qui sont
maltraités, avilis, et très-certainement calomniés
dans ces Mémoires *originaux*, un seul vit encore,
sans trône, sans puissance, et probablement sans
amis. C'est contre lui surtout que se dirigent les

27.

traits envenimés du prétendu révélateur. Dès qu'il a perdu la couronne, il est tout simple qu'il paraisse indigne de la porter ; on prouve tout ce que l'on veut contre l'homme qui n'a aucun moyen de défense : incapacité, absence de courage, folle obstination, tels sont les moindres défauts du prince déchu ; s'il ressaisissait la puissance, il serait le meilleur des rois, comme tous ceux qui l'occupent.

Ce n'est pas que des calomnies m'aient étonné : je sais depuis long-temps ce que l'on doit attendre des hommes quand on est dans le malheur ; certes, je n'exigeais pas qu'un faiseur de Mémoires secrets conservât quelque respect pour l'infortune ; mais j'avoue que M. Brown a surpassé ce que ma défiance et ma philosophie morose me faisaient entrevoir dans sa politique. Ce n'était pas assez à ses yeux que le ci-devant roi eût perdu le trône *par sa faute*, qu'il fût *légitimement* déposé ; c'était trop peu d'affirmer que ce prince n'est pas le fils de son père, et de le prouver comme on prouve tout le reste ; il fallait encore lui trouver un tort qui le rendît tout-à-fait indigne de l'intérêt qui s'attache aux grandes calamités. Quel est-il ce tort ? je le donne à deviner à tous mes lecteurs..... C'est celui de ne s'être pas réuni à Buonaparte pour soutenir le système continental contre l'Angleterre : et c'est un Anglais qui lui fait ce reproche ! Si l'industrie des habitans de la Tamise nous envoie souvent des objets précieux, convenons qu'en

revanche le paquebot jette souvent de mauvaises
drogues sur le continent.

Je ne veux pas dire par là que M. Brown ait eu
tort, je reconnais au contraire qu'il a grandement
raison selon la morale du jour. Quelle sottise, en
effet, que de résister au plus fort! Il n'y a qu'un
imbécile comme Caton d'Utique qui aime mieux
se perdre que d'obéir au vainqueur. Un petit État
doit toujours se soumettre à une grande puissance,
tel est l'axiome de M. Brown; et certes rien n'est
plus prudent. Mais ce principe, si solide en lui-
même, n'est plus aussi brillant quand on réfléchit
à ses conséquences. Il en résulterait que la puissance colossale serait bientôt la puissance unique,
et l'amour de la patrie, l'héroïsme militaire, le
génie de la tactique, ne consisteraient plus que
dans des chiffres. Mais le prince dont nous parlons
n'avait aucun espoir, me dit l'auteur anglais, et sa
résistance, qui était déjà une folie, a été de plus fort
maladroitement dirigée. J'accorderai tout ce qu'on
voudra sur ce point; mais je n'admets pas que la
morale doive toujours blâmer ce que condamne la
politique. Le plus ou moins d'espoir dans le succès
rend l'entreprise raisonnable ou téméraire; mais
l'absence même de tout espoir ne la rend pas honteuse. Un général a pu être blâmé, mais jamais
déshonoré pour s'être enseveli sous les ruines d'une
ville, et pour avoir combattu jusqu'à l'extrémité.
L'imprudence même, quand un sentiment d'honneur en est la cause, et quand une catastrophe en

est la suite, ne mérite cependant ni mépris ni outrage. Et si le monarque insulté par M. Brown
avait pu se maintenir trois ans de plus, que serait-il
arrivé? La grande affaire de Moskou aurait fait
une puissante diversion en sa faveur ; ce que l'on
nomme sa folie aurait été le système de l'Europe ;
il serait aujourd'hui signataire de la Sainte-Al-
liance, et M. Brown ne dirait pas qu'un prince
doit toujours se soumettre quand il n'a pas les
gros bataillons. Mais je m'aperçois que je dérai-
sonne..... Ce sont mes idées de collége qui me reviennent fort mal à propos, et je sens combien
elles sont ridicules en politique libérale. Disons
donc que tout souverain dépouillé a tort, que

Le parti qui triomphe est le seul légitime,

qu'il faut crier *vive le roi* en 1814 et *vive l'empereur* en 1815 ; disons qu'il vaut encore mieux
ne pas crier du tout, et se ranger en tapinois sous
les drapeaux du vainqueur. Ceux qui ont eu cette
prudence vont en carrosse, les fidèles sont à pied ;
ils sont donc des imbéciles, et M. Brown a prodigieusement d'esprit.

J'ai long-temps cherché quel pouvait être son
but. Il commence par le Danemarck. Après le roi
Frédéric V, dont il dit assez de bien, mais qu'il
montre comme un ivrogne hébété, il trace l'histoire très-intéressante des amours de Struensée et
de la reine Mathilde ; il peint la reine Julie-Marie

comme un monstre. A l'en croire, *cette furie* a voulu
empoisonner son beau-fils dès le berceau, et ne
pouvant le faire périr, elle s'est attachée à corrompre ses mœurs. Selon M. Brown, elle y a
complètement réussi ; et le prince que nous avons
vu en France vers la fin du règne de Louis XV,
livré aux plus infâmes débauches, ne se serait ap-
proché de sa femme que pour lui communiquer
le poison recueilli dans les plus vils repaires de la
prostitution. M. Brown conduit ensuite ses lecteurs en Suède pour leur présenter des tableaux
encore plus odieux. Est-il bien vraisemblable que
le hasard ait placé sur le trône et presque à la
même époque, tant de princes aussi corrompus?
Deux frères abandonnés aux plus sales voluptés
auraient conçu une telle aversion pour les femmes,
qu'ils auraient introduit dans le lit nuptial un
homme chargé de leur donner des successeurs!
Un roi aurait fait à sa femme l'indigne aveu d'un
goût révoltant, et l'aurait suppliée de recourir à
l'adultère pour avoir un héritier! Comme il fallait
que tout le Nord fût sali par M. Brown, une
grande impératrice devait paraître dans ces Mémoires avec l'épithète de *scélérate*, et l'auteur
nous fait complaisamment observer la ressemblance physique qui existait selon lui entre un empereur et un voleur de grand chemin, très-célèbre,
pour insinuer sans doute qu'il y avait consangui-
nité entre le monarque et le voleur.

Et quelles sont les preuves de tant d'infamies?

Oh! elles ne manquent point à M. Brown , car il
est trop honnête homme pour avancer de telles
horreurs sans en fournir la démonstration. Ces
preuves sont de plusieurs sortes : les unes sont
consignées dans un manuscrit anonyme, écrit en
danois, et trouvé sur un vaisseau danois qui revenait de New-Yorck. Ce vaisseau avait donc porté
le manuscrit en Amérique, et il le rapportait! Et ce
manuscrit ne contenait que des vérités! et l'auteur
l'avait envoyé à New-Yorck pour le faire prendre,
au retour, par un vaisseau anglais! Tout cela
n'est-il pas assez vraisemblable pour autoriser une
horrible satire? Mais M. Brown a des preuves d'un
autre genre : il en puise dans le bel ouvrage intitulé *les Crimes des Cabinets*, que nous devons à
M. Goldsmith, autorité respectable, s'il en fut
jamais. Comment douter de ce qu'avance M. Goldsmith, qui est toujours le digne écrivain des cabinets? M. Brown enfin nous donne une preuve
tirée de son propre fonds, et je vais l'exposer dans
toute sa force : « Le roi de Suède voulant laisser
un monument durable de son amitié pour le
major Muncke, donna le nom de *montagne de
Muncke* à une énorme masse de granit qui fut
laissée dans son état primitif, lors de la distribution des jardins de Drottningholm. » Plus tard, il
fit faire un groupe de marbre, représentant Castor
et Pollux, sous les traits de Gustave et de son
ami Muncke. D'après cela, n'est-il pas évident
que Muncke a été introduit dans le lit de la reine ;

et qu'il est le père d'un autre roi ? Ainsi, que les souverains se gardent bien de donner le nom d'un de leurs sujets à un rocher ou à une montagne, car M. Brown nous prouverait que ce sujet est le père de leurs enfans. Quand le fait serait regardé comme incontestable, une pareille preuve ne suf-firait-elle pas pour en faire douter? M. Brown n'en fournit point d'autre, et il affirme !

J'avais beau me mettre l'esprit à la torture pour deviner l'intention de l'auteur, ma pénétration était en défaut. Veut-il fournir des matériaux à l'histoire? Mais quel est l'historien éhonté qui pu-bliera de pareilles horreurs sur l'autorité d'un ma-nuscrit anonyme, sur la foi de M. Goldsmith, sur un nom donné à un rocher? M. Brown aurait-il fait une vile spéculation sur la malignité publique ? Il me répugnait d'admettre cette supposition. Mais pourquoi, en prêtant des mœurs infâmes à Gus-tave III, fait-il d'ailleurs un si bel éloge de ce prince? Grand courage, esprit vaste, amabilité, talens, il lui accorde tout; il va même jusqu'à le montrer comme beaucoup plus habile que le grand Frédéric de Prusse, et certainement l'éloge n'est pas mince. Mais comme il prend sa revanche quand il considère le prince dans sa vie privée ! Pourquoi aussi le sévère Anglais, qui paraît s'être principa-lement occupé de la révolution de Suède, fait-il une excursion en Russie pour y distribuer les in-jures? pourquoi surtout va-t-il remonter jusqu'à la reine Mathilde, Christian VII de Danemarck,

et la douairière Julie-Marie, quand on voit dès
les premières pages que la déposition de Gustave IV est le sujet de son livre? Je me faisais
toutes ces questions sans pouvoir les résoudre,
lorsque la page 269 du 3ᵉ volume m'a donné le
mot de l'énigme; m'a montré le but de l'auteur;
et m'a fait apprécier le degré de confiance que je
lui dois. Voici donc le grand secret que M. Brown
n'a pu déguiser par douze cents pages de circonlocutions.

En février 1808, des patriotes au nombre de
dix-sept ou *vingt*, se réunirent à Stockholm dans
la louable intention de *sauver* leur patrie. Sauver
est toujours le but des conspirateurs : nous avons
été sauvés quinze ou vingt fois depuis trente ans,
et, dans ce moment-ci, de fort honnêtes gens s'occupent des moyens de nous sauver encore. On
voulait donc sauver la Suède, et les dix-sept patriotes reconnurent que pour y parvenir il fallait
déposer le roi. M. Brown, l'auteur des Mémoires
que j'annonce, était alors à Stockholm, et il eut
l'honneur d'être choisi par le *parti constitutionnel*,
pour faire par écrit les premières ouvertures au
cabinet britannique. Par ce peu de mots, mes lecteurs commencent à deviner quelque chose; ils en
sauront bientôt autant que moi qui ai lu les trois
volumes. M. Brown, devenu courtier de conspiration, écrivit à M. Spencer Perceval, qui, sans
s'expliquer, consentit officiellement à le recevoir en
qualité d'agent du parti constitutionnel. M. Brown

arrive à Londres; mais M. Perceval ayant rejeté
tout projet qui compromettrait la sûreté du monarque, M. Brown fut obligé de taire les noms
des dix-sept *constitutionnels*. La négociation traîna
plusieurs mois, et le ministère anglais refusa d'a-
bord d'y donner aucune suite. Notre négociateur,
désappointé par ce refus, ne manqua pas de faire
observer qu'on ne devait pas être si délicat, lorsqu'on avait ordonné l'expédition de Copenhague.
On voit qu'il échappe parfois de bonnes réflexions
à M. Brown. Cependant la réponse de MM. Perceval et Canning arrive enfin à Stockholm au mois
de janvier 1809; les *constitutionnels*, un peu
désorientés, reprennent courage, la conspiration
marche, l'œuvre s'accomplit, et le roi signe son
abdication le 29 mars.

Maintenant, tout n'est-il pas éclairci? Quand
on a conspiré contre un souverain, il faut que ce
souverain soit entaché de tous les vices; quand on
a aidé à sa déposition, il faut qu'il soit absolument
indigne du trône. On commence par le déclarer
illégitime, et un morceau de granit est debout dans
un jardin pour prouver l'adultère. Mais ce n'est
point assez; l'axiome *is pater est quem nuptiæ
demonstrant*, s'applique aux rois comme aux sujets, il faut donc encore que le prince illégitime
soit lâche, insensé, furieux, tout ce qu'on voudra.
M. Brown n'a manqué à aucune de ces conditions. Cependant si son livre n'avait traité que ce
sujet, le but de l'auteur, eût été trop clairement

aperçu. Une grande impartialité fera évanouir tout
soupçon : voyez en effet que d'éloges on accorde
à Gustave III ; il n'est infâme que sur l'article qui
intéresse la conspiration, et qui prouve l'illégitimité du fils ; sur tout le reste, c'est un grand
homme. Ce n'est pas tout encore : en faisant une
excursion en Danemarck et en Russie, on paraît
s'être occupé des *cours du nord,* comme l'indique
le titre de l'ouvrage ; et la conspiration de 1808,
véritable sujet du livre, n'a plus l'air d'y être que
comme l'un des matériaux et rangée à son ordre
de date. Tout cela n'est pas maladroit ; mais le
plus fin ne peut songer à tout, et M. Brown a
commis une indiscrétion. Si son intention a été
seulement de dévoiler les turpitudes du Nord aux
différentes époques, pourquoi, lorsqu'il n'est encore qu'en Danemarck avec Christian VII, inter-
rompt-il son récit pour parler de l'illégitimité d'un
prince qui n'est pas encore né, et qui appartient
à un autre pays ? N'est-ce pas montrer un peu
trop d'impatience que de placer, en hors-d'œuvre,
à la trente-cinquième page d'un premier volume,
le prétendu fait qui ne doit avoir la solution
qu'à la fin du troisième ? Est-ce de l'art ou de
l'imprudence ? Je le laisse à deviner.

Soyons justes cependant. M. Brown n'a pas
toujours insulté un prince qui ne règne plus, et,
en trois gros volumes, je trouve jusqu'à trois lignes
que l'on peut prendre pour un éloge. Où êtes-
vous, M. Azaïs, avec vos compensations ? Trois

lignes pour des centaines de pages! N'est-ce pas ainsi que la justice des hommes compense les biens et les maux? Transcrivons-les cependant ces lignes précieuses, et dont M. Brown est si avare; le peuple me crie que d'une *mauvaise page* il faut prendre ce qu'on peut. Quand notre auteur eut été nommé jockei diplomatique par le comité constitutionnel-révolutionnaire de Stockholm, avant de partir pour Londres, il eut une conversation fort longue avec M. Edlercrautz, que le roi Gustave IV venait de nommer commandeur de l'ordre de l'É- toile-Polaire. M. Brown, enchanté de l'esprit et de l'instruction du commandeur, se demandait intérieurement comment un prince si faible et si superstitieux avait pu donner une place dans la régence à un seigneur si éclairé; puis il déclare *qu'il a inséré ici toute cette conversation, afin de rendre justice au prince infortuné dont il écrit les Mémoires.* Rendre justice! que cela est beau! *Le prince infortuné....* contre lequel je conspire! Ce prince qui fait de si bons choix.... et que je vais renverser! cela n'est-il pas bien touchant? Il me semble voir l'excellent M. Necker pleurant à chaudes larmes la mort de Louis XVI.

Mais oublions l'infamie de ces Mémoires; considérons-les comme s'il était question du Tunkin ou de la Chine, et tâchons d'exposer sans humeur les principaux faits qu'ils renferment.

Les amours tragiques de la reine Mathilde et du médecin Struensée, devenu premier ministre,

sont connus de tout le monde ; mais M. Brown
les a présentés avec beaucoup d'art, et en a fait
une histoire tant soit peu romanesque pleine d'intérêt. Le portrait qu'il fait de cette reine aimable,
le tableau des vices honteux auxquels se livrait le
prince son époux, la cause pour laquelle le docteur Struensée fut appelé près de Mathilde, la nature des soins qu'il lui rendit, l'élévation de ce
médecin à la première place de l'État, et presque
jusqu'au trône, puisque le roi ne régnait point ; la
chute aussi terrible qu'imprévue de ce favori de la
fortune et de l'amour, son supplice, dont les détails font frémir, tous ces événemens racontés avec
beaucoup de chaleur et peut-être avec exactitude,
forment une espèce de drame où la terreur et la
pitié marchent d'un pas égal, et très-digne d'occuper le génie d'un Baculard, d'un Mercier ou
d'un Corneille des boulevards. Quel spectacle que
ce bal où la jeune reine et son amant dansent pour
la dernière fois, avec l'imprudence de la passion
et l'abandon de la sécurité ! suivons-les dans l'ap-
partement où le bonsoir de l'amour est un dernier
adieu : voyons Struensée se livrer au sommeil,
bientôt interrompu par des hommes armés qui le
chargent de chaînes ; la reine réveillée par des
gardes, et qui entend river les fers de son amant;
le tumulte qui règne à Copenhague ; le procès criminel de l'homme naguère tout-puissant : écoutons
avec horreur les infâmes aveux par lesquels il
déshonore la reine en parlant des avances qu'elle

lui a faites, et détournons nos regards de cet échafaud où il monte en tremblant.

M. Brown excuse la reine Mathilde par la considération des torts de son époux. Il est plus d'une femme à qui ce raisonnement paraîtra sans réplique ; mais la douceur de cette princesse, sa beauté, la véritable passion dont elle fut la victime, le courage qu'elle montra dans son malheur, la générosité qu'elle eut de pardonner à Struensée ses honteuses révélations, sa conduite au château de Zell où elle fut reléguée ; le nouveau pardon qu'elle accorde au comte de Rantzau, l'ennemi de Struensée et l'auteur de cette révolution : tels sont les traits qui attachent à la mémoire de Mathilde un intérêt plus noble et plus touchant.

Je ne puis quitter ces Mémoires sans rapporter une anecdote qui n'en est pas le moindre ornement. Le comte de Rantzau méditait depuis longtemps la ruine de Struensée, et il colorait sa jalousie du nom de patriotisme. L'amour du bien public est presque toujours le prétexte de l'ambition. Pour renverser le favori, Rantzau se ligue avec la douairière Julie-Marie, qu'il déteste, et devient l'instrument de sa haine, dans l'espoir d'occuper le poste de l'homme qu'il va livrer au bourreau. Julie accepte avec empressement les services du comte ; mais quand elle n'en a plus besoin, elle lui fait sentir que sa présence devient incommode. M. Brown dit qu'alors Rantzau se repentit d'avoir causé le malheur de Mathilde, et même

celui de Struensée : je le crois bien ; la mauvaise
action, qui ne produit aucun avantage, est toujours suivie d'un repentir sincère. Le comte humilié quitte la cour, et veut se retirer en Allemagne;
mais le vaisseau sur lequel il s'embarque, battu
par les vents, est poussé près du rivage où les
membres sanglans de Struensée, élevés sur des
poteaux, lui présentent le plus affreux spectacle.
Rantzau veut à tout prix s'éloigner d'un lieu si
funeste : il jette de l'or au patron du petit navire,
et le conjure de faire tous ses efforts pour l'arracher à cette côte odieuse. Par un de ces hasards
qui donnent à l'histoire la couleur du roman, le
marin auquel le comte s'adressait, déplorait plus
que personne le sort de Mathilde et de Struensée
dont il avait reçu des bienfaits, et à la générosité
desquels il devait le vaisseau même qui faisait toute
sa fortune. Dès qu'il apprend que son passager est
le comte de Rantzau, l'auteur de la sanglante catastrophe, il lance dans la mer l'or qu'il en a reçu,
et il ne déguise pas l'horreur qu'il éprouve à conduire un tel homme. Le comte, plus repentant
que jamais, se dépouille de toute sa fierté, et garde
un morne silence. Parvenu enfin au rivage où il doit
débarquer, il fait prier le marin d'accepter le prix
du passage. « Je l'accepte, répond le brave homme,
» et je consacre cette somme à des œuvres charita-
» bles; mais je ne la mêlerai point avec mon *honnête*
» *argent.* » Quelques traits semblables consolent un
peu le lecteur des vilenies répandues dans ce livre.

HISTOIRE

DE L'EMPIRE DE RUSSIE;

Par M. KARAMSIN ; traduite par MM. SAINT-THOMAS et JAUFFRET.

LA monarchie russe est peu ancienné, si on la compare à d'autres Empires de l'Europe, et cependant l'origine de cette nation est aussi incertaine que celle des peuples les plus anciens. Que le mot *Russes* vienne de *Rhos*, déjà connus des Grecs et des Germains au milieu du neuvième siècle, et que ces *Rhos* descendent des Roxolans dont il est tant parlé dans l'histoire des empereurs romains, c'est une discussion fort aride et une recherche assez peu importante. On n'est pas plus avancé quand on apprend que les premiers Russes étaient des *Slaves* ; cette grande famille a occupé un si vaste espace ; elle se divise en tant de branches différentes, qu'il est très-difficile de déterminer ce qu'étaient les Slaves russes. Si l'on se reporte au neuvième siècle, et si l'on examine ce qu'était alors le pays connu aujourd'hui sous le nom de Russie, on y trouve une multitude de peuples barbares dont aucun ne porte le nom de Russes. Parlerai-je

à des lecteurs parisiens des Permiens ou Biarmiens,
séparés des Yougres par la chaîne des monts Ourals!
Seront-ils bien curieux de connaître les Tchéré-
misses, les Vesses, les Krivitches, les Mériens, les
Radmitches, les Mordviens et les Viatitches, anciens habitans de la contrée au milieu de laquelle
s'élève la moderne Moskou? Les Bulgares, placés
à l'orient du Volga, ont un nom moins étranger à
nos oreilles ; et les Khozars, auxquels ont succédé
les Cosaques du Don, nous sont connus dans l'histoire bizantine sous le même nom de Khozars.
Mais qui ne serait pas effrayé si je faisais paraître
les redoutables phalanges des Drégovitches, des
Poulèbes, des Loutitches, des Tivertses, des Ou-
gres, des Torgues, des Petchénègues, des Khva-
lisses, des Yasses et des Kassogues? Et que le lecteur me sache gré de ma retenue, car je n'ai pas
nommé ici la centième partie des nations qui se
sont fondues dans le gouffre immense de la Russie,
comme des milliers de fleuves perdent leur nom
en tombant dans l'Océan.

Dans la carte primitive de cet Empire, un seul
petit peuple porte le nom de Slave, habite autour
du lac Ilmen, et a pour capitale la ville célèbre de
Novogorod ; mais ce peuple n'est sans doute qu'une
faible branche de la grande nation slave, qui se
trouve encore aujourd'hui disséminée dans plusieurs contrées de l'Europe, telles que la Bohême,
la Moravie, les provinces Illyriennes, et jusque
dans le Monténégro. Quoi qu'il en soit, l'histoire

nous dit que les Russes, après avoir vécu long-
temps sous le régime démocratique (disons anar-
chique), voulurent essayer de la monarchie, et
qu'ils demandèrent des princes aux Varègues, peuples scandinaves, que M. Lebeau nomme Varangues
dans son *Histoire du Bas-Empire*. Ces Varègues
étaient donc alors plus civilisés que les Russes, et
sans doute ils étaient une partie de cette grande
nation dont le langage se reconnaît encore dans
les nombreux idiomes des peuples qui s'étendent
depuis l'Islande jusqu'aux contrées orientales de
l'Asie. Le grand golfe que nous nommons aujour-
d'hui mer Baltique, se nommait alors mer des
Varègues.

L'histoire des princes que les Scandinaves ont
donnés aux Russes, est mêlée de fables et d'incer-
titudes : les Sinéous, les Trouvor, les Rurik, sont
les Pharamond, les Clodion, les Mérouée de la
Russie. Le règne d'Igor, la régence d'Olga, première princesse russe qui reçut le baptême; les
règnes de Sviatoslaf et d'Yaropolk sont encore
bien obscurs, et les faits que M. Karamsin a puisés
dans la Chronique du moine Nestor, ressemblent
à tous les contes que l'on fait sur l'origine des peuples. L'histoire de Russie ne commence positivement qu'au grand prince Vladimir, qui introduisit
le christianisme dans ses États, et fit baptiser en
masse tout le peuple russe. Or, cette époque ne
remonte qu'au dixième siècle, et alors plus de
trente rois avaient déjà régné en France. Il n'y a

pas de doute que l'accroissement de la puissance russe n'eût été plus prompt et plus inquiétant pour l'Europe, si les souverains de cet Empire n'avaient point adopté le système impolitique des apanages; mais les États, sans cesse morcelés et partagés entre les différens princes, ont plutôt représenté une fédération incertaine et turbulente qu'une véritable souveraineté. Les troubles que causaient ces continuels partages aguerrissaient la nation russe; mais ils l'appauvrissaient, et y entretenaient une faiblesse relative qui l'empêchait de résister à des voisins d'ailleurs peu puissans.

On est étonné aujourd'hui d'apprendre que l'ordre teutonique et la petite province de Livonie étaient des ennemis redoutables pour les princes russes. Cette Lithuanie, qui a disparu dans le grand Empire, ne daignait pas, dans le quinzième siècle, traiter avec lui d'égal à égal; et, jusque dans le seizième, elle combattait souvent avec avantage contre toutes les forces de la Russie. Kazan, ville aujourd'hui si soumise, a fait plus d'une fois trembler Moskou, et les hordes de la Crimée portaient le ravage dans les provinces méridionales. Il n'y a guère plus de trois cents ans que le souverain de toutes les Russies était encore tributaire des Tatars; et ses États, qui dès lors s'étendaient depuis la mer Glaciale jusqu'aux cataractes du Dniéper, et depuis Kief jusqu'au Volga, n'était qu'une province du grand Empire de Gengis-Kan. Quelle différence entre le prince qui règne aujourd'hui et

celui qui était obligé de traverser l'Asie entière, et
d'aller jusqu'aux bords du Séghalien, près des
mers de la Chine, fléchir le genou devant un barbare, son seigneur suzerain, recevoir ses ordres,
et quelquefois la mort !

L'autocratie et l'unité de pouvoir succèdent
enfin à l'anarchie, et dans l'Empire tout change
de face. Le prince de Moskou prend le titre de
Tzar ; les apanages rentrent sous sa domination
immédiate ; la grande et riche Novogorod perd son
indépendance, dont elle était si fière ; à la vérité,
elle perd aussi sa population et ses richesses ;
Pskof, qui ne lui était guère inférieure en puissance, devient sujette ; Kazan est soumise, après
l'un des siéges les plus mémorables dont l'histoire
fasse mention ; la grande horde n'existe plus ; celle
d'Azof n'ose plus franchir les limites des steppes ;
Moskou s'accroît avec rapidité ; des artistes européens l'ornent de beaux édifices, et le règne de
Jean III prélude ainsi à celui de Pierre-le-Grand.
Un seul roi, un seul maître! disait souvent Cali-
gula ; cet empereur était un peu fou, mais il ne
l'était point quand il répétait le vers d'Homère
qui exprime cette pensée.

Les huit volumes publiés par les traducteurs,
MM. Saint-Thomas et Jauffret, ne conduisent
l'histoire de Russie que jusqu'au milieu du seizième
siècle, c'est-à-dire jusqu'à l'époque où la puissance russe commence à influer faiblement sur la
politique de l'Europe. On était loin alors de pré-

voir les destinées de cet Empire, et quand le Tzar
s'emparait d'Astrakan, quand il menaçait à la fois
la Perse, la Sibérie et la Pologne, quand il étendait son sceptre depuis le détroit de Vaïgatz jusqu'au Dniéper, et depuis la mer Blanche jusqu'à la
Caspienne, nos diplomates disputaient encore sur
le titre qu'on devait lui accorder, et nos politiques daignaient à peine s'occuper d'un souverain
qu'ils s'obstinaient à nommer le duc de Moscovie.
Le vulgaire, en Europe, ne connaît la Russie
que depuis Pierre-le-Grand, et encore faut-il
observer que la gloire de ce prince paraissait con-
centrée en lui-même, et ne donnait pas à son
Empire une importance égale à celle qu'il avait
acquise personnellement. Jusqu'au milieu du dix-
septième siècle, la Russie était confondue avec
les États de l'Asie, et nous ne distinguions guère
le peuple russe, des Tatars, des Kalmouks, et
des autres barbares de l'Orient. L'ignorance où
nous étions sur sa force réelle n'a rien qui doive
nous surprendre : à la renaissance des lettres en
Europe, la Russie n'était encore connue que de
ses voisins immédiats; ses relations habituelles
avec les États européens s'étaient bornées à l'Empire grec, à la Lithuanie et à la Livonie; ses
guerres avec la Suède ne s'étendaient pas au-delà
de l'Ingrie, de la Carélie et de la Finlande orientale; et si les papes se sont quelquefois occupés
des princes de Moskou, c'était uniquement pour
tenter de les réunir à l'Église orthodoxe. Un

voyage en Russie paraissait alors une entreprise effrayante, et l'Empire était déjà puissant à l'époque où un habitant de Moskou attendait deux ans la réponse à une lettre qu'il avait écrite en Italie ou en France.

Les volumes de cette histoire, qui n'ont pas encore été publiés, seront les plus intéressans pour nous ; mais, des huit qui ont paru, les trois derniers seulement offriront un grand attrait à nos lecteurs. Les règnes de Jean III et de Jean IV sont dignes des plus belles périodes de l'histoire générale; c'est au premier de ces princes que commence la véritable puissance de la Russie ; c'est à la chute de l'Empire grec que l'on voit naître un autre Empire de l'Orient, moins brillant sans doute, mais bien plus solide et bien plus formidable.

M. Karamsin fait tous ses efforts pour prouver que cette histoire n'est pas seulement intéressante pour les Russes, mais que les fastes de sa patrie ont un mérite universel : il compare ensuite la Russie à l'Empire romain, à la Grèce ; et il réclame au moins l'égalité entre ces pays célèbres et celui dont il écrit l'histoire. Les motifs de M. Karamsin ont une trop belle cause pour qu'on puisse les blâmer, et le patriotisme, lors même qu'il se trompe, est encore respectable. Mais l'auteur pousse ce sentiment un peu trop loin, ce me semble, quand il prétend qu'il doit influer sur la manière d'écrire l'histoire, et modifier l'impar-

tialité même. Sa pensée est clairement exprimée
dans une phrase où il accuse le sage Hume *d'avoir*
glacé son immortel ouvrage par le désir d'obtenir
le nom d'impartial.

L'étendue et la puissance de la Russie donnent
à l'histoire de cet Empire une assez haute importance pour que M. Karamsin n'ait pas besoin de
justifier une entreprise qu'il a exécutée d'une manière si honorable au jugement de ses compatriotes. S'il est vrai que toute histoire plaise, encore que mal écrite, comme le dit Pline ; s'il est
vrai que toute narration excite au moins la curiosité du lecteur, nous concevons que le peuple
russe a dû accueillir avec enthousiasme un ouvrage qui lui présente les annales du grand Empire ; ouvrage écrit avec beaucop d'ordre et de
sagesse, et empreint, à chaque page, du plus pur
amour de la patrie. J'insiste sur ce dernier mérite,
car M. Karamsin estime beaucoup plus dans un
historien le patriotisme que l'impartialité. Si j'étais
Russe, je serais complètement de son avis ; et cependant alors même je rechercherais s'il n'existe
pas quelques chroniques plus impartiales, car
enfin j'étudie l'histoire pour la connaître, et non
pas pour savoir ce que l'historien a cru devoir
écrire par égard ou par considération.

Je sais que des gens de beaucoup d'esprit partagent ce préjugé ; ils veulent que l'historien prenne
un parti, et que son opinion personnelle se fasse
remarquer dans les tableaux qu'il présente, dans

la manière dont il raconte les faits. J'ai à peine le courage de réfuter une proposition aussi bizarre : eh quoi! l'histoire ne serait plus que le plaidoyer d'un seul avocat, auquel la partie adverse n'aurait pas le droit de répondre ! Si l'auteur est républicain, son histoire n'y sera que le panégyrique du gouvernement populaire et un libelle contre la monarchie; s'il est Anglais, je devrai le louer d'avoir fait prévaloir sa patrie contre la France dans les circonstances même où celle-ci aurait l'avantage; pour savoir à quoi m'en tenir, il faudra que je lise une Histoire de France écrite dans le même esprit, et pour connaître la vérité il faudra que je la cherche entre deux mensonges! On me répond que la partialité ne doit pas aller jusqu'à l'altération des faits; mais ce n'est pas dans le récit seulement que l'altération peut exister, c'est dans la manière de présenter les événemens, de préparer les faits, et dans l'indication de telle ou telle cause qui les fera paraître plus criminels ou plus excusables. Un royaliste et un révolutionnaire décrivant tous deux la catastrophe du 10 août ou du 21 janvier, pourront s'accorder parfaitement sur tous les faits matériels, mais je demande s'ils en donneront la même idée. On me cite Tite-Live, dont la partialité n'est point équivoque, et que cependant on place au premier rang des historiens : oui, j'admire son élégance, ses beaux discours, ses beaux tableaux, j'admire même son patriotisme pour lequel je veux qu'une

couronne de chêne lui soit décernée ; mais toutes
ces qualités ne m'empêchent pas de regretter qu'il
n'existe pas une histoire écrite par un Carthaginois, et qui rétablisse l'équilibre des compensations. Quand il s'agit des annales du genre humain,
que m'importent les affections de celui qui les
rédige ! Lorsque lord Holland publia les œuvres posthumes de M. Fox, il eut grand soin de
dire que cet orateur célèbre n'avait entrepris l'histoire des derniers princes de la maison de Stuart
que pour y exposer *ses opinions personnelles*.
L'avis était exact : M. Fox, dans son Histoire, est
encore à la tribune ; mais on n'y reconnaît ni
Charles II, ni Jacques II, et, ce qu'il y a de singulier, on n'y devine pas même clairement quelles
étaient les opinions de M. Fox. Mais pourquoi
prolonger cette discussion ? N'ai-je pas pour moi
l'immense pluralité des lecteurs ? Les écrivains
même connaissent si bien le vœu général à cet
égard, que le plus partial d'entre eux ne manque
jamais de vanter son impartialité dans sa préface :
que dis-je ? les romanciers, les faiseurs de contes,
ne nous donnent-ils pas leurs rêveries pour des
histoires véritables ? Ils savent donc que le lecteur
aime, avant tout, la vérité, et que si les fables
même nous intéressent quelquefois, ce n'est
que quand elles sont assez vraisemblables pour
nous faire illusion. On me réplique enfin qu'une
entière impartialité est impossible, et que l'opinion
particulière d'un écrivain influe nécessairement

sur sa manière d'écrire l'histoire. Qu'elle influe
sur ses jugemens, d'accord ; cela est peut-être inévitable, mais les jugemens ne sont pas les faits, et
la discussion n'est pas l'histoire. Je sais qu'aujourd'hui les historiens dissertent et réfléchissent
beaucoup ; les anciens racontaient, réfléchissaient
sobrement, et ne faisaient point de notes ; cette
différence est-elle une preuve du progrès des lumières? Mais admettons que l'impartialité soit
impossible ; dans ce cas même, il ne faut pas la
recommander : l'imperfection est inhérente à la
nature humaine, j'en conviens ; mais on ne fait
pas un précepte de l'imperfection. Au reste, j'aime
à croire que M. Karamsin n'a pas prétendu faire
l'apologie de la partialité, malgré le reproche qu'il
fait à Hume d'être trop impartial. Il ne dissimule
ni la barbarie de ses ancêtres, ni les crimes des
premiers princes qui régnèrent en Russie ; et si
le patriotisme l'égare quelquefois, on ne s'en
aperçoit que par un peu d'exagération et d'enthousiasme dans le récit des faits qui honorent sa
patrie : ce genre de partialité ne déplaît à personne.

Ce sentiment, tout louable qu'il est, le trompe
cependant s'il lui persuade que toute l'histoire de
Russie ait *un mérite universel*, comme il le dit dans
son introduction. Les raisonnemens par lesquels
il cherche à étayer cette proposition sont plus spécieux que solides. D'abord, il n'est pas exact de
dire que l'immensité de la Russie soit unique dans
les fastes de l'histoire. L'Empire des Califes qui

s'étendait en longitude depuis les Moluques jusqu'aux rivages de la mer Atlantique, et en latitude depuis le centre de l'Afrique jusqu'en Espagne et en Italie, surpassait en surface la Russie actuelle; la Chine, plus arrondie et aussi vaste, nourrit une population bien plus considérable; l'Espagne même, avant les troubles de l'Amérique, possédait, dans les quatre parties du monde, un territoire égal à celui de la Russie, et bien plus riche en productions. Mais qu'importe l'étendue d'un Empire, qu'importe le nombre de ses soldats quand il s'agit de l'importance historique? L'intérêt ne se mesure pas à la grandeur du pays, ni à celle des armes. Si l'on prenait en considération la multitude des combattans et les espaces que ces armées parcoururent, Gengis-Kán serait plus grand que César et Alexandre. La faiblesse relative est quelquefois une cause de gloire et de prééminence : Si la Grèce avait pu opposer un million d'hommes à Xercès, nous ne parlerions pas des Thermopyles ; et, dans les temps modernes, ce roi d'un petit pays du Nord, qui débarque avec vingt-huit mille hommes à l'embouchure de l'Oder, parcourt toute l'Allemagne, humilie la majesté impériale, et force toute l'Europe à le seconder ou à le combattre, figure autrement dans l'histoire que le conquérant farouche qui disait à Bajazet : Admire le caprice de la fortune qui met le sort de tant de millions d'hommes dans les mains d'un borgne comme toi, et d'un

boîteux comme moi. Mais, je l'avoue, le vulgaire
aime ce qui est grand, cette grandeur dût-elle
l'accabler. Les autres preuves apportées par l'auteur russe ne sont pas plus concluantes. Sa comparaison de la Russie avec la Grèce et avec Rome
manque totalement de justesse. Je sais que tel
combat décrit par Thucydide ou par Tite-Live ne
serait qu'une escarmouche aux yeux d'un prince
qui peut jeter sept ou huit cent mille hommes sur
le territoire ennemi. J'avoue que les Eques et les
Osques de l'histoire romaine n'ont pas plus d'importance que les Khozars ou les Polovtsi de l'histoire russe ; mais il me paraît que l'auteur n'a pas
assez réfléchi sur la cause de l'intérêt que nous
attachons à l'histoire de Rome et de la Grèce.
C'est à ces deux peuples que nous devons les élémens de nos arts et les plus beaux modèles dans
presque tous les genres. Les Grecs nous ont fourni
notre langue didactique et technique, les Romains
notre langue usuelle. Les richesses qu'ils nous ont
transmises sont la matière de nos études : leur
histoire nous fait passer en revue des peuples sur
lesquels nous avons reçu quelques notions dès
notre enfance, et les tableaux qu'elle nous offre
sont aussi brillans de coloris que remarquables
par le dessin. Nous n'avons pas autant d'obligation
à la Russie, et sa grandeur colossale, devant laquelle, selon M. Karamsin, *la pensée reste anéan-
tie*, peut inspirer un autre sentiment que celui de
l'intérêt. Mais, sous le seul rapport de la variété,

l'histoire de cet Empire peut-elle entrer en comparaison avec celle de Rome? Celle-ci fait mouvoir les Germains, les Gaulois, les peuples de l'Espagne, de la Mauritanie, de l'Égypte, de la Syrie
et de la Grèce, nations célèbres de temps immé-
morial, et aussi différentes par leur caractère et leur
mœurs que par leur climat et leur costume. Que
m'offre l'Histoire de Russie jusqu'au siècle où
elle s'ouvre un passage vers l'Europe civilisée? Des
barbares de la horde d'or, des barbares de Kazan,
des barbares d'Azof, des barbares dans la Russie
même; un seul peuple éminemment policé, celui
de l'Empire Grec, a quelques relations avec elle;
mais cet Empire en pleine décadence s'écroule
bientôt et devient la proie d'autres barbares.

Ne concluons pas de ces observations que l'histoire de Russie soit dépourvue d'intérêt; elle en
a même un très-grand; mais ne nous méprenons
pas sur la nature et sur la cause de son importance. C'est la Russie actuelle qui rend intéressante l'histoire de l'ancienne Russie; Pierre et
Catherine répandent une partie de leur éclat sur
les princes mêmes qui étaient tributaires des Tartares, et la puissance d'Alexandre agrandit à nos
yeux les premiers princes de Kief, de Vladimir et
de Moskou. On voudra voir le germe qui a produit
le colosse, on voudra connaître par quels moyens
de l'art ou quelles faveurs de la fortune tous les
ennemis de la Russie sont devenus ses sujets,
depuis les mers du Japon jusqu'aux bords de la

Vistule. Voilà le véritable intérêt de cette histoire ; et c'est dans ce sens que M. Karamsin a raison de vanter l'immensité de cet Empire.

Un autre motif sur lequel il n'est pas si facile de s'expliquer, se joint à celui de la curiosité qui nous porte à l'étude de cette histoire. Si j'en crois nos politiques, la Russie doit être pour nous un objet de terreur. Un Anglais nous a tracé les envahissemens successifs de cette puissance, et nous montre la monarchie universelle comme le résultat prochain de l'ambition russe. Un autre Anglais voit la Suède et la Norwège comme le point de mire du cabinet de Saint-Pétersbourg. Nos publicistes libéraux se sont emparés de ce thême dont ils ont fait l'amplification. Le plus modeste donne les deux Gallicies comme un supplément indispensable à la monarchie polonaise, et il indemnise magnifiquement l'empereur d'Autriche en lui donnant pour étrennes la belle botte de l'Italie. Un autre rêveur, beaucoup plus libéral, fait entrer l'Empire ottoman dans l'Empire de Russie, et y joint pour accessoire tous les bords de la Baltique depuis Mémel jusqu'à l'embouchure de la Vistule, en indemnisant la Prusse aux dépens des pauvres occidentaux ; j'en ai si peur, que j'apprends peu à peu à faire l'exercice à la prussienne. Un troisième publiciste dit aux autres : Vous êtes des imbéciles (et ce début me paraît fort raisonnable :) ce n'est pas encore à vous que l'on en veut ; cette année, la Russie ne prendra que la Perse ; l'année suivante

elle occupera l'Inde et y détruira la puissance anglaise; il lui faudra bien une autre année pour
dévorer toute l'Europe centrale; elle ne nous
avalera que dans quatre ans. Si toutes ces prophéties s'accomplissent, quel succès obtiendra
l'Histoire de M. Karamsin!

Veut-on savoir comment la Russie est devenue
chrétienne sur la fin du dixième siècle, et pourquoi
le rit grec y a été préféré? Cette révolution toute
spirituelle, qui a été un commencement de civilisation pour la nation russe, est l'un des faits les
plus curieux de cette histoire, et il m'a paru digne
d'être exposé avec quelques détails.

Raynal nous a parlé de je ne sais quel prince
asiatique, et conséquemment despote, qui, voulant donner une religion à son peuple, crut n'a-
voir rien de mieux à faire que d'interpeller Dieu
même sur un choix aussi important. Ce monarque,
à qui l'auteur a prêté la philosophie du dix-huitième
siècle, s'avise de grimper sur une montagne, et là,
se croyant plus près de Dieu, parce qu'il s'était
élevé de quelques toises au-dessus de la mer, il
apostrophe l'Éternel, et le somme de lui dire net-
tement et clairement de quelle manière la majesté
divine voulait être adorée. Qui le croirait? Dieu
n'obéit pas à la sommation, et un esprit fort me
fera sans doute observer que ce silence de l'Être-
Suprême était fort impolitique; car le refus de
répondre pouvait piquer le prince, et le jeter dans
l'athéisme. Cependant le Créateur ne courut pas

un aussi grand danger, et le petit roi borna sa vengeance à une ruse digne de Machiavel. Il s'adresse
une seconde fois à Dieu, et, lui présentant son
ultimatum, il lui déclare qu'étant devenu libre
par le refus que l'on a fait de lui répondre, il
adoptera la religion professée par les passagers du
premier vaisseau qui abordera dans ses ports. Excellente finesse de la part de ce prince, et surtout
de la part de l'auteur qui a fait le conte ; car Dieu
ne se croira vraisemblablement pas obligé de changer le cours des choses pour satisfaire à une demande impertinente, et l'on en conclura que le
choix entre les religions étant indifférent, elles
sont toutes également bonnes ou également mauvaises. Je me souviens d'avoir entendu vanter ce
trait comme une des plus belles conceptions de
l'esprit humain ; le discours de ce petit roi était
mis au-dessus des exordes de Démosthène, et du
Quousque tandem de Cicéron ; et de jeunes philosophes des deux sexes disaient en souriant : On
ne peut pas jouer à Dieu un tour plus spirituel.

Les Russes du dixième siècle n'ayant point
d'abbés philosophes, n'ont pas mis autant d'esprit
dans le choix d'une religion. Quelques-uns s'en
sont rapportés au sort, et il ne faut voir dans ce
procédé ni dérision ni indifférence. Dans l'antiquité et dans le moyen âge les décisions du sort
ont passé pour des oracles du ciel. Encore aujour-
d'hui, les Chinois jettent en l'air une poignée de
petits bâtons, et la manière dont ces bâtons s'ar-

rangent en tombant, passe dans toute la Chine
pour un présage heureux ou funeste. Le christianisme n'a pas entièrement détruit, en Europe,
cette croyance superstitieuse : les premiers croisés
qui abordèrent en Syrie, voulant se tracer un plan
de campagne contre les infidèles, écrivirent le nom
de toutes les villes sur autant de billets, pour en
faire le siége dans le même ordre, selon lequel
ces noms seraient sortis du casque où ils auraient
été mêlés. Le tirage de cette étrange loterie se fit
sur l'autel, et Tyr eut l'honneur d'être assiégée la
première. Dans un temps plus moderne encore,
les Espagnols du Mexique n'ayant trouvé aucun
moyen de détruire les fourmis qui les tourmen-
taient, cherchèrent un vengeur dans le ciel : ils
mirent dans une urne tous les noms de la légende;
et celui de saint Saturnin étant sorti le premier,
ce saint a toujours été invoqué depuis pour conjurer ce fléau. Nous sourions aujourd'hui de la
simplicité de ces bonnes gens; mais depuis trente
années, la prudence humaine et les lumières du
siècle nous ont fait faire tant de sottises, qu'une
loterie, un jeu de dés, ou même les cartes de mademoiselle Lenormand, auraient été des conseillers plus sages.

Ce n'est pas au hasard que la Russie a dû le
christianisme; cette conversion a été méditée lentement, et décidée après de mûres réflexions, mais
on reconnaît encore l'esprit du moyen âge dans
les motifs qui déterminèrent le grand prince Vla-

dimir. La régente Olga était chrétienne dès l'an
955, mais elle n'avait jamais pu décider son fils
Sviatoslaf à se faire baptiser. Ce jeune présomp-
tueux lui répondait : Faut-il que moi seul j'adopte
une nouvelle religion, pour que mes compagnons
d'armes se moquent de moi? Ce grand œuvre, qui
a tant influé sur les mœurs et la civilisation du
peuple russe, était réservé à Vladimir, et s'accomplit vers l'an 988. Quand les peuples voisins surent
que le grand prince de Kief voulait renoncer au
culte des idoles, chacun d'eux ambitionna de lui
faire adopter sa religion. Les premiers qui vinrent
le solliciter furent les ambassadeurs des Bulgares,
qui avaient embrassé l'islamisme, et qui en vantaient l'excellence. Le paradis de Mahomet et les
charmantes houris plaisaient fort au prince vo-
luptueux, mais la circoncision lui parut une cérémonie fort désagréable, et l'abstinence du vin,
un précepte fort ridicule. « Le vin fait la joie des
Russes, dit-il aux Bulgares ; nous ne pouvons nous
en passer. » Les catholiques ne furent pas plus
heureux que les mahométans : il faut croire que
des ambassadeurs peu habiles avaient voulu faire
reconnaître la suprématie même temporelle du
pape, ce qui révolta l'orgueil du prince russe ; car
il répondit aux députés : « Retournez chez vous ;
ce n'est point du pape que nos pères ont reçu
une religion. » N'en déplaise à M. Karamsin, cette
raison était tant soit peu bizarre ; comment Vladimir pouvait-il alléguer la religion de ses pères,

29.

quand il la trouvait si mauvaise, qu'il voulait l'abandonner? J'aime à croire que le monarque russe a été meilleur logicien, et surtout plus poli. Quoi qu'il en soit, les juifs se présentèrent à leur tour : le prince leur demanda quelle était leur patrie ; mais les rabbins ayant répondu que les juifs n'ont point de patrie, et que la colère de Dieu les a dispersés sur la terre, « Comment! s'écria Vladimir, vous êtes maudits de Dieu, et vous voulez nous donner des leçons ? » Cette phrase, beaucoup plus sensée que la précédente, était un congé en bonne forme. Enfin, les Grecs parurent, et l'auteur s'est fort bien arrangé pour que les Grecs arrivassent par hasard les derniers. *Un philosophe,* dit M. Karamsin, parla de l'Ancien et du Nouveau-Testament, de la création, du déluge, du jugement dernier, du paradis et de l'enfer. Le grand prince fut surtout frappé du dogme qui promet un bonheur sans fin aux hommes vertueux, et menace les méchans d'un malheur éternel. Je l'approuve fort d'avoir adopté une pareille doctrine, mais il l'aurait trouvée tout entière dans le discours des catholiques, s'il avait eu autant d'impartialité que j'en désire dans le récit d'un historien.

Il semble que la narration devrait finir ici, et le philosophe grec paraît avoir fixé le choix du grand prince ; mais les Russes ne sont pas des étourdis, et Vladimir, ne s'en rapportant pas à son propre jugement, assembla ses boyards, et leur demanda leur avis. On lui répondit fort sagement que tout homme étant naturellement porté à louer sa religion, il fallait tenter une nouvelle épreuve, et envoyer dans les différens pays des observateurs instruits et prudens qui pussent reconnaître quel est celui de tous les peuples qui honore Dieu de la manière la plus digne de lui. Le conseil parut excellent; les émissaires partirent, observèrent, prirent des notes, revinrent à Kief, qui était alors la capitale de l'Empire, et voici le résultat de leurs rapports. Ils n'avaient vu chez les Bulgares que de misérables temples, des prières tristes, des visages chagrins; chez les Allemands, des cérémonies sans grandeur et sans magnificence; mais à Constantinople ils furent émerveillés. L'empereur grec, sachant, dit M. Karamsin, qu'un esprit grossier est bien plus frappé de l'éclat extérieur que des vérités abstraites, avait fait conduire les Russes à Sainte-Sophie, où le patriarche lui-même célébrait l'office divin : la magnificence du temple, la richesse des vêtemens, les ornemens de l'autel, l'odeur exquise de l'encens, le chant délicieux des chœurs, tout les frappa d'admiration. Dans une longue note que M. Karamsin a extraite d'un ouvrage de Banduri, les envoyés russes ajoutent ces détails qui ne sont point à dédaigner : « Tout ici » (à Sainte-Sophie) est effrayant et majestueux; » mais ce que nous venons d'apercevoir est surna- » turel. Nous avons vu de jeunes hommes ailés, » vêtus de robes éclatantes, qui, *sans toucher*

» *terre*, chantaient dans les airs : *Sanctus! Sanctus!*
» *Sanctus!* et c'est ce qui nous a le plus surpris.
» On nous a montré bien de la magnificence à
» Rome, mais ce que nous avons vu à Constan-
» tinople met l'homme hors de lui. » Je conçois
que les députés russes aient préféré l'Église de
Constantinople à celle de Rome ; ils ont dû être
en effet très-étonnés d'entendre de jeunes hommes
chanter dans les airs, sans toucher terre, et plus
étonnés peut-être de leur entendre dire *Sanctus!*
Sanctus! dans un temple où l'on parlait grec. Le
bénédictin Banduri a rendu un grand service à la
religion en rapportant des faits aussi curieux et
aussi vraisemblables, et M. Karamsin a très-bien
justifié la préférence du grand prince pour l'Église
grecque. Nous autres catholiques, nous ne sommes
pas obligés en conscience de croire aux petits
hommes ailés qui chantaient dans les airs ; mais,
dans le récit que je viens de transcrire, nous
trouverons au moins cette vérité que, sous des
rapports purement humains, la pompe et la magnificence du culte ne sont pas des accessoires
indifférens. En y réfléchissant, on est étonné de
toutes les conséquences qui résultent de cette proposition si simple en apparence.

Il y a un grand nombre de faits curieux et caractéristiques dans cette histoire ; mais, ne pouvant en
faire entrer plusieurs dans un article sans les déna-
turer, j'ai mieux aimé me borner à un seul que je
pusse présenter avec quelque développement. On

lira sans doute avec intérêt l'histoire de Kief, nommée la grande ville, sa prospérité et sa décadence,
l'invasion des Tartares, le voyage et la mort d'un
grand prince de la horde, un extrait d'un voyage de
Carpin chez les Mogols, la première victoire des
Russes sur la horde de Sarai, le siége de Kazan,
les premières relations commerciales des Anglais
avec la Russie, par Archangel, le beau règne de
Jean III, et plusieurs autres périodes de cette histoire. Forcé de choisir non ce qu'il y a de mieux,
mais ce qu'il y a de plus court, je finirai par ces
deux traits qui n'exigent point de commentaire.
Ils prouveront que, malgré le beau discours du philosophe grec dont parle M. Karamsin, les princes
russes, en recevant l'Évangile, n'en ont pas
tous adopté l'esprit et la morale. Le grand prince
Isioslaf, ayant à se plaindre du prince de Galitch,
lui envoya un boyard pour le sommer de rendre
les villes qu'il détenait injustement. Le coupable
refuse. Le boyard insiste, lui rappelle le traité
qu'il a juré de maintenir, et lui dit : Vous avez
donné le baiser à la croix. Oui, répond le prince,
mais elle était si petite! Un autre prince, nommé
Roman, imaginait de prétendues conspirations
pour faire périr les grands, et s'approprier leurs
biens. Loin de chercher à dissimuler un motif aussi
odieux, il disait avec une plaisanterie atroce que,
pour manger un rayon de miel tranquillement
il faut écraser les abeilles.

HISTOIRE

DE L'EXPÉDITION DE RUSSIE;

Par M***.

L'HISTOIRE d'aucun temps ni d'aucun peuple ne présente rien de comparable au désastre de Moskou. Jamais invasion plus formidable, dirigée par un guerrier plus célèbre, n'a compromis le sort d'un plus grand nombre de peuples, n'a causé un plus grand bouleversement, et n'aurait donné aux ambitieux une leçon plus terrible et plus salutaire, si l'orgueil et l'ambition pouvaient écouter les leçons de l'expérience ou savaient en profiter. Les annales des peuples nous offrent bien des événemens déplorables, d'effrayantes calamités, des Empires qui s'écroulent, des nations qui disparaissent, d'étonnantes prospérités suivies d'affreux revers; mais ni les anciens ni les modernes n'ont vu comme nous, dans un même homme, une chute aussi rapide et aussi complète après une aussi prodigieuse élévation. Vainement on nous citerait les deux armées de Cambyse, dont l'une

a été ensevelie dans les sables de la Cyrénaïque,
et l'autre a été détruite en Nubie ; ces malheurs
n'ont été suivis d'aucune réaction, et n'ont point
ébranlé le trône de la Perse : la défaite de Xercès
n'a été que la punition d'une folie présomptueuse,
et n'a point influé sur la mort funeste de ce monarque ; à une époque moins éloignée, une armée
romaine, détruite en Mésopotamie et au siége
d'Atra, n'a causé aucune commotion dans l'Empire, et Rome en a été quitte pour faire reculer le
dieu Terme, politique sage que l'orgueil de Napoléon a dédaigné d'imiter. On ne parlera point sans
doute des expéditions de Crassus et d'Antoine, ni
de celle de Julien qui du moins a eu l'honneur de
périr après une victoire ; et, dans les temps modernes, la fortune a tracé la défaite et la captivité
de Charles XII sur une trop petite échelle pour
qu'elle puisse être comparée à la grande catastrophe de Moskou.

Voyez Napoléon, parvenu à l'apogée de sa
gloire, quittant le palais de Saint-Cloud, au mois
de mai 1812 ; suivez-le en Allemagne, où il voyage
précédé par la terreur de son nom, et où il semble
courir à une nouvelle victoire ; contemplez-le au
milieu de la plus belle armée qui ait jamais fait
frémir les peuples ; assistez par la pensée à cette
terrible bataille où six cents bouches à feu, de
chaque côté, ont ébranlé les rives de la Moskowa,
et où la perte de part et d'autre a été de soixante-
dix mille hommes et de quarante généraux ; voyez

le vainqueur arriver à cette cité lointaine où ses
guerriers doivent trouver le repos après tant de
fatigues, et d'où il va dicter ses lois à la Russie
épouvantée... Mais quelle affreuse péripétie! bientôt l'armée triomphante sort en silence de la ville
qui devait être le terme de ses travaux; elle re-
passe en désordre sur les lieux qu'elle a trans-
formés en déserts; sa route est tracée par les
victimes qu'elle y abandonne chaque jour; l'hiver
et la famine y deviennent les auxiliaires de ses
ennemis; accablée, sans être vaincue, elle lutte
malheureusement contre tous les genres de mort
qui conspirent sa perte; les tristes restes d'une
armée si brillante repassent le Niémen, poursuivis
par un détachement de cavalerie que leur faiblesse
a rendu redoutable : le chef de tant de héros, cet
homme qu'on ne louait point assez en le compa-
rant aux Alexandre et aux César, rentre furtivement dans Paris où il se cache, et le lendemain
on entend circuler ces mots sinistres : il est ici,
mais où sont ses soldats?

Telle est l'analyse la plus succincte de la déplorable expédition dont un anonyme, témoin
oculaire, a retracé les immenses et intéressans détails, d'un style ferme et sévère, avec une simplicité pleine de noblesse et une rare impartialité.
Rien n'a été négligé dans cette relation : à chaque
époque, l'auteur présente avec une scrupuleuse
exactitude l'état des nombreuses armées qui ont
combattu sur ce vaste théâtre, leurs positions,

leurs forces respectives, leurs succès ou leurs
revers partiels; il décrit les combats de manière à
nous faire apercevoir les moindres mouvemens,
il développe successivement et avec une admirable
clarté les opérations multipliées qui devaient concourir à une même fin et qui se sont confondues
dans un même désastre; ses jugemens sont pleins
de sagesse et de décence, également éloignés du
reproche et de la flatterie; et, quand on réfléchit
à tous les égards qu'il fallait observer, à tous les
ménagemens que l'on devait à l'amour-propre, on
sent combien il était difficile de tracer un pareil
tableau sans blesser la vérité, sans insulter au
malheur.

Quelques personnes, tout en rendant justice à
l'auteur du livre que j'annonce, lui ont cependant
reproché d'avoir été trop sobre d'éloges sur les
talens militaires de Napoléon; je ne conçois pas
cette critique : il n'est ici question que de l'expédition de Russie, et il faut avouer que la circonstance eût été fort mal choisie pour la louange;
d'un autre côté, l'injure eût été odieuse dans une
si grande infortune, et l'auteur s'est écarté de ce
dernier écueil plus religieusement encore que du
premier. Nulle part il n'est injuste envers Buonaparte; il admire son intelligence et son activité; il
ne lui refuse ni le génie militaire ni le courage
personnel, comme d'autres l'ont fait dans ces
derniers temps; il laisse aux courtisans du grand
homme le plaisir d'outrager l'idole qu'ils encen-

saient, et d'expier par de grossières injures la
bassesse de leurs anciennes adulations.

Une anecdote rapportée par l'anonyme m'a
confirmé dans l'opinion que le caractère de Buonaparte était presque toujours en opposition avec
son jugement. Lorsqu'il n'était encore qu'à Wilna,
un seigneur polonais lui fit observer qu'il pouvait
pénétrer jusqu'à Moskou dans l'année même :
Napoléon répondit qu'il vaudrait mieux y aller en
deux années, et cependant il fit le contraire de ce
qu'il avait jugé plus raisonnable. Ce fait m'en rappelle d'autres dont on peut tirer la même conclu-
sion. Après la bataille navale d'Aboukir, si fatale
à la marine française, Buonaparte écrivit au Directoire que l'empire des mers ayant été accordé à
nos rivaux, nous devions nous contenter de dominer sur le continent. Il était donc alors convaincu de cette vérité que Raynal a réduite en
axiome politique et qu'il exprime en ces termes :
« Une puissance qui a acquis sur mer une supériorité bien décidée, ne la peut jamais perdre dans
le cours de la guerre qui la lui a donnée ; à plus
forte raison si cette supériorité vient de plus loin,
et si elle tient au génie de la nation. » Et cependant, contrairement à cette maxime dont il avait
senti la justesse, il voulut opposer une marine à
celle de l'Angleterre, et il osa dire que quand il
aurait cent vaisseaux, le cabinet de Saint-James
serait contraint à lui demander la paix. Le bulletin
de la bataille d'Austerlitz offre un trait du même

genre : après avoir blâmé l'Autriche d'avoir entrepris une guerre aussi malheureuse, il ajoutait : « *Il n'y a que la Russie qui puisse faire une guerre de fantaisie.* » Il était donc bien persuadé que cette puissance était inattaquable chez elle, car c'est dans ce cas seulement qu'une *guerre de fantaisie* peut se faire impunément. Cette conviction ne l'a cependant pas empêché d'attaquer cette même puissance qu'il avait reconnue invulnérable sur son terrain. En Espagne, lorsqu'on lui fit observer qu'il lui serait plus profitable de s'unir à la famille royale que de la détrôner, il répondit que les mariages entre les familles souveraines étaient plutôt une source de dissensions qu'un garant de la paix, et immédiatement après avoir émis cette opinion qui ne manque pas de justesse, il termina une guerre par un de ces mariages qu'il avait condamnés. A Wilna enfin, comme on l'a vu plus haut, il jugea très-bien qu'il devait différer son entreprise sur Moskou jusqu'à l'année suivante, mais son caractère démentit son jugement, et le fit courir rapidement à sa perte. Ainsi cette étonnante activité, qui de toutes ses qualités était peut-être la plus remarquable, a été la principale cause de ses succès et de sa ruine.

Bien des gens, croyant connaître tous les détails de l'expédition de Russie, pensent qu'ils n'ont plus besoin de lire cette nouvelle relation; j'étais moi-même dans cette erreur, et si j'y avais persisté je conserverais encore un grand nombre de notions fausses, et j'ignorerais une foule de faits accessoires, aussi curieux en eux-mêmes qu'ils sont importans par l'influence qu'ils ont eue sur le résultat définitif. D'ailleurs, l'attention du public ne s'est guère portée que sur l'armée commandée immédiatement par Napoléon, comme si tous les événemens avaient eu lieu sur la ligne d'invasion de Smolensk à Moskou, et sur la ligne de retraite de Moskou à la Bérézina. Il s'en faut bien que cette fatale expédition se réduise aux opérations de la grande armée ; tout le cours de la Dwina depuis Witepsk jusqu'à Riga, et tout l'espace qui s'étend entre le haut Niémen, le Pripet et le Dniéper ont été illustrés par des faits d'armes dont le succès, dans un sens ou dans l'autre, devait rendre plus ou moins dangereuse la situation de l'armée-principale.

Une confiance aveugle dans les bulletins écrits sous la dictée de Buonaparte, avait fait croire que les accidens, les pertes et les malheurs n'avaient commencé qu'à la retraite entre Moskou et Smolensk ; et l'éclat des victoires qui ne nous avaient jamais coûté qu'*un petit nombre d'hommes*, nous abusait sur l'état de l'armée à cette époque. Quel sera donc l'étonnement du lecteur qui n'a eu pour renseignement que la véracité des bulletins, quand il apprendra que la seule armée de Napoléon avait déjà perdu *cent vingt-cinq mille hommes* avant la bataille de la Moskowa, que les seuls combats de Waloutina et de Smolensk lui en avaient coûté dix-

neuf mille de vieilles troupes, et que des maux
infinis avaient accablé cette armée dès les premiers
jours de l'invasion?

Si Napoléon avait été superstitieux comme on
le soupçonnait, il ne se serait pas obstiné à une
entreprise qui, dès les premiers pas, faisait présager les plus grands désastres. A Wilna même,
et avant qu'on eût vu l'ennemi, une pluie abondante, événement qui en soi n'a rien d'extraordinaire, rendit les chemins impraticables, arrêta
tous les corps en marche, fit périr dix mille chevaux dont les cadavres étendus sur la route y ré-
pandirent l'infection. Des soldats en moururent,
et un plus grand nombre alla remplir des hôpitaux
qu'il fallut construire à la hâte. D'un autre côté,
Napoléon avait fait annoncer aux Lithuaniens qu'il
leur apportait la liberté, et ce bon peuple qui,
comme tous les autres, ne distinguait pas la liberté
de la licence, s'insurgea contre les seigneurs qui
furent dès-lors dans l'impossibilité de satisfaire
aux réquisitions. Il fallut donc réprimer cette liberté que l'on venait d'accorder d'une manière si
libérale et si impolitique, et enlever de vive force
ce qu'on ne pouvait plus obtenir régulièrement.
Les soldats réunis en petites troupes se canton-
nèrent dans les villages, d'où ils se répandaient
dans les campagnes pour y piller; là discipline se
perdit, l'armée éprouva une grande diminution;
des ressources précieuses furent détruites par les
traîneurs; on fouilla dans les maisons pour y

prendre des vivres, l'habitant fut maltraité, et
c'est ainsi que l'on fraternisait avec ce peuple ami
dont on avait brisé les fers. Mais le châtiment suivit
de près la faute : la maraude devint bientôt insuffisante pour procurer les choses les plus indispensables; tous les moulins avaient été brûlés, le pain
manqua; la fatigue, la disette, des alimens insalubres, un soleil ardent, le bivouac, causèrent des
maladies graves lorsque les hôpitaux étaient en
trop petit nombre, mal organisés, mal approvisionnés; l'armée éprouva une perte énorme avant
de combattre, et c'est sous de pareils auspices que
s'ouvrait cette carrière de gloire et d'ambition,
lorsqu'à Paris nous nous représentions cette armée pleine de vigueur, de santé et d'allégresse,
vivant dans l'abondance aux dépens de l'ennemi,
et n'éprouvant d'autre fatigue que celle de porter
tous les lauriers qu'elle cueillait en se jouant.

Tout fut déplorable dans cette funeste expédition : la victoire même qui dans d'autres circonstances ranime et fortifie le soldat fatigué, n'avait
ici qu'un air sinistre et menaçant pour les vainqueurs. « Peu de batailles gagnées, dit l'anonyme,
ont produit sur l'esprit des troupes un effet aussi extraordinaire; elles semblaient frappées de stupeur.
Après avoir enduré tant de maux et de privations
pour forcer l'ennemi à en venir à une bataille;
après avoir combattu avec tant de valeur, elles
n'apercevaient pour résultat qu'un massacre épouvantable, l'accroissement de leurs misères, et plus

d'incertitude que jamais relativement à la durée et au sort de la guerre. »

Si les héros de la Moskowa faisaient d'aussi tristes réflexions, que dûrent-ils penser dans le cours de la fatale retraite ? Je n'ai pas le courage de suivre l'auteur dans cette longue série de calamités qui s'accumulaient chaque jour sur une armée qui ne méritait plus ce nom ; mais je ne puis résister au désir de transcrire le paragraphe où l'anonyme, s'élevant au-dessus du rôle de simple narrateur, exprime les plaintes déchirantes que lui arrache le tableau des misères sans exemple dont il est témoin et qu'il partage : « Les forces humaines ne pouvant lutter contre de semblables vicissitudes, les désastres de l'armée augmentèrent dans une proportion effrayante. Elle éprouva toutes les horreurs de la famine. Le nombre des traîneurs s'accrut de manière à faire craindre que l'armée ne présentât bientôt plus qu'une masse confuse. L'indiscipline et l'insubordination gagnèrent tout ce qui était resté sous les drapeaux. Bientôt l'aspect de la route devint affreux ; elle était jonchée de cadavres d'hommes et de chevaux, et couverte d'une foule de malheureux se traînant à peine, tandis que d'autres expiraient de faim, de fatigue, de maladie ou de leurs blessures. Quand ils réfléchissaient sur la rigueur d'un sort si peu mérité, sur cette mort obscure qui allait les atteindre sans qu'un ami leur fermât les yeux, sans qu'un seul laurier fût jeté sur leur tombe, sans que leurs

proches sussent même en quels lieux s'étaient exha-
lés leurs derniers soupirs, et qu'ils reportaient leurs
yeux sur le passé, le souvenir de leur gloire les ac-
cablait. . . . . La mort ne fit plus couler
de larmes, tout moyen semblait bon pour se conserver la vie : on vit des soldats dépouiller leurs
camarades accablés par la maladie, et abréger ainsi
leurs derniers momens. Chaque soir, un grand
nombre de malheureux qui n'avaient pu suivre
leurs corps, imploraient une place au feu des bi-
vouacs ; mais on les repoussait durement, et ils
allaient expirer à quelques pas de là.... La nuit
couvrait de son ombre les maux qui accablaient
l'armée, et le jour suivant reproduisait les mêmes
scènes. Les familles fugitives qui la suivaient partageaient son sort ; ainsi que les prisonniers faits
aux combats de Malojaroslavetz et de Wiasma,
on fusillait ceux qui ne pouvaient suivre : presque
tous périrent ainsi.... » Quel tableau! et cependant
nous ne sommes pas encore revenus à Smolensk et
à la sombre Bérézina. Maintenant, poètes, accor-
dez vos lyres pour chanter la gloire des conqué-
rans ; sculpteurs et peintres, tourmentez le marbre
et la toile pour reproduire la noble image de ces
bourreaux de l'espèce humaine : les hommes dont
le génie a produit de si belles horreurs méritent
bien que toutes les muses se concertent pour cé-
lébrer leurs vertus. Et vous, peuples, admirez,
prosternez-vous, admirez encore ; les héros qui
vous font le plus de mal sont nécessairement les

plus grands des hommes; préparez donc leur apothéose, et par un enthousiasme si raisonnable,
encouragez d'autres ambitieux à redoubler encore
votre misère et votre admiration!

C'est dans l'ouvrage même qu'il faut lire les
détails de cette retraite que l'on nommerait plus
justement l'agonie de la plus belle des armées. Je
me bornerai à ce triste résultat : le 10 décembre,
le chef de tant de braves ne comptait plus que
quatre mille trois cents combattans, et le 14 du
même mois il n'en avait plus que mille. Ici les
chiffres ont de l'éloquence, et ils dispensent de
toute réflexion.

Des lecteurs difficiles à contenter, n'ayant pu
convaincre l'auteur d'aucune erreur grave, ni de
partialité, ni même de simple inexactitude; lui
ont reproché d'avoir osé juger les opérations militaires, et d'avoir exercé la critique sur celles même
de Napoléon. Mais quel serait donc le rôle de
l'historien s'il lui était défendu de porter un jugement sur les objets qu'il décrit, sur les actions
qu'il raconte? Oh! sans doute, s'il a commis des
erreurs, il nous est permis de les signaler, comme
il lui a été permis de relever les fautes qu'il a cru
reconnaître; mais je ne sache pas qu'on ait formellement attaqué ses raisonnemens, réfuté ses ob-
jections, et ce silence me donne le droit d'approuver la justesse de ses critiques comme la sagesse
de ses réflexions. Je terminerai cet article par une
observation sur une espèce d'axiome militaire que

l'auteur combat, et auquel il oppose la maxime contraire comme devant toujours servir de règle aux généraux. Les officiers russes pressaient le général Kutusof d'attaquer les restes de l'armée française, et d'écraser l'ennemi avant qu'il pût effectuer sa retraite. Kutusof s'y refusa : « Vous voulez, leur répondit-il, que je livre au hasard ce que je puis obtenir avec certitude en temporisant quelques jours! » Et pour justifier son inaction, il cita, dit l'auteur, *cette sotte maxime* qu'il faut faire un pont d'or à l'ennemi qui se retire. Puis l'anonyme ajoute en note : « C'est l'opinion contraire, qu'il faut poursuivre à outrance l'ennemi qui fuit, qu'on aurait dû ériger en maxime. »

Quelque ignorant que je sois sur l'art de diriger les armées, j'ose avec confiance blâmer la décision trop absolue de l'auteur, et un trait d'histoire assez éclatant me fournit le moyen de la combattre avec avantage. Lorsque le duc d'Albe vint occuper les Pays-Bas pour y comprimer la rébellion, il apprit que le prince d'Orange avait rassemblé en Allemagne une armée avec laquelle il venait de passer la Meuse dans l'intention de livrer bataille aux Espagnols. Le duc ne voulant rien donner au hasard, et prévoyant d'ailleurs que l'armée du prince se désunirait dès qu'on n'aurait plus les moyens de la payer, resta immobile dans son camp, et lorsque les seigneurs espagnols lui reprochaient une circonspection qui ressemblait à la crainte, il leur répondait : « Le roi mon maître m'a envoyé pour

vaincre et non pas pour combattre. » Cependant, ce qu'il avait prévu ne tarda pas d'arriver,
et quand on lui annonça que l'ennemi était en
pleine retraite, affaibli par de nombreuses défec-
tions, quand on renouvela les instances pour
qu'il 'attaquât et achevât d'écraser une armée en
désordre : « L'ennemi se retire, répondit-il, eh
bien ! qu'on lui fasse un pont sur la Meuse, s'il
n'y en a point. » Cette confiance dans la maxime
qu'il faut faire un pont d'or à l'ennemi qui fuit,
valut donc cette fois un succès plus complet et
plus certain que n'aurait pu faire une bataille. Il
en est donc de cette opinion comme de tant
d'autres qui sont justes ou fausses selon la circonstance; et il m'est permis de croire que cette
maxime n'est pas si *sotte* puisqu'elle a été confirmée par une heureuse expérience, et accréditée
par un homme qui n'était ni un sot ni un général
médiocre.

MÉMOIRES

SUR LA VIE ET LES ÉCRITS DE BENJAMIN FRANKLIN,

Docteur en droit, membre de la Société royale de Londres et de l'Académie des sciences de Paris, ministre plénipotentiaire des États-
Unis d'Amérique à la cour de France, etc... Publiés sur le manuscrit
original rédigé par lui-même en grande partie, et continué jusqu'à
sa mort par WILLIAM-TEMPLE FRANKLIN, son petit-fils.

EST-IL en Europe un homme assez complètement, assez heureusement ignorant pour n'avoir
jamais entendu parler de Benjamin Franklin, de
la guerre d'Amérique, des insurgens, des Bostoniens, et de la grande lutte entre l'Angleterre et
les États-Unis ? Non, sans doute. L'inventeur des
paratonnerres, membre de tant de sociétés savantes, apôtre de la liberté, fier ennemi de la
fière Albion, ministre plénipotentiaire d'un peuple
libre, fauteur, promoteur, auteur de l'indépendance de sa patrie, a trop de titres à la célébrité
pour qu'on ne soit pas avide de connaître les
moindres détails de sa vie privée, et de savoir
comment, de l'obscurité la plus profonde, il s'est
élevé jusqu'au théâtre de gloire sur lequel il a terminé sa carrière politique. La curiosité redoublera

sans doute quand on apprendra que ce Benjamin
de la fortune a commencé par couper des mèches
de chandelles dans la boutique de son père, et
qu'il a fini par s'asseoir à la table des rois. Il y a
loin sans doute des mèches de chandelles à ce vers
magnifique :

Eripuit cœlo fulmen sceptrumque tyrannis,

et cependant un tireur d'horoscopes ne manquerait
pas de nous faire remarquer une certaine analogie
entre ces chandelles et le génie de l'homme qui devait éclairer le monde.

Les hommes célèbres ne devraient jamais écrire
leurs Mémoires. S'il est vrai, comme je le crains,
que personne ne soit héros pour son valet-
de-chambre, il est difficile de rester héros quand
on donne, avec quelque franchise, les détails les
plus minutieux de sa vie privée ; et l'on est jugé par
le lecteur comme on le serait par son valet-de-
chambre. Quelque soin que l'on prenne de se montrer dans un jour favorable, il échappe toujours
quelques naïvetés ; on laisse découvrir le jeu des
rouages dont le mécanisme avait paru merveilleux
aux regards du vulgaire ; on fait, malgré soi, la
part de la fortune ; on apprend, sans le vouloir,
au public, par quels petits ressorts on a fait mouvoir de grandes machines, par quels petits leviers
on a soulevé de grandes masses. Mais si les Mémoires autographes ne sont pas favorables aux

acteurs qui ont joué les premiers rôles sur la grande
scène du monde politique, ils amusent beaucoup
ceux qui les lisent. Le lecteur, toujours un peu
malin, sourit de voir le grand homme se rappe-
tisser lui-même, se mêler à la foule, parler, agir,
marcher comme un homme ordinaire, et faire,
dans des accès de franchise, l'aveu de ces petites fai-
blesses que Franklin nommait des *errata,* lorsque,
de coupeur de mèches, il était devenu garçon
imprimeur.

L'attention que j'avais apportée autrefois à tout
ce qui concernait la guerre d'Amérique et les
causes qui l'avaient produite, m'a fait lire les Mémoires de Franklin avec le plus vif intérêt. J'avais
depuis long-temps l'opinion que le docteur avait
toujours eu le projet de rendre indépendantes les
colonies d'Amérique, et qu'il avait travaillé à la
scission plutôt qu'à la réconciliation. Son petit-
fils, M. William-Temple Franklin, repousse ce
soupçon qui lui semble injurieux; mais ces Mémoires même dont il est éditeur, ont trop confirmé mes premières idées pour qu'il me reste le
moindre doute à cet égard. Je suis intimement
persuadé que ni le patriotisme des Américains,
ni la patiente constance de Washington, ni la
coopération indiscrète d'une grande puissance,
n'ont autant contribué à séparer les États-Unis
de l'Angleterre, que la conduite de Franklin à
Londres, quand il y était le commissaire ou
l'agent de plusieurs colonies. Ce n'est pas qu'il ait

commandé ou dirigé les armées, qu'il ait influé
sur la conduite du congrès de Philadelphie ; mais
certainement il a été la première et la plus puissante
cause de la séparation : si, au lieu de l'empêcher
comme on le désirait en Angleterre et *même en
Amérique*, il a imaginé ce qu'il y avait de plus
efficace pour la rendre inévitable, c'est ce que je
crois pouvoir démontrer d'après le texte de ces
Mémoires.

On croit assez généralement en Europe que la
grande pluralité des Américains désirait l'indépendance et la scission entre l'Angleterre et ses colonies. Cette opinion est complètement démentie par
les faits. M. Marshall, auteur de la *Vie de Washington*, et qui a décrit avec tant de soin la guerre
d'Amérique, ses causes et ses moindres circonstances ; M. Marshall, qui, par sa place, était à
portée de connaître les ressorts visibles ou secrets
que l'on a fait mouvoir dans cette grande lutte,
nous assure que, même après les premières hostilités, on n'aurait écouté qu'avec horreur la proposition de se séparer de la mère-patrie. On faisait
toujours les prières publiques pour le roi d'Angleterre ; les membres du congrès qui désiraient la
scission n'osaient manifester ce vœu ; et l'opinion
générale était, en Amérique, favorable à la réconciliation. Le docteur Franklin lui-même confirme
complètement cette assertion de M. Marshall. Son
aveu sur ce point ne pouvant être suspect, écoutons ce qu'il dit des dispositions de ses compa-

triotes : « Il est certain qu'au commencement de
» la querelle, le peuple n'agissait pas d'après un
» principe fixe et déterminé, et qu'*il n'avait pas*
» *même l'idée d'indépendance ;* car TOUTES les
» adresses des différentes colonies étaient remplies
» de protestations de fidélité pour leur souverain,
» et respiraient le désir le plus ardent d'une ré-
» conciliation. » Mais, demandera-t-on, ces protestations étaient-elles sincères? N'a-t-on pas vu
des rebelles invoquer le nom du souverain pour
s'armer contre lui? C'est encore Franklin qui va
répondre à cette question : « On apprenait aux
» Américains, dès leur enfance, à respecter le
» peuple dont ils descendaient, dont le langage,
» les lois et les mœurs étaient semblables aux leurs.
» Ils le regardaient comme un modèle de perfec-
» tion; et dans leur esprit prévenu, les nations
» de l'Europe les plus éclairées passaient pour des
» barbares, en comparaison des Anglais. Le nom
» d'Anglais leur présentait à l'idée tout ce qui était
» bon, tout ce qui était grand. » Oh! très-certainement, ce ne sont pas là les dispositions d'un
peuple qui aurait voulu la guerre et médité une
séparation. Ces aveux du docteur Franklin nous
prouvent donc que toute réconciliation n'était pas
impossible, qu'elle n'était pas même difficile avant
la déclaration d'indépendance, et surtout avant
les premières hostilités. Or, ces hostilités n'eurent
lieu à Lexington que le 16 mai 1775 : l'acte d'indépendance ne fut publié que treize mois plus tard ;

il avait éprouvé une forte opposition dans le congrès même. Pendant les treize mois qui s'écoulèrent entre les hostilités et la scission, les communications amicales n'avaient point été interrompues, et, dans une adresse au roi, les membres du congrès se disaient encore *les fidèles et respectueux sujets de sa majesté*, et *s'approchaient humblement de son trône* pour lui faire connaître la situation des colonies. N'oublions pas d'ajouter que les bills établissant des taxes en Amérique, avaient été rapportés par le parlement, à l'exception d'un seul qui concernait les droits sur le thé ; que les Américains avaient rendu cette taxe illusoire en renonçant volontairement à cette boisson, et que les habitans de Boston, pour se prémunir contre la tentation de prendre du thé, avaient jeté à la mer tout ce qui leur avait été envoyé par la compagnie des Indes. Rappelons surtout au lecteur, qu'à cette époque le seul État de Massachusset était en querelle avec son gouverneur, et que tout le reste des colonies était calme, ce qui n'est pas indifférent à la question. Or, le docteur Franklin était alors l'agent, à Londres, du Massachusset et de quelques autres États, et voyons comment ce conciliateur s'est conduit avant l'acte d'indépendance, avant l'affaire du thé, avant les hostilités de Lexington, avant même l'époque où les membres du congrès, dans une adresse officielle, protestaient encore de leur respect et de leur fidélité envers leur souverain.

Je passerai légèrement sur les pamphlets dont Franklin était l'auteur, et dans lesquels le gouvernement anglais était cruellement raillé. En Angleterre, ces sortes d'écrits n'ont ni importance, ni conséquences dangereuses ; mais l'un de ces pamphlets était intitulé : *Moyens de faire un petit État d'un grand Empire*, et il fallait que dès-lors Franklin pensât à la séparation des États-Unis, puisque, sans une séparation, un grand Empire ne peut pas devenir un petit État. Mais voici un trait bien plus frappant :

En 1773, c'est-à-dire trois ans avant la déclaration d'indépendance, une querelle s'étant élevée entre le gouverneur du Massachusset et les patriotes de la province, le lieutenant-gouverneur Hutchinson, le président de la cour supérieure, Pierre Olivier, et d'autres personnes attachées au gouvernement, écrivirent en Angleterre des lettres dans lesquelles ils exposaient l'état des affaires ; et faisaient voir la nécessité de réprimer les désordres. Ces lettres tombèrent, on n'a jamais su comment, entre les mains du docteur Franklin, agent de la colonie, qui non-seulement ne les fit pas parvenir à leurs adresses respectives, mais *les transmit à ses commettans*, c'est-à-dire à ceux mêmes qui y étaient le plus inculpés. Le fait est-il vrai ? C'est lui-même qui nous le raconte. Il le justifie sans doute ? Non, il s'en vante ; il dit que c'est la plus belle action de sa vie. Je le lui accorde. Puisqu'il était écrit dans le ciel qu'il devait y avoir guerre civile, que les Américains devaient finir par triompher et rester indépendans, patriotiquement parlant, l'action de Franklin est admirable. Mais que l'on nous vante, après cela, son amour pour la paix, les efforts qu'il a faits pour une réconciliation sincère, ses regrets quand il a vu la rupture inévitable! C'est un peu se moquer de nous. En approuvant la violation du secret des lettres, j'ai pu passer pour un politique ; mais je passerais pour un sot en voulant y trouver un moyen de conciliation.

Les Anglais n'eurent pas la complaisance de trouver belle la conduite de Franklin; mais comme on lui supposait une très-grande influence sur les déterminations de ses compatriotes, on le consultait sur les moyens de rétablir l'harmonie entre les colonies et la métropole. Il eut plusieurs conférences avec le ministre lord Dartmouth, ou avec des personnes de marque, telles que lord Howe, lord Hyde, etc.; et il fut invité par M. David Barclay et le docteur Fothergill à rédiger une note sur *les conditions qui pouvaient produire une union durable entre l'Angleterre et ses colonies.* Observez que ces conférences eurent lieu en décembre 1774, six mois avant les premières hostilités; dix-huit mois avant qu'il fût question de rupture et d'indépendance: Franklin était donc encore le fidèle et respectueux sujet du roi d'Angleterre, et vivant à Londres sous sa protection; puis, jugez si le ministère pouvait accepter un *ultimatum* dans

lequel, long-temps avant le combat, Franklin, prenant déjà le ton d'un insolent vainqueur, présentait dix-sept conditions dont voici quelques-unes :

« Aucun corps militaire n'entrera et ne séjour-
» nera dans une colonie, sans le consentement
» de son assemblée législative. »

« La couronne ne pourra faire construire *au-*
» *cune* forteresse dans *aucune* province. »

« On accordera un gouvernement libre au Ca-
« nada. »

« Le parlement renoncera à tout pouvoir de
» législation sur les colonies. »

Un parlement qui renonce à toute législation,
un roi qui ne peut faire marcher aucune troupe
ni construire aucun fort... cela se conçoit-il ? Ceux
qui ont tant blâmé le ministère britannique à cette
époque, ont-ils bien connu les douces propositions du docteur Franklin ? Non, sans doute. Nous
commençons par juger, puis nous examinons
quand il n'est plus temps.

Mais pourquoi Franklin, agent du Massachusset, s'occupe-t-il ici du sort du Canada, qui,
peuplé de Français, n'a rien de commun avec les
colonies anglaises ? Quand on lui fait cette objection, il répond que le Canada ayant été conquis
avec le sang et les trésors des Américains, ceux-
ci doivent être consultés *sur les arrangemens pris
dans cette colonie.* Ainsi, quand une armée aura
fait une conquête, ce seront les soldats qui seront
législateurs. Franklin ajoute : « *Voulant la liberté*

» *pour nous-mêmes, nous désirons que ses bien-*
» *faits s'étendent sur tous les hommes.* » Dans une
autre note, on trouve le même article rédigé d'une
manière encore plus étrange; le voici : « CANADA.
» *Nous ne pouvons souffrir l'action du despotisme*
» *sur aucun des sujets du même royaume.* » C'est-
à-dire que si l'Angleterre eût accepté cette honteuse capitulation, les habitans de Boston ou de
Philadelphie auraient pu demander compte au roi
d'Angleterre de la manière dont il traitait les habitans de la Jamaïque ou même ceux de la Nouvelle-Galles. Peut-être, dira-t-on, la sollicitude du
docteur pour le Canada vient-elle de son amour
pour les Français que, par un esprit prophétique,
il considérait déjà comme les protecteurs des États-
Unis. Nous allons voir si la conjecture est vraie;
sept ans avant ces débats, Franklin écrivait à son
fils cette lettre datée de Londres : « De Guerchy,
» ambassadeur de France, vient de partir. M. Du-
» rand est resté comme ministre plénipotentiaire...
» Il prétend que la manière dont j'ai parlé à la
» chambre des communes lui a fait concevoir
» beaucoup d'estime pour moi..... Il m'a invité à
» dîner, m'a fait force questions, m'a comblé de
» prévenances, m'a fait des visites, etc. *Je m'ima-*
» *gine que cette nation intrigante ne serait pas*
» *fâchée de se mêler de nos affaires et de souffler*
» *le feu entre la Grande-Bretagne et ses colo-*
» *nies.....* » Ah! si M. de Vergennes avait connu
cette lettre!

On n'aura pas de peine à croire que le ministère britannique n'accepta pas avec reconnaissance les conditions de M. Franklin. Le docteur eut l'air d'en être étonné; et quand la majorité se prononça, dans le parlement, contre les prétentions des Bostoniens, il éprouva une indignation qu'il exhale en ces termes : « C'en était bien assez pour » placer ce corps au plus bas degré à mes yeux, et » pour me faire regarder comme la plus grande » absurdité sa prétention de souveraineté sur trois » millions d'Américains doués de bon sens et de » vertu. A peine lui supposais-je assez de raison » pour conduire un vil troupeau de cochons. »

Si maintenant on persiste à croire que Franklin ait voulu tout concilier, j'abandonne cette discussion, et je passe aux Mémoires qui offriront des détails beaucoup plus amusans.

Quand j'ai dit que le docteur Franklin avait plus coopéré que personne à la scission entre l'Angleterre et ses colonies, et à l'indépendance de l'Amérique, j'ai ajouté qu'il n'avait cependant pas pris une part ostensible aux troubles qui précédèrent l'acte d'indépendance, et qu'il n'avait exercé aucune influence sur les opérations militaires. Nous savons, en effet, qu'il est resté à Londres depuis le commencement de la querelle jusqu'après les hostilités de Lexington, et qu'il a passé en France tout le temps qui s'est écoulé depuis le 28 novembre 1776, jusqu'au 22 juillet 1785. C'est donc à Londres même qu'il minait sourdement la puissance britannique; c'est du village de Passy, près de Paris, qu'il combattait pour les Américains. Il avait plus de soixante et onze ans quand il vint en France; mais ni son âge, ni son éloignement du théâtre de la guerre, ni le mystère de ses négociations, ne nous autorisent à lui re-fuser l'honneur du succès, s'il est vrai, comme on n'en peut douter, que la France a résolu la question en faveur de l'Amérique.

La conduite du gouvernement français a été vivement censurée, et la révolution semble avoir confirmé les tristes présages qui s'élevaient sur l'horizon politique dès l'année 1778, époque de notre fraternité avec les nouveaux républicains. Soyons justes cependant, et ne mettons pas tous les torts d'un seul côté. La fièvre avait gagné toute la nation; toutes les classes de la société furent frappées de l'épidémie; ce n'était pas à la cour que l'on faisait les vœux les plus ardens pour le succès des Américains : dans toutes les villes du royaume, je dirais presque dans tous les villages, on chan-tait les vertus et le courage des insurgens, on bu-vait à leurs futures victoires. Jamais vœu national ne fut plus prononcé. Nos grandes dames, qui déliraient alors comme nos grisettes, admiraient, cajolaient le docteur Franklin, et je ne doute pas qu'il n'eût excité de grandes passions s'il n'avait pas été si vieux, et s'il n'avait pas eu les cheveux plats. Il sut bien profiter de l'étourderie de cette nation, qu'il nommait *intrigante,* et il dut sourire

plus d'une fois de la facilité qu'il trouvait à soulever vingt-quatre millions de royalistes en faveur
de trois millions de révoltés, dont les trois quarts
et demi ne voulaient pas être libres. Nos régénérateurs composaient alors la préface du grand et
terrible ouvrage qu'ils méditaient. Franklin leur
parut un dieu tutélaire ; aucun homme ne pouvait
lui être comparé, pas même ce Washington, qui
combattit avec tant de constance, et qui fit tourner
ses défaites mêmes au profit de la liberté. Notre révolution diminua beaucoup en France la réputation de Washington ; celle de Franklin fut toujours sans tache aux yeux de nos républicains.
Washington avait blâmé nos fureurs ; il avait maintenu la plus stricte neutralité entre l'Angleterre
et la France ; il avait empêché l'envoyé de notre
république d'armer contre les Anglais dans les
ports des États-Unis ; le dirai-je, enfin ? il avait
pleuré la mort de Louis XVI. Pleurer la mort
d'un *tyran!* quelle infamie ! Il est bien évident que
Washington était devenu aristocrate, reproche
qu'on n'a jamais pu faire au docteur Franklin. C'est
donc à ce dernier qu'appartient toute la gloire ;
et j'en suis si persuadé, que je vais présenter de
mon mieux à mes lecteurs les faibles commencemens, les progrès et le dernier période de ce grand
phénomène politique.

Franklin est né, en 1706, à Boston, quinzième
enfant d'un père qui en eut dix-sept. Ce père,
nommé Josiah Franklin, était teinturier ; mais ce

métier ne pouvant faire vivre une si nombreuse famille, il prit celui de fabricant de chandelles, et le petit Benjamin, notre héros, avait l'important emploi de couper les mêches. Les chandelles déplurent bientôt au futur philosophe, et son père le conduisit de boutique en boutique, d'atelier en atelier, pour qu'il pût choisir une profession de son goût. Le jeune homme était si heureusement organisé, que cette promenade suffit pour lui donner une connaissance sommaire de tous les métiers, et lui faire faire, dans la suite, divers petits ouvrages et des machines pour des expériences de physique, sans le secours d'aucun ouvrier. Le petit Benjamin avait grande envie de devenir homme de mer, mais son père se décida pour l'état de coutelier, et l'Amérique aurait eu d'excellens couteaux si les frais d'apprentissage n'avaient effrayé Josiah qui changea de résolution. Ces lenteurs ne furent pas désavantageuses à Benjamin qui aimait la lecture avec passion, et qui dévorait tous les livres bons ou mauvais qu'il pouvait se procurer. Il aime les livres, dit le père; il faut le faire imprimeur : raisonnement admirable, car on sait qu'un garçon imprimeur lit avec beaucoup de fruit, surtout quand il travaille à la presse. Par bonheur, Benjamin avait un frère beaucoup plus âgé que lui, qui avait apporté d'Angleterre une presse et des caractères pour s'établir à Boston, et c'est chez lui qu'il fit son apprentissage. Hélas ! comme dit Ovide, *rara est concordia fratrum*, et cette triste maxime est vraie pour la jeune Amérique comme pour la vieille Europe. Cet aîné, qui se nommait Jacques, ne vit dans Benjamin qu'un apprenti, ou s'il se rappelait qu'il était son frère, c'était pour exercer le droit d'aînesse de la manière la plus brutale. Le pauvre Benjamin était fraternellement étrillé pour la plus petite négligence, et *ce traitement tyrannique contribua*, dit-il, *à inculquer dans son âme cette haine qu'il a conservée toute sa vie contre le pouvoir arbitraire.* Ainsi, voilà l'Angleterre dépossédée de ses belles colonies, parce que Jacques a souffleté Benjamin. Ainsi, puissans monarques, vous qui dormez paisiblement, rassurés par la vigilance de vos ministres et par l'amour de vos peuples, peut-être en ce moment, dans un recoin de vos États, un jeune libéral, battu par son frère, médite un grand projet d'indépendance, lèvera quelque jour l'étendard de la révolte, et vous demandera compte des coups qu'il aura reçus.

Jacques n'imprimait pas seulement les almanachs et les actes du gouvernement, principale occupation des imprimeurs américains à cette époque; de ses presses, ou plutôt de sa presse, sortait un journal, le second ouvrage de ce genre qui eût encore paru en Amérique. Le frère battu en était le colporteur. A force d'en porter les feuilles, il lui vint la fantaisie d'y faire insérer quelques articles de sa façon. Il se couvre du voile de l'anonyme, il déguise son écriture, et glisse son coup d'essai sous la porte de l'imprimerie. Jacques le trouve, consulte les gens de goût de Boston, qui furent enchantés de l'article, et l'attribuèrent successivement aux plus beaux-esprits de leur connaissance. Encouragé par ce succès, Benjamin continua d'écrire et ne se fit connaître que quand il sentit que son fonds était épuisé, et que son génie devenait stérile. Le cruel Jacques n'en fut pas plus humain : humilié peut-être de voir un homme d'esprit dans son frère, il n'en fit que mieux sentir qu'il était maître, et que le petit auteur n'était qu'un apprenti. Les querelles devinrent plus fréquentes, et Benjamin, plus dégoûté que jamais, trouva le moyen de quitter son tyran ; mais il s'en vengea d'une manière assez vilaine pour s'en faire le reproche, et placer ce procédé parmi les premiers *errata* de sa vie.

N'oublions pas de faire observer que Benjamin avait un grand amour pour les pamphlets ; qu'il en composait lui-même, dans lesquels la religion et le gouvernement n'étaient pas toujours respectés ; que ses discussions anti-religieuses l'avaient fait regarder, *par les bonnes gens,* comme un infidèle ou un athée ; qu'il avait enfin un grand penchant à la dispute et à la contradiction ; habitude, dit-il, qu'il avait contractée en lisant des livres de théologie, défaut qu'il a toujours remarqué dans les hommes de loi, les membres des Universités, et dans ceux qui ont reçu leur éducation à Édimbourg. J'anticipe sur les événemens pour

apprendre au lecteur que Franklin eut une assez
grande force d'âme pour se corriger de ses gros
défauts, et pour mettre fin à ses *errata*; il va même
jusqu'à déclarer que la vertu et la probité sont les
meilleurs moyens pour faire fortune. Si cela est
prouvé, l'âge d'or va renaître, et les avares seront
les plus vertueux de tous les hommes.

Franklin, délivré de son frère Jacques, n'osait
cependant rester à Boston, parce qu'il s'y était
rendu suspect au gouvernement, et résolut d'aller
à New-Yorck, ville la plus voisine, quoique très-
éloignée, où il pût trouver un imprimeur. Malheureusement cet imprimeur n'avait pas besoin de
garçon, et Benjamin partit pour Philadelphie. Ce
voyage ne fut pas heureux : notre héros, fatigué,
mouillé, travaillé par la fièvre, reçut l'hospitalité
d'une vieille femme, qui le régala d'une *bajoue
de bœuf*, circonstance touchante, quand on pense
que ce pauvre voyageur doit jouer un jour un si
grand rôle. Il se rembarque sur la Delaware ; mais
il n'y avait pas de vent, et Franklin fut obligé de
ramer comme un batelier. Il arrive enfin, n'ayant
dans sa poche qu'un seul dollar et un seul schilling.
Le schilling fut donné aux bateliers qui le refusaient,
en disant que le jeune homme avait gagné son passage en travaillant à la manœuvre ; mais Franklin
insista pour qu'ils le reçussent, et il fait à cette occasion la morale suivante : « L'homme est souvent
» plus généreux quand il a peu d'argent que quand
» il en a beaucoup. » Puis il ajoute que c'est peut-

être pour empêcher qu'on ne soupçonne qu'il n'en
a guère. Je crois qu'il a raison sur la première
proposition, et qu'il n'a pas tort sur la seconde.

Représentons-nous maintenant le futur plénipotentiaire de la première république du Nouveau-
Monde, faisant sa première entrée dans la ville de
Philadelphie. Il était en habit de travail, couvert de
boue, les poches gonflées de bas et de chemises,
tenant trois pains qu'il venait d'acheter et les dévorant dans la rue, ne sachant où se loger, et passant sous la fenêtre d'une demoiselle qu'il devait
épouser un jour, mais qui alors lui trouva une
figure bien extraordinaire et bien ridicule. Ces détails, peut-être, ne paraîtront pas moins ridicules
que sa figure; mais notre philosophe les croit nécessaires pour qu'on puisse *comparer des commencemens si obscurs avec l'état brillant qu'il a
obtenu par la suite.* C'est ainsi qu'en lisant l'Histoire romaine, et en prenant les choses *ab ovo*,
nous nous intéressons peut-être plus au mont
Aventin, à la Louve et au Figuier Ruminal, qu'aux
magnifiques palais dont les Césars ont orné la capitale du monde. Mais, va-t-on dire encore, il y a
de la vanité dans ces détails minutieux. Ah! sans
doute il y en a : ni le républicanisme, ni la philosophie, ni les cheveux plats, ne sont des garans
de la modestie des hommes. Franklin, d'ailleurs,
est d'une rare ingénuité sur cette faiblesse humaine : il avoue qu'il a entrepris d'écrire ces Mémoires pour satisfaire sa vanité autant que pour

être utile à ses enfans. Il avait observé dans ses lectures que, quand un auteur emploie cette précaution oratoire, *Je puis dire sans vanité*, il ne manque pas de la faire suivre par une phrase pleine de vanité ; il pense même que ce défaut, ou cette vertu, produit souvent les plus heureux effets, et il est tenté de remercier le ciel d'avoir mis la vanité au nombre des bienfaits qu'il nous accorde. Par une conséquence naturelle de ce principe, cet ami de l'égalité républicaine veut absolument que l'on sache combien il a été considéré, estimé, fêté ; comment, à son premier voyage en France, il a eu l'honneur d'être présenté à Louis XV et aux princesses filles de ce monarque ; comment, enfin, il a eu l'honneur non moins grand de dîner avec un roi de Danemarck. Mais qu'ai-je dit ? Dans quelle erreur suis-je tombé ? Ces Mémoires sont alternativement écrits par Franklin et par son petit-fils ; or, c'est le petit-fils qui parle de la présentation à Louis XV ; l'aïeul ne s'est vanté que du dîner ; heureusement je me suis aperçu de cette énorme faute, et j'espère que le lecteur me la pardonnera : un journaliste n'a-t-il pas ses *errata* comme un docteur ? Puissé-je n'en pas plus commettre que notre philosophe ! Je n'en ai compté que trois dans ses Mémoires. J'ai rapporté le premier ; le second est la violation d'un dépôt d'argent qui lui avait été confié ; le troisième *erratum* est l'abandon temporaire d'une demoiselle avec laquelle il avait pris des engagemens, et qui méri-

tait bien ce châtiment pour avoir trouvé notre
héros ridicule à son entrée à Philadelphie. L'*erratum* du dépôt fut corrigé quoiqu'un peu tard ;
ainsi Franklin n'avait plus aucun poids sur la conscience quand il se mêla des affaires publiques.
Trois fautes dans une si longue vie ! c'est bien peu.
N'oublions pas que Franklin ne place pas au
nombre des fautes l'interception et l'extradition
des lettres qui causèrent tant de rumeurs à Boston. J'en avais jugé autrement ; mais un docteur
sait mieux que moi ce qui est bien ou mal en ce
monde, et je m'en rapporte à lui sur ce fait.

J'ai beaucoup insisté sur les premiers détails de
la vie de Benjamin ; je passerai plus légèrement
sur ceux qui vont suivre. Franklin, devenu riche et
puissant, m'intéresse bien moins que le petit Benjamin, bien mouillé, bien harrassé, mangeant une
bajoue de bœuf chez une vieille femme. Dans ses
discussions avec les ministres de la Grande-Bretagne, et ses négociations adroites avec les ministres de France, j'ai regretté plus d'une fois le
petit garçon qui glisse les premiers essais de son
talent polémique sous la porte d'une imprimerie.
Il faudra cependant voir notre imprimeur sur son
grand théâtre, et j'espère que l'intérêt, pour être
différent, ne sera pas tout-à-fait nul. Observons
d'ailleurs que la vie politique de Franklin se rattache à de grands événemens, sur lesquels notre
ancien enthousiasme pour les Américains nous a
donné des notions fausses.

Dans la vie des grands hommes les moindres circonstances intéressent, et le biographe doit s'attacher surtout à celles qui fournissent des traits de caractère. Cette réflexion m'engage à réparer une omission grave. Dans le voyage de Boston à Philadelphie, j'ai oublié de dire que l'équipage du vaisseau, porteur de Franklin et de sa fortune, avait pris une grande quantité de morues. Jusque-là notre héros avait persisté *dans la résolution de ne rien manger qui eût été vivant*, et la prise de chaque morue lui paraissait un meurtre de propos délibéré, puisque les morues n'avaient commis aucun crime qui pût justifier ce massacre. Pythagore ne raisonnait pas mieux ; mais quand le poisson fut sur la table, la faim, l'occasion, la morue, et, je pense, quelque diable aussi le poussant, notre philosophe sentit les papilles nerveuses de son palais se révolter contre son vœu ; il balança quelque temps entre ses désirs et ses principes ; mais s'étant souvenu que, quand on avait vidé ces poissons, il en avait vu tirer d'autres plus petits de leur estomac, la gourmandise lui fournit cet argument irrésistible : « Puisque vous vous mangez les uns les » autres, je ne vois pas pourquoi nous ne vous » mangerions pas. » La logique ayant ainsi tranquillisé la conscience du docteur, il mangea de la morue qui lui parut excellente, et il sentit combien il est avantageux d'être une créature raisonnable, et d'avoir toujours des raisonnemens tout prêts à flatter les passions.

J'ai laissé notre jeune homme au milieu de Phi-ladelphie, mangeant son pain dans la rue et ne sachant où se loger. Comme ici les événemens de-viennent peu romanesques, je dirai fort brième-ment que Franklin visita les deux imprimeries de la ville, qu'on lui fit espérer de l'ouvrage, que sa malle étant arrivée, il pût paraître décemment de-vant la demoiselle qui lui avait trouvé une figure extraordinaire, qu'il fit des connaissances, et que le gouverneur de la province le conduisit un jour à la taverne et lui fit boire une bouteille de vin de Madère. Heureux peuple chez lequel les gouver-neurs vont au cabaret et paient bouteille! A-t-on pu se révolter contre des hommes qui agissaient d'une manière si libérale? Ce bon gouverneur se nommait sir William Keith; il pressa Franklin de s'établir à Philadelphie, où les imprimeurs n'é-taient que de grossiers manœuvres; mais il fallait de l'argent pour fonder une imprimerie, et Ben-jamin doutait que son père voulût en faire les frais. Il retourne donc à Boston, muni d'une belle lettre dans laquelle sir William invitait le père à con-sentir à l'établissement de son fils. Benjamin arrive dans sa patrie, remet l'épître à son père, qui la lit froidement, et dit que ce gouverneur devait avoir peu de prudence, puisqu'il proposait de donner un établissement à un jeune homme à qui il manquait encore trois ans pour atteindre l'âge viril. Nouveau retour à Philadelphie avec la seule perspective d'être garçon imprimeur; nouvelles

instances du gouverneur pour l'établissement du
jeune homme ; il lui conseille d'aller à Londres,
et lui promet une lettre de recommandation ainsi
qu'une lettre de crédit pour acheter une presse,
des caractères et du papier. Franklin part, arrive
à Londres, on lui remet les lettres que le gouverneur confiait à ses soins, mais il n'y avait pas de
lettre de crédit. Avec du talent on se tire d'affaires
partout ; Benjamin entre chez l'imprimeur Palmer,
il y travaille, et profite de ses momens de loisir
pour composer un ouvrage un peu trop philosophique *sur la Liberté, la Nécessité, le Plaisir et
la Peine.* C'est ici que notre sage va commettre
son troisième *erratum.* Il avait un ami, l'ami avait
une maîtresse, et devait de l'argent à Franklin ;
celui-ci se trouvant seul avec la demoiselle, voulut se permettre d'étranges libertés ; il fut repoussé,
l'ami le sut, et lui signifia qu'il regardait comme
annulées toutes les obligations qu'il lui avait : ainsi
l'*erratum* coûta vingt-sept livres sterling au jeune
incontinent, et acquitta la dette de son ami. Mais
voici un changement de scène.

Franklin était allé avec plusieurs personnes se
promener à Chelsea ; en revenant par eau, la
compagnie ayant entendu dire que Benjamin était
un grand nageur, paraissait désirer qu'il justifiât
cette réputation ; le jeune philosophe, qui regardait
la vanité comme un bienfait de l'Être-Suprême,
se déshabille, saute dans la Tamise, y fait mille
tours d'adresse et d'agilité, et revient à la nage de-

puis Chelsea jusqu'au pont de Blackfriars. Tous
les badauds ne sont pas à Paris : sous ce rapport,
Londres n'a rien à nous envier. L'exploit de
Franklin fit tant de bruit dans la ville où aucun
mérite transcendant ne reste sans récompense, que
sir William Wyndham lui fit proposer d'hono-
rables appointemens pour apprendre à nager à ses
deux fils. Cet incident ouvrit une vaste carrière aux
yeux de Franklin; il sentit qu'il pouvait faire fortune en établissant à Londres une école de natation, et il s'applaudissait d'avoir fait le saut de
carpe dans la Tamise. Mais le destin avait décidé
qu'il ne serait ni fabricant de chandelles, ni coutelier, ni marin, ni professeur dans l'art de nager,
puisqu'il devait être régénérateur de l'Amérique,
et ministre plénipotentiaire d'un peuple libre.

Il avait eu le bonheur de connaître un respectable quaker, M. Denham, qui devait porter une
grande quantité de marchandises à Philadelphie,
et qui lui proposa de l'y suivre en qualité de commis. Le désir de revoir la Pensylvanie, et peut-être
cette mademoiselle Mead qu'il avait cruellement
délaissée, lui firent préférer le comptoir de M. Denham à l'école de natation. Le voilà donc commis
marchand, dans Water-Street, à Philadelphie; il
devint habile à la vente, il mangeait avec son
maître qui avait pour lui la tendresse d'un père.
Mais sur quoi peut-on compter dans cette misérable vie? M. Denham meurt, ses héritiers ren-
voient Benjamin, et l'homme destiné à dîner un

jour avec les rois, ne peut pas réussir à être commis dans une boutique.

A quelque chose malheur est bon. C'était par le fanal de la presse que le docteur Franklin devait éclairer le Nouveau-Monde, et conjurer la foudre sur toute la surface du globe ; il fallait donc qu'il fût imprimeur et journaliste. Il se remua tant, sa probité, ses mœurs inspirèrent tant de confiance, qu'il trouva des fonds pour établir une imprimerie et un journal. Sa réputation s'accrut avec une rapidité surprenante ; tous les projets qu'il concevait étaient adoptés ; toutes les souscriptions qu'il proposait étaient remplies. Jamais homme, peut-être, ne fut plus utile à sa patrie. Philadelphie n'était ni pavée, ni éclairée : comme Amphion, il fit mouvoir les pierres ; comme Prométhée, il porta le flambeau dans les rues de cette ville. La presse fut l'instrument avec lequel il fit naître autour de lui l'industrie et l'aisance. Ses articles de journaux encouragèrent l'agriculture, le commerce et les arts, firent fonder des hôpitaux, des écoles publiques, des bibliothèques. Plein de vanité, il paraît avoir été exempt d'orgueil, car ses succès ne l'empêchèrent point d'avoir un magasin de papeterie, et de brouetter lui-même son papier à travers les rues. Ayant enfin épousé cette demoiselle Mead envers laquelle il avait commis un *erratum*, il vivait avec elle de la manière la plus frugale. Il déjeunait avec du lait, sans thé, dans une écuelle de terre de deux sous. Mais voyez, dit-

il , comme le luxe s'introduit dans les familles !
Un jour il trouve sur sa table une tasse de porce-
laine et une cuiller d'argent, qui, ensemble, avaient
coûté l'énorme somme de vingt-trois schillings. Ce
fut la première argenterie qui parut dans ce modeste ménage ; mais le docteur se hâte d'ajouter
que , dans la suite , il en eut pour des centaines
de livres. Tant de vertus furent récompensées ;
Franklin devint homme public , et fut membre
de l'assemblée de Pensylvanie. .

J'arrive enfin à la grande péripétie : la guerre
éclate entre la France et l'Angleterre , ou plutôt
l'Angleterre nous fait la guerre sans la déclarer.
L'espoir de battre les Français fit jeter un cri de
joie universel en Amérique. Les Français qui ont
tant aimé les *insurgens*, ne pourront jamais imaginer combien ils en étaient haïs. Quand la cour
de Londres envoya en Amérique une armée destinée à chasser les Français des bords de l'Ohio,
les colonies , qui depuis ont été si parcimonieuses,
ont fourni à l'Angleterre plus qu'elle ne leur demandait. L'avarice même devint libérale , et les
plus dures réquisitions étaient gaîment consenties :
leur beau zèle contre leurs futurs libérateurs alla
si loin , que le roi Georges se crut obligé de les
indemniser, et un bill du parlement leur accorda,
pour cinq années, 24 millions de notre monnaie,
dont 4,800,000 liv. furent payés annuellement.
C'est peut-être la première fois qu'un gouvernement se soit plaint de la générosité des peuples. .

Les quakers même, les quakers qui considèrent toute guerre comme injuste, même la guerre défensive, qui refusent tout service, toute contribution militaire, imaginèrent un calembour pour fournir leur contingent à cette guerre, sans blesser leur conscience. Le gouverneur de la Pensylvanie ayant demandé des fonds pour faire fabriquer de la poudre, les quakers, à qui la poudre à canon doit être en horreur, votèrent une somme considérable pour acquisition de blé ou de *quelque autre grain*. On leur rendit équivoque pour équivoque ; et quand on voulait faire fondre un canon, l'argent leur était demandé *pour une pompe à feu.* Mais toutes ces subtilités n'influèrent pas heureusement sur le succès de l'entreprise. Dans l'affaire qui eut lieu près du fort Duquesne, le corps d'armée commandé par le général Braddock fut horriblement battu ; le général fut blessé à mort, son secrétaire tué à côté de lui. Sur quatre-vingt-six officiers, soixante-trois furent tués ou blessés, et l'on perdit sept cent quatorze soldats sur onze cents. Les Français cependant n'étaient qu'au nombre de quatre cents hommes, dont les Indiens formaient la moitié. Les bons quakers ont dû dire sans doute qu'il ne faut pas faire des calembours en matière de religion.

Voici un trait d'un autre genre, qui m'a paru caractéristique : Franklin qui, par le moyen de la presse, avait engagé ses compatriotes à former une milice, dans cette même guerre contre les Français, venait d'être chargé par le gouverneur de faire construire une ligne de forts sur la frontière du nord-ouest. Le corps de milice qu'il commandait pour cette opération, avait pour chapelain un ministre plein de zèle nommé Beatty. Ce chapelain se plaignit un jour du peu d'assiduité des nouveaux guerriers à assister à ses exhortations et à ses prières. Franklin lui conseilla de se faire surintendant du rhum, et de ne le distribuer que quand la prière serait finie; M. Beatty usa de cet expédient, et reconnut qu'il n'y en avait pas de meilleur pour se procurer un nombreux auditoire.

La fortune, qui avait favorisé nos armes dans les premières hostilités, ne tarda pas à nous être contraire, et mes lecteurs seront peut-être fort étonnés d'apprendre que nous devons au docteur Franklin la perte du Canada, du cap Breton, et la triste paix de 1763, dont nous avons cru effacer la honte en embrassant aveuglément la cause des Américains. Pendant cette guerre, Franklin était à Londres, commissaire de l'État de Pensylvanie. *Il regardait la France comme une autre Carthage,* et il *conçut le projet d'anéantir son ascendant maritime.* Ceci est littéralement copié de la page 337 du premier volume. Il fit part de ses réflexions à un ami qui les communiqua au célèbre William Pitt, lord Chatam. Ce ministre s'entretint avec Franklin sur la possibilité de cette conquête (du Canada); il fut convaincu par les raisonnemens du docteur, par les renseignemens qu'il four-

nit, par les détails dans lesquels il entra ; la résolution fut prise, l'expédition décidée, et le Canada
fut perdu pour la France. La logique du docteur
triompha surtout quand il démontra qu'en trans-
portant ses armées en Allemagne, l'Angleterre
faisait une dépense énorme sans en recueillir aucun
fruit, tandis qu'en Amérique la conquête d'une
vaste contrée et l'exclusion des Français d'un pays
d'où ils inquiétaient les colonies anglaises, serait
le prix d'une expédition moins dispendieuse que
la guerre de Hanovre, et d'un succès bien plus
probable.

Franklin donnant des leçons de politique à un
ministre tel que lord Chatam, ne ressemble guère
au garçon imprimeur qui fait des gentillesses dans
les eaux de la Tamise pour faire voir qu'il sait bien
nager, et cependant on reconnaît le même homme
dans ces deux situations si différentes : il fallait que
sa vanité fût satisfaite, même quand il écrivait à
ses enfans, et comme si l'on ne s'était pas douté
de la grande considération dont il jouissait, il
prend plaisir à nombrer toutes les distinctions
dont il est l'objet, tous les honneurs qui s'accu-
mulent sur sa tête. Voici les phrases de ce philosophe qui brouettait son papier à travers les rues,
et qui se servait d'une tasse de deux sous : « Les
» savans me témoignent généralement des égards... ;
» la réputation que j'ai acquise a la force de me
» protéger quand quelque homme puissant veut
» me nuire... ; ma société est si recherchée, qu'il

» est rare que je dîne chez moi pendant l'hiver, et
» si je voulais accepter toutes les invitations que je
» reçois, je pourrais passer tout l'été à la cam-
» pagne chez mes amis. Les savans et les hommes
» d'esprit étrangers qui viennent en Angleterre,
» se font presque tous un point d'honneur de venir
» me voir, car ma réputation est encore plus
» grande à l'étranger qu'en ce pays....., on a en-
» tendu le roi même parler de moi avec estime. »
Et cet homme si considéré, si fêté, cet homme dont
le roi parlait avec estime, méditait déjà la scission ;
il présentait des conditions de paix qui rendaient
la guerre civile inévitable, et quand le sang coule
pour la première fois, il se réjouit de ce que les
troupes royales ont fui à plusieurs milles. On croit
généralement que les taxes sur le thé, les couleurs, le verre, etc., et le bill du timbre, ont causé
la rupture ; j'ai dit que c'était une erreur, et
que, même après ces bills, l'harmonie était rétablie partout, excepté dans le Massachusset, qui
avait une querelle particulière avec le gouverneur.
Franklin, que je vais copier, fournira la preuve
de cette assertion : « On espérait que toute dis-
» sension allait disparaître pour toujours, et tout
» semblait favoriser cette opinion *dans toutes les*
» *provinces,* excepté celle du Massachusset. Bien
» des causes contribuent à mettre obstacle à l'har-
» monie qui commençait à se rétablir *partout*
» *ailleurs.* »

On prit grand soin, il y a déjà quarante ans,

32.

de nous démontrer que l'Angleterre exerçant un pouvoir tyrannique sur ses colonies, l'insurrection des Anglo-Américains était complètement légitime. A la vérité, nos publicistes n'allaient pas jusqu'à dire que l'insurrection est *le plus saint des devoirs;* nous n'étions pas encore assez éclairés pour comprendre ce bel axiome; avant de faire un devoir de la révolte, il était bon de commencer par prouver qu'elle est légitime; nos régénérateurs n'auraient plus besoin aujourd'hui de cette précaution oratoire; mais en 1778 nous étions des enfans, et il fallait frotter de miel les bords du vase pour nous faire avaler la médecine salutaire. Remarquez maintenant comment les idées les plus absurdes, les contradictions les plus choquantes, s'accréditent même chez un peuple éminemment spirituel, quand il prend pour raison tout ce qui est passion. Les mêmes hommes qui approuvaient la guerre civile, commencée en Amérique, et trouvaient la rébellion légitime, soutenaient en même temps que la cause de cette guerre entre les enfans et la mère-patrie était une taxe imposée par l'Angleterre sur quelques objets qui n'étaient point de première nécessité. Notez qu'il s'est agi d'abord de l'impôt du timbre, puis d'une taxe sur le thé, le verre et les couleurs. Si quelque philosophe était venu nous dire en France qu'un impôt sur le thé était plus que suffisant pour délier les sujets du serment de fidélité et pour légitimer la guerre civile, nous aurions trouvé cette doctrine abominable, et cependant nous voulions tous prendre les armes et traverser l'Océan pour briser les fers de ces bons Américains, c'est-à-dire pour leur procurer le plaisir de prendre du thé sans payer de taxe, plaisir dont nous ne joussions pas nous-mêmes.

Ce n'est point pour jeter du ridicule sur cette grande contestation que j'en réduis la cause à l'impôt sur le thé. Il était, en effet, le seul existant quand les hostilités commencèrent. On ne peut trop répéter que le parlement britannique avait rapporté tous les autres bills; j'ai démontré, par les aveux de Franklin même, que cette modéra-tion de la métropole avait rétabli le calme dans douze colonies sur treize, qui composaient alors l'ensemble de ce nouvel Empire. Mais les répu-blicains du Massachusset et leur agent à Londres s'effrayèrent d'une paix si contraire à leurs des-seins, et se hâtèrent d'attiser le peu de feu qui couvait encore sous la cendre. Ils prouvèrent à leurs compatriotes qu'ils étaient esclaves, et qu'ils gémissaient sous un joug despotique; et les colons, tout étonnés de cette découverte, se mirent à crier qu'ils voulaient être libres. Les *meneurs* ajoutaient : « Ce n'est point contre la pesanteur de la taxe que nous nous révoltons, mais contre le principe même de la taxe. Nous ne sommes point repré-sentés dans le parlement, donc nous ne pouvons être imposés. Voilà notre principe, et périsse toute l'Europe plutôt qu'un principe ! Vous le savez d'ailleurs, les ministres n'obtiennent la majorité

dans le parlement qu'à force de corruption; et
avec les taxes imposées sur l'Amérique ils veulent
se faire un fonds pour corrompre avec plus de
certitude, et pour opprimer non-seulement les
Américains, mais les Anglais. Or, n'êtes-vous
pas touchés du malheureux sort de ces bons Anglais qui sont vos frères, vos parens, vos amis, et
qui vont devenir la proie d'un ministère insatiable?
C'est donc pour les Anglais mêmes que vous com-
battez en vous révoltant contre l'Angleterre. » Je
n'invente point ce discours; il ne contient aucune
expression qui n'ait été commentée et répétée cent
fois par les partisans de la scission et de l'indépendance. Il faut même que ces argumens soient bien
bons ou bien adroits, puisqu'ils ont convaincu
presque tous les Américains, et un grand nombre
d'hommes jusque dans la Grande-Bretagne.

Mais n'est-il pas évident que l'impôt sur le thé
a été le prétexte et non la cause de la rupture? Si
l'on se rappelle le paragraphe que j'ai extrait des
Mémoires de Franklin, et dans lequel le docteur
peint l'admiration des Américains pour le gouvernement britannique, leur attachement à la métropole, la prévention qui leur faisait considérer les
Anglais comme supérieurs à tous les peuples de
la terre, on sentira qu'il fallait d'autres élémens
qu'une taxe pour produire une séparation totale,
et pour inspirer le désir de l'indépendance à des
colons qui, de l'aveu de Franklin, n'en avaient
pas même l'idée. Notre philosophe, qui affectait

tant de zèle pour une réconciliation qu'il rendait impossible, et qui fit éclater tant de joie quand la guerre fut décidée, laisse échapper une naïveté qui jette beaucoup de jour sur cette question fort mal résolue jusqu'à présent. Voici ses expressions : « De » même qu'entre amis toute querelle ne doit pas » produire un duel, et qu'entre nations tout diffé- » rend ne doit pas se terminer par une guerre ; » ainsi, entre les gouvernés et les gouvernans, » toute erreur de gouvernement, *tout empiéte-* » *ment sur des droits*, ne doivent pas appeler la » rébellion. » Il y avait donc autre chose qu'un empiétement sur vos droits, autre chose qu'une taxe et une erreur de gouvernement dans votre différend avec l'Angleterre, puisque vous avez eu recours à la rébellion et à la guerre civile. Con- cluons donc de tout ceci que l'impôt, ou le prin- cipe de l'impôt, n'a pas plus été la cause de la guerre d'Amérique, que le renvoi de M. Necker n'a été la cause de la révolution française ; mais ces deux mesures, ou erreurs de gouvernement si l'on veut, ont été le signal attendu par les no- vateurs pour faire éclater une conspiration pré- parée et méditée depuis long-temps.

Quelles sont donc les causes de cette catas- trophe ? Comme celles de la révolution française, elles sont si nombreuses, elles datent d'époques si différentes, qu'un historien peut, en quelque sorte, choisir à volonté, et désigner l'une ou l'autre avec une égale vraisemblance ; mais si l'on

regarde comme plus importante celles qui, dès
l'origine des colonies, rendaient leur séparation
inévitable, il faut les chercher dans la constitution
même des différens États. Il en est deux surtout
qui mettaient en opposition constante les colons
avec l'Angleterre, et devaient nécessairement produire une rupture, indépendamment de la disposition des esprits. On a dit qu'une colonie devenait
libre quand elle avait atteint l'âge de virilité : il y
a dans cette proposition une vérité et une erreur.
Oui, sans doute, la richesse et la force lui donnent les moyens de se séparer de la mère-patrie;
voilà ce qui est vrai, et il ne fallait pas de grands
efforts de dialectique pour le prouver; mais la
force et la richesse ne font pas nécessairement
naître le désir de la séparation, puisque deux
États forts et riches peuvent avoir intérêt à rester
unis. L'Amérique même le démontre; car elle a
déclaré son indépendance à l'époque où elle avait
le plus besoin des produits de l'Europe; et l'obligation de tout créer au milieu des embarras de la
guerre, a mis plus d'une fois en péril une cause
qui était perdue sans la coopération d'une grande
puissance. Revenons donc à des causes plus réelles.

On sait que, dans l'origine, les divers terrains
dont la réunion forme aujourd'hui le territoire
des États-Unis, avaient été concédés *par les rois
d'Angleterre*, et sous certaines conditions, à des
particuliers qui y établirent des gouvernemens très-
différens. Cette bigarrure politique n'a pas cessé

d'exister pendant la guerre même, qui cependant
faisait sentir le besoin de l'union et de l'uniformité.
Chacun des treize États était absolument indépendant des douze autres ; chacun se gouvernait à sa
manière ; chacun pouvait résister à la volonté générale ; chacun d'eux pouvait refuser de prendre
part aux mesures prises par les autres pour le salut
commun. Ce défaut d'accord, cette impossibilité
de contraindre, ont été les plus grands obstacles
que Washington ait eus à vaincre, ont souvent
entravé les opérations militaires et favorisé les
armes des Anglais. Il faut donc voir dans les États-
Unis une fédération de républiques distinctes, et
non pas une république régie par des lois uniformes.

De ces diverses colonies, les unes avaient un
gouverneur nommé par le roi, les autres un gouverneur nommé par le propriétaire. Ce mot *propriétaire* doit paraître fort étrange ; et en effet, ce
qu'il exprime n'est pas le moindre des vices dans
lesquels je vois la cause première de la séparation.
Comme cette institution bizarre s'éloigne de nos
idées et de nos habitudes , elle exige une explication pour être comprise. La Pensylvanie, par
exemple, cette colonie dont Philadelphie est la capitale, était la propriété de Guillaume Penn. Les
héritiers de ce fondateur ont eu comme lui le droit
de nommer le gouverneur de cette province et de
lui donner des instructions dont il ne pouvait
s'écarter sous la peine d'être révoqué. Ces ins-

tructions étaient non-seulement étrangères aux intérêts de la couronne, mais presque toujours opposées ; et dans l'impossibilité d'exécuter des ordres contradictoires, le gouverneur ne manquait jamais de désobéir au roi, parce qu'il tenait sa place des propriétaires, et n'attendait que d'eux sa fortune. Il y a plus : il était presque toujours, et à la fois en contradiction avec le roi et avec le peuple de la colonie, quelque désir qu'il eût de la gouverner avec équité. Cette singulière situation cessera d'être une énigme quand on saura que les propriétaires de la Pensylvanie possédaient des terres immenses dans cet État, et qu'ils ne voulaient contribuer en rien aux besoins de la colonie. L'assemblée générale, au contraire, voulait avec raison que les charges fussent également réparties sur les colons, en proportion de leur fortune ; mais les actes de cette assemblée n'avaient force de loi qu'avec la sanction du gouverneur, et celui-ci, entièrement soumis aux propriétaires ses maîtres, aimait mieux défendre toute levée d'impôts que d'en laisser peser un seul sur les biens des propriétaires. Ainsi, dans cette lutte des plus riches qui ne voulaient rien payer, et de l'assemblée qui voulait imposer à raison des fortunes, le gouverneur paralysait tout par son *veto*, et les ordres du roi n'étaient point exécutés. Voici une preuve bien extraordinaire de cette inconcevable anarchie.

J'ai parlé de la guerre qui nous a enlevé le Ca-

nada; et que nous firent avec tant de joie nos bons
amis les Américains; j'ai dit que les premières hostilités nous furent très-favorables, et que l'armée
anglaise fut entièrement défaite sur les bords de
l'Ohio. La Pensylvanie était alors exposée aux in-
cursions des Français victorieux, et le gouvernement britannique pressa l'assemblée de cette province de pourvoir à la sûreté de ses frontières. Les
colons qui avaient désiré cette guerre étaient parfaitement disposés à fournir à la couronne tous les
secours dont elle avait besoin; mais, le croirait-
on? le gouverneur défendit de lever aucune taxe,
dans la crainte qu'on n'imposât les *propriétaires*
comme les autres habitans. Un ennemi de l'Angleterre aurait-il agi différemment? Je ne cite ici qu'un
seul exemple de ce désordre, mais il se renouvelait sans cesse; et, comme l'observe très-bien
Franklin, ces querelles toujours renaissantes avec
les gouverneurs, préparèrent et disposèrent les
colons *à une résistance générale*. Est-il étonnant
qu'il s'élève des troubles dans un pays dont le gouverneur est à la fois ennemi du roi et du peuple,
et ne peut être révoqué que quand il se conduit
bien? C'est dans ces querelles que Franklin s'est
fait connaître et a commencé sa réputation.

Mais, dira-t-on, dans d'autres colonies, dans
le Massachusset, par exemple, le gouverneur était
nommé par le roi. Cela est vrai; mais ce gouverneur ne recevait rien de la cour, était payé par la
province, et son traitement, qui n'était fixé par

aucun réglement, s'élevait ou s'abaissait selon que
le gouverneur se rendait plus ou moins agréable à
ses administrés. Il faut que ce mode soit encore plus
vicieux que celui de la Pensylvanie, puisque c'est le
Massachussct qui a décidé la guerre, puisque les premiers troubles sont provenus des querelles entre le
gouverneur et l'assemblée générale. Ajoutons que
ces gouverneurs étaient des hommes sans fortune,
envoyés en Amérique pour s'en faire une ou pour
la rétablir, et sans cesse ballottés entre la crainte
de déplaire au gouvernement dont ils tenaient leur
place, ou aux colons qui les payaient en raison de
leur complaisance. Les deux années qui précédèrent
la guerre ouverte, furent employées en messages
du gouverneur qui demandait de l'argent, et en réponses de l'assemblée qui le refusait. Qu'on se fasse
une idée d'une pareille situation, on concevra l'a-
vilissement d'un homme nommé par le roi pour
gouverner une province, et qui, au lieu de donner
des ordres, présente sans cesse l'état de ses besoins, et demande en quelque sorte l'aumône à
ceux auxquels il devrait commander. Les peuples,
toujours portés à juger du prince par ses agens,
ont-ils dû concevoir un grand respect pour la
majesté royale, quand les hommes du roi ne paraissaient devant eux que pour tendre la main?
C'est dans une crise semblable qu'un gouverneur
fit écrire les trois lettres interceptées par Franklin,
et renvoyées par lui à ceux mêmes qui y étaient
accusés, conduite qui acheva de tout brouiller à

Boston, et fit dire en Angleterre que le docteur était *vir litterarum*, ou *vir trium litterarum*, mots qui, par la prononciation anglaise, semble signifier *far trium litterarum*.

A ces deux élémens de discorde, beaucoup d'autres se joignaient dans le gouvernement des colonies; mais j'en ai dit assez pour faire voir que les taxes dont on a tant fait de bruit n'ont pas été la véritable cause de la scission. Si ce prétexte n'avait pas été fourni par l'Angleterre, les Franklin de l'Amérique en auraient trouvé d'autres. Le docteur savait bien qu'un gouverneur, *payé par les gouvernés*, devait produire tôt ou tard des troubles favorables à la séparation et à l'indépendance; car il en fait une condition expresse dans l'insolent *ultimatum* qu'il osa présenter aux ministres du roi.

Je terminerai cet examen en apprenant à mes lecteurs que notre philosophe prit une grande part à la composition du célèbre pamphlet intitulé *le Sens commun*, attribué à Payne. Il rendit beaucoup d'autres services à sa patrie, qui fut ingrate comme toutes les républiques. Le congrès lésina sur les frais d'ambassade; il ne prit pas en considération les plaintes de Franklin, qui prétendait avoir perdu annuellement 1200 liv. st. (36,000 fr.) par sa querelle avec les ministres britanniques: on ne lui paya pas les appointemens de son secrétaire d'ambassade; on ne l'a pas *récompensé magnifiquement*, à son retour de France, *comme on récompense en Europe les ministres qui ont rempli*

leur mission; on ne lui a pas fait la concession
d'une portion de terres, comme il l'espérait, etc...
Le docteur, enfin, emplit une lettre de cinq pages
des torts du congrès, en assurant qu'il ne s'en
plaint pas. Cependant l'ingratitude eut un terme à
la mort du héros : si le congrès lui a donné peu
d'argent, il lui fit faire en revanche des obsèques
magnifiques. Il n'y a pas de meilleur moyen que
de mourir pour se faire rendre justice.

VIE DE GEORGES WASHINGTON,

GÉNÉRAL EN CHEF DES ARMÉES AMÉRICAINES DURANT LA GUERRE DE L'INDÉPENDANCE, ET PRÉSIDENT DES ÉTATS-UNIS D'AMÉRIQUE ;

Composée sur les Mémoires qu'il a légués à son parent, le très-honorable
BUSHROD WASHINGTON ; précédée d'un Précis de l'histoire des colonies fondées par les Anglais sur le continent de l'Amérique septentrionale ; par JOHN MARSHALL, président de la cour suprême de
justice des États-Unis, et traduite de l'anglais par P.-F. HENRI.

LA nature a mis les États-Unis dans la situation la plus favorable à une grande prospérité.
Cette contrée, dont le sol encore neuf est éminemment productif, s'étend depuis le golfe du
Mexique jusqu'au fleuve Saint-Laurent (qu'elle
franchira peut-être bientôt) vers le nord ; et depuis l'océan Atlantique jusqu'à des déserts illimités

vers l'ouest. De nombreuses et grandes rivières
navigables, une quantité de golfes, havres ou ports,
appellent le commerce sur ses côtes, quand la fécondité inépuisable de la terre semble la destiner
exclusivement à l'agriculture.

Sa situation politique n'est pas moins heureuse ;
les grandes puissances qu'elle pourrait craindre
sont séparées d'elle par le vaste Océan , et les pays
qui l'avoisinent sont des colonies qui, en cas de
guerre, éprouveraient le désavantage d'être trop
éloignées de leurs métropoles. Les États-Unis n'ont
donc besoin que d'une faible armée pour se défendre ; et tous les bras des citoyens peuvent y
être employés au commerce, à l'agriculture, aux
arts et à la prospérité publique.

L'histoire que nous annonçons développe toutes
ces vérités par les faits mêmes, et *la Vie de Washington* appartient plus à l'histoire qu'à la bio-
graphie. Nous nous sommes souvent élevés contre
les titres fastueux des livres médiocres, nous avons
rarement l'occasion de remarquer les titres modestes des bons livres. Rien de plus commun que
de voir exposer en vente des *histoires intéressantes,*
des *histoires merveilleuses*, qui n'ont rien d'intéressant à la lecture, et n'offrent rien de merveilleux, si ce n'est la constante crédulité du public,
qui juge d'un livre par son titre, et qui toujours
trompé se laisse toujours séduire. Mais si les titres
merveilleux sont la marque ordinaire des mauvais
ouvrages, un titre incomplet peut nuire à la pu-

blicité d'un bon livre. La vie d'un seul homme,
écrite en cinq gros volumes, est capable d'effrayer
le lecteur le plus intrépide ; celle d'Alexandre ou
de César est beaucoup moins étendue : on pouvait
donc craindre raisonnablement que celle de Washington n'eût été grossie par une foule de choses
inutiles et fastidieuses.

Nous avons cru devoir détruire cette prévention, qui serait très-injuste, quoiqu'elle fût très-
naturelle. Cet ouvrage n'est point exclusivement
la Vie de Washington, mais l'Histoire des États-
Unis, depuis l'établissement des premières colonies
anglaises dans l'Amérique septentrionale jusqu'à
l'année 1798. A la vérité, Washington y est toujours la figure principale du tableau ; et les autres,
groupées autour de lui, paraissent n'être là que
pour former son cortége ; mais il n'en est pas
moins vrai de dire que l'Histoire des États-Unis
se développe en entier avec la Vie de ce grand
homme, et même le premier volume est presque
absolument consacré aux événemens antérieurs à
la vie de Washington. Nous faisons cette observation, non-seulement parce qu'elle est utile au
traducteur et à l'éditeur, mais aussi parce qu'elle
est juste et rigoureusement vraie.

Si nous examinons maintenant l'importance et
l'intérêt de cette Histoire, une foule de considérations se réunissent pour en recommander la lecture. Le berceau de presque tous les Empires est
entouré de fables et d'obscurité ; en remontant à

l'origine des peuples, on rencontre presque toujours la mythologie ; les premiers Grecs sont des
demi-dieux, et le fondateur du plus grand Empire
qui ait existé, a un dieu pour père et une louve
pour nourrice. L'histoire de toutes les nations anciennes ressemble beaucoup trop aux romans pour
exciter cette espèce d'intérêt fondé sur la raison ,.
et cette estime qu'on accorde seulement aux choses
vraies ou vraisemblables. Il n'en est pas ainsi de
la république américaine ; c'est de nos jours, c'est
presque sous nos yeux qu'elle a pris naissance,
qu'elle s'est élevée, et qu'elle a fait de si grands
progrès dans un si court intervalle de temps ; aucune fable ne se mêle à son histoire, et toute-
fausseté y serait bientôt démentie par une foule de
témoins oculaires qui vivent encore et qui peuvent
juger de son exactitude. Au mérite d'être vraie,
qualité plus rare qu'on ne pense dans l'histoire
même, celle des États-Unis joint l'avantage de
nous offrir des particularités qui ne se rencontrent
dans aucune autre. La république américaine est la
seule qui existe dans cette moitié du globe ; elle
est le premier État qui ait rompu les liens qui
attachaient le Nouveau-Monde à la vieille Europe,
et son peuple est le seul dans ce vaste continent
qui possède sa métropole, son gouvernement, et
qui ne soit pas soumis à des lois étrangères.

Si les révolutions ne sont pas bonnes à voir,
elles sont fort agréables à lire ; c'est vraiment la
partie dramatique de l'histoire : elles intéressent

naturellement le lecteur dont le plaisir est toujours en raison de la somme des malheurs et des désastres que l'on accumule sous ses yeux. Sa curiosité est bien plus vivement excitée encore lorsqu'on lui offre des traits particuliers à une contrée, et des détails étrangers à tout autre révolution. A cet égard, la *guerre de l'indépendance* n'a de ressemblance qu'avec l'établissement de la république de Hollande. Les deux peuples ont eu également à lutter contre l'une des plus grandes puissances de la terre ; tous deux ont vu leur ennemi dans l'obligation de franchir de grands espaces pour combattre des sujets révoltés ; tous deux ont adopté le système *fédéral*, et composé une république de plusieurs États indépendans. Il y a sans doute quelque analogie sous ce point de vue, mais les différences sont encore plus sensibles.

Les Hollandais, peuple ancien, exercé à la guerre, enrichi par le commerce, avaient les moyens de résister à de grandes forces ; les Américains, peuple nouveau et sans cesse renouvelé, étranger à la guerre, ignorant la tactique, manquaient même d'armes pour se défendre ; dans les Pays-Bas, une grande population occupait un petit espace ; en Amérique, un peuple peu nombreux s'étendait sur des plages immenses, et de rares habitations étaient semées sur un vaste désert ; les Hollandais secouaient le joug étranger, les Américains étaient forcés de combattre des hommes avec qui ils étaient unis par les liens du sang, du commerce ou de l'amitié : ajoutez à cela que la religion fut un des grands mobiles de la révolution de Hollande, et qu'elle n'eut aucune influence sur celle des États-Unis.

L'imagination qui veut aussi s'occuper de l'histoire, et qui se plaît dans ses conjectures à devancer les événemens, se réunit à la raison et à la politique pour prédire en quelque sorte les destinées futures de la république américaine. Quand on pense à la rapidité avec laquelle elle a vu s'accroître sa population, à la facilité avec laquelle elle a réparé ses pertes ; quand on considère son active industrie et sa sagesse également éloignée de la barbarie d'un peuple nouveau et de la corruption d'une nation vieillie dans le luxe, rien n'empêche de supposer qu'elle dominera quelque jour sur l'Amérique septentrionale, et que, maîtresse de tous les pays compris entre le golfe du Mexique et le cercle polaire, elle étendra ses bras depuis la mer du Sud jusqu'au rivage oriental où elle règne actuellement.

La découverte de l'Amérique, les trésors qu'elle procurait aux Espagnols, et dont la renommée exagérait encore la valeur, avaient puissamment excité la cupidité des autres nations européennes. Quand il s'agissait d'aller chercher de l'or, les Anglais ne devaient pas être les moins empressés et les moins entreprenans : ils virent avec peine qu'on les avait devancés, et ils firent tous leurs efforts pour entrer dans le partage du Nouveau-Monde ;

33.

mais leurs moyens, à cette époque, n'étaient point proportionnés à leur ambition. Les personnes qui regardent les Anglais comme nés pour la mer, et destinés de tout temps à couvrir l'Océan de leurs flottes nombreuses, seront fort étonnées d'apprendre que sous le règne de Henri VII, au commencement du seizième siècle, il n'y avait pas dans toute l'Angleterre un seul homme en état d'entreprendre un voyage de long cours, et doué des talens nécessaires à une grande expédition maritime : l'on eut recours aux étrangers; et le roi appela le vénitien Jean Cabot, qui, secondé de ses trois fils, tenta la première découverte dans la partie septentrionale de l'Amérique.

L'intention de Cabot n'était pas de fonder une colonie, mais de chercher un passage aux Indes orientales : ainsi son expédition ne fut d'aucune utilité pour l'Angleterre. Les deux entreprises de Humphrey-Gilbert eurent une fin désastreuse; Gilbert y périt, et Walter Raleig, qui l'avait secondé, y perdit sa fortune. Amidas et Barlow firent la même tentative; ils débarquèrent avec deux petits navires au golfe de Floride, et reconnurent une partie du continent auquel la reine Élisabeth donna le nom de Virginie, pour rappeler sans cesse que cette découverte avait été faite sous une reine qui n'avait pas subi le joug du mariage. La colonie qu'on y fonda ne prospéra point; et après avoir souffert des maux incroyables, le peu d'habitans qui lui restaient profitèrent de l'ar-

rivée de Francis Drack, pour monter sur ses vaisseaux et retourner en Angleterre. L'expédition de
John Withe ne fut pas plus heureuse : la colonie
qu'elle fonda fut cruellement abandonnée par la
métropole, et quand on lui porta de tardifs secours, on ne retrouva pas un seul homme, et l'on
n'en a plus entendu parler depuis. Barthélemy
Gosnald, effrayé des malheurs qu'avaient éprouvés
tous ceux qui s'étaient portés au sud de ce continent, dirigea sa course droit à l'ouest : il reconnut
l'Amérique, vers le 43ᵉ degré de latitude nord, et
retourna en Europe après avoir pris quelques renseignemens imparfaits sur cette contrée.

C'est dans l'ouvrage même qu'il faut suivre l'histoire des différentes colonies dont les unes ont été
massacrées par les indigènes, ou ont péri de misère, et les autres sont devenues victimes de l'insalubrité du climat.

En 1606, des lettres-patentes abandonnèrent à
Thomas Gates la possession du continent américain, compris entre le 34ᵉ et le 45ᵉ degrés de latitude nord, avec toutes les îles qui ne seraient pas
à plus de cent milles de la côte. Tous les spéculateurs anglais s'agitèrent pour partager cette riche
concession. L'entreprise fut confiée au capitaine
Newport, qui, après avoir pris possession et combattu les indigènes, revint en Angleterre, laissant
dans la colonie à peu près cent hommes, les seuls
Anglais qui fussent alors sur le continent de l'A-
mérique. Ainsi, plus d'un siècle après la décou-

verte de ce pays, toutes les possessions anglaises dans le Nouveau-Monde se bornaient à quelques acres de terre occupés par une centaine de colons. Cet établissement semblait devoir prospérer par les accroissemens successifs qu'il reçut ; mais le désordre et l'anarchie s'introduisirent bientôt dans l'administration : les colons, divisés entre eux, eurent à combattre la haine des Indiens qu'ils avaient méritée, et la famine qu'avait occasionée le désordre même. Ces malheureux, après avoir dévoré leurs chevaux, et les Indiens qu'ils prenaient dans les combats, prolongèrent leurs jours en se partageant les corps de ceux de leurs compatriotes qui avaient succombé à tant de maux.

L'inutilité de tant de migrations, de tant d'expéditions ruineuses, doit être attribuée à trois causes principales. D'abord, les Anglais, comme tous les peuples à cette époque, ne voyaient de véritable richesse que là où il y avait de l'or. L'inconcevable fertilité de la terre américaine n'était d'aucun prix à leurs yeux, si cette terre ne recélait des mines d'or ou d'argent. L'aveugle espoir de trouver ces métaux avec autant de facilité que les Espagnols l'avaient fait au Mexique et au Pérou, fit négliger les moyens de subsistance, et mépriser la première et la véritable richesse, c'est-à-dire l'agriculture. L'aveuglement des aventuriers anglais alla jusqu'au point de charger des vaisseaux d'une terre jaune et inutile qu'ils avaient prise pour de l'or.

La seconde cause de destruction est due à la conduite tyrannique et cruelle des premiers colons envers les naturels qu'ils nommaient des sauvages, à leurs dissensions intérieures, et aux vices des réglemens que l'on avait faits pour le maintien des colonies.

La troisième enfin fut la faute constante que fit le gouvernement britannique d'employer à une double destination les flottes qu'il envoyait dans l'Amérique septentrionale. Ces vaisseaux, plus occupés de courir sur les Espagnols qu'à protéger les colonies, faisaient de longues courses dans la mer Atlantique ou aux Antilles ; et les secours nécessaires aux colons arrivaient trop tard ou n'arrivaient jamais.

L'État de Virginie, qui commençait à prospérer, fut attaqué par les Indiens, qui massacrèrent presque tous les blancs, et détruisirent en un jour les travaux pénibles d'un grand nombre d'années. Malgré tous les malheurs et les vices d'administration, la colonie subsista et parvint à se consolider. Vainement le gouvernement anglais lui intima plusieurs fois l'ordre de s'occuper exclusivement de la culture du coton, comme on exigea de la Caroline qu'elle élevât des vers à soie ; ces derniers s'obstinèrent heureusement à cultiver le riz, qui devint une source de richesses, et les habitans de la Virginie plantèrent le tabac, qui fut pour eux une mine plus riche et plus sûre que celles du Popayan ou du Potosi. Ainsi cette plante désagréable, pernicieuse même, et contraire à la propreté, se répandit dans toute l'Europe, triompha de tous les obstacles qu'on lui opposa, et devint presque un objet de nécessité.

Tandis que la Virginie faisait des progrès lents, des tentatives malheureuses avaient été faites dans la Nouvelle-Angleterre. Elles ne rebutèrent point les spéculateurs ; mais tous leurs efforts auraient peut-être été infructueux, si une querelle de religion n'y avait jeté des hommes doués d'une patience que l'on ne trouve que dans le fanatisme. Les *Brounistes*, secte obscure et persécutée en Angleterre, avaient demandé un asile dans le continent nouvellement découvert. Ils se fixèrent dans le Massachusset : ils souffrirent des maux incroyables sous ce climat où les chaleurs de l'été ne sont pas moins excessives que les rigueurs de l'hiver, et où les eaux stagnantes produisaient un méphitisme destructeur. Ils s'y maintinrent cependant ; et bientôt leur nombre, grossi par celui des *puritains* qui avaient fui l'Angleterre pour les mêmes causes, constitua une colonie qui obtint une charte, et s'accrut encore des nouvelles migrations de la métropole. Ils fondèrent Boston, l'une des villes les plus riches des États-Unis, et la plus constante dans son opposition aux prétentions de la cour de Londres.

Les autres États, tels que la Caroline, les deux Jerseys, la Pensylvanie, le Rhode-Island, le Connecticut, le New-Yorck, le New-Hampshire, etc....

mériteraient une notice particulière ; mais les bornes qui nous sont prescrites nous interdisent ces détails intéressans. L'accroissement de la population, qui, dans les premiers temps avait été d'une lenteur extrême, fit dans la suite des progrès inconcevables ; le Massachusset, par exemple, qui en 1629 avait été fondé par trois cents colons, et qui en 1643 ne put fournir que cent hommes armés, avait, en 1673, une population de quatre-vingt-dix mille âmes et pouvait armer dix mille hommes.

Dès que les colonies furent parvenues à un certain degré de prospérité, et dès qu'elles eurent des relations entre elles, il se manifesta dans quelques-unes cette opposition aux lois de la métropole, qui annonçait en quelque sorte leur indépendance future. En 1651, la Nouvelle-Angleterre refusa de tenir ses assemblées au nom du parlement. Le fameux *acte de navigation* passé sous le règne de Charles II, produisit déjà un mécontentement général dans les colonies ; et en 1664, des troupes royales ayant été envoyées dans le Massachusset, les habitans s'opposèrent au débarquement, et fixèrent le nombre d'officiers et de soldats qui pourraient descendre à terre.

Cependant la France, maîtresse du Canada et d'une partie de l'Acadie, était un objet de crainte et de jalousie pour les colonies anglaises. Celles-ci sollicitèrent vivement l'Angleterre de détruire la puissance française dans le nord de l'Amérique.

La guerre fut déclarée : l'on fit, contre le Canada, deux tentatives inutiles ; et le traité d'Utrecht, signé en 1713, mis fin aux hostilités.

La paix extérieure ranima les contestations entre les colonies et la métropole. Dès l'année 1692, les premières avaient décidé que le parlement ne pourrait imposer aucune taxe sur les Américains, sans leur consentement : ce principe, toujours combattu et toujours défendu, fut la première cause de la division. Un autre motif augmenta la mésintelligence. La cour de Londres voulait prélever des taxes pour affecter leurs produits aux traitemens des gouverneurs et au salaire des agens royaux. Les colonies voulaient conserver le droit de régler et de payer ce traitement, bien persuadées que les hommes qui recevraient d'elles leurs moyens d'existence leurs seraient toujours favorables.

En 1724, les troubles prirent un caractère plus sérieux, et la colonie du Massachusset résista ouvertement au gouverneur, qui fut forcé de céder.

Une nouvelle guerre éclate entre la France et l'Angleterre, et se termine par la traité d'Aix-la-Chapelle. Le sort des colonies était d'être en guerre avec l'étranger, ou en querelle avec le parlement britannique.

La découverte de la Louisiane ralluma cette guerre fatale qui chassa les Français de l'Amérique, et qui ne fut terminée que par le traité honteux de 1763. Cette partie de l'histoire n'est pas la moins intéressante.

La paix ralluma pour la troisième fois les dissensions intérieures. Le parlement britannique résolut d'imposer sur les colonies des taxes destinées
à fonder un revenu public : il commença par l'impôt du *timbre*, et finit par taxer le *thé*, le *verre* et
les *couleurs*. La résistance des Américains fut si
violente, que la cour de Londres fit la faute de
céder après avoir fait celle de violer la charte des
colonies : elle abolit tous les impôts, et ne con-
serva que celui sur le thé. Cette concession fit plus
de mal que de bien : les colonies, plus irritées du
principe des taxes que de leur nature, se soule-
vèrent contre ce seul impôt sur le thé, comme
elles avaient fait pour tous les autres : elles osèrent
intimer au gouverneur de Boston l'ordre de faire
retirer les vaisseaux du roi. Le premier congrès
insurrectionnel se tint à Philadelphie, le 5 sep-
tembre 1774, et les premières hostilités eurent
lieu à Lexington, le 19 avril 1775. Les troupes
du roi furent repoussées ; funeste présage pour la
cause royale !

Nous voici arrivés à la guerre de l'indépendance ;
mais comme les détails en sont connus de la plupart de nos lecteurs, nous nous dispenserons de
nous en occuper. A ce sujet, nous nous bornerons
à dire que cette partie de l'ouvrage présente un
tableau aussi fidèle qu'intéressant de l'une des plus
grandes époques de l'histoire moderne.

HISTOIRE DE CROMWELL,

D'APRÈS LES MÉMOIRES DU TEMPS ET LES RECUEILS
PARLEMENTAIRES;

PAR M. VILLEMAIN.

Nous sommes naturellement portés à circons-
crire le talent d'un écrivain dans les bornes qu'il
paraît s'être prescrites jusqu'à présent, à juger de
ses travaux futurs par ses ouvrages antérieurs, à
mesurer la capacité de son génie sur l'étendue de
la carrière qu'il a parcourue. Plus il a obtenu de
succès dans un genre de littérature, plus nous voulons l'y fixer exclusivement; s'il aspire à une nouvelle gloire, nous le trouvons plus audacieux que
s'il n'en avait encore acquis aucune; et l'homme
inconnu qui s'impose une tâche difficile, nous inspire moins de défiance que l'homme déjà célèbre
qui sort tout-à-coup de la sphère où il a brillé.
Selon notre préjugé, l'orateur fera toujours des
phrases, même dans une simple discussion, et,
s'il s'élance dans la politique ou dans l'histoire, il
va parler aux peuples comme il parlait aux aca-
démiciens; si c'est un poète, il portera la poésie

jusque dans la philosophie et la morale : est-il auteur dramatique? c'est un faiseur de comédies, se dira-t-on, il doit être médiocre dans tout le reste. C'est ainsi que raisonne le vulgaire des lecteurs; et je donne à ce mot *vulgaire* une grande extension.

Cette prévention subsiste toujours malgré les nombreux exemples qui devraient la détruire, et je n'en ai pas été tout-à-fait exempt, car nous ne sommes jamais complètement inaccessibles à l'influence d'une erreur générale. Ce n'est pas que le talent de M. Villemain n'eût de quoi me rassurer; mais plus je réfléchissais au sujet qu'il a choisi, plus je sentais renaître ma défiance. L'Histoire de Cromwell! la révolution d'Angleterre! un roi jugé, condamné par son peuple, et mourant sur l'échafaud! quelle tâche! qu'il y a loin de la sombre gravité d'un pareil tableau à l'élégante parure des discours académiques! Dans un âge où l'on cède plus volontiers aux séductions de l'esprit qu'aux conseils de la raison, l'auteur saura-t-il réprimer ces mouvemens déclamatoires qu'un tel sujet doit exciter dans l'âme de tout homme sensible? résistera-t-il à l'indignation qui, malgré lui, viendra souvent prendre la place de la justice? ne nous présentera-t-il pas un dithyrambe en prose au lieu d'une composition historique? Un autre écueil menaçait M. Villemain sur cette mer orageuse : la triste ressemblance de cette Histoire avec la révolution française ; les allusions presque inévi-

tables qu'elle offre à chaque page ; ces discussions
si rarement utiles, si souvent dangereuses sur la
liberté, sur les droits des peuples, sur la nature du
pouvoir monarchique, sur le droit divin, sur le
fanatisme religieux ; tous ces mots mal définis, et
qui ont autant d'acceptions qu'il y a de partis dans
l'État ; ces succès du crime, ce triomphe de la rébellion ; toutes les scènes enfin de cette déplorable
tragédie, qui auront tant d'attrait pour les écrivains
à venir, sont autant de difficultés pour l'écrivain
d'aujourd'hui.

L'auteur les a vaincues avec un bonheur et une
facilité qui m'ont causé autant de plaisir que de
surprise. En devenant historien, il ne s'est rappelé ses premiers ouvrages que pour conserver à
son style la pureté et l'élégante correction qui les
distinguent ; et, faut-il l'avouer? loin de prodi-
guer ces périodes que je redoutais un peu, il a
décrit les événemens les plus tragiques avec une
simplicité qui m'aurait paru trop nue, si je n'avais
senti que l'historien doit être sobre de phrases quand
les faits parlent plus éloquemment que ne pourrait
le faire le plus grand des orateurs. Fidèle imita-
teur des historiens de l'antiquité, M. Villemain se
garde bien de transformer l'histoire en une longue
discussion comme le font trop d'écrivains modernes qui dissertent au lieu de peindre, et placent
vingt pages de controverse après quelques lignes
de narration. Ses réflexions sont courtes, pleines
de justesse, et découlent tellement du sujet, que

le lecteur est étonné de ne les avoir point faites. Moins empressé de multiplier les détails que de s'assurer de leur exactitude, scrupuleux dans l'admission des faits, habile à les présenter sous toutes les faces, plus habile encore dans la peinture des caractères et dans l'art de nous faire connaître tous les acteurs de ce drame politique, il les juge avec autant d'impartialité que s'il s'occupait des Grecs ou des Romains. Dédaignant les éloges suspects des hommes de parti, sachant bien sans doute qu'ils ne manqueront pas de chercher dans un pareil sujet quelques-uns de ces *principes*, de ces prétendus axiomes qu'ils nomment *éternels* dans leurs feuilles éphémères, M. Villemain semble avoir évité toute comparaison directe et même toute allusion à la révolution française ; et si, deux ou trois fois seulement, il se voit forcé de comparer des faits trop évidemment identiques, c'est uniquement pour démontrer que les mêmes causes produisent toujours les mêmes effets.

Qu'on ne s'attende donc pas à trouver dans cet ouvrage de ces rapprochemens qui plaisent aux esprits superficiels, et de ces parallèles antithétiques où l'art du rhéteur brille aux dépens de l'exactitude ; le caractère des deux révolutions est trop différent ; et, si quelques faits semblent se reproduire aux deux époques avec une apparente similitude, les causes qui les ont produits, les hommes qui ont dirigé les mouvemens ou qui en ont profité, les mœurs des deux peuples, les cir-

constances, les résultats même y sont trop dissem-
blables, pour que les leçons fournies par l'une
des deux histoires soient justement applicables à
l'autre; pour tout dire enfin sur ces deux révolutions, jamais deux choses plus ressemblantes au
premier aspect, n'ont offert plus de différences et
plus d'oppositions.

En Angleterre, la révolution n'a pas été entièrement religieuse comme on le croit communément; M. Villemain fait observer qu'on a pris
pour sa cause ce qui a fait son caractère : s'il y eut
des fanatiques de bonne foi, la politique y prit
souvent le masque de la religion. En France,
l'athéisme fut aussi l'un des caractères et non pas
la cause des troubles civils; et, si cette doctrine
subversive de la société eut des apôtres de bonne
foi, elle eut aussi ses fanfarons qui s'empressèrent
de renier Dieu pour ne pas avouer qu'ils avaient
peur des hommes. En Angleterre, la lutte exista
entre trois peuples différens, divisés en différentes
sectes : en France, il y avait bien aussi plusieurs
religions, mais ceux qui les professaient ne formaient point des états particuliers; et d'ailleurs
quelle influence pouvait avoir la différence des
cultes, quand le principe de tous les cultes était
détruit? Chez nos voisins, la guerre civile a précédé et causé la mort du monarque; chez nous,
la mort du roi a fait éclater la guerre civile.
En 1649, les puissances continentales ont été
honteusement spectatrices d'une catastrophe qui

les menaçait elles-mêmes; en 1792, elles ont pris part à nos troubles, mais trop tard et trop faiblement pour les faire cesser, trop tôt pour que nos fureurs s'apaisassent d'elles-mêmes. Charles Ier put au moins se défendre, il obtint même des succès avant d'éprouver une suite de revers. Louis XVI n'eut pas la triste ressource des armes ; et, faut-il l'avouer! il ne voulait pas même être défendu. Là-bas, les presbytériens qui commencèrent la révolte, en détestèrent les conséquences, et voulurent en vain sauver le roi ; les Écossais qui avaient livré le monarque à ses ennemis, s'armèrent ensuite pour sa défense : ici, nous n'avons pas vu de ces grandes conversions ; nos révolutionnaires ont été constans dans leur haine ; plusieurs d'entre eux la conservent encore, quoiqu'ils se soient parés d'une énorme cocarde, quoiqu'ils se soient enroués à crier *vive le roi!* Les républicains anglais avaient presque tous des mœurs pures; et dans leur fanatisme religieux ou politique, leurs intentions du moins étaient sincères : ils ne se laissèrent point intimider par la force ni séduire par la corruption, et ils opposèrent au despotisme de Cromwell autant d'énergie qu'ils en avaient montré contre l'autorité royale. Les nôtres, moins vicieux sans doute, n'ont pas eu tant d'obstination ; nos hommes libres ont porté le joug avec grâce, nos égaux se sont laissé anoblir et monseigneuriser sans se plaindre ; nos patriotes purs ont reçu des dotations avec une résignation exemplaire.

Les plus zélés partisans de Cromwell devinrent ses adversaires dès qu'ils connurent le but de son ambition, et jusque dans les parlemens, qu'il composa lui-même, le protecteur trouva une résistance qui le retint sur les marches du trône, sans qu'il osât s'y asseoir. Nos corps délibérans furent plus amis de l'ordre; notre protecteur fut et fit tout ce qu'il voulut, et l'obéissance fut si prompte qu'elle humilia souvent celui même qui la commandait. En Angleterre, l'ambition conçut et exécuta le crime dont elle ne profita jamais complètement; en France, l'ambition recueillit les fruits d'un crime auquel elle n'avait point participé, et, faute de résistance peut-être, elle se perdit elle-même. Les Anglais ont pu dire : *A quelque chose malheur est bon*, puisque c'est pendant cette révolution qu'ils ont acquis une grande influence sur les affaires de l'Europe, et conquis la souveraineté des mers; nous pouvons dire en France que la révolte n'est bonne à rien. En Angleterre, enfin, de nouvelles fautes amenèrent une nouvelle révolution après une restauration incomplète; en France..... Félicitons-nous de n'avoir plus rien à dire, mais profitons de la leçon.

On sent bien que M. Villemain n'a pas eu le tort de présenter le parallèle que je viens de mettre sous les yeux du lecteur, et que, s'il l'eût tenté, il l'aurait empreint du sceau de son talent; mais tout faible et tout décoloré qu'il est, j'ai cru devoir l'essayer pour faire voir qu'en lisant l'Histoire de

Cromwell, on n'aura pas une contre-épreuve de la révolution française.

L'auteur passe rapidement sur la vie de Cromwell qui est antérieure à ses actes publics; il néglige même entièrement plusieurs faits rapportés par d'autres historiens; et j'ignore si, en les rejetant, il les a considérés comme absolument faux ou comme trop peu importans pour occuper quelques lignes. Dans quelques biographies, Cromwell fit une campagne en Hollande, en 1622, et combattit contre la France au siége de La Rochelle. Sans parler de ces circonstances, M. Villemain en détruit la possibilité, puisqu'il assure que Cromwell n'entra dans la carrière des armes qu'en 1642, et qu'il le montre comme membre du parlement dans l'année même où La Rochelle fut prise. D'autres écrivains font venir à Paris cet homme extraordinaire, et lui font avoir une entrevue avec le cardinal de Richelieu; tandis que M. Villemain se borne à dire que ce ministre excita des troubles en Écosse, et fit passer des armes aux rebelles. J'ai lu aussi quelque part que, pour punir la ville d'Oxford de son attachement à la cause du monarque, les soldats de Cromwell y commirent les profanations et les atrocités les plus révoltantes, qu'ils assommèrent à coups de bâton des professeurs de l'université, et en incendièrent la bibliothèque. Je ne vois rien de semblable dans l'Histoire qui m'occupe aujourd'hui; il paraît, au contraire, que Cromwell fit observer dans son armée une discipline très-sévère, et qu'il fit pendre des soldats qui s'étaient livrés au pillage après la prise d'une ville ; c'est en Irlande seulement que M. Villemain nous le montre cruel jusqu'à la férocité pour venger les protestans égorgés par les catholiques. Son armée d'ailleurs lui était trop soumise pour se rien permettre qu'il ne l'eût ordonné. Étrange armée ! qui passait des journées en prières, qui jeûnait par dévotion, qui marchait au combat en récitant des psaumes, et dont les soldats éprouvaient des extases ! On sait que les nôtres ne chantaient point de psaumes, et que leurs prières étaient courtes.

A quoi tient le sort des Empires ! Ce Cromwell, qui changea la face de l'Angleterre, allait quitter sa patrie à l'époque où les puritains fuyaient en Amérique pour éviter la persécution exercée contre les sectaires ; il était déjà sur le vaisseau qui devait le transporter dans le Nouveau-Monde, quand un ordre du conseil arrêta l'émigration, et retint ce génie malfaisant sur la terre qu'il allait ensanglanter. L'auteur de la *Vie de Washington*, M. Marshall, qui fait aussi cette observation, ajoute que sur ce vaisseau dont la fatalité empêcha le départ, Cromwell était accompagné de Pym, de Hampden, de Hazelrig, et de plusieurs autres enthousiastes qui ont le plus contribué à la révolution et à la mort du roi.

On fera sans doute à M. Villemain le reproche d'avoir annoncé une *Vie de Cromwell*, et de n'a-

voir écrit que sa vie politique ; en effet, les quarante premières années de son redoutable héros
n'occupent qu'un petit nombre de pages dans cette
Histoire. Je sens bien que ces quarante années ont
été remplies par des faits indifférens ou sans intérêt
aux yeux de l'homme instruit ; peut-être même la
vérité y a-t-elle été altérée par un grand nombre
de fables ; mais peut-être aussi l'auteur a-t-il trop
méprisé les petits détails et méconnu le charme
qu'ils ont pour la plupart des lecteurs, quand ils
concernent des personnages aussi célèbres. Si c'est
une faute, elle est très-légère et très-facile à réparer ; mais il en est une autre qui me paraît plus
grave, quoique je devine tout ce que l'auteur pourrait dire pour sa justification.

Le procès, le jugement, la mort de Charles Ier,
ont été présentés par M. Villemain avec une rapidité, un laconisme, une retenue que l'on est
tenté de prendre pour de la froideur ou de la sécheresse, et qui contrastent singulièrement avec
le genre de talent dont l'auteur a donné de si
belles preuves. On répondra sans doute qu'il a
écrit la vie de Cromwell, et non pas celle de
Charles Ier ; que ce monarque, malgré l'importance de son rang et l'intérêt attaché à ses malheurs, n'est cependant ici qu'un personnage se-
condaire ; que sa mort, toute déplorable qu'elle
est, ne peut être considérée comme le sujet de
l'ouvrage, mais seulement comme l'un des accidens du sujet, comme l'un des moyens dont le

personnage principal s'est servi pour arriver à son but : on peut dire encore que M. Villemain a craint de s'appesantir sur une catastrophe qui prête à des comparaisons trop directes, et que d'ailleurs il n'a pas voulu placer une espèce d'oraison funèbre au milieu d'un récit historique. Je sens toute la force de ces raisons; mais entre les deux excès n'était-il pas un moyen terme, et la muse de l'Histoire aurait-elle démenti son caractère, si, dans une circonstance aussi solennelle, elle eût appelé à son secours la muse de l'Éloquence ? C'était peut-être, dans toute cette histoire, la seule occasion où M. Villemain pût employer ces vives couleurs dont il a fait ailleurs un si heureux usage.

Le plus grand mérite de cet ouvrage est à mes yeux l'art avec lequel M. Villemain nous a montré tous les acteurs de ce drame politique, depuis Cromwell qui en est le héros jusqu'à Monk qui en a fait l'heureux dénouement, après avoir malheureusement contribué à la catastrophe. C'est par les figures surtout que ce tableau contraste avec celui de nos malheurs. Comme en France on plaisante de tout, un homme d'esprit y a dit que la révolution se réduisait à cette phrase : *Otez-vous de là que je m'y mette;* cette épigramme, appliquée à l'Angleterre, n'aurait de justesse que relativement au chef de la révolte, et à un très-petit nombre de ses créatures. L'enthousiasme d'une liberté chimérique y fut sincère et constant malgré les succès de la tyrannie et la terreur qu'elle inspirait. Le fanatisme, qui n'était que le masque de Cromwell, était le caractère de presque tous ses partisans. C'était de la meilleure foi du monde que les républicains, les presbytériens, les indépendans, les soldats même, invoquaient Dieu en commettant les crimes les plus atroces, et citaient des passages de la Bible pour les justifier. Ce zèle religieux qui ne se démentit jamais, ces pratiques de dévotion si multipliées et si rigoureuses, ces prières si fréquentes, cette observation si minutieuse des moindres préceptes, et, plus que tout cela, cette régularité de mœurs au milieu de tant de forfaits, ont fait croire à plus d'un écrivain que Cromwell était un grand fanatique plutôt qu'un très-méchant homme.

L'éloquent orateur qui a dit : « Un homme s'est rencontré d'une force d'esprit incroyable, hypocrite raffiné autant qu'habile politique, etc..... » ne s'était pas laissé tromper par les apparences. Toute la conduite de Cromwell dément sa prétendue bonne foi ; les moyens qu'il sut choisir pour s'emparer du pouvoir, les obstacles qu'il sut vaincre, ses victoires dans les trois royaumes, les succès de sa politique à l'extérieur, l'ascendant qu'il prit sur les hommes les plus énergiques et les plus habiles de son temps, ont autorisé M. Villemain à écrire les lignes suivantes que j'extrais de plusieurs pages également remarquables :

« La fortune extraordinaire de Cromwell justi-

» fiait cette longue illusion qui fût le caractère
» principal de son autorité. D'une condition obs-
» cure, être parvenu à la puissance souveraine ;
» du milieu de tant de sectes furieuses, s'être
» élancé à la première place, porté sur tous le
» partis, et les brisant à mesure que chacun d'eux
» lui devenait inutile ; c'étaient là sans doute des
» faits prodigieux qui devaient frapper les âmes de
» surprise, aveugler les plus clairvoyans, et mêler
» partout l'admiration à la haine. Ce qu'il y eut de
» plus remarquable dans cette destinée, c'est qu'un
» même homme ait pu l'accomplir. — Il semble
» qu'un seul homme ne suffise pas aux diverses
» époques d'une révolution : elles ont chacune
» leurs héros qui se remplacent et se pressent l'un
» l'autre. Cromwell paraît partout, et fixe d'abord
» les regards. Il ne survient pas à la fin, pour
» profiter de la lassitude commune, et recueillir
» l'héritage de la république mourante ; seul, et
» remplissant toutes les époques, il voit naître la
» révolution, il la seconde, il la suit, la termine,
» et la réduit à l'unité de son pouvoir.

» Les plus rigoureux censeurs, les ennemis
» même de Cromwell ne lui ont pas refusé un
» grand esprit, une admirable prudence et la plus
» intrépide fermeté ; mais, après l'audace, le plus
» puissant ressort de son élévation fut la connais-
» sance des hommes et de l'esprit de son temps.
» Cette pénétration, qui lui apprit ce qu'il pou-
» vait espérer du fanatisme, explique son hypo-

» crisic que l'histoire atteste, et qu'on ne saurait
» mettre en doute sans ôter quelque chose à son
» génie ; car les hommes verront toujours moins de
» grandeur dans un fanatique de bonne foi, que
» dans un ambitieux qui fait des enthousiastes. »

M. Villemain est très-étonné, et je ne le suis
pas moins, de voir un écrivain d'un aussi grand
sens que Hume, mépriser l'élocution de Cromwell, et la comparer à celle d'un paysan grossier.
Oh ! sans doute, ce grand révolutionnaire n'avait
pas l'éloquence de Périclès faisant l'oraison funèbre des jeunes Athéniens morts dans les combats ; mais il faut s'aveugler pour ne pas reconnaître dans ses discours une véritable éloquence,
si l'éloquence consiste à frapper vivement les esprits des hommes auxquels on parle, à les convaincre, à les asservir aux passions et à la volonté
de l'orateur.

Dans les circonstances douteuses, craignant de
laisser apercevoir le but de son ambition, il enveloppe ses phrases d'une obscurité mystérieuse qui
impose à l'imagination de ceux qui l'écoutent ; il
y met une incohérence étudiée qui semble imiter
l'agitation de son âme. Un parti prend-il trop d'ascendant, il attaque avec toutes les ressources de
la logique ; ce parti est-il ensuite trop abattu,
comme le dessein de l'ambitieux est de ménager
tous les sectaires pour leur imposer ensuite une servitude égale, il emploie à le relever toute l'adresse
dont il s'est servi pour l'abattre ; triomphe-t-il en-

fin : il attribue tous ses succès au ciel pour dissimuler une gloire qui annoncerait un maître au
lieu d'un protecteur. Si les ministres presbytériens
se plaignent de ce qu'il voulait intervenir dans le
gouvernement de l'Église, il se plaint à son tour
de ce que l'Église veut gouverner le monde : « Les
» ministres, dit-il, sont les soutiens et non les
» dominateurs de la foi du peuple : j'en appelle
» à leur conscience. Ne nomment-ils pas sectaires
» ceux qui s'éloignent de leur opinion? et que
» font-ils par là, sinon d'ôter aux chrétiens leur
» liberté, et de s'arroger la chaire infaillible?.... »
Puis, en les apostrophant eux-mêmes : « La pré-
» dication vous paraît-elle exclusivement attachée
» à votre ministère? Notre liberté scandalise-t-elle
» vos églises? est-elle contraire à la foi? Anathème
» à la loi, s'il en est ainsi! Vous vous méprenez
» sur le sens de l'Écriture. L'ordination est un acte
» de convenance, et non pas de nécessité ; votre
» prétendue crainte que l'erreur ne s'introduise
» à la faveur de la liberté, ressemble à la prudence
» d'un homme qui garderait sous clé tous les vins
» du pays de peur qu'on ne s'enivrât.... Lorsqu'un
» homme parle follement, souffrez-le, parce que
» vous êtes sage ; s'il se trompe, fermez-lui la
» bouche par des paroles raisonnables, auxquelles
» il ne puisse répondre : s'il blasphème, laissez
» aux magistrats le soin de le punir ; s'il dit vrai,
» réjouissez-vous de la vérité. »

Nous venons de voir Cromwell opposant la li-

berté au pouvoir religieux, voyons-le, dans une
autre circonstance, protégeant les ministres de la
religion contre les fureurs des indépendans et les
excès de la liberté, et se plaindre de ce que les
deux plus nobles motifs de la révolution soient
allégués pour excuse des plus coupables erreurs :
« Oui, dit-il, ces abominations sont montées si
» haut, que la hache a été mise à la racine du saint
» ministère, comme d'une institution idolâtre et
» anti-chrétienne ; et de même qu'autrefois un
» homme, ayant les meilleurs témoignages, ne
» pouvait prêcher s'il n'était prêtre, maintenant,
» par un autre excès, ils veulent que le sacerdoce
» anéantisse la vocation. — Les opinions spécula-
» tives ne font de mal qu'à ceux qui les ont ; mais
» quand elles viennent à la pratique, quand on
» nous dit que la liberté et la propriété ne sont pas
» les signes du royaume de Jésus-Christ ; quand
» on vient à détruire les lois au lieu de les ré-
» former, alors on mérite la vindicte du magis-
» trat. » On voit que ce discours convient à
l'homme qui a saisi le pouvoir, comme le précé-
dent convenait à l'ambitieux. Observons maintenant avec quelle adresse il détruisait l'effet de la
comparaison qu'on aurait pu faire des maximes
du despote avec celles qu'il professait pour arriver
au despotisme, et comment il sacrifiait, en quelque sorte sa propre puissance, en l'attribuant toute
à Dieu : «.... On dit encore dans les pays étran-
» gers : il y a cinq ou six hommes en Angleterre

» qui ont de l'habileté; ils font toute chose. Oh !
» quel blasphème dites-vous là ! parce que des
» hommes qui sont sans Dieu dans ce monde,
» ignorent et ne peuvent comprendre ce que c'est
» de prier, de croire, d'être inspiré par l'esprit
» de Dieu........ Ceux qui attribuent à telle ou telle
» personne l'idée et l'accomplissement de ces
» grandes choses que le Seigneur a opérées au mi-
» lieu de nous, ceux-là parlent contre Dieu.....
» Ainsi, quoi que vous puissiez dire de certains
« hommes; quoique vous disiez : cet homme est
» rusé, politique, subtil; prenez-garde, je vous
» le répète, de juger les révolutions de Dieu, en
» croyant examiner le produit des inventions des
» hommes. » Ces discours, que je mutile à regret,
ne sont pas rapprochés dans l'ouvrage de M. Villemain comme dans cet article; mais j'espère que
l'auteur me pardonnera de les avoir réunis. Il me
semble qu'ainsi resserrés, ils font mieux apprécier
les moyens employés par Cromwell dans des circonstances différentes, et font mieux sentir combien Hume s'est trompé quand il n'y a vu que
l'élocution d'un grossier paysan.

Je l'avouerai néanmoins, sans les excellentes
preuves que M. Villemain rapporte, j'aurais cru
que cet homme extraordinaire n'était pas resté tout-
à-fait inaccessible à l'enthousiasme qu'il inspirait
à ses partisans. J'ai encore de la peine à comprendre comment il a pu être aussi constant dans
son hypocrisie; comment il a pu s'observer pendant

vingt ans, dans tous les momens du jour et devant
ses confidens les plus dévoués; comment, lors
même qu'il avait la toute puissance, il ne se relâchait
en rien des pratiques les plus minutieuses de la dévotion la plus outrée. Je vois même quelque chose
de suspect et de ridicule dans ces génuflexions si
fréquentes, dans ce mouvement des bras sans cesse
élevés vers le ciel, dans ces apostrophes au Seigneur, dans ces prières si longues et si multipliées,
dans ces versets de la Bible qu'il cite à tout propos,
qui servent de texte à tous ses discours et d'autorité à toutes ses actions. Mais cette constance dans
la dissimulation et la fourberie est le trait le plus
saillant de son caractère, et l'on sent comment
son génie a pu s'y astreindre quand on voit tout
le parti qu'il en a tiré. Si l'un de ses partisans, par
exemple, effrayé de l'excès de son pouvoir, vient
lui reprocher d'avoir détruit cette liberté qu'il
avait promise, Cromwell, qui a trop d'esprit pour
chercher à raisonner avec un enthousiaste, *cherchons le Seigneur*, lui dit-il; il le force à se mettre
en prières avec lui, et il l'y retient si long-temps
que la discussion est évitée. Ce n'est pas là de la
grandeur, j'en conviens, et Cromwell, fidèlement
peint, ne sera jamais le héros d'une de nos tragédies, mais on ne peut méconnaître en lui le plus
habile fourbe que la politique et la discorde aient
jamais lancé sur la terre.

Cette habileté se remarque jusque dans la modération et les ménagemens dont il usait envers

ceux de ses partisans qui devinrent les ennemis de
son pouvoir. Il en sauva plusieurs de leur propre
imprudence, et si j'ose le dire, il les condamnait
à vivre quand ils voulaient mourir pour la liberté.
Ludlow ayant refusé de prêter le serment de fidélité
à Cromwell, le protecteur lui dit : « Quand même
» Néron régnerait, il serait de votre devoir de vous
» soumettre. » Et le républicain osa lui répondre :
« Je suis soumis ; mais si la Providence ouvre
» une voie de salut, et permet quelque jour de
» s'armer pour la cause du peuple, je ne puis me
» lier les mains et renoncer d'avance à cette occa-
» sion. » Réponse remarquable, et qui prouve que
l'on pouvait conserver l'espoir de renverser la tyrannie ; et le dire impunément à l'homme qui
avait montré tant de férocité dans son expédition
d'Irlande.

Il s'en faut bien que tous les amis du roi aient
montré autant d'attachement à la bonne cause que
les indépendans en ont eu pour la chimère de la
république. Si l'on a vu dans quelques royalistes
une fidélité constante et un dévouement admirable, si d'anciens ministres de Charles sont venus
prendre sous leur responsabilité les prétendues
fautes du monarque, et offrir leur tête en expia-
tion pour sauver celle du roi, des royalistes, en
trop grand nombre, se montrèrent fort empressés
pour l'élévation de Cromwell. Pour les absoudre
du reproche d'ingratitude, on a voulu les croire
perfides, et l'on a supposé qu'ils élevaient le tyran

pour le perdre. Mais je pense, avec M. Villemain, que la servilité des hommes n'a pas besoin d'être expliquée par les calculs d'une politique si subtile et si prévoyante. Nous avons cru que, de notre temps seulement, on avait épuisé les formules de l'adulation la plus basse ; mais l'encens le plus grossier fut prodigué à Cromwell avec une libéralité qui ne laisse pas à nos flatteurs le moyen de réclamer la supériorité en ce genre. On sait que, malgré son génie, le protecteur ne put jamais s'asseoir sur le trône royal. Les obstacles qu'il rencontra, ses tentatives inutiles, ses désirs et ses craintes, sont l'une des parties les plus curieuses de sa vie : il put bien obtenir le despotisme et la tyrannie dans toute leur plénitude, mais jamais le titre de roi. Ce n'était cependant pas faute d'esclaves qui tendissent la tête au nouveau joug, et qui le pressassent d'accepter la couronne. Un d'entre eux, surtout, lui offrit le titre de roi avec une tournure si bizarrement servile, qu'elle mérite d'être rapportée : « Votre altesse, disait Wolsey, a » bien voulu, en parlant au parlement, se donner » le nom de son serviteur. Vous êtes, en effet, le ser- » viteur du peuple ; j'espère, par conséquent, que » vous laisserez au peuple la liberté d'appeler son » serviteur comme il lui plaît. » Cette phrase n'est-elle pas fort jolie et ne fera-t-elle pas des jaloux ? Au reste, s'il y eut de la lâcheté en Angleterre à cette époque, il y en eut bien davantage sur le continent. Que firent les ambassadeurs étrangers qui étaient à

Londres à la mort de Charles? Ils protestèrent
sans doute contre la violation de la majesté royale;
ils menacèrent? Détrompez-vous, ils s'empressèrent de recueillir les dépouilles du malheureux roi,
mises à l'encan après sa mort. Une autre réflexion
se présente. Si Louis XIV montra sur le trône une
si noble fierté, il ne la devait pas aux leçons de
Mazarin : on rougit en voyant toutes les humiliations que ce ministre fit subir au jeune roi, dans
la crainte de déplaire à Cromwell.

Je termine par cette seule observation qui me
paraît importante : On croit communément, et j'ai
cru comme les autres, que l'Angleterre devait à
Cromwell ce fameux *acte de navigation* qui a
porté si haut la puissance britannique; cette conception est due au contraire aux ennemis de Cromwell, qui, prévoyant une guerre avec la Hollande,
la rendirent inévitable par cette mesure, qui firent
placer sur les vaisseaux des soldats tirés de l'armée
de Cromwell, et crurent par-là diminuer sa puissance. Mais le protecteur fit tourner à son avantage la ruse ourdie contre lui. Ce point d'histoire
est très-bien développé par M. Villemain.

Dans l'impossibilité de saisir tout ce que cette
histoire offre d'intéressant et de remarquable, je
me suis presque exclusivement attaché au personnage principal; ce que j'ai été forcé de négliger
ne mérite pas moins l'attention du lecteur. Une
dernière réflexion présentera la moralité de cette
grande catastrophe qui malheureusement n'est

point une fable, et je l'emprunte encore à M. Villemain : « Les hommes indifférens et éclairés ne
» purent apercevoir dans cette catastrophe que *le*
» *dénouement honteux et inévitable de toute ré-*
» *volution qui, renversant l'ordre social, tombe*
» *elle-même sous le joug de la force qu'elle em-*
» *ploie.* » Et ailleurs, un fils de Cromwell nous
donne lui-même cette leçon : « *Les auteurs d'une*
» *révolution républicaine se trouvent liés, en dépit*
» *d'eux-mêmes, au despotisme qui la termine et*
» *la protége.* » Exciter le peuple à se procurer
violemment une liberté sans limites, est donc le
moyen le plus sûr d'obtenir la tyrannie ; serait-ce
là le but de ceux qui soufflent aujourd'hui le feu
de la discorde? On m'objectera les républicains
des États-Unis d'Amérique : ils ont évité l'écueil,
j'en conviens; mais ils attaquaient une autorité
placée dans un autre hémisphère, et ils n'avaient
pas autour d'eux des puissances formidables qui
pussent intervenir dans leurs querelles. Mais à
quoi servent les leçons de l'histoire ? Ceux qui la
lisent s'en font un amusement; ceux qui veulent
tout brouiller n'ont pas le temps de la lire.

TABLE DES MATIÈRES

CONTENUES DANS CE VOLUME.

VOYAGES.

POLITIQUE ET HISTOIRE.

FIN DE LA TABLE.

www.ingramcontent.com/pod-product-compliance
Lightning Source LLC
Chambersburg PA
CBHW070353030726

47504CB00001B/172